Zu diesem Buch

«Witzig, amüsant und voller erhellender Schlaglichter. Niemand hat derart bissig und dennoch auf den Punkt genau in knapper Skizzierung Personen zu umreißen verstanden wie Nancy Mitford.» («Der Tagesspiegel»)

«Bewunderungswürdig, köstlich und amüsant, ein Meisterwerk!» (Evelyn Waugh)

Nancy Mitford wurde am 28. November 1904 als älteste Tochter David Freeman-Mitfords, des zweiten Baron Redesdale, in London geboren. Sie besuchte keine öffentlichen Schulen, sondern erhielt Privatunterricht. Ihr erstes Buch, «Highland Fling», erschien 1931. Im Jahre 1933 heiratete sie Peter Rodd, doch die Ehe erwies sich schon bald als unglücklich. Während des Zweiten Weltkriegs leitete Nancy Mitford eine Buchhandlung in London. 1942 lernte sie Gaston Palewski kennen, der Charles de Gaulle als enger Vertrauter im Londoner Exil zur Seite stand. Vier Jahre später übersiedelte sie mit Palewski nach Paris, 1967 von dort nach Versailles, wo sie am 30. Juni 1973 starb.

Von Nancy Mitford erschienen in der Reihe der rororo-Taschenbücher außerdem die Romane «Englische Liebschaften» (Nr. 13128) und «Liebe unter kaltem Himmel» (Nr. 13136).

Nancy Mitford

Ein Segen für die Liebe

Roman

Aus dem Englischen von
Reinhard Kaiser

rororo

Rowohlt

Veröffentlicht im Rowohlt Taschenbuch Verlag GmbH,
Reinbek bei Hamburg, Juli 1993

Titel der Originalausgabe: «The Blessing»
Umschlaggestaltung Barbara Hanke
Satz Baskerville (Linotronic 500)
Gesamtherstellung Clausen & Bosse, Leck
Printed in Germany
1290-ISBN 3 499 13141 2

Für Evelyn Waugh

Erster Teil

I

«Der ausländische Herr hat es anscheinend furchtbar eilig, meine Liebe.»

Und tatsächlich – obwohl das Haus recht groß war, ein «Familiensitz» in Queen Anne's Gate neben dem St. James's Park, war es erfüllt von Geräuschen der Ungeduld. Jemand stapfte herum, rückte an Möbeln, riß Fenster auf, warf sie wieder zu und räusperte sich fortwährend mit übermäßigem Nachdruck.

«Ehem! Ehem!»

«Wie lange ist er denn schon hier, Nanny?»

«Fast eine Stunde, schätze ich. Zuerst hat er Klavier gespielt, sehr schnell und sehr laut, aber es hat ihn zumindest ruhig gehalten. Diesen Radau veranstaltet er erst, seit John ihm gesagt hat, du würdest gleich nach unten kommen.»

«Geh du hinunter, Liebling, und sag ihm, er solle sich noch einen Augenblick gedulden, ich kann diese Hose nicht anbehalten», sagte Grace und rieb sich den Hals heftig mit Watte ab. «Oh, dieser Dreck. Ich brauche ein Bad!»

Jetzt wurde die Tür zum Salon aufgerissen.

«Kann ich Sie nun sehen oder nicht?» Die Stimme klang sehr ausländisch.

«Also gut – ja, ich komme herunter, sofort.»

Sie sah Nanny an und lachte: «Sonst tritt er uns noch ein Loch in den Fußboden, wie Rumpelstilzchen.»

Aber Nanny sagte: «Zieh ein Kleid an, meine Liebe, so kannst du nicht nach unten gehen.»

«Soll ich heraufkommen?» rief die Stimme.

«Nein, nicht, ich bin schon da» – Grace lief die Treppe hinunter und hatte noch immer ihre Luftschutzhelferhose an.

Der Franzose, groß, dunkel und elegant, in einer französischen Luftwaffenuniform, stand auf dem Treppenabsatz vor dem Salon und hatte mit beiden Händen das Geländer gepackt, als wollte er die feinen Schnitzereien im nächsten Augenblick aus ihrer Verankerung reißen. Sobald er Grace erblickte, sagte er: «Ah!», als wäre ihre Erscheinung eine höchst angenehme Überraschung für ihn, und dann: «Ist das eine Uniform? Nicht übel. Haben Sie meine Nachricht erhalten?»
«Gerade eben», sagte Grace. «Ich war den ganzen Tag beim Luftschutz.»
Sie traten in den Salon. «Ihre Schrift ist sehr schwer zu lesen. Ich war noch dabei, sie zu entziffern, als ich diesen Lärm hörte – wie die Französische Revolution! Sie müssen ein sehr ungeduldiger Mann sein.»
«Nein. Aber ich mag es nicht, wenn man mich warten läßt, obwohl man in diesem Zimmer besser dafür entschädigt wird als in den meisten anderen, das gebe ich zu.»
«Ich hätte Sie nicht warten lassen, wenn ich etwas früher gewußt hätte – warum haben Sie denn keine...»
Er hörte nicht mehr zu, er hatte sich den Gemälden an den Wänden zugewandt.
«Dieser Olivier gefällt mir sehr», sagte er. «Sie müssen ihn mir schenken.»
«Er gehört Papa.»
«Ach ja, ich dachte es mir. Sir Conrad. Er ist im Nahen Osten sehr bekannt – aber das brauche ich Ihnen nicht zu sagen. Die Allingham-Kommission, ha, der listige Sir Conrad. Seither ist er meinem Land etwas schuldig.» Er wandte sich von dem Bild ab und sah Grace an, als wäre auch sie ein Bild: «Ein Natoire oder ein Rosalba. Sie könnten beides sein. Na, wir werden sehen, die Zeit wird es erweisen.»
«Papa liebt Frankreich.»
«Davon bin ich überzeugt. Die Engländer, die Frankreich lieben, sind immer die schlimmsten.»
«Die schlimmsten?»
«Was ein Mann liebt, das bringt er um, wissen Sie?»

«Sie kommen aus Kairo?» fragte sie. «Ich glaube, ich habe in Ihrem Brief das Wort Kairo gelesen und etwas über Hughie, oder? Haben Sie ihn gesehen?»
«Den Verlobten habe ich gesehen.»
«Sind Sie gekommen, um mir eine Nachricht von ihm zu überbringen?»
«Gute Nachricht – nämlich keine. Warum steht auf dem Schildchen unter diesem Bild Drouais?»
«Vermutlich, weil es von Drouais ist», sagte Grace unbeteiligt. Sie war unter schönen Dingen groß geworden und schenkte ihnen deshalb kaum Beachtung.
«Tatsächlich? Was veranlaßt Sie zu dieser Annahme?»
«Sind Sie Kunsthändler?»
«Nein, Liebhaber.»
«Aber Sie haben geschrieben, Sie hätten Nachrichten. Da habe ich natürlich geglaubt, Sie wollten mich deshalb besuchen.»
«Haben Sie Vollmilchschokolade im Haus?»
«Nein, bestimmt nicht.»
«Macht nichts.»
«Möchten Sie einen Cocktail – ein Glas Sherry?»
«Sherry, mit Vergnügen.»
«Hat Ihnen Kairo gefallen? Hughie sagt, es sei sehr lustig dort.»
«Das Museum ist herrlich – aber natürlich gibt es dort keine Bilder, während die Millionäre, diese armen Kerle, ganz herrliche Bilder besitzen, für die sie ganz herrliche Preise bezahlt haben (sie kommen aus Ateliers, wo speziell für Millionäre Renoirs und Van Goghs gemalt werden). Aber den Hoffnungen, die man selbst mitbringt, genügen diese Bilder in den seltensten Fällen. Selbst ihre Corots sind nicht immer von Trouillebert. Man sieht es sofort. Deshalb wollte ich heute nachmittag in die National Gallery – geschlossen. Der Krieg! Da werden Sie verstehen, was für eine Oase ich in Sir Conrads Salon gefunden habe, obwohl ich mich irgendwann mal mit ihm über diesen Drouais – diesen sogenannten Drouais unterhalten muß.»
«Leider werden Sie im Augenblick in London nicht viele Bilder

zu sehen bekommen», sagte Grace. «Auch Papa hat seine besten aufs Land bringen lassen, und die meisten Leute haben ihre Häuser geschlossen, wissen Sie.»
«Macht nichts. Ich liebe London auch ohne Bilder, und die englischen Frauen liebe ich auch.»
«Tatsächlich? Machen wir denn nicht einen furchtbar uneleganten Eindruck?»
«Doch, natürlich. Das macht die englischen Frauen ja gerade so unterhaltsam und geheimnisvoll. Was treibt ihr nur den lieben langen Tag?»
«Treiben?»
«Ja. Womit füllt ihr diese endlosen Ewigkeiten, in denen Französinnen sich das Haar waschen lassen, Hüte anprobieren, Modenschauen besuchen, sich mit der *lingère* besprechen – was heißt *lingère* auf englisch?»
«Weißnäherin.»
«Stunden bringen sie bei ihrer Weißnäherin zu. Was für ein komisches Wort – sind Sie sicher? Irgendwie geben einem die Französinnen immer zu verstehen, daß es eine Ganztagsbeschäftigung ist, sich zurechtzumachen. Ihr Engländerinnen seid nicht zurechtgemacht, ihr seid wie Blumen in einem Korb, was in Ordnung ist, solange es sich um Frühlingsblumen handelt.» Wieder warf er ihr einen anerkennenden Blick zu. «Aber womit füllt ihr eure Zeit? So lautet das große Rätsel.»
«Leider», sagte sie lachend, «füllen auch wir sie damit aus (jetzt natürlich nicht, aber vor dem Krieg), daß wir Kleider und Hüte kaufen und uns das Haar waschen lassen. Vielleicht waren die Resultate nicht die gleichen, aber ich versichere Ihnen, wir haben uns große Mühe gegeben.»
«Erzählen Sie mir nicht so etwas. Lassen Sie mich im dunkeln, es macht Sie so interessant. Lassen Sie mir den Glauben, daß Ihre Stunden wie im Traum verstreichen, daß diese blinden blauen Augen, die nichts sehen, nicht einmal die Gemälde des eigenen Vaters, ganz nach innen gerichtet sind, auf ein angelsächsisches Märchenland, das ganz Ihnen gehört. Habe ich recht?»

Er hatte recht, obwohl sie es selbst kaum wußte.
Sie überlegte und sagte dann: «Kurz vor dem Krieg hatte ich einen schrecklich aufregenden Traum, in dem ich vor den Deutschen auf der Flucht war.»
«Vor den Deutschen muß man immer auf der Flucht sein. Sie sind so ungeheuer langweilig.»
«Aber auch jetzt ist mein Leben langweilig, platt wie ein Pfannkuchen, kaum zu ertragen. Ich sehne mich fast schon nach Bomben.»
«Ich muß Ihnen leider sagen, wenn Ihnen das Leben langweilig erscheint, sind Sie daran selbst schuld. Für mich ist das Leben nie langweilig.»
«Langweilen Sie sich denn nie?»
«Menschen langweilen mich mitunter, aber das Leben nie.»
«Sie Glücklicher!»
«Vielleicht gehe ich mit Ihnen zum Tanzen. Aber wohin? Die Nachtclubs hier müssen furchtbar sein.»
«Es kommt darauf an, mit wem man hingeht.»
«Ich verstehe. Mit den Nachtclubs ist es hier wie überall. Also um acht? Ich hole Sie ab. Ich liebe die Verdunkelung. Ich bin ausgebildeter Nachtbomber – habe hinter den deutschen Linien allerlei nette Flugblätter abgeworfen, deshalb finde ich meinen Weg mit den Sternen. Das gibt mir Selbstvertrauen – auch wenn dieses Selbstvertrauen manchmal fehl am Platze ist, das gebe ich zu. Wir essen dann im Connaught Hotel, dort wohne ich, und man kann dort einen sehr guten *plat sucré* bekommen. Was heißt *plat sucré* auf englisch? – sagen Sie nichts, ich weiß es: Pudding.»
«Wie kommt es, daß Sie so gut Englisch sprechen?»
«Meine Mutter war Engländerin. Es ist noch immer großartig, nicht wahr? Die ganze *Excursion* von Wordsworth kann ich auswendig, aber nicht jetzt. Also, um acht.»
«Ich werde bereit sein», sagte Grace.
Der Franzose stürmte die Treppe hinunter und zur Haustür hinaus, und vom Fenster aus sah sie, wie er auf den St. James's Park zurannte. Dann ging sie hinauf in ihr Zimmer, zog alle

möglichen Kleider aus allen möglichen Schubladen und Schränken, warf sie auf ihr Bett und überlegte, welches von ihnen sie anziehen sollte. Irgendwie schien keines zu passen.
Nanny kam herein. «Du liebe Zeit! Hier sieht es ja aus wie beim Winterschlußverkauf.»
«Laß mir ein Bad einlaufen, Liebling. Ich werde heute abend mit diesem Franzosen essen gehen.»
«Wirklich? Und wie heißt er?»
«Oh, Mist. Danach habe ich ihn gar nicht gefragt.»
«Na ja», sagte Nanny, «bei den Franzosen klingt sowieso ein Name wie der andere, möchte ich sagen.»

2

Er hiess Charles-Edouard de Valhubert, und einen Monat später sagte er zu Grace: «Vielleicht heirate ich Sie.»
Grace, verliebt wie nie zuvor, versuchte einen klaren Kopf zu bewahren und nicht so auszusehen, als würde sie im nächsten Augenblick vor Glückseligkeit in Ohnmacht fallen.
«Tatsächlich?» fragte sie. «Warum?»
«In zehn Tagen gehe ich in den Nahen Osten zurück. Es gibt bald Krieg, da kann alles passieren, und ich brauche einen Sohn.»
«Sie denken sehr praktisch.»
«Ja. Ich bin Franzose. *Mais après le mariage – mince de – nettoyage, – La belle-mère! – on s'assied dessus!*», sang er. Ständig trällerte er solche Fetzen von Liedern vor sich hin. «Dabei werden Sie gar keine *belle-mère* bekommen, leider, sie ist nämlich schon vor vielen Jahren gestorben, die Arme.»
«Ich möchte Sie daran erinnern», sagte Grace, «daß ich verlobt bin.»
«Und ich möchte Sie daran erinnern, daß Ihr Betragen in letzter Zeit nicht das einer getreuen *fiancée* war.»

«Ein kleiner Flirt bedeutet gar nichts. Ich bin verlobt, und darauf kommt es an.»
«Verlobt. Aber nicht verheiratet und nicht verliebt.»
«Ich mag ihn.»
«Wirklich?»
«Haben Sie Hughie in Kairo wirklich gesehen?»
«Allerdings, und zwar aus der Nähe. Er sagte: ‹Sie gehen nach London? Schauen Sie doch mal bei Grace vorbei.› Nicht sehr klug von ihm. Vorbeigeschaut habe ich ja nun. Er ist sehr langweilig.»
«Er sieht sehr gut aus.»
«Ja. Also, wie wäre es am Mittwoch?»
«Am Mittwoch? Was?»
«Die Hochzeit. Ich werde jetzt Ihren Vater aufsuchen – wo kann ich ihn finden?»
«Um diese Zeit wird er im Parlament sein.»
«Ich hätte nie gedacht, daß ich mal als Schwiegersohn der Allingham-Kommission enden würde. Wie das Schicksal so spielt. Nachher hole ich Sie zum Essen ab.»

Am nächsten Tag machte Sir Conrad Allingham einen Besuch bei Mrs. O'Donovan, einer Witwe, mit der ihn seit vielen Jahren eine zärtliche Freundschaft verband. In der praktischen Liebe zog Sir Conrad, der diesem Zeitvertreib einen großen Teil seiner Energie widmete, die Fachkräfte vor, denn es war ihm peinlich, sich mit Frauen, denen er auch in anderen Lebenslagen begegnete, auf die Liebe einzulassen, und es gelang ihm bei ihnen nie, aus sich herauszugehen. Aber er schätzte die Gesellschaft von Frauen in einem für Engländer durchaus ungewöhnlichen Maße und kam oft in das kleine sonnige Haus oberhalb des Chelsea Hospital, um mit Mrs. O'Donovan zu plaudern. Sie war immer daheim, freute sich über jeden Besucher und hatte einen großen Freundeskreis unter den an geistigen Dingen interessierten Politikern vom rechten Flügel. Für Sir Conrad empfand sie eine besondere Wertschätzung; sie nannte ihn «meinen Conrad», und wenn er bei ihr weilte, war

sie für andere Besucher ausgegangen. Es hieß, er tue nie einen Schritt, ohne sie vorher um Rat zu fragen.
Ohne lange Vorreden fragte er sie: «Hast du Charles-Edouard de Valhubert gesehen?»
«Den Sohn von Priscilla?»
«Ja.»
«Ist er in London?»
«Seit mehreren Wochen, und anscheinend macht er Grace den Hof.»
«Conrad! Wie außergewöhnlich! Was macht er für einen Eindruck?»
«Einfach unwiderstehlich, weißt du. Gestern hat er mich im Oberhaus besucht – er will sie heiraten. Ich hatte ja keine Ahnung – nicht die geringste. Ich dachte, Grace habe sich in dieser Erste-Hilfe-Station vergraben, außerdem war ich natürlich selbst sehr beschäftigt. Einfach zu dumm, wie sie mich da vor vollendete Tatsachen stellt.»
«Und was ist mit Hughie?»
«Ja, was? Du weißt ja, meine Sympathien für ihn waren immer begrenzt – er hätte sie heiraten sollen, bevor er wegging.»
«Der arme Hughie, er hätte es so gern getan. Aber er fand es nicht fair.»
«Was für ein Unsinn. Er läßt eine Stellung ohne jede Deckung zurück, da darf er sich nicht wundern, wenn sie – na ja, den Verbündeten in die Hände fällt. Ich habe nie viel mit ihm anfangen können, wie du weißt, halbgar und humorlos. Aber sie hat mich nicht gefragt, als sie sich mit ihm verlobte, und auch nicht, als sie die Verlobung wieder löste (falls sie daran überhaupt gedacht hat). Es kommt also offenbar nicht darauf an, was ich denke. Soviel zu Hughie. Er ist abgetreten.»
«Man merkt, daß du dich darüber freust.»
«Ja und nein. Valhubert ist ein toller Bursche, ohne Frage, groß, attraktiv (im Auftreten seinem Vater sehr ähnlich, aber viel besser angezogen). Bestimmt ein sehr amüsanter Kerl. Aber offen gestanden, die Vorstellung, daß Grace einen *frog* heiratet, gefällt mir nicht.»

«Conrad! Bei deiner Vorliebe für die Franzosen!»
Auch Mrs. O'Donovan liebte die Franzosen. Als Kind hatte sie einmal mehrere Monate in Paris zugebracht; dieser Aufenthalt hatte ihre Vorstellungen nachhaltig geprägt, und seither sehnte sie sich danach, in Paris zu leben. Diese Liebe war eines der stärksten Bindeglieder zwischen ihr und Sir Conrad. Beide gehörten zu jener unter kultivierten Engländern nicht seltenen und durchaus respektablen Sorte von Leuten, die an den Franzosen buchstäblich fast nichts auszusetzen haben.
«Es ist wegen Grace», sagte er. «Versuch dir einmal vorzustellen, wie sie in der Pariser Gesellschaft herumtappt. Ein Lamm unter lauter Wölfen; mich schaudert schon bei dem Gedanken.»
«Ich weiß nicht – immerhin ist sie eine Schönheit, und das bedeutet in Frankreich sehr viel, mehr als hierzulande.»
«Ja, bei den Männern. Ich denke aber an die Frauen. Bei denen wird die arme Grace, die den Kopf immer in den Wolken hat, nichts zu lachen haben.»
«Vielleicht bieten ihr die Wolken auch Schutz.»
«Auf eine gewisse Weise ja, aber ich fürchte, sie ist sehr romantisch veranlagt, und wenn je einer das schweifende Auge besaß, dann dieser Valhubert. War nicht auch Priscilla sehr unglücklich, oder irre ich mich da? Es gab Gerüchte –»
Mrs. O'Donovan durchforschte ihre Erinnerung nach allem, was sie je über Priscilla de Valhubert erfahren und dann in ihrem Gedächtnis vergraben hatte. Unter anderem förderte sie dabei die Erinnerung zutage, daß sie, als die Kunde von Priscillas Verlobung zu ihr gedrungen war, genau dasselbe Gefühl gehabt hatte wie jetzt: eigentlich war das alles sehr ungerecht. Mrs. O'Donovan glich einer Französin so sehr, wie dies einer Angelsächsin nur irgend möglich ist. Sie sprach ein fehlerloses Französisch. Ihre Kleider, ihr Parfum, die Speisen, die sie aß, der Wein, den sie trank, im Grunde alles, was das Leben angenehm machte, kam aus Frankreich. In ihrem Badezimmer gab es ein *bidet*; ihren Mittagsschlaf machte sie auf einer Chaiselongue; sie las kaum etwas anderes als französische Bücher; ihr

Haus war ein Treffpunkt durchreisender Franzosen; der Käse erschien an ihrer Tafel vor dem Pudding, und ihr Hund, ein Pudel, hieß Blum.
In London galt sie als große Sachverständige für alles Französische und in jeder Hinsicht als Französin und glaubte daher, im Hinblick auf Frankreich gewisse natürliche Besitzansprüche anmelden zu dürfen. Deshalb schien es ihr unfair, daß ganz gewöhnliche, ziemlich langweilige englische Mädchen, damals Priscilla und jetzt Grace, diese faszinierenden Männer heirateten und auf diese Weise ganz mühelos in den Genuß aller Freuden der französischen Zivilisation gelangten.
Mrs. O'Donovan hatte nie einen bestimmten Franzosen heiraten wollen und war mit ihrem Gatten sehr glücklich gewesen, so daß diese Enttäuschung gleichsam gegenstandslos und sogar völlig unvernünftig war. Dennoch wurzelte sie tief, wie die Eifersucht es an sich hat.
«Ja, sehr unglücklich», sagte sie, «zum Teil, weil sie sich in der Pariser Gesellschaft nicht wohl gefühlt hat (sie hat nie richtig Französisch sprechen gelernt), aber vor allem, wie du schon sagtest, wegen der abscheulichen Untreue von Charles-René, die sie am Ende wohl umgebracht hat.»
«Umgebracht – na ja», sagte Sir Conrad. «Ich glaube nicht, daß sie an der Liebe gestorben ist. Wohl eher an den französischen Ärzten. Wann ist Charles-René denn gestorben?»
«Das ist lange her. Vor fünfzehn Jahren, schätze ich – kurze Zeit nach Priscilla. Lebt die alte Madame de Valhubert noch? Und Madame Rocher?»
«Keine Ahnung – habe sie nie kennengelernt.»
«Madame Rocher des Innouïs ist oder war die Schwester von Madame de Valhubert. Solange ich mich zurückerinnern kann, ist Madame de Valhubert immer so etwas wie eine Heilige gewesen, ganz anders als Madame Rocher. In meiner Kindheit kannte ich beide, sie waren Freundinnen meiner Mutter.»
«Also wirklich», meinte Sir Conrad mürrisch, «mir sagt keiner etwas. Von Verwandten war überhaupt nicht die Rede. Ich habe mich mit diesem Burschen nur eine halbe Stunde lang

unterhalten, und zwar hauptsächlich über meinen Drouais, der seiner Meinung nach von irgendeinem Nattier-Schüler stammt. Schrecklicher Blödsinn. Aber ich habe ihn gefragt, warum er sie heiraten will. Denn viele gemeinsame Interessen haben sie nicht, es sei denn, Grace tut endlich etwas für ihre Bildung.» Graces träumerische Unwissenheit machte ihren Vater immer wütend.

«Und was sagte er?»

«Er sagte, sie sei so schön und so gut.»

«Und so reich», fügte Mrs. O'Donovan hinzu.

«Meine liebe Meg, das kann es nicht sein. Die Valhuberts waren schon immer ungeheuer reich.»

«Ja, aber niemand und ein Franzose am allerwenigsten hat etwas dagegen, noch ein bißchen mehr zu bekommen, nicht wahr?»

«Ich glaube, da ist noch etwas anderes im Spiel. Er will einen Sohn, bevor er umkommt, das ist es eher. Übrigens, die Trauung ist morgen.»

«Morgen?»

«Ja, was soll ich machen? Grace ist volljährig – dreiundzwanzig, wirklich Zeit, daß sie heiratet –, und sie ist verliebt, sie strahlt vor Liebe. Valhubert ist längst alt genug, um zu wissen, was er will, achtundzwanzig, wie es scheint, und er muß in den Krieg. Ohne mich zu fragen, haben sie beschlossen, daß morgen Hochzeit sein soll. Ich kann mich nur damit abfinden und ein freundliches Gesicht machen.»

Trotz dieser bissigen Reden merkte Mrs. O'Donovan, die «ihren» Conrad gut kannte, daß er mit dieser Wendung der Dinge nicht unzufrieden war. Er liebte das Unvorhergesehene, solange es seine persönliche Bequemlichkeit nicht störte, und seine Duldsamkeit gegen jedwede Manifestation von Liebe war grenzenlos. Valhubert gefiel ihm, und da er in den Krieg mußte, würde er Sir Conrad für die nächsten Monate oder gar Jahre nicht einmal seiner Haushälterin und Gesellschafterin berauben. Sir Conrad, der Paris sehr liebte, war froh, daß er dort nach dem Krieg einen verwandtschaftlichen Brückenkopf

haben würde, während man über die Frage, ob die beiden zueinander paßten und ob Grace zuletzt glücklich oder unglücklich werden würde, nur spekulieren konnte.
«Wo werden sie denn getraut?» fragte Mrs. O'Donovan. «Soll ich kommen?»
«Das hoffe ich doch, auch zum Lunch nachher. Um zwölf Uhr in der Caxton Hall.»
Mrs. O'Donovan, die natürlich Katholikin war, schien bestürzt und erschrocken. «Sie heiraten nur standesamtlich? Conrad, ist das klug? Die Valhuberts sind eine ganz und gar katholische Familie, weißt du.»
«Ich weiß. Mir erschien es auch ziemlich sonderbar. Aber Grace ist noch nicht katholisch, obwohl sie vermutlich irgendwann übertreten wird. Wie auch immer», sagte er und stand auf, um zu gehen, «so haben sie es geplant, und mich hat natürlich niemand gefragt. Wenn ich bedenke, wie ich mich immer an meinen guten alten Vater gehalten habe – nie habe ich etwas ohne seine Zustimmung unternommen –»
«Bist du sicher?» fragte sie lachend. «Mir kommt da eine gewisse Kahnpartie in den Sinn – irgend etwas beim Derby – ein Ausflug nach Wien –»
«Ja, ja. Ich sage ja nicht, ich sei nie jung gewesen. Ich spreche von den allgemeinen Grundzügen der Politik –»

Grace ging aus und kaufte einen Hut, und das Ankleiden für die Hochzeit bestand darin, diesen Hut aufzusetzen. Wegen der Bedeutsamkeit des Anlasses nahm sie sich viel Zeit hierfür, schob ihn ein bißchen nach rechts, nach links, nach hinten.
Für sich genommen war er hübsch, ein hübscher kleiner Hut, aber zu ihrem schönen, eher großen Gesicht wollte er nicht passen. Unter Seidenpapiergeraschel machte sich Nanny im Zimmer zu schaffen.
«Sitzt er so gut, Nan?»
«Ganz nett.»
«Liebling, du siehst ja gar nicht hin. Oder besser so?»
«Ich sehe da keinen großen Unterschied.» Ein tiefer Seufzer.

«Liebling! Was für ein Seufzer!»
«Ja, ich kann nicht behaupten, daß es eine Hochzeit von der Art wäre, wie ich sie mir erhofft habe.»
«Ich weiß. Es ist eine Schande, aber was will man machen. Der Krieg.»
«Ein Ausländer.»
«Aber ein so hinreißender. Oje, dieser Hut! Was ist bloß mit ihm?»
«Mag sein, daß er nett ist, aber mir hat Mr. Hugh immer sehr gut gefallen.»
«Hughie ist natürlich auch hinreißend, aber er ist weggegangen.»
«Um für König und Vaterland zu kämpfen, meine Liebe.»
«Charles-Edouard kämpft für Präsident und Vaterland. Ich sehe da keinen großen Unterschied, außer daß er mich vorher heiratet. Oh, Liebling, dieser Hut! Irgend etwas stimmt nicht mit ihm, oder?»
«Mach dir nichts draus, es sieht dich ja keiner.»
«An meinem Hochzeitstag?»
Als dann Charles-Edouard vor dem Standesamt zu ihnen stieß, warf er ihr einen Blick zu und sagte: «Dieser Hut ist scheußlich, nimm ihn lieber ab.»
Erleichtert setzte Grace ihn ab und schüttelte ihr schönes goldenes Haar.
Den Hut, der mit Blumen besteckt war, übergab sie Nanny, die nun aussah wie eine mürrisch dreinblickende ältliche Brautjungfer mit einem Blumenstrauß in der Hand.
Die Flitterwochen verbrachten sie im Haus von Sir Conrad, Bunbury Park in Wiltshire, und waren sehr glücklich. Wenn Grace sich während der folgenden einsamen Jahre an diese zehn kurzen Tage zu erinnern versuchte, trat ihr stets ein bestimmtes Bild vor Augen: Charles-Edouard, damit beschäftigt, Möbel zu verrücken. Im mittleren Trakt des Hauses waren Soldaten einquartiert, er und Grace bewohnten drei Zimmer in einem der Seitenflügel, und Charles-Edouard ging sofort daran, diese Zimmer mit Kunstgegenständen zu füllen. Die

schneidende Kälte in der ungeheizten Eingangshalle mit ihrer Kuppel und dem Marmorfußboden, wo der größte Teil des Mobiliars abgestellt war, schien er überhaupt nicht zu spüren, sondern hantierte dort unentwegt bei trübem Licht, hob Schonbezüge an, kroch unter Pyramiden aus Tischen und Stühlen umher, öffnete Schränke und spähte in Kisten, wie ein Eichhörnchen auf der Suche nach Nüssen. Von Zeit zu Zeit machte er sich mit einem zufriedenen Grunzen über irgendeinen Gegenstand her und huschte mit ihm davon. Wenn er ihn allein nicht fortzuschaffen vermochte, ließ er sich von den Soldaten helfen. Acht Männer mußten mit anpacken, um die Marmorbüste eines österreichischen Erzherzogs nach oben in Graces Schlafzimmer zu schleppen. Nanny und die Hausverwalterin glaubten offenbar, Charles-Edouard habe den Verstand verloren, seufzten tief und warfen sich vielsagende Blicke zu, während der Erzherzog mühevoll treppauf wanderte. Er war einer der Brüder von Marie-Antoinette, mit prachtvoller Perücke, die Brust voller Orden, das Vlies über dem aufwendigen Kragen, und nun beherrschte er mit seinem nichtssagenden deutschen Gesicht das ganze Zimmer.
«Er sieht so langweilig aus», sagte Grace.
«Aber so schön. Du achtest zu sehr auf die Person – siehst du denn nicht, wie wunderbar die Skulptur als solche ist?»
«Komm, wir machen einen Spaziergang, Charles-Edouard, der Wald ist herrlich heute.»
Der Frühling hatte begonnen, schönes, trockenes Wetter. Die großen Rotbuchen standen noch unbelaubt auf ihrem Kupferteppich, während die anderen Bäume schon luftige Unterröcke aus fahlem Grün um sich gelegt hatten. Das Vogelorchester stimmte die Instrumente, als wollte es die beiden Stars des Sommers, den Kuckuck und die Nachtigall, begleiten, sobald sie sich vor dem Publikum verbeugt hatten. Es schien jammerschade, an solchen Tagen unter Schonbezügen herumzukriechen.
«Ich hasse die Natur», sagte Charles-Edouard und ließ sich bei der Bewältigung seiner selbstgestellten Aufgabe nicht unter-

brechen. So spazierte Grace allein in den sonnigen Wäldern umher, bis sie herausfand, daß sie nur ein Mausoleum aus dem 18. Jahrhundert, eine siamesische Almhütte, einen Wünschelbrunnen, eine Einsiedlergrotte oder ein Schäferhaus als Ziel des Spaziergangs vorzuschlagen brauchte, und schon war Charles-Edouard bereit mitzukommen. In einem ungeheuren Tempo stapfte er durchs Gelände, fiel dabei oft in Trab und zerrte sie hinter sich her. *«Il neige des plumes de trourterelles»*, sang er dazu.
Der Park ihres Vaters war voll von architektonischen Merkwürdigkeiten – für ihren gemeinsamen Aufenthalt dort reichten sie bei weitem aus. Aber worüber sprachen sie den ganzen Tag? Daran konnte sich Grace nachher nie erinnern. Charles-Edouard sang seine Liedchen, machte seine Witze und sprach viel über das, was er unter den Schonbezügen entdeckt hatte, so daß Namen wie Carlin, Cressent, Thomire, Reisener und Gouthière Grace nachher stets an ihre Flitterwochen erinnerten. Ihr Zimmer machte eine erstaunliche Wandlung durch: aus einem langweiligen Schlafzimmer auf einem Landsitz wurde eine Ecke in der Wallace Collection. Aber über sich selbst, über seine Angehörigen, das Leben in Paris oder darüber, was sie beide nach dem Krieg tun würden, sprach Charles-Edouard kaum. Zwei Wochen nach der Hochzeit verließ er England und kehrte nach Kairo zurück.
Grace stellte bald fest, daß sie ein Kind erwartete. Als die Luftangriffe begannen, schickte ihr Vater sie nach Bunbury, und hier, in einem Schlafzimmer voller Kunstwerke, die sein Vater zusammengetragen hatte, schlug Sigismond de Valhubert zum ersten Mal die Augen auf und blickte in das langweilige, dumme Gesicht eines österreichischen Erzherzogs.

3

«Er ist ja ein kleiner Schwarzer – oh, er ist schwarz. Ich hätte nie gedacht, daß du mal ein Baby mit solchen Augen bekommen würdest, es sieht nicht natürlich aus, als würde da etwas nicht stimmen.»

«Ich weiß nicht», entgegnete Grace. «Ich finde, auf die Dauer ist es langweilig, immer nur in blaue Augen zu sehen. Die hier gefallen mir besser.»

«Und so ein komischer Name», fuhr Nanny fort, «geradezu sonderbar. Wenn er wie sein Vater hieße, wäre ein Charlie aus ihm geworden oder ein Eddy, aber Sigi –! Also, auf der Straße würde ich nicht gern nach ihm rufen, die Leute würden sich umdrehen.»

«Aber du bist doch so selten auf der Straße, Liebling.»

«In Salisbury. Die Leute bleiben auch jetzt schon stehen und starren ihn an.»

«Weil er so ein lieber Kerl ist. Ich finde, er ist ein Segen.»

Nanny fand das natürlich auch, obwohl ihr der Segen noch segensreicher erschienen wäre, wenn er mehr seiner Mutter und weniger seinem Vater geähnelt hätte.

Grace blieb in Bunbury. Eigentlich hatte sie nach London und zum Luftschutz zurückkehren wollen, sobald Sigi entwöhnt war, aber am Ende blieb sie doch. Sie trieb ein bißchen Landwirtschaft und kümmerte sich um ihr Baby, soweit Nanny es zuließ. Sir Conrad kam an den Wochenenden zu Besuch, und manchmal fuhr sie für ein paar Tage zu ihm nach London. So verliefen die Kriegsjahre für Grace ziemlich ruhig, und es machte ihr nie viel aus, daß sie allein war. Sie war von Natur aus gelassen und optimistisch, quälte sich nicht mit ängstlichen Gedanken an Charles-Edouard und zweifelte nie daran, daß er irgendwann wohlbehalten zurückkehren würde. Auch zweifelte sie nie daran, daß, wenn er zurückgekehrt war, ihre Ehe ein Elysium der Glückseligkeit werden würde.

Ihr Vater und Mrs. O'Donovan suchten viele Bücher für sie heraus, die sie zur Vorbereitung auf das Leben in Frankreich lesen sollte. Sie empfahlen ihr die religiösen Schriften des siebzehnten Jahrhunderts, das Drama und die Philosophie des achtzehnten, die Prosa und die politischen Schriften des neunzehnten. Sie schickten ihr neben zahlreichen Klassikern, vielen Romanen und Memoiren auch sechzehn Bände Michelet in Maroquin sowie sechzehn Bände Sainte-Beuve in Broschur; sie schickten ihr Bodleys *Frankreich* und Brogans *Dritte Republik* und erklärten, sie würde sich wie ein Dummkopf vorkommen, wenn sie nichts über das französische Wahlsystem, das Rechts- und Verwaltungswesen von Frankreich wüßte. Grace unternahm hin und wieder auch einen Anlauf, alle diese Hausaufgaben zu erledigen, aber träge und ungeübt, wie sie in geistigen Dingen war, kam sie über kleine Kostproben nie hinaus. Abends schaltete sie lieber das Radio ein, dachte an Charles-Edouard und stickte an einem Teppich, den sie ihm im wahrsten Sinne des Wortes zu Füßen legen wollte. Es war eine Petit-point-Stickerei in einem besonders grobschlächtigen viktorianischen Muster aus Rosen, Maiglöckchen und blauen Bändern. Grace fand es unbeschreiblich schön.

Sie lebte in einem Traum von Charles-Edouard, und im Laufe der Jahre entfernte sich der Charles-Edouard ihrer Vorstellung immer mehr von der Wirklichkeit und wurde zu einem ganz anderen Wesen. Und die Jahre vergingen wirklich. Im Juli 1940 kehrte er für drei hektische Tage zurück, die aber kaum zählten, so wenig sah Grace von ihm, und danach schien er sich immer weiter zu entfernen – Fort Lamy, Ceylon, zuletzt Indochina. Auch als der Krieg zu Ende war, wurde er nicht sofort aus dem Dienst entlassen. Immer wieder wurde seine Rückkehr angekündigt und immer wieder verschoben, so daß seit ihrer Hochzeit mehr als sieben Jahre vergangen waren, als endlich das Telefon klingelte und Grace seine Stimme hörte. Er rief vom Flughafen Heathrow an. Diesmal war er unangekündigt, und sie hatte geglaubt, er sei noch im Fernen Osten.

«Unser Botschafter war im gleichen Flugzeug, er läßt mich mit seinem Wagen direkt zu dir bringen», sagte er. «Ich denke, in ein oder zwei Stunden bin ich da.»

Die sieben Jahre waren wie im Fluge vergangen, aber diese letzten Stunden kamen Grace endlos vor. Sie ging hinauf in die Kinderzimmer. Sigi nahm gerade sein abendliches Bad.
«Bring ihn noch nicht zu Bett», sagte sie zu Nanny. «Stell dir vor – sein Vater wird gleich hier sein.»
Nanny nahm diese Nachricht mit der Miene eines Menschen auf, der weiß, daß alles und vor allem alles Gute irgendwann einmal ein Ende hat. Sie ließ ein besonders beunruhigendes Schniefen hören und sagte: «Ich hoffe nur, daß er den armen Kleinen nicht zu sehr aufregt. Du weißt genausogut wie ich, was es heißt, ihn abends zum Schlafen zu bringen.»
«Oh, Nanny, nur dieses eine Mal – und wenn er nachher die ganze Nacht wach bleibt!»
Sie ging hinaus und schlenderte die Auffahrt hinunter zum Pförtnerhaus. Dort setzte sie sich auf einen der durch lockere Ketten miteinander verbundenen Steinpfosten, die die grasbewachsenen Hügel zu beiden Seiten des Tors einschlossen. Auf der kleinen Straße draußen vor dem Park war kein Verkehr, und den tiefen, von Rosenbüschen gesäumten Wald auf der anderen Seite erfüllte Vogelgezwitscher. Es war jetzt Hochsommer, die Woche, in der Kuckuck und Nachtigall ihre schönsten Auftritte haben. Der Abend war warm, aber Grace war froh, daß sie eine Strickjacke dabeihatte; sie hatte angefangen zu zittern wie ein nervöser Hund.
Endlich tauchte der Wagen auf. Charles-Edouard sprang heraus und umarmte sie, und mit einem Schlag wußte sie wieder, wie er in Wirklichkeit war, und der andere, der Charles-Edouard ihrer Träume, trat in den Hintergrund. Er verschwand aber nicht ganz, denn später erinnerte sie sich oft voller Zuneigung an ihn, aber wie an etwas, das mit der Wirklichkeit nichts zu tun hatte.
Sie stiegen wieder in den Wagen und fuhren zum Haus hinauf.
«Du siehst wunderschön aus», sagte er, «und sehr glücklich. Ich hatte schon befürchtet, du wärest hier in all den Jahren ohne mich trübsinnig geworden.»

«Ich hatte schreckliche Sehnsucht nach dir.»
«Ich weiß. Wie sollte es anders sein?»
«Mach dich nicht lustig, Charles-Edouard. Aber wenn wir uns hätten trennen müssen, dann wäre ich lieber hier geblieben als irgendwo sonst. Ich liebe das Land, weißt du. Außerdem hatte ich eine Menge zu tun.»
«Was denn?»
«Oh, die Ziegen – alles mögliche.»
«Ziegen müssen sehr langweilig sein.»
«Nein, eigentlich nicht. Und natürlich auch Sigi. Bist du gespannt auf ihn?»
«Sehr gespannt.»
«Dann komm, wir gehen sofort zu ihm hinauf.»
Aber vor dem Schlafzimmer von Grace ergriff Charles-Edouard ihre Hand und deutete unnachgiebig auf die Tür. «Ich muß sehen, ob der Erzherzog noch da ist», sagte er, und sie gingen hinein.
Einige Zeit später sagte Grace: «Ich hätte nicht weiterleben können, wenn du gefallen wärst.»
«Ah! Wärst du gestorben? Wie nett!»
«Ja, ich hätte nicht mehr leben können.»
«Aber wäre es ein gewaltsamer Tod geworden, durch Gift, oder ein langsamer Tod durch Kummer?»
«Was wäre dir lieber?»
«Gift wäre sehr schmeichelhaft.»
«Gut, dann also Gift. Und jetzt komm, wir gehen zu Sigi.»
Im Kinderzimmer stand Nanny und machte ein mißbilligendes Gesicht. «Sonderbar», sagte sie, «mir war, als hätte ich schon vor einer guten halben Stunde einen Wagen gehört. Inzwischen ist er eingeschlafen, der arme kleine Kerl.»
Sie gingen hinüber in Sigis Schlafzimmer. Er stand auf seinem Bett. Er hatte schwarze, seidige Locken und dunkle kleine, kluge Augen, und er lachte immerzu.
«Hast du mich schon mal gesehen?» fragte er seinen Vater.
«Noch nie. Aber ich kann raten, wer du bist.»
«Sigismond de Valhubert, fast sieben. Bist du mein Papa?»

«Darf ich mich vorstellen – Charles-Edouard de Valhubert.» Sie gaben sich die Hand.
«Was bist du?»
«Ich bin Colonel außer Dienst der Französischen Luftwaffe. Und du, was willst du werden?»
«Ein Supermann», sagte das Kind.
Charles-Edouard war sehr zufrieden mit dieser Antwort. «Immer die gleiche Geschichte», sagte er. «*L'Empereur, la gloire, hommage à la Grande Armée*. Ich werde dir allerlei über den Marschall von Frankreich erzählen müssen, deinen Vorfahren. Weißt du, daß wir zu Hause eine Standarte aus der Schlacht bei Friedland besitzen?»
Sigi sah ihn völlig verwirrt an, und Grace sagte: «Sein Supermann heißt nicht Napoleon, sondern Garth.»
«Goethe?»
«Du lieber Himmel – nein. Garth. Ein Comic-Strip – ich kann es dir nicht erklären, ich muß ihn dir irgendwann einmal zeigen. Er ist ziemlich schrecklich, aber anscheinend geht es nicht ohne ihn.»
«Garth, verstehst du, im *Daily*», sagte Sigismond. Sein Großvater hatte ihm verboten, die Zeitung *Mirror* zu nennen, weil vornehme Leute zu einem *Spiegel* nicht Mirror sagen, sondern *Looking-glass*. Deshalb sagte Sigi *Daily*. «Wenn ich groß bin, kaufe ich mir ein Raumschiff wie Garth und fahre zum –»
«Aber was hast du gelernt, Sigismond? Kannst du zählen? Kannst du lesen; kannst du die vierzig Könige von Frankreich aufsagen?»
«Vierzig?» seufzte Grace. «So viele? Der arme Junge.»
«Na ja, achtzehn heißen Ludwig und zehn heißen Karl. Es ist also nicht so schlimm. Und die anderen kann auch ich nie behalten.»
«Ist er nicht ein Schatz?» fragte Grace, als sie wieder nach unten gingen.
«Ein Schatz, ja. Ziemlich langweilig, aber ein Schatz.»
«Er ist überhaupt nicht langweilig», sagte sie entrüstet, «auch wenn er für sein Alter vielleicht noch ein bißchen jung wirkt. Es

kommt daher, daß er ganz allein mit mir hier auf dem Land wohnt.»
«Dann sollte ich euch beide vielleicht gleich morgen mit nach Frankreich nehmen.»
«Morgen? O nein, Charles-Edouard, nicht –»
«Wir können hier nicht bleiben. Ich habe alle schiefen Türme und Pavillons gesehen, alle Rondelle und Inseln und Rokoko-Brücken, ich habe die Möbel verrückt und die Bilder umgehängt. Es gibt nichts mehr zu tun, und wir müssen unser neues Leben anfangen. Also –?»
«Aber, Liebling, schon morgen? Und was ist mit dem Packen?»
«Keine Sorge. Wir fahren in die Provence, da brauchst du nur ein paar Baumwollkleider, und bevor wir nach Paris gehen, mußt du dich ohnehin neu einkleiden.»
«Ja, aber Nanny. Was wird sie dazu sagen?»
«Das weiß ich nicht. Unser Flugzeug startet jedenfalls um zwölf, da können wir bequem den Nachtzug nach Marseille erreichen. Wir fahren hier um neun ab. Ich habe alles arrangiert und einen Wagen bestellt, der uns bringt. Ich nehme an, du hast Pässe besorgt, wie ich es dir letztes Jahr geschrieben hatte?»
«Aber Nanny –», jammerte Grace.
Charles-Edouard stimmte ein Liedchen über Sardinen an. *«Marinées, argentées, leurs petits corps decapités...»*

4

Bei sengender Hitze kamen Charles-Edouard, Grace, Sigismond und Nanny in Marseille an. Grace und das Kind waren nach der Nacht im Zug erschöpft, aber Charles-Edouard und Nanny waren aus härterem Holz geschnitzt. Seine Liedchen und seine Witzeleien sprudelten munter dahin, außer wenn er schlief, und Nannys Beschwerden sprudelten ebenso. In der Litanei ihrer Klagen tauchten gewisse Motive in regelmäßigen Abständen immer wieder auf: «Keine Zeit, um an Daniel Neal zu schreiben – all die schönen Spielsachen zurückgelassen – das wunderbare Schaukelpferd, das Mrs. O'Donovan uns geschenkt hat – sein Roller mit den Gummireifen und der Klingel – der arme Kerl ist aus seinem Wintermantel herausgewachsen, aber wo sollen wir hier bloß einen neuen finden – wie soll ich ohne mein Radio auskommen? – die Bengers, weißt du, meine Liebe, von *Army and Navy*, sind nicht rechtzeitig dagewesen – bekommt man dort den *Mirror* und *Woman and Beauty*? Oje, diese Bücher habe ich nicht zu Boots Leihbibliothek zurückgebracht, was wird das Mädchen dort bloß von mir denken – die schöne Bluse, die ich mir im Dorf machen lassen wollte –» Und dann, viel lauter als alles andere, der Refrain: «Eigentlich eine Schande.»

Am Bahnhof erwartete sie Charles-Edouards Kammerdiener Ange-Victor in einem großen, ziemlich altmodischen Bentley. Ange-Victor weinte vor Freude, und es schien, als wollten er und Charles-Edouard gar nicht mehr aufhören, einander zu umarmen. Schließlich wurde das Gepäck im Wagen verstaut, Grace und Sigi zwängten sich neben Charles-Edouard auf die vordere Sitzbank, der Kammerdiener und die Kinderfrau auf die hintere, und dann ging es in einem Höllentempo die schmale, kurvenreiche, vielbefahrene Straße von Marseille nach Aix entlang.

«Nur keine Angst, ich bin Nachtbomber», rief er Grace zu, die sich in ihre Ecke duckte und Sigi fest umklammert hielt. Der warme Fahrtwind zauste an ihrem Haar. Obwohl es noch früh am Tage war, herrschte eine glühende Hitze. Charles-Edouard sang: *«Malbrouck s'en va'-t-en guerre et ne reviendra pas.»*

«Aber ich bin zurückgekommen», setzte er triumphierend hinzu. «Ich hätte nie im Leben gedacht, daß ich zurückkommen würde. Fünf Wahrsagerinnen haben mir prophezeit, ich würde fallen.»

Und dann drehte er sich um, obwohl gerade ein riesiger Last-

wagen direkt vor ihm war, und fragte Ange-Victor, ob Madame André im Dorf immer noch die Karten legte.
«Soll *ich* dir mal etwas prophezeien?» fragte Grace. «Wenn du nicht vorsichtiger fährst, wird es bald eine Witwe, einen Witwer, ein Waisenkind und zwei kinderlose Eltern in dieser Familie geben.»
«Du mußt bedenken, daß ich Nachtbomber bin», sagte Charles-Edouard. «Ich habe Flugzeuge über undurchdringliche Dschungel gesteuert, wie soll ich da auf meiner alten Straße, die ich schon als Kind kannte, einen Unfall machen? Hier geht es ab», sagte er, zog den Wagen unmittelbar vor der Kühlerhaube eines riesigen entgegenkommenden Lastwagens nach links und bog in einen schmalen Weg ein. «Und das», sagte er ein paar Minuten später, «ist Bellandargues.»
Typisch für die Provence und die Toskana sind die vielen Bergkuppen, die sich unerwartet zwischen den Weingärten erheben. Oft duckt sich an ihrem Fuß eine Ansammlung von Häusern, die von einem Schloß oder einer Burgruine auf der Höhe überragt wird. So auch in Bellandargues. Das Dorf lag unten, und darüber, im blauen Himmel, hing das Schloß, in dem seit vielen Generationen die Familie Valhubert zu Hause war.
Das Dorf, in das sie nun einfuhren, machte einen fröhlichen, festlichen Eindruck. Zur Feier von Charles-Edouards Rückkehr war überall geflaggt. Über der Straße hing ein großes Spruchband: *«Vive la Libération, Hommage à M. le Maire»*. Die Dorfkapelle spielte, und auf dem Marktplatz hatte sich eine winkende, jubelnde Menschenmenge versammelt. Charles-Edouard ließ anhalten. M. Mignon, der Apotheker, hielt eine lange Rede, in der er an die traurigen Zeiten erinnerte, die sie durchlebt hatten, seit Charles-Edouard zum letzten Mal hier gewesen war, und erklärte, wie tief es sie alle bewegt habe, als sie ihn im Juli 1940 über Radio London hatten sprechen hören.
«Hm. Hm.» Wer ihn gut kannte, dem verriet Charles-Edouards Miene eine heimliche Belustigung, in die sich eine Spur von schlechtem Gewissen mischte. Seine Augen lachten,

aber die Mundwinkel waren herabgezogen: er erinnerte sich sehr genau an die Rede bei der BBC und daran, wie er, während er sprach, mit der Sprecherin, die als nächste an der Reihe war, durch die Glasscheibe Blicke gewechselt hatte. Die hübsche kleine Holländerin hatte er nachher zum Tee eingeladen, bevor er zu Grace zurückgekehrt war. M. Mignon fand einen würdigen, blumigen Schluß, Charles-Edouard hielt ebenfalls eine Ansprache, und die Dorfkapelle spielte noch einmal, während er und Grace Hunderte von Händen schüttelten. Sigi wurde allseits heftig bewundert, er sei «genau der Papa»; er hüpfte auf seinem Sitz herum, lachte und klatschte in die Hände, bis Nanny fand, er sei ja völlig außer Rand und Band, und ihn auf ihrem Schoß festhielt.
«Tja», sagte Grace, als sie schließlich weiterfuhren, «du hättest nie gedacht, eines Tages als Schwiegersohn der Allingham-Kommission zu enden, und ich hätte nie geglaubt, daß ich eines Tages einen Bürgermeister zum Mann nehmen würde.» Sie drehte sich nach hinten und sagte: «War das nicht herrlich, Nan?»
«Komische Leute, nicht wahr? Vom Waschen halten sie anscheinend nicht sehr viel. Furchtbar, dieser Kanalgeruch, meine Liebe.»
Die Straße, die durch das Dorf bergauf führte, wurde immer steiler, nach den Seiten zweigten nur noch Treppen ab. Charles-Edouard schaltete in den niedrigsten Gang. Sie rumpelten durch ein Tor, krochen eine letzte Steigung hinauf, gelangten schließlich auf eine große, flache, von Orangenbäumen in Kübeln gesäumte Terrasse und hielten vor dem geöffneten Portal des Schlosses an. Von hier oben war das Dorf nicht zu sehen; tief unter ihnen breitete sich, in der Hitze flimmernd und von Schirmpinien gesprenkelt, meilenweit die tiefgrüne Landschaft.
Als Grace aus dem Wagen stieg, kam ihr der Gedanke, wie anders dies alles in ein paar Wochen für sie sein würde, wenn sie sich daran gewöhnt hatte. Häuser, so überlegte sie, verändern sich sehr, wenn man sie gründlich kennenlernt, und wenn man

sie zum erstenmal betritt, sind sie von ihrem wahren Wesen noch viel weiter entfernt und täuschen über ihren wahren Charakter noch viel mehr, als Menschen dies tun. Wie bei den Menschen hat man zunächst nur einen Eindruck, nicht mehr. Graces erster Eindruck von Bellandargues war ganz und gar günstig, ein Eindruck von warmer, schläfriger, schöner Großzügigkeit. Sie sehnte sich nach dem Tag, an dem ihr das alles alltäglich sein würde, wenn sie die Räume kannte, die hinter den großen Fenstern im ersten Stock lagen, wenn sie wußte, was sich jenseits der Terrasse abspielte und wohin die Treppe führte, die im Halbdunkel kaum sichtbar war. Es ist ein sonderbares Gefühl, wenn man das eigene Zuhause zum erstenmal betritt und wie ein Blinder herumgeführt werden muß.

Ein alter Butler kam herausgestürzt und erklärte, er habe sie erst in einer halben Stunde erwartet. Wieder folgten Umarmungen und Tränen, und dann gab ihm Charles-Edouard ein paar kurze Anweisungen. Nanny solle direkt auf ihre Zimmer gebracht werden, und ein Hausmädchen solle ihr beim Auspacken helfen.

«Und Madame la Marquise?» fragte er.

Der Butler erwiderte, Madame la Marquise müsse im Salon sein. Noch einmal sagte er, sie seien früher als erwartet eingetroffen.

«Also kommt», sagte Charles-Edouard und nahm Sigi bei der Hand. «Komm, Grace.»

«Geh mit dem Butler, Nan», sagte Grace. «Ich komme nach, sobald ich kann.»

«Ja, bitte, Sigi soll nicht zu lange bleiben. Er ist ganz schmuddelig von diesem Zug.»

Ihre Worte verhallten ungehört. Grace eilte ihrem Mann und ihrem Sohn durch die Schatten des Hauses nach, die Treppe hinauf. Irgendwo spielte jemand einen Walzer von Chopin, aber Grace hörte es nicht wirklich, obgleich sie sich später daran erinnerte.

«Warte auf mich, Charles-Edouard», rief sie. «Wer ist diese Marquise?»

«Meine Großmutter.»
«Charles-Edouard, Liebster, so bleib doch einen Augenblick stehen, ich wußte gar nicht, daß du eine Großmutter hast – oh, jetzt warte doch mal und erkläre mir –»
«Da gibt es nichts zu erklären. Hier herein.» Er öffnete eine Tür und ließ sie eintreten. Grace trat in einen riesigen, dunkel getäfelten Raum mit einer bemalten Decke. Die Möbel standen seltsam vereinzelt darin herum. Wie Sträucher in einer Wüste schienen sie ohne jeden Plan dort zu wachsen, wo sie standen, und verstreut zwischen ihnen erblickte man menschliche Gestalten. Ein alter Mann malte an einer Staffelei, eine alte Dame saß an einem Flügel und spielte den Chopin-Walzer, während eine andere alte Dame in der Laibung eines Fensters in ernste Gespräche mit einem alten Priester vertieft war. Sie sah sich um, als die Tür aufging, und kam dann auf Grace zu.
«So früh?» rief sie. «Und niemand unten, um euch zu empfangen? Es liegt an dieser dummen Stalluhr, die immer nachgeht.» Sie küßte Grace auf beide Wangen und küßte sie noch einmal.
«Eine Schönheit! Was für eine Schönheit! Gut gemacht, Charles-Edouard!» sagte sie und umarmte ihn. «Was für ein Glück, mein Kind.»
Die Begrüßung geriet zu einem regelrechten Tumult. «Tante Régine – M. le Curé, wie geht es Ihnen? Ja, ja, das hatte ich mir schon gedacht», sagte Charles-Edouard, als M. le Curé ihm erklärte, daß er nicht unten im Dorf gewesen sei, weil dort M. Mignon für die Begrüßung zuständig sei. «Grace, das ist M. de la Bourlie, und das ist M. le Curé, der hier seines Amtes waltet, seit – seit wann?»
Madame de Valhubert sagte: «M. le Curé kam als junger Priester in demselben Sommer, in dem ich als junge Braut hierherkam. In diesem Jahr werden wir hier sechzig Weinlesen gemeinsam verlebt haben.»
Tante Régine wurde ganz unruhig, während ihre Schwester sprach, und sagte halblaut zu Grace: «Aber ich bin viel jün-

ger, ich war immer die Kleine – fünfzehn, zwanzig Jahre jünger als Françoise.»
Sie hatten die gleichen sanften, bleichen Gesichter und dunklen Augen, aber während das von Madame de Valhubert von weichem, weißem Haar eingerahmt wurde und ihre Kleidung der Tracht einer Nonne ähnelte, war Madame Rocher geschminkt und gepudert, hatte das rote Haar nach der neuesten Mode geschnitten und trug ein so beneidenswert schönes, schlichtes Baumwollkleid, daß Grace gar nicht mehr davon loskam.
«Liebe Tante Régine, ich freue mich sehr, dich zu sehen», sagte Charles-Edouard. «Und wie geht es Octave?»
Octave war der Neffe ihres verstorbenen Mannes, der gegenwärtige Träger des Titels. Madame Rocher hatte ihn großgezogen und dann, weil er sie langweilte, beiseite geschoben, in die Armee. Der alte Marquis hatte jeden Pfennig des riesigen Vermögens, das er von seiner Mutter geerbt hatte, ihr vermacht. So konnte sie sich diesen selbstherrlichen Umgang mit seinen Angehörigen erlauben.
«Oh, der arme Octave, er hat kein Glück, kein bißchen, wie üblich», sagte Madame Rocher. «Er ist noch immer bei seinem Regiment, und er ist noch immer einfacher Hauptmann. Wäre dieser dumme Krieg nicht dazwischengekommen, dann wäre er jetzt bestimmt wenigstens Colonel.»
«Hm, hm», sagte Charles-Edouard, dem es schwerfiel, sich das Lachen zu verkneifen. «Und ich, ich bin trotz dieses dummen Krieges Colonel geworden, wußtest du das? Großmutter, hast du gewußt, daß ich Colonel bin?»
«Ja, ja, wir haben hier viel von dir gehört. Der kleine Béguin, der nach der Befreiung als Invalide aus der Armee entlassen wurde, war voll des Lobes über deine Heldentaten.»
«Ich habe mich wirklich glänzend geschlagen», sagte Charles-Edouard lachend. «Ich bin Colonel, und ich habe einen Sohn – übrigens, wo steckt dieser Sohn eigentlich?»
Er zog ihn hinter einem Vorhang hervor, wo sich Sigi in einem durchaus ungewöhnlichen Anfall von Schüchternheit versteckt hatte.

«Sigismond, komm her und küß die Hand deiner Ahnin. Jetzt, da du ein französischer Junge bist, möchten wir auch ein bißchen Anstand sehen, bitte schön.»
Sigi wurde ganz rot vor Verlegenheit, aber die alte Dame nahm zwei Schachteln mit Süßigkeiten vom Tisch, hielt sie ihm hin und sagte: «Meine Hand kannst du ein andermal küssen, mein Lieber, jetzt such dir erst einmal aus, was du möchtest, eine Praline oder eine kandierte Kastanie. Ein bißchen Bestechung schadet nichts», sagte sie zu Charles-Edouard, während Sigi sorgfältig auswählte. «Nun?»
«Also, Pralinen mag ich wirklich gern, aber ich glaube, ich nehme am besten die hier mit dem Silberpapier, wegen der Leprakranken.»
«Was sagst du da, mein Kind?»
«Weißt du, Nanny – du hast sie noch nicht kennengelernt – sie hat eine Kugel aus Silberpapier, und wenn diese Kugel ein Pfund wiegt, dann schickt sie sie ein, und davon kann dann ein Leprakranker leben – jahrelang wahrscheinlich. Sie sind sehr genügsam, sagt Nanny, geben sich mit einer Handvoll Reis zufrieden, aber Nanny hat schon seit einer Ewigkeit keine Kugel mehr eingeschickt, Silberpapier ist nämlich heutzutage so ungeheuer selten. Sie wird sich freuen.»
«Dieses Kind denkt ja wie ein kleiner Heiliger!» rief Madame de Valhubert. «M. le Curé, haben Sie das gehört? Der Kleine macht sich Gedanken über die Leprakranken. Das ist wunderbar, in diesem Alter. Wie sehr er dir gleicht, Charles-Edouard, du hast in diesem Alter genauso ausgesehen, wenngleich ich mich nicht erinnern kann, daß du dich mit derart erbaulichen Dingen beschäftigt hättest.»
«Ja, ist er mir nicht wie aus dem Gesicht geschnitten?» sagte Charles-Edouard. «Aber leider ist er nicht so brillant, wie ich früher war. Wenn ihr uns jetzt vielleicht entschuldigen wollt, ich möchte Grace vor dem Mittagessen das übrige Haus zeigen und den heiligen Franz Xaver in sein Kinderzimmer hinaufbringen.»
Draußen auf der Treppe wartete schon Nanny, die bleierne

Miene ein einziger Vorwurf. Sie stürzte sich auf Sigi und zog ihn hastig mit sich fort, wobei sie ihren Refrain flüsterte. Vor Charles-Edouard hatte sie einen gewissen Respekt, und Grace wußte, daß sie erst richtig loslegen würde, wenn sie mit ihr allein war. Die Worte «unerträglich eng hier» waren kaum vernehmbar, ein von furchtbarem Groll erfüllter Blick züngelte in die Richtung von Charles-Edouard – dann war sie verschwunden. Grace fürchtete schon jetzt den Tag, an dem sie mit ihm über Nanny würde sprechen müssen. Bereits als Kind hatte sie mitbekommen, wie ihr Vater und ihre Mutter sich von Zeit zu Zeit ihretwegen gestritten hatten, bis die Mutter durch ihren Tod Nanny für immer Sir Conrad aufgebürdet hatte. Grace lächelte Charles-Edouard nervös zu, aber er bemerkte es nicht; er legte seinen Arm um sie, und sie gingen langsam nach oben.

Jetzt fiel ihr wieder ein, worüber sie beim Verlassen des Salons nachgedacht hatte. «Warum hast du mir von deiner Großmutter eigentlich nie erzählt – und überhaupt, von all diesen Leuten?»

«Ich habe *einen* festen Grundsatz im Leben», sagte er, «und der lautet: Erzähle Leuten nie von Leuten, die sie nicht kennen. Das ist sehr langweilig, denn Leute sind nur interessant, wenn man sie kennt, und außerdem kann es zu Mißverständnissen führen. Du und meine Großmutter, ihr seid nun ganz unvoreingenommen aufeinander zugegangen –»

«Du hast hier doch hoffentlich nicht irgendwo noch eine andere Frau versteckt?»

«Keine Frau.»

«Oh, gut. Trotzdem ist es genau wie in *Rebecca*. Nach und nach werde ich alles über deine Vergangenheit herausfinden.»

«Ach, meine Vergangenheit! Die ist schon so lange her.»

«Dann erzähl mir mehr über diese Leute – jetzt habe ich sie ja gesehen. Wer ist der alte Mann?»

«M. de la Bourlie? Er ist der Liebhaber meiner Großmutter.»

«Ihr Liebhaber?» Grace war ganz bestürzt. «Ist sie nicht ein bißchen alt für einen Liebhaber?»

«Was hat das Alter mit der Liebe zu tun?» Charles-Edouard

machte ein so erstauntes Gesicht, daß Grace sagte: «Na ja – ich dachte nur. Egal, vielleicht kommt es wirklich nicht darauf an.»
Er lachte schallend. «Wie englisch du bist. Aber M. de la Bourlie hat meine Großmutter seit sechsundvierzig Jahren Tag für Tag besucht, und in einem solchen Fall kann man sicher sein, daß die Liebe im Spiel ist.»
«Aber er wohnt nicht hier, oder?»
«Nein. Er hat ein schönes Haus in Aix. Meistens kommt er am Nachmittag herüber, aber heute war er natürlich schon früher da, wahrscheinlich ist er vor Neugier auf *l'Anglaise* fast gestorben. Die anderen wohl auch, wir werden bald die ganze Nachbarschaft zu Gast haben. Es wird sehr langweilig werden. Mach dir nichts daraus.»
«Warum heiraten sie nicht?» fragte Grace.
«Wer? Ach, meine Großmutter. Aber die arme Madame de la Bourlie...»
«Arm ist sie auch so dran. In England endet eine lange Liebesbeziehung wie diese immer mit einer Heirat.»
«Und wenn man in Amerika mit einer Frau Händchen hält, erwarten die Leute, daß man am nächsten Tag die Scheidung einreicht. Die Angelsachsen heiraten gern, es ist sehr seltsam.»
«Eine blaßgrüne Perücke habe ich noch nie gesehen.»
«Diese Perücke hat er schon getragen, als ich noch ein kleiner Junge war. Zu seiner Zeit war er ein gewaltiger Herzensbrecher, mit Perücke und allem, was dazugehört.»
«Und wenn ich so alt bin wie deine Großmutter, wirst du mich dann noch immer lieben?»
«Es kommt darauf an.»
«Wie furchtbar. Worauf kommt es an?»
«Es kommt auf dich an, ganz allein auf dich.»
«Charles-Edouard, hast du mir von deiner Großmutter nichts erzählt, weil du gedacht hast, mir würde der Gedanke nicht gefallen, daß ich mein Haus mit einer anderen Frau teilen muß?»

Charles-Edouard sah sie verblüfft an. «Nicht einen Augenblick habe ich daran gedacht», sagte er. «Genaugenommen ist es ja auch nicht dein Haus, sondern ein Familiensitz, weißt du. Aber wir werden ohnehin kaum hier sein.»
«Oh! Ich dachte, hier sei mein neuer Wohnsitz.»
«Einer unter mehreren. Unser wirkliches Zuhause ist in Paris, und dort führt meine Großmutter, obwohl sie unter dem gleichen Dach wohnt, einen getrennten Haushalt. Du wirst sie mögen. Zum einen lieben alle Franzosen (und du bist ja jetzt eine Französin) ihre Verwandten, und außerdem ist meine Großmutter eine Heilige.»
«Ja», sagte Grace. «Ich verstehe. Ich werde sie bestimmt mögen. Es war reizend, wie sie Sigi die Pralinen anbot, als sie merkte, daß er ihr keinen Handkuß geben wollte. Aber ist es nicht schade, Charles-Edouard, so ein schönes Haus zu besitzen und nicht darin zu leben?»
«Liebste Grace, zum Leben ist das Land völlig ungeeignet. Viel zu langweilig. Geschäftlich muß ich des öfteren hierherkommen, aber leben könnte ich hier nicht.»
«Was sind das für Geschäfte?»
«Ich muß es dir erklären: In England ist das Land zum Vergnügen da und die Stadt für die Geschäfte, hierzulande ist es genau umgekehrt. Für uns Franzosen liegt alles Vergnügen in Paris, wo wir nichts tun außer uns amüsieren, aber auf dem Land arbeiten wir wirklich schwer. Ich habe eine Menge Arbeit, wenn ich hier bin, Angelegenheiten im Dorf, schließlich bin ich hier Bürgermeister, und Privatangelegenheiten, ich muß mich um meinen Besitz kümmern.»
Sie hatten einen breiten Treppenabsatz erreicht, der mit altmodischen Chintzmöbeln wie ein Zimmer eingerichtet war. Durch zwei große Fenstertüren, die vom Fußboden bis zur Decke reichten, sah man den weiten blaßblauen Himmel. Charles-Edouard führte sie auf einen Balkon und deutete über das weite grüne Land tief unter ihnen.
«Dort», sagte er, «wächst der Reichtum der Familie Valhubert.»

«Meinst du das Gemüse da unten? Ich habe mich schon gefragt, was es eigentlich ist.»

«Wunderbares Gemüse! Warst du in Frankreich noch nie auf dem Land? Wie seltsam! Das sind Weinberge.»

«Nein!» rief Grace. Sie hatte immer geglaubt, Weinberge seien überdachte Lauben, wie sie in den Gärten von Surrey die Rosen stützen, nur daß sie voller Gewächshaustrauben hängen, die dunklen für den roten Wein, die hellen für den Champagner. Selbst Naboths Weinberg aus der Bibel war in ihrer Vorstellung immer Naboths Weinlaube gewesen, samt dem dazugehörigen Mosaikfußboden.

Doch das alles erklärte sie Charles-Edouard nicht, sondern sagte nur: «Ich habe noch nie einen gesehen. Ich hatte sie mir irgendwie anders vorgestellt.»

Graces Schlafzimmer lag im obersten Stock, ein großer, weiß getäfelter Raum mit vielen Fenstern, und er hing so hoch im Firmament, daß man aus den meisten dieser Fenster nur Himmel sah. Aber an einer Seite gingen zwei Terrassentüren auf einen winzigen Garten mit Buchsbaumhecken und Strauchrosen hinaus, der aussah wie eine Kulisse, die zum Zimmer gehörte.

«Sehr englisch», sagte Charles-Edouard, «du wirst dich hier zu Hause fühlen.»

Seine Mutter hatte es eingerichtet, mit altmodischem Chintz und besticktem weißem Musselin.

«Dieser Garten!» sagte Grace. «So etwas Hübsches habe ich noch nie gesehen.»

«Jedes Stockwerk dieses Hauses hat eine Terrasse. Es steht an einem Hang, weißt du. Hier ist dein Bad und dein Ankleidezimmer, und dort sind meine Zimmer. Wir sind hier oben ganz für uns.»

«Buchstäblich im Himmel», sagte Grace mit einem glücklichen Seufzen.

«Jetzt zeige ich dir, wo die Kinderzimmer liegen... wir gehen wieder nach unten... und dann diese kleine Treppe hinauf. Da sind wir schon.»

«Oh, was für ein herrliches Kinderzimmer – ist es nicht herrlich, Nan, mit Abstand das größte, das wir je hatten, und so hell – und was für eine Aussicht!»
Das war Graces Methode im Umgang mit Nanny. Sie startete eine Begeisterungsoffensive in der Hoffnung, die Batterie der Beschwerden zu überwinden und zum Schweigen zu bringen, bevor Nanny sie abfeuern konnte. Es funktionierte fast nie, und sie spürte, daß es auch diesmal nicht funktionieren würde, obwohl ihr die Anwesenheit von Charles-Edouard für den Augenblick noch Deckung bot. Nanny sagte keinen Ton und packte mit finsterer Miene weiter Spielzeug aus einem Korb.
«Ich bin gleich wieder da», sagte Charles-Edouard. «Ich will kurz etwas mit Ange-Victor besprechen.»
Grace sank das Herz, aber sie plapperte tapfer weiter. «Auch ihr habt einen Garten, ist das nicht wunderbar? Ich finde es wunderbar, wie man hier von diesen hübschen roten Dächern umgeben ist, wie Kate Greenaway. Sieh mal, was da für Pflanzen auf dem Dach wachsen, wie die wohl heißen? Duftet es nicht köstlich hier? Du mußt dir unbedingt mein Schlafzimmer ansehen, einfach herrlich. Ich will dir etwas sagen, Liebling, ich besorge dir einen Gartensessel, dann kannst du dich abends nach draußen setzen.»
Nanny vergewisserte sich mit einem Blick über die Schulter, daß Charles-Edouard gegangen war. Dann sprach sie.
«Es wird fürchterlich ziehen, schätze ich, bei diesen vielen Dächern. Und schmuddelig ist es auch, scheint mir. Sind die Treppen nicht grauenhaft? Viele Male am Tag kann ich die nicht bewältigen, bei dieser Hitze. Ich habe versucht auszupacken, aber nirgendwo kann man etwas verstauen – eigentlich eine Schande – keine ordentlichen Regale für unsere Spielsachen. Und auch keine Kaminsimse für meine Photographien und meine Nippes. Komische Zimmer, nicht wahr? Nicht besonders gemütlich. Ich muß dir mal das Badezimmer und die Toilette zeigen, meine Liebe – ein Schrank, nichts weiter – ohne Fenster, sehr unhygienisch, wirklich – zu Hause würde so etwas gar nicht erlaubt.»

«Faszinierend!» rief Grace. «Sieh mal, einfach in die mächtige Wand hineingebaut, dieses große Badezimmer.»
«Mag sein. Aber wozu das Becken da gut sein soll, das wie eine Mandoline aussieht, möchte ich mal wissen. Na, zum Wäscheeinweichen wird es taugen. Nicht besonders angenehm, oder? Direkt neben unserem Schlafzimmer.»
«Macht nichts, bei diesem herrlichen Wetter kannst du die Fenster offenlassen – es ist ganz anders als in England.»
«Anders!» ein kräftiges Schniefen. «Das kann man wohl sagen.»
«Sieh mal, die Schaukel! Wie lustig! Zum Ausgleich dafür, daß wir Sigis Schaukelpferd zu Hause gelassen haben.»
«Ja, ein komischer Platz für eine Schaukel, in unserem Schlafzimmer.»
«Es ist alles so geräumig hier, nicht wahr? Und so als wäre man im Freien, mit diesen großen Fenstern überall. Himmlisch, wirklich. Sieh mal, hier ist ein Schrank, Liebling – und so groß wie ein Zimmer. Hattest du ihn übersehen? Hier kannst du alles unterbringen – und man kann sogar Licht darin machen. Wie praktisch.»
«Aber riech mal hinein, meine Liebe – ein furchtbarer Muff, leider! Außerdem wollte ich mit dir über diese Dächer sprechen – es wird nicht lange dauern, und unser kleiner Affe klettert auf ihnen herum. Du liebe Güte! Ich wußte es! Komm sofort da herunter, Sigi, was habe ich dir gesagt? Du sollst nicht auf diesen Dächern herumklettern – was fällt dir ein? Das ist sehr gefährlich.»
«Ich bin Garth auf dem Mondgebirge.»
In diesem Augenblick erschien Charles-Edouard: «Oh, sei bitte Napoleon bei der Überquerung der Alpen. Dieser Garth ist wirklich zu langweilig. Die Dächer sind ganz ungefährlich, Nanny, in seinem Alter habe ich dort draußen gelebt, als Bergsteiger und Forscher. Ich muß mal mein altes *Journal des Voyages* für ihn heraussuchen, denn für Jules Verne ist er wohl noch etwas zu jung, nicht wahr?»
Nachdem sich Nanny ins Kinderzimmer zurückgezogen hatte,

sagte Charles-Edouard: «Ich weiß gar nicht, wie du diese funkelnde Wut erträgst», zog an dem Halsausschnitt von Graces Baumwollkleid und drückte ihr einen Kuß auf die Schulter.
«Uh! Die Verliebten», sagte Sigismond, «die Küsserei finde ich blöd!»
«Eines Tages wird es auch dir gefallen», sagte Charles-Edouard. «Die große Glocke bedeutet Mittagessen. Guten Appetit, Sigi.»
Als sie durch das Kinderzimmer zurückgingen, deckte gerade ein Diener auf einem steifen weißen Leinentuch den Mittagstisch. «Guten Appetit, Nanny», sagte Charles-Edouard. Nanny antwortete nicht. Sprachlos vor Entrüstung betrachtete sie eine Flasche Wein, die ihr soeben vorgesetzt worden war.

5

Grace war sehr hungrig, und da sie außerdem an die englische Nachkriegskost gewöhnt war, erschien ihr die nun folgende Mahlzeit so köstlich wie keine zuvor. Die Speisen, der Wein, die Hitze und das französische Stimmengewirr, aus dem ihr ungeübtes Ohr kaum etwas Verständliches heraushörte, versetzten sie in eine glückselige Trunkenheit. Als sich die Gesellschaft nach fast zwei Stunden vom Tisch erhob, war ihr, als würde sie schweben. Alle gingen nach verschiedenen Richtungen auseinander, und Charles-Edouard erklärte, er müsse sich für den Nachmittag zu einer Besprechung mit seinen Pächtern und dem Verwalter in die Bibliothek zurückziehen.
«Wirst du glücklich sein?» fragte er, während er Grace über das Haar strich und lächelte, denn er sah, daß sie beschwipst war.
«Oh, ich bin schläfrig und glücklich, und mir ist so warm. Es ist einfach wunderbar, so betrunken und so glücklich zu sein.»
«Dann leg dich ein bißchen hin, und wenn ich fertig bin, tun

wir, was du gern möchtest. Wenn du willst, fahren wir ans Meer und baden. Ich bin auch müde, aber der *régisseur* hat all die Leute zusammengetrommelt – sie haben schon viel zu lange gewartet –, ich muß zu ihnen, es geht nicht anders. Bis später.»

«Gut. Ich sehe kurz nach Nanny, und dann mache ich ein schönes Schläfchen. Dieses Wetter! Alles ist so herrlich! Ich bin ja so glücklich!»

Charles-Edouard sah sie liebevoll an und ging davon. Hier in Frankreich, so schien ihm, würde er sie noch mehr lieben als in England, und er war sehr zufrieden damit, daß er in Begleitung dieser glücklichen Schönheit zurückgekehrt war.

Aber aus dem beschwipsten Schläfchen wurde nichts! Nanny machte sie sehr schnell wieder nüchtern und hellwach – schon ihre Miene war wie ein Guß Eiswasser. Grace getraute sich nicht einmal zu fragen: «War das Essen nicht köstlich? Hast du es genossen?» Sie stand bloß da und wartete demütig darauf, daß sich das Wasser über ihren Kopf ergießen würde.

«Tja, meine Liebe, also, zu essen haben wir nichts bekommen, seit wir uns zuletzt gesehen haben, überhaupt nichts. Ein Platte nach der anderen mit scheußlichem, fettigem Zeug, das nach Knoblauch roch – Fleisch für einen ganzen Monat, das schon, aber vollkommen roh, verstehst du – eigentlich eine Schande –, ich habe es nicht angerührt, und Sigi, dem armen Kerl, habe ich natürlich erst recht nichts davon gegeben.»

«Nanny sagt, sie würden hier den Käse in Stallmist reifen lassen», mischte sich jetzt Sigi ein, die Augen groß wie Untertassen.

«Wenn du das gerochen hättest, meine Liebe, abscheulich! Und es war immer noch Stroh daran! Da fragt man sich doch – oder etwa nicht? Wir haben einen Happen Brot mit Butter gegessen und ein paar von Mrs. Crispins leckeren Plätzchen, die ich zufällig noch bei mir hatte. Kein besonders üppiges Essen, nicht wahr? Und komisches Brot haben sie hier, nur Kruste und Löcher. Ich weiß wirklich nicht, wie man daraus einen schönen zarten Toast machen soll. Der arme Junge, so hungrig

– aber jetzt ist alles wieder gut, Liebling, deine Mami geht jetzt in die Küche und holt ein bißchen kalten Schinken oder Huhn, irgend etwas Einfaches, Solides, ein paar Tomaten ohne diese scheußliche, ölige, zwiebelige Sauce, und eine schöne mehlige Kartoffel – nicht wahr?»

Nanny hatte diese Worte in einem sehr bestimmten Ton gesprochen. Ein Befehl war ergangen, keine Bitte.

«Du liebe Güte, ich habe keine Ahnung, was mehlige Kartoffel auf französisch heißt», sagte Grace, um Zeit zu gewinnen. «Hat es dir nicht geschmeckt, Sigi?»

«Es geht nicht um Schmecken oder Nichtschmecken. Der Junge würde alles essen, wie du weißt, aber ich werde nicht das Risiko eingehen, daß plötzlich seine Leber schlappmacht. Die Hitze belastet ihn auch so schon genug, nein danke – von Typhus und Schlimmerem ganz zu schweigen. Du hättest den Käse riechen müssen – mehr sage ich nicht.»

«Aber ich habe ihn gerochen, wir haben ihn unten auch gegessen – köstlich.»

«Für Erwachsene mag er noch angehen – wem so etwas schmeckt», fügte sie mit einem ungeheuren Schniefen hinzu, «aber dem Jungen gebe ich so etwas nicht, und ich persönlich würde ebenfalls lieber fasten.» Aber gerade das hatte sie in diesem Augenblick nicht vor, sondern sagte sehr energisch: «Also, meine Liebe, jetzt hol uns irgend etwas Einfaches, sei ein braves Mädchen.»

«Ich habe furchtbaren Hunger, Mami, und Bauchschmerzen. Hör mal, es rumpelt, wie bei Garth, als er wochenlang auf diesem Eisberg im Meer trieb.»

Sigi blickte so mitleiderregend drein, daß Grace sagte: «Also gut. Ich weiß zwar nicht, wo die Küche ist, aber ich will sehen, was ich tun kann. – Trotzdem, ich finde, das ist alles ein großer Unsinn», setzte sie in einer lauten Nebenbemerkung hinzu und schlug die Kinderzimmertür hinter sich zu.

Unsicher trottete sie los und konnte in diesem großen, verwinkelten Haus, an dem zu so unterschiedlichen Zeiten und auf so vielen verschiedenen Ebenen gebaut worden war, das Erdgeschoß kaum wiederfinden. Zuletzt gelang es ihr, sie schaute in den Salon und war fast erleichtert, daß sich niemand darin aufhielt. Ihre Mission erschien ihr absurd und eigentlich auch so ungehörig, daß es ihr nur recht war, wenn sie scheiterte. Sie vermutete, daß außer Charles-Edouard inzwischen alle in einen glücklichen Schlummer gesunken waren, und hatte selbst nur den einen Wunsch, es ihnen nachzutun. Laute französische Stimmen drangen aus der Bibliothek, während das übrige Haus in tiefe Stille getaucht war. Einen Moment lang blieb sie an der Tür zur Bibliothek stehen, wagte aber nicht, sie zu öffnen, denn ihr fiel ein, wie wütend Sir Conrad über eine solche Störung gewesen wäre. Das Eßzimmer war leer, keine Spur von einem Bediensteten. Sie ging hindurch und betrat einen mit Steinplatten belegten Gang, dem sie folgte, weiter und weiter, ein paar Stufen aufwärts, dann ein paar abwärts, bis sie vor einer schweren Eichentür stand. Vielleicht führte sie in die Küche; ängstlich drückte sie die Klinke. Eine merkwürdig dunkle, stille Küche, wenn es denn eine war, von kühler, nicht aber frischer Luft erfüllt. Ein Duft von Weihrauch. Sie stand da und spähte in das Halbdunkel; es dauerte ein paar Augenblicke, bis ihr klar wurde, daß dies eine Kapelle sein mußte. Und dann erblickte sie, keine zwei Meter vor sich, Madame de Valhubert unter einem Spitzenschleier, tief ins Gebet versunken. Grace schloß die Tür und floh, von britischer Verlegenheit getrieben, zurück ins Kinderzimmer.

«Ich kann die Küche nicht finden, und es ist keiner da, den ich fragen könnte», sagte sie in hoffnungslosem Ton. Nanny warf Grace einen Blick zu. «Und wo ist der Papa?»

«Bei einer Besprechung. Nan, du weißt genau, wir hätten es nie wagen dürfen, meinen Papa bei einer Besprechung zu stören, oder? Und hier geht das erst recht nicht. Bist du sicher, daß du nicht noch irgend etwas Eßbares bei dir hast, zur Überbrükkung?»

«Nichts.»

«Keine Hafergrütze?»

«Hafergrütze ist kein Mittagessen. Der arme Junge ist hungrig

nach der langen Reise. Gestern gab es ja auch nicht gerade viel zu essen, wenn du dich erinnerst, in diesem Flugzeug, wo uns jeder Augenblick wie unser letzter vorkam.»
Sigismond begann jetzt zu quengeln. «Mami, ich will jetzt mein Essen, bitte, bitte, Mami.»
«Also gut», sagte Grace wütend. Ihr blieb offensichtlich nichts anderes übrig, als sich noch einmal auf den Weg zu machen, allen Mut zusammenzunehmen, die Tür zur Bibliothek zu öffnen und den Kopf hineinzustecken. Von der plötzlich einbrechenden Stille und den überraschten Blicken aus acht oder zehn fremden Männergesichtern verschüchtert, sagte sie zu Charles-Edouard, der auch noch am weitesten von ihr entfernt saß, so daß sie durch den ganzen Raum rufen mußte: «Entschuldige bitte die Störung, aber könnte ich dich einen Moment sprechen?»
Er kam sofort, schloß die Tür hinter sich, umarmte sie und sagte: «Gut, daß du gekommen bist. Es war sehr langweilig da drinnen, und jetzt gehen wir auf dein Zimmer.»
«Oh, nein», sagte Grace. «Es ist nicht deswegen.»
«Was soll das heißen, es ist nicht deswegen? Was meinst du eigentlich mit ‹deswegen›?» fragte er lachend.
«Du sollst dich nicht über mich lustig machen, ich hatte furchtbare Angst hereinzukommen, aber ich mußte. Es ist wegen Nanny.»
«Ja, ja, ich weiß. Über Nanny müssen wir uns einmal sehr gründlich unterhalten, aber nicht jetzt. Jetzt gehen wir zuerst mal nach oben – was sein muß, muß sein, und zwar schnell.»
«Nein, zuerst gehen wir in die Küche und bitten um eine mehlige Kartoffel für Nanny, sie ist stocksauer, ich meine, sie ist verärgert, weil sie kein Mittagessen hatten.»
Grace war inzwischen fast außer sich.
«Kein Mittagessen!» rief Charles-Edouard. «Das geht zu weit. Ich muß meine Großmutter finden.»
«Ach, sie haben etwas bekommen, aber sie konnten es nicht essen.»
«Was soll das heißen, Grace? Ich bin sicher, sie hatten das glei-

che wie wir. Du hast selbst gesagt, es habe köstlich geschmeckt.»
«Ja, natürlich, und ich bin auch sehr wütend auf Nanny, weil sie sich beklagt, aber so ist das nun eben, Nannys sind immer gegen ungewohnte Speisen, weißt du, es ist meine Schuld, ich hätte daran denken sollen. Lieber, liebster Charles-Edouard, komm jetzt bitte mit in die Küche und hilf mir etwas finden, das sie essen kann.»
«Also gut. Und morgen schicken wir sie zurück nach England.»
Grace sank das Herz.
«Aber wer soll sich denn dann um den armen kleinen Sigi kümmern?»
«M. le Curé muß einen Hauslehrer für ihn finden. Der Junge ist vollkommen ungebildet, ich habe mich im Zug lange mit ihm unterhalten. Er weiß nichts, er kann nicht mal lesen.»
«Natürlich kann er das nicht! Er ist noch keine sieben!»
«Als ich fünf war», erwiderte Charles-Edouard, «mußte ich den ganzen Dumas lesen, *Père*!»
«Ich habe schon gemerkt, daß hier jeder glaubt, er habe schon mit fünf Jahren lesen können.»
«Frag M. le Curé.»
«Jedenfalls mußt du ein unbeschreiblich nettes Kind gewesen sein», sagte Grace. «Hätte ich dich doch damals schon gekannt.»
«Ich war ungemein brillant. Hier ist die Küche, und hier, welches Glück, ist auch M. André, der Küchenchef. Würdest du ihm nun bitte erklären, was du eigentlich willst?»

Während einige Mitglieder des Haushalts schliefen (wenngleich dieser Nachmittag durch heftige Anfälle von Schlaflosigkeit gekennzeichnet war) und Madame de Valhubert betete, begaben sich Madame Rocher des Innouïs und M. de la Bourlie in einen kleinen, von einer Stechpalme beschatteten Garten, um über Grace zu plaudern. Einen längst vergangenen Sommer lang hatten sie unter den Augen von Madame de Valhubert, Madame de la Bourlie, M. Rocher und Fürst Zjebrowski, dem Liebhaber von Madame Rocher, eine heftige Liebesaffäre gehabt.

In gewisser Hinsicht hatten sie dabei eine wirkliche Meisterleistung vollbracht; es war ihnen nämlich gelungen, alle hinters Licht zu führen, niemand hatte auch nur den geringsten Verdacht geschöpft. Danach war ihre Verbindung eher zärtlich-verschwörerisch geblieben.

«Zunächst einmal muß man feststellen, daß sie schön ist – vielleicht noch schöner als Priscilla.»

Madame Rocher breitete die zehn Meter Stoff ihres Rocks von Dior aus und rückte sich ein paar Kissen zurecht. «Aber eine Dame der Gesellschaft ist sie, wie jeder sehen kann, nicht. Aus gutem Hause vielleicht, aber in der großen Welt vollkommen unerfahren. Sie hat mir beim Essen erzählt, sie sei seit dem Krieg kaum noch ausgegangen, sondern habe all die Jahre hindurch Ziegen gehütet. Nun sind die Engländer natürlich alle sehr exzentrisch, du weißt das nicht, Sosthène, du hast den Kanal nie überquert, aber du kannst mir glauben, sie alle sind halb verrückt, ein Land voll eingefleischter, verrückter Atheisten. Warum hat sie Ziegen gehütet? Wir werden es nie erfahren. Aber man wird das Ziegenhüten kaum als eine gute Vorbereitung auf ein Leben mit Charles-Edouard ansehen können, und ich möchte fast sagen, ich habe, was sie angeht, ein unbehagliches Gefühl. Sie sind übrigens nicht kirchlich getraut.»

«Ach! Woher weißt du das?»

«Ich habe sie gefragt.»

«Was für eine sonderbare Frage.»

«Immerhin bin ich Charles-Edouards Tante.»

«Ich meine, wie bist du darauf gekommen? Ich wäre nie auf die Idee gekommen, daß sie nicht kirchlich getraut sein könnten.»

«Aber ich. Ich kenne England, Sosthène. Wir sind jedes Jahr zur Horse Show hinübergefahren, vergiß das nicht.»

«Wirst du es Françoise erzählen?»

«Natürlich nicht, auf gar keinen Fall, und du darfst es auch nicht. Es würde sie schrecklich aufregen.»
«Mit einem Wort: Man braucht das alles nicht so furchtbar tragisch zu nehmen, oder?»
«Da bin ich ganz anderer Ansicht. Es stimmt, sie können leicht geschieden werden und Charles-Edouard könnte eine andere heiraten, ohne auf eine Annullierung warten zu müssen, aber bevor es soweit ist, wird er sie tief unglücklich gemacht haben. Charles-Edouard ist ein lieber Junge, aber er kann gar nicht anders, er muß sie einfach unglücklich machen, allerdings wird auch er leiden. Oje, was hat ihn bloß auf die Idee gebracht, eine Engländerin zu heiraten – diese Engländerinnen mit ihrer schrecklichen Eifersucht –, es wird genauso gehen wie damals mit Priscilla, du wirst sehen.»
«Aber die englischen Ehemänner – wie kommen sie damit zurecht?«
«Englische Ehemänner? Sie besuchen ihre Clubs, ihre Regatta, ihre Royal Academy – die praktische Liebe interessiert sie nicht. Deshalb sind sie ihren Frauen immer vollkommen treu.»
«Und was ist mit den kleinen Mädchen vom Theater, mit den *Gaiety Girls*?»
«Ich glaube nicht, daß es sie noch gibt. Du bist nicht auf dem laufenden, mein armer Sosthène, heute sind, wenn überhaupt, die *Gaiety Boys* an ihre Stelle getreten. Aber die Engländer haben kein Temperament. Charles-Edouard indessen kann keine hübsche Frau ansehen – er kann es wirklich nicht –, ohne daß er sofort mit ihr schlafen will. Wie dumm von ihm, daß er da eine Angelsächsin heiratet.»
«Du tust gerade so, als wären Französinnen, Italienerinnen und Spanierinnen nie eifersüchtig.»
«Bei einer Französin ist das etwas ganz anderes, sie hat Mittel und Wege, sich zu wehren. Zunächst einmal bewegt sie sich auf heimischem Terrain, und dann ist es ihr größtes Interesse und ihre größte Genugtuung, wenn sie ihrer Rivalin das Leben unmöglich machen kann. Statt mit ihrem Los zu hadern, konzen-

triert sie ihre Gedanken auf List und Gegenlist, legt Fallen und läßt Minen hochgehen. Paris zerfällt für sie in zwei Lager, sie muß sich ein genaues Bild davon machen, welche Streitkräfte sie ins Feld führen kann, sie muß die Schlagkraft des Feindes abschätzen und ihren Schlachtplan ausarbeiten. Wen kann sie auf ihre Seite bringen? Es gilt, die ganze Gesellschaft für sich zu gewinnen, die Gastgeberinnen, die alten Männer auf den Teepartys und die Familien der Betroffenen. Dann gibt es da noch die Welt der Eleganz, die Kosmetikerinnen, die *masseuses*, die *vendeuses*, die *modistes*, die *bottiers* und die *lingères*. Gute Beziehungen zu den Geschäftsleuten, die die Küche der Rivalin beliefern, können sich als äußerst nützlich erweisen; natürlich dürfen wir auch die Wahrsagerinnen nicht vergessen, und einer Concierge kann eine entscheidende Rolle zufallen. Der Tag ist nicht lang genug für all die Maßnahmen, die ergriffen werden müssen, für die Beratungen mit Freundinnen, die Telephongespräche, die Botschaften, das Sichten und Gewichten aller Neuigkeiten und Beweise. Schließlich, und dies ist durchaus nicht unwichtig, hat sie einen eigenen Liebhaber, der ihr mit Trost und Rat zur Seite steht. Ah! Für eine Französin ist das alles ganz anders. Aber diese armen englischen Rosen lassen das hübsche Köpfchen hängen, verwelken und sterben. Hat sich Priscilla jemals auch nur einen Moment lang gewehrt? Erinnerst du dich, wie schmerzlich es für uns war, jahrelang mit ansehen zu müssen, wie sie gelitten hat? Und jetzt, so fürchte ich, steht uns dasselbe noch einmal bevor, mit Grace.»

M. de la Bourlie dachte daran, wie gern er selbst eine dieser liebenden, treuen und wehrlosen Göttinnen für sich gewonnen hätte. Wenn Madame de la Bourlie endlich ihrem Leberleiden erliegen würde, sollte er vielleicht einen Ausflug nach London machen. Doch dann fiel ihm ein, wie alt er war.

«Man sollte nicht meinen, daß wir schon über achtzig sind», sagte er verdrießlich.

«Ja, so ist es nun mal, aber was hat das mit Charles-Edouard zu tun? Der arme Junge, es war unklug von ihm, diese Ehe einzugehen. Trotzdem, ich mag Grace, ich kann mir nicht helfen, sie ist sehr nett, und ihre direkte Art gefällt mir. Ich glaube auch, sie ist robuster, zäher als die arme Priscilla, sie hat mehr Persönlichkeit. Priscilla hatte nie auch nur die geringste Chance, aber bei Grace bin ich mir dessen nicht so sicher. Ich werde ihr helfen, wenn ich kann. Ob ich sie, solange sie hier ist, schon ein bißchen vorbereiten soll? Ich könnte sie zum Beispiel vor Albertine warnen? Was rätst du mir?»

«Davon halte ich gar nichts», sagte M. de la Bourlie und dachte daran, wie wütend er an Charles-Edouards Stelle wäre, wenn jemand seine strahlende neue Frau vor einer betörenden alten Geliebten warnen würde.

«Es wäre überhaupt nicht gut», stimmte Madame Rocher zu, «du hast recht. Und es ist ja auch nicht nur Albertine. Ich müßte sie vor jeder schönen Frau und jeder *jolie-laide* bei jedem Abend- und jedem Mittagessen, zu dem sie gehen, warnen. Ich müßte sie vor Rastaquouères und Ranis, Israelitinnen und Infantinnen, Däninnen und Duchessen, Griechinnen und Cherokesinnen warnen. Ich müßte ihr eine weiße Liste und eine schwarze Liste geben, und jetzt, da er gerade aus Indochina zurückgekehrt ist, wahrscheinlich auch eine gelbe. Nein, es wäre wirklich zu anstrengend, die jungen Leute müssen selbst sehen, wie sie zurechtkommen – in ihrem Alter hat jeder Stürme und Schwierigkeiten zu bestehen, und es ist zwecklos, sich da einzumischen. Trotzdem, ich wollte, Charles-Edouard hätte eine gute, robuste, vernünftige kleine Französin geheiratet, die sich in der Welt auskennt, und nicht diese schöne Ziegenhirtin.»

Die langen Sommertage flossen dahin, zuerst langsam, dann immer schneller, wie es Tage, die von früh bis spät mit Müßiggang gefüllt sind, zu tun pflegen. Grace brachte den größten Teil des Morgens auf der Terrasse vor ihrem Schlafzimmer zu und arbeitete an ihrem Teppich. Charles-Edouard sah ihr gerne zu; ihr vorgebeugter Kopf mit dem blonden Haar und ihre flinken weißen Hände ergaben ein schönes Bild, aber schon jetzt beschloß er, daß dem Teppich noch am Tag seiner Vollendung irgendein grauenhaftes Unglück widerfahren würde, eine Flasche unauslöschlicher Tinte oder noch besser ein Flächenbrand.

Charles-Edouard gehörte nicht zu den Menschen, die einen Gegenstand – und vor allem einen Gegenstand von solcher Größe und Häßlichkeit – aus ausschließlich sentimentalen Gründen lieben konnten.

Nach dem Mittagessen hielt man Siesta, und dann fuhren Charles-Edouard und Grace oft zum Baden ans Meer hinunter. Er hatte zahllose Freunde und Bekannte an der Küste, deren Villen sie besuchen und vor deren Klippen sie schwimmen konnten, aber der vollständige Mangel an angemessenen Kleidern, unter dem Grace litt, schützte sie vor dem wirklichen gesellschaftlichen Leben, den großen Abendessen und den Besuchen an der Riviera. Sie war froh darüber. Das schläfrige Leben auf Bellandargues behagte ihr, auch wenn Charles-Edouard klagte, es sei langweilig. Er hielt sich an Madame Rocher, die ihn mit endlosen Familiengeschichten ergötzte und ihm aus ihrem Blickwinkel erzählte, wie es all seinen Freunden ergangen war, seit er sie im Jahre 1939 zum letzten Mal gesehen hatte. Soweit Grace etwas von diesen Erzählungen mitbekam, erschienen sie ihr alle vollkommen phantastisch. Auch Madame Rocher langweilte sich und sehnte sich nach den Yachten, den Palazzi und Villen, wo angeblich verschiedene Gastgeber und Gastgeberinnen voller Ungeduld auf sie warteten. Aber sie hatte beschlossen, in diesem Jahr dem Rat ihres Arztes zu folgen und wenigstens einen Monat in aller Ruhe auf Bellandargues zu verbringen. Die Zeit vertrieb sie sich damit, daß sie ein überwältigendes Interesse an allem entfaltete, was im Haus, im Dorf und in der Nachbarschaft vor sich ging. Wenn Grace und Charles-Edouard ihre Badeausflüge unternahmen, konnte sie ihnen immer eine ganze Menge über ihre Gastgeber erzählen und darüber, wie es in deren Häusern zuging.

«Fahrt ihr heute zu den englischen Lesbierinnen? Der Neffe der Älteren ist da, soviel ich weiß – falls es ihr Neffe ist. Sie

haben gerade einen Kühlschrank gekauft, so eine Verschwendung!»
«Die italienische *ménage à trois*? Hast du Grace schon erklärt, daß *sie* nur sechzehnjährige Knaben mag und daß die beiden anderen sie ihr besorgen? Einen exzellenten Koch haben sie dieses Jahr, wie ich höre.»
«Die beiden Päderasten? Arme Kerle, sie werden von einem ehemaligen Sträfling, der im Dorf lebt, grausam erpreßt. Aber ihre Klippen sind mit nichts zu vergleichen.»
Und so weiter.
«Deine Tante sieht das Leben ganz und gar durch die Brille der Sexualität», sagte Grace zu Charles-Edouard, als sich zum dritten oder vierten Mal gezeigt hatte, daß die Gastgeber und Gäste eines Hauses, in dem Madame Rocher zufolge die finstersten Laster nisteten, lauter ganz gewöhnliche, fröhliche Menschen waren.
«Und wer wollte behaupten, daß sie unrecht hat?»
«Also ich finde, Mrs. Browne und Lady Adela als die englischen Lesbierinnen zu bezeichnen ist wirklich übertrieben. Jeder sieht doch, daß sie von solchen Dingen noch nie gehört haben, die Armen.»
«Dann sollte ihnen vielleicht mal jemand davon erzählen. Es wäre vergnüglicher für sie, wenn sie Bescheid wüßten.»
«Charles-Edouard! Und diese liebe alte italienische Dame mit ihren beiden netten Freunden und den vielen Enkelkindern. Ich kann es nicht glauben!»

6

«Es ist wegen dieses Mr. Labby, meine Liebe.»
Charles-Edouard, der einmal gefaßte Entschlüsse gleich in die Tat umzusetzen pflegte, hatte einen jungen Abbé gefunden, der Sigismond Unterricht erteilen sollte, und natürlich standen

M. l'Abbé und Nanny von Anfang an auf Kriegsfuß miteinander. Genauer gesagt, Nanny hatte einen Dolch gezückt, aber es gelang ihr nicht, damit die dicken schwarzen Gewänder des Priesters zu durchstoßen, der seinerseits Nanny nicht zu beachten schien. Darin bestand seine Waffe.
«Oh, Nan! Aber er macht einen so netten Eindruck, findest du nicht? So freundlich. Und Sigi mag ihn.»
Genau darin bestand das Problem, jedenfalls zum Teil. Sigi lief ständig zu M. l'Abbé, schwärmte für den Unterricht, konnte gar nicht genug davon bekommen, und Nanny war eifersüchtig.
«Mag sein, mag sein», sagte sie mit düsterer Miene, «bei diesen ausländischen Geistlichen kann man nie wissen, aber ich mache mir Gedanken wegen seines armen kleinen Gehirns. Diese kleinen Gehirne sind so leicht strapaziert. Du müßtest ihn nachts schreien hören. Er ist nur noch ein Nervenbündel, völlig außer sich – und furchtbare Träume hat er, der arme Kerl. Ich frage mich, ob dieser Unterricht nicht zuviel für ihn ist.»
«Nein, Liebling, bestimmt nicht. Wir alle haben lesen gelernt, nicht wahr? Ich war gerade dabei, *Werdegang einer Marquise* zu lesen, als Mama starb. Ich weiß es noch genau.»
Die Erinnerung hatte für sie immer etwas Beunruhigendes behalten. Das kleine Mädchen mit der Nase im Buch hatte gespürt, daß es traurig hätte sein müssen, und trotzdem hatte es einfach nur in seiner Geschichte vorankommen wollen. Tränenüberströmt war Sir Conrad gerade in dem Augenblick ins Kinderzimmer gekommen, als Emily Fox-Seaton zum Angeln aufbrechen wollte, und Grace hatte sich über die Störung wirklich geärgert. Als sie älter geworden war, hatte sie zuweilen mit einiger Verwunderung über diese scheinbare Gefühllosigkeit nachgedacht. Empfanden Kinder denn keinen Kummer, oder hatte ihr das Buch eine Zuflucht vor der trostlosen und vielleicht auch peinlich anmutenden Wirklichkeit geboten?
Sie konnte sich nicht daran erinnern, daß ihr der Verlust der

Mutter Kummer bereitet hätte. Aber eine körperliche Sehnsucht nach dem weichen Schoß und dem duftenden Busen dieser stattlichen Frau hatte sie auch später noch oft ergriffen.
«Und damals war ich erst sechs – sag selbst, Nanny!»
«Du warst fast sieben, und Mädchen sind den Jungen immer voraus.»
«Außerdem muß er doch Französisch lernen.»
Nanny schniefte. «Französisch lernt er noch schnell genug – von diesem Canari. Auch darüber wollte ich mit dir sprechen: Wenn er mit diesem Canari und den anderen kleinen Teufeln unterwegs ist, dann gehen sie wer weiß wohin, es sollte mich nicht wundern, wenn sie sogar im Teich drüben baden.»
«Bestimmt tun sie das.» Grace hatte sie schon oft dort gesehen, und es war ein lustiger Anblick, wenn sie nackt in dem grünen Wasser eines Renaissancebrunnens am Rande des Dorfes herumplanschten. «Aber es macht nichts. Sigis Papa sagt, als Kind habe er dort auch immer gebadet. Es ist ganz ungefährlich.»
«Ja – bis sich der Kleine eine Poliomyelitis holt und für den Rest seines Lebens an den Rollstuhl gefesselt ist. Ich wollte, er hätte sich nie mit diesem Canari eingelassen, der Kerl ist eine Landplage.»
Canari, der kleine flachsblonde Sohn des Apothekers Mignon, war Sigis Freund. «M. l'Abbé bringt mir das Beten bei. Ich habe gebetet, ich wollte einen Freund, da habe ich Canari bekommen.»
Jeden Nachmittag, wenn die Hitze am größten war, rannte Sigi den Weinberg hinunter, um sich mit Canari und seinen *maquisards* zu treffen. Und er blieb verschwunden, bis Nanny die Glocke zu *Dick Barton* läutete. Dann allerdings kam er sogleich den Berg hinaufgestürmt. Nanny hatte inzwischen einen guten Radioempfänger installiert, der das Kinderzimmer in ein ewiges England verwandelte, mit Sechs-Uhr-Nachrichten, Neun-Uhr-Nachrichten, «Musik am Arbeitsplatz» und «Zwanzig Fragen». Auch der *Daily Mirror* und mit ihm Garth hatten schließlich den Weg hierher gefunden, ebenso *Woman and*

Beauty, und seither war es an der Kinderzimmerfront merklich ruhiger geworden.
«Wir sollten uns nicht zuviel Sorgen machen, Nanny. Sigi ist ein Junge, der jetzt schnell größer wird und einfach in der Gegend herumlaufen muß, alle Jungen sind so. Ich finde, er hat hier ein herrliches Leben, ich wollte, wir könnten immer hier bleiben.»

«Du hast M. l'Abbé doch gern, nicht wahr, Sigismond?» fragte Grace am nächsten Morgen. Sigi setzte sich immer zu ihr aufs Bett, wenn sie frühstückte, vor sich eine große Schale Kaffee und frisches Weißbrot auf altem Marseiller Porzellan. Für Grace war das in vieler Hinsicht der schönste Augenblick des Tages; sie trank ihren Kaffee und sah durch die Musselinvorhänge nach dem Morgenhimmel; alles in diesem Zimmer war bezaubernd, und das bezauberndste war der Junge am Ende des Bettes in seinem weißen Baumwolltrikot und den roten Leinenhosen.
«Ich habe M. l'Abbé sehr gern, ich verehre ihn, und ich habe jetzt etwas Neues vor. Ich möchte mich mit ihm in Latein unterhalten können.»
«Zuerst einmal in Französisch, Liebling.»
«Nein, Mami. Die Römer waren lange vor den Galliern zivilisiert, sagt M. l'Abbé. Er hat ein paar tolle Geschichten von den Römern erzählt, und ich habe eine gute Idee, was wir mit Nanny tun könnten. Wir stecken sie in ein Amphitheater, zusammen mit einem besonders wilden Bären.»
«Die arme Nanny. Und woher nimmst du den Bären?»
«Einer von unseren *maquisards* kommt aus den Pyrenäen, und dort gibt es noch heute drei Bären – wilde. Ich habe ihm ein Bild von Garth gezeigt, wie er eine Fallgrube aushebt und sie dann mit Blättern und Zweigen tarnt –»
«Doch nicht immer noch dieser Garth?» sagte Charles-Edouard, der mit der Morgenpost hereinkam. «Lauf los, Sigi», sagte er, hielt die Tür offen und scheuchte ihn mit einer Zeitung hinaus.

«Warum sagst du immer ‹Lauf los›, Papa?» Geknickt schlurfte er zur Tür.
«Zu mir hat das meine Mutter auch immer gesagt. ‹Lauf los, Charles-Edouard.› Die ganze Kindheit habe ich damit verbracht loszulaufen. Es hat mir genausowenig gefallen wie dir. Ab jetzt!» Er schloß die Tür und reichte Grace ihre Briefe.
«Wenn es dir nicht gefallen hat», meinte sie, «warum plagst du dann den Jungen damit, das verstehe ich nicht. Ich finde, er sieht nicht genug von uns, und nie sieht er uns zusammen.»
«Darum geht es nicht. Wir sehen genug von ihm, darauf kommt es an», sagte Charles-Edouard. «Es gibt nichts Langweiligeres, als sich mit Kindern zu unterhalten.»
«Mir macht es Spaß.»
«Frauen macht es manchmal Spaß. Sie haben in ihrem Wesen eine kindliche Seite, es ist eine List der Natur, die ihnen das Geplapper erträglich machen soll. Und da wir schon bei diesem Thema sind: M. l'Abbé sagt mir, Nanny würde die beiden beim Unterricht nie allein lassen, immer würde sie sich unter irgendeinem Vorwand in der Nähe herumdrücken. Das ist sehr ärgerlich. Vielleicht solltest du einmal mit ihr sprechen.»
«Ich weiß. Ich habe schon befürchtet, daß du deshalb böse sein würdest.»
«Dann sprich mit ihr.»
«Ich will es versuchen. Aber du weißt ja, wie das mit Nanny ist. Sie hat mich unter ihrer Fuchtel. Außerdem meint sie, daß M. l'Abbé sein kleines Hirn strapaziert.»
«Aber sein kleines Hirn muß strapaziert werden, dazu ist es da. Sie soll erst mal sehen, wie es zugeht, wenn er für sein *bachot* lernt – bis zwölf und ein Uhr in der Nacht – das arme grüne Gesicht – Ringe unter den Augen – Selbstmordversuche – Nervenzusammenbrüche –»
«Oh, Charles-Edouard, du bist ein Rohling», sagte Grace entsetzt.
Er lachte und begann ihren Arm und die Schulter zu küssen.
«Schon wieder diese blöde Küsserei.» Im Fenster tauchte Sigi auf. «Über den unwegsamen Himalaya bin ich gekommen.»

«Ja, ich habe mich schon gefragt, wie lange es dauern würde, bis du den Weg gefunden hast», sagte Charles-Edouard.
«Soll ich dir etwas sagen? Ich habe gerade den *Daily* gesehen – Garth hat der Liebe zu den Frauen entsagt.»
«Ach, so einer ist das?»
«Er ist jetzt Effendi. Was ist ein Effendi, Papa?»
«*Wer* strapaziert hier sein Hirn?» fragte Charles-Edouard.
«Ich weiß, aber wenn Garth und Dick Barton nicht wären, würde er sich überhaupt nicht mehr im Kinderzimmer blicken lassen, und die arme Nanny würde Zustände bekommen, wenn sie ihn den ganzen Tag auf dem Dach und in den Weinbergen suchen müßte.»
«So, Sigi, und jetzt begib dich auf den Rückmarsch in die Unwegsamkeit, ja?»
«Mit anderen Worten: Lauf los und ab mit dir. Na gut, wenn ich muß.»
«M. l'Abbé hat anscheinend vor, ihn in Latein zu unterrichten.»
«So?» Charles-Edouard hatte begonnen, seine Post zu öffnen.
«Das ist doch Zeitverschwendung, oder?»
«Latein eine Zeitverschwendung?» Er schob einen Brief in seine Tasche und sah Grace überrascht an. «Aber er muß doch bestimmt Latein können, wenn er nach Eton geht?»
«Es wäre nicht die richtige Aussprache, und wollen wir Sigi denn überhaupt nach Eton schicken?»
«Warum nicht, eine Zeitlang? Dann kann er später in St.-Cyr Primus in Englisch werden.»
«Aber ich glaube nicht, daß man eine Zeitlang nach Eton gehen kann. Ach, Lieber, ich dachte, das Schöne am Französischsein wäre, daß wir unseren Segen immer zu Hause behalten.»
«Wollen wir ihn denn immer zu Hause behalten?»
«Ich ja. Außerdem muß man heutzutage für Eton angemeldet sein, bevor die eigenen Eltern geheiratet haben – lange bevor man gezeugt ist, aus diesem Traum wird also wohl nichts werden.»

Charles-Edouard, der immer noch in seinen Briefen las, sagte nur: «Dann eben das Brighton College, es kommt aufs gleiche heraus.»

«Bitte, darf ich mit euch ans Meer kommen?»
«Heute nicht, Liebling. Wir sind bei großen Leuten zum Mittagessen eingeladen.»
«Das ist unfair. Ich möchte ein Photo von einer großen, erschrockenen Welle machen.»
«Aber das Meer ist heute bestimmt ganz ruhig. Wenn das nächste Mal der Mistral weht, nehmen wir dich mit.»
«Mir ist so heiß. Ich möchte gern baden.»
«Badest du denn nicht im Teich, mit Canari?»
«Ich bin *brouillé* mit *le chef*.»
«Aber doch nicht *brouillé* mit Canari?»
«Doch. Es war *convenu*, daß die *maquisards* herkommen und auf dem Dach *chasseurs alpins* sein würden, und am nächsten Tag sollte ich zu Sabotageaktionen hinunter ins Dorf kommen. Sie waren auch hier, und gestern bin ich ins Dorf gegangen, und da stand er mit *les braves* unter den Linden und sagte: *‹Va-t-en. On ne veut pas de toi.›*»
«Aber warum, Sigi?»
«Ich weiß nicht. Ist mir auch egal. Ich will ans Meer und tauchen und einen Kraken mit der Harpune töten.»
«Wenn du älter bist.»
«Wann bin ich älter?»
«Alles zu seiner Zeit. Lauf jetzt los und such M. l'Abbé.»
«Er liest in seinem *bréviaire*.»
«Dann eben zu Nanny. Lauf los, Liebling.»

Abends beim Essen sagte Madame de Valhubert: «Wißt ihr eigentlich, daß unser armer kleiner *maquisard* den ganzen Nachmittag allein im Salon zugebracht hat? Ein Bild des Jammers. Zuletzt mußten Régine und ich aus lauter Mitleid mit ihm Karten spielen.»
«Daran ist nur dieser dumme Canari schuld», sagte Grace. «Er

hat ihn weggeschickt, und niemand weiß, warum. Ich hoffe bloß, daß sie sich bald wieder vertragen, sonst hat der Kleine hier keinen Spaß mehr. Ich mache mir Sorgen. Könntest du nicht einmal ins Dorf gehen, Charles-Edouard, und mit M. Mignon sprechen, um herauszufinden, was da los ist?»
Charles-Edouard sah lachend die anderen am Tisch an, die alle lächelten, und sagte: «Ich fürchte, mein Einfluß auf Mignon ist leider sehr begrenzt.»
«Aber warum? Er hat diese schöne Ansprache gehalten.»
«Das war die *solidarité de la libération*. Sie hielt gerade so lange, wie seine Ansprache dauerte. Jetzt gehen die alten Fehden weiter. Eigentlich ein gutes Zeichen dafür, daß wirklich wieder Frieden ist.»
«M. le Curé, können Sie denn nichts tun?» fragte Grace.
Darauf folgte ein allgemeines Gelächter. M. le Curé hob die Hände und erklärte, Grace würde die Lage wohl nicht ganz erfassen. M. Mignon sei Radikalsozialist. Wenn Grace die Jahre des Krieges nicht so müßig vertan hätte, wenn sie, statt Träume in einen häßlichen Teppich zu knüpfen und Ziegen zum Grasen in die Brombeeren zu führen, den Rat ihres Vaters befolgt und sich in die Werke der Herren Bodley und Brogan vertieft hätte, die zusammen mit anderen ungeöffneten Büchern in einem großen Haufen unter der Hintertreppe in Bunbury lagen, dann hätten diese Worte für sie einen Sinn ergeben und alles Weitere wäre vermieden worden. Da sie sich aber völlig ahnungslos umsah, begann Charles-Edouard ihr die Sache zu erklären.
«M. Mignon, *père*, ist nicht nur ein Radikalsozialist der übelsten Sorte – du mußt bedenken, Canari geht nicht auf unsere Schule, sondern zu einem *instituteur* –, er ist obendrein auch noch Freimaurer.»
«Tja, dann – schade, daß mein Vater nicht hier ist, er könnte mit ihm reden. Sie könnten ihre Schurze tragen und würden sich bestimmt gut verstehen.»
Charles-Edouard versuchte, Grace unter dem Tisch einen Tritt zu versetzen, aber sie saß zu weit entfernt. In freundlichem

Plauderton fuhr sie fort: «Papa ist einer der obersten Freimaurer zu Hause, wißt ihr. Könnten wir das nicht M. Mignon sagen? Vielleicht hilft es.»
Stille brach herein, ein eisiges Schweigen, so daß auch Grace schließlich klar wurde, daß etwas Schlimmes geschehen war, aber sie wußte nicht, was.
Madame de Valhuberts dunkle Augen wanderten mit fragendem Blick zu Charles-Edouard hinüber. Madame Rocher und M. de la Bourlie wechselten vielsagende traurige Blicke; M. le Curé und M. l'Abbé senkten den Blick auf ihre Teller, und Charles-Edouard machte ein so verärgertes Gesicht, wie Grace es noch nie an ihm gesehen hatte. Schließlich sagte er zu seiner Großmutter: «In England sind Freimaurer etwas ganz anderes, weißt du.»
«Tatsächlich?»
«Dort gehört der Großmeister zur königlichen Familie – nicht wahr, Grace?»
«Ich weiß nicht», sagte Grace. «Ich weiß überhaupt kaum etwas über sie.»
«Bei den Engländern ist alles möglich», sagte Madame Rocher. «Was habe ich dir gesagt, Sosthène?»
«Alles, was recht ist», stammelte der alte Mann, «aber das geht zu weit.»
Wieder breitete sich Stille aus, bis Madame de Valhubert schließlich aufstand und alle in den kleinen Salon hinübergingen. Noch quälender als sonst schleppte sich der Abend dahin, und sehr früh ging die Gesellschaft auseinander.
«Was habe ich bloß getan?» fragte Grace in ihrem Schlafzimmer.
«Es ist nicht deine Schuld», sagte Charles-Edouard und schien wütend auf sich selbst zu sein, nicht ahnend, daß Grace durchaus Schuld traf, denn sie hatte die Informationen, die ihr Sir Conrad zur Verfügung gestellt hatte, einfach mißachtet, «aber ich muß dich bitten, in Gegenwart von Franzosen nie wieder über Freimaurer zu sprechen. Nimm dir einen Liebhaber – nimm dir zwei – werde lesbisch – stiehl Schmuckkästchen von

den Tischen deiner Freunde – alles, alles, aber sage nicht, daß dein Vater Freimaurer sei. Zehn Jahre Tugendhaftigkeit sind nötig, ehe das vergeben ist, und vergessen wird es nie. *La fille du francmaçon!* Na, ich werde morgen früh zu Großmutter gehen und versuchen, ihr die Sache zu erklären –» Er lachte schon wieder, aber Grace erkannte, daß ihm das, was sie angerichtet hatte, äußerst peinlich war.

Nachdem Madame de Valhubert in die Kapelle geeilt war, ging Madame Rocher mit M. de la Bourlie zu dessen Automobil hinunter. Einen Moment lang blieben sie auf der Terrasse stehen.

«Da siehst du es!» sagte sie. «Tochter von Freimaurern! Was habe ich dir gesagt? Kein Wunder, daß ein Bürgermeister sie getraut hat, jetzt ist alles sonnenklar. Ob ihre Familie in England wirklich als ehrbar gilt? Ich muß das herausfinden. Der arme Charles-Edouard, er hat einen dornigen Weg vor sich. Furchtbar für die Valhuberts, vor allem, da sie schon einmal solche Schwierigkeiten in der Familie hatten – na ja, nicht gerade die Freimaurerei, aber dieser gräßliche Marschall. Solche Mühe haben sich seither alle in ihrem Lebenswandel gegeben! Kein Wunder, daß Françoise sich aufregt – bestimmt verbringt sie die ganze Nacht auf den Knien.»

M. de la Bourlie war über die Angelegenheit tief bestürzt. Auch wenn er nicht schon über achtzig gewesen wäre, auch wenn Madame de la Bourlie nicht mehr unter den Lebenden geweilt hätte, hätte eine englische Schönheit für ihn alles Verführerische verloren. Dieser Abend war ihm eine Lehre gewesen.

Der Fauxpas von Grace hatte allerdings auch ein Gutes. Sigi wurde wieder in Canaris Bande aufgenommen, aus der man ihn, ohne daß er etwas davon ahnte, wegen klerikaler Gesinnung verstoßen hatte. Seine Begeisterung für M. l'Abbé hatte ihm bei den *maquisards* geschadet.

M. le Curé war außerstande, die erstaunlichen Bekundungen der jungen Madame de Valhubert für sich zu behalten; ein- oder zweimal ließ er etwas durchblicken. Die Neuigkeit verbreitete sich wie ein Lauffeuer im Dorf und machte die denkbar

größte Sensation. Die Katholiken, die Anhänger des M.R.P. und so weiter waren zutiefst entrüstet, während die übrige Bevölkerung jubelte. Die Tochter eines Freimaurers war eine unverhoffte Ergänzung der Familie Valhubert. Nanny, deren Widerstand gegen M. l'Abbé von Tag zu Tag heftiger wurde, galt nach kurzer Zeit als Vorkämpferin des Antiklerikalismus. Die Haltung von Charles-Edouard blieb ungeklärt, etwas Geheimnisvolles schien seinen Anschauungen anzuhaften, und niemand wußte genau, wo er stand. Einerseits war da die freimaurerische Frau, auf der anderen Seite hatte er und kein anderer M. l'Abbé zum Lehrer seines Kindes berufen. Da er allgemein beliebt war, fröhlich und ein umgänglicher Gutsherr, da er sich im Krieg unzweifelhaft Verdienste erworben hatte und da man von ihm selbst aus dem Radio erfahren hatte, daß er sich als einer der ersten General de Gaulle angeschlossen hatte, neigten alle Parteien in der Gemeinde dazu, ihn für sich zu beanspruchen, während sie nach Anhaltspunkten Ausschau hielten, aus denen sich weitere Schlüsse ziehen lassen würden.
Charles-Edouard vermochte seine Großmutter davon zu überzeugen, daß die Freimaurerei in England von ehrbaren Familien und sogar von der königlichen als etwas vollkommen Schickliches angesehen wurde. Es bedurfte einiger Anstrengung, aber schließlich hatte er es geschafft.
«Also gut», sagte sie. «Ich glaube dir, mein Kind. Aber da wir schon bei den unerfreulichen Themen sind: Weshalb diese bürgerliche Trauung? Warum ohne Priester?»
«Ah!» sagte er. «Du weißt es?»
«Ja, ich weiß es.»
«Nun, ich war mir nicht ganz sicher. Ich habe diese Ausländerin sehr schnell geheiratet, ich mußte in den Krieg, vielleicht auf Jahre hinaus, und sie war, als ich sie kennenlernte, mit einem anderen verlobt und konnte – ich glaubte es zwar nicht, aber ich hatte keinen Beweis – einen ungefestigten Charakter haben. Außerdem war sie eine Heidin. Die Engländer sind fast alle Heiden, weißt du. Es ist wie mit der Freimaurerei, man hält es für vollkommen schicklich. Wenn Grace des Wartens müde

geworden und mit einem anderen davongegangen wäre, hätte mir das für immer oder jedenfalls auf Jahre hinaus eine richtige Heirat verwehrt, und das wollte ich nicht. Wenn allerdings sie oder ihr Vater den geringsten Einwand gegen eine Zivilehe erhoben hätten, wenn sie es nur mit einem Wort erwähnt hätten, hätte ich einen Priester geholt, aber dieses Thema wurde nie angeschnitten. Es war sehr sonderbar. Sie hielten die ganze Angelegenheit für vollkommen normal und natürlich. Sigismond ist übrigens getauft. Ich schrieb ihr und bat sie darum, und es geschah so postwendend, als hätte ich sie gebeten, ihn impfen zu lassen.»

«Und jetzt?» fragte Madame de Valhubert.

«Grace ist noch immer eine Heidin, aber du siehst ja, ihre Seele hat es verdient, daß man sie rettet. Wir werden sie demnächst bekehren; dann ist noch immer Zeit genug, in der Kirche zu heiraten.»

«Charles-Edouard, du hast keine Frau mit nach Hause gebracht, sondern eine heidnische Konkubine! Du lebst in Todsünde, mein Kind!»

«Liebste Großmutter, du kennst mich sehr gut und weißt, daß ich die meiste Zeit in Todsünde lebe. Was meine Seele angeht, so müssen wir auf die Gnade Gottes vertrauen. Was Grace angeht, so wird sich alles zum Besten wenden, du wirst sehen.»

Grace wäre sehr überrascht gewesen, wenn sie dieses Gespräch mit angehört hätte.

Die beiden sprachen über sie, als hätte er die Tochter eines Kannibalenkönigs aus dem finstersten Afrika heimgeführt, während sie selbst sich für eine ganz gewöhnliche Christin hielt. Völlig unempfänglich für ihre Sicht der Dinge war aber auch Charles-Edouard nicht.

«Bitte, Großmutter», sagte er, «wenn du mit Grace darüber sprichst, sage nicht, sie sei nur eine Konkubine. Es würde ihr nicht gefallen. Du mußt mir vertrauen – es wird bestimmt alles gut, und bis dahin betrachte uns als *fiancés*.»

«Also gut», sagte die alte Dame, «über religiöse Fragen werde ich kein Wort mehr verlieren. Das alles liegt in deiner Verantwortung, Charles-Edouard, und du weißt genausogut wie ich, worin deine Pflicht besteht.»

Aber, so dachte sie im stillen, es gibt da noch ein paar andere Dinge, die ich mit ihr besprechen muß, ehe die beiden nach Paris zurückkehren.

«Ich vermute, Charles-Edouard kommt dir sehr englisch vor, mein liebes Kind», begann sie, als sie das nächste Mal mit Grace allein war.

«Englisch?» fragte Grace belustigt und überrascht zugleich. In ihren Augen verkörperte Charles-Edouard sämtliche vierzig Könige von Frankreich in einer Person, er war für sie Frankreich, wie es leibt und lebt.

«Auf den ersten Blick wirkt er doch sehr englisch. Die Kleidung, die Figur, die gewaltigen Frühstücke mit Eiern und Schinken, seine Geschäftstüchtigkeit. Aber bis jetzt, meine Liebe, kennst du ihn kaum. Seit sieben Jahren seid ihr verheiratet (wenn man es so nennen will), und jetzt verbringt ihr hier eure Flitterwochen, seid euch noch ganz fremd und habt doch schon einen großen Sohn. Eine sehr sonderbare Situation. Und keineswegs selbstverständlich, sondern fast genauso sonderbar ist es, daß ihr beide glücklich dabei seid. Aber ich wiederhole: Bisher hast du nur die englische Seite deines Gatten kennengelernt. Hier auf dem Land wird ihn eine Unruhe erfassen (ich kenne ihn gut), und sehr bald, wahrscheinlich von einem auf den anderen Tag, wird er dich nach Paris entführen. Wenn ihr erst dort seid, wirst du bald erkennen, wie französisch er ist.»

«Aber er kommt mir schon jetzt so französisch vor. Was soll sich denn daran in Paris noch ändern und in welcher Beziehung?»

«Ich will dich nur warnen. In Paris gerätst du mit ihm in die Welt seiner kleinen Freundinnen, all der Frauen, mit denen er aufgewachsen ist. Ich rate dir, sehr, sehr vernünftig zu sein. Tu so, als wärst du tausend Jahre alt, genau wie ich.»

«Du glaubst, ich würde eifersüchtig werden. Tante Régine denkt genauso, ich sehe es ihr an. Aber das bin ich nicht. Es paßt überhaupt nicht zu mir. Ich bin nicht gefühllos, ganz gewiß nicht, es gibt Dinge, die mir furchtbar viel ausmachen, aber eifersüchtig bin ich nicht.»

«Mein liebes Kind, du bist verliebt, und Liebe ohne Eifersucht gibt es nicht auf dieser Welt.»

«Vielleicht kenne ich Charles-Edouard noch nicht sehr lange, aber ich kenne ihn sehr gut. Er liebt mich.»

«Ja, ja, das tut er. Ganz offensichtlich. Wir alle tun es, mein liebes Kind, deshalb rede ich ja auch mit dir – trotz allem anderen. Und ich sage dir, wenn du wirklich sehr vernünftig bist, dann wird er dich immer lieben, nach einiger Zeit wird in eurem Leben alles ins Lot kommen, und ihr werdet für immer ein wahrhaft glückliches Paar sein.»

«Das sagt mir Charles-Edouard auch. Gut denn, ich bin sehr vernünftig, also wird er mich immer lieben. Sehe ich nicht vernünftig aus?»

«Ach, diese praktischen englischen Blicke kenne ich, und ich weiß, wie trügerisch sie sind. Nach außen so ruhig und zuversichtlich, aber darunter, welcher Tumult. Außerdem sehen sie die Welt durch eine Brille, die alles verzerrt. Südländerinnen sehen die Dinge viel klarer, so, wie sie sind, und vor allem verstehen sie die Männer.»

«Ich habe nie ganz begriffen, was das heißen soll: die Männer verstehen.»

«Wirklich nicht, meine Liebe? Es ist ganz einfach, es läßt sich in wenigen Worten ausdrücken. Laß ihnen ihre Freiheit. Eine Frau, die ihrem Mann seine Freiheit läßt, wird ihn selten verlieren.»

«Soll das heißen», sagte Grace ziemlich entrüstet, «daß eine Frau, die ihren Mann tun läßt, was ihm gefällt, die vor jeder Untreue die Augen schließt und sich von ihm alles gefallen läßt, diesen Mann nie verliert?»

«Genau das», erwiderte Madame de Valhubert seelenruhig.

«Und dazu rätst du mir?»

«Oh, ich gebe dir keinen Rat, die Alten sollen keine Ratschläge erteilen. Ich sage nur, denk daran, daß Charles-Edouard ein

Franzose ist – kein Engländer in französischer Schale, sondern durch und durch ein Franzose. Wenn du willst, daß eine wirkliche Ehe daraus wird, eine lebenslange Verbindung (vom Sakrament spreche ich nicht), dann mußt du dich an die Regeln unserer Zivilisation halten. Niemand hat etwas dagegen, daß auch du ein eigenes Leben führst, wenn du magst – solange du deinem Gatten seine Freiheit läßt.»

Grace war zutiefst schockiert. «Ich hätte verstanden, wenn Tante Régine mir das gesagt hätte – ich hatte es sogar erwartet, aber deine Großmutter!» sagte sie zu Charles-Edouard.

«Meine Großmutter ist eine äußerst praktische Frau», sagte er, «man erkennt es daran, wie sie dieses Haus führt. Daran erkennt man es bei den Frauen immer.»

Am nächsten Tag faßte Charles-Edouard einen seiner raschen Entschlüsse und stürmte mit Grace nach Paris. Nanny und der Junge blieben zurück und sollten in ein oder zwei Wochen, begleitet von dem getreuen Ange-Victor, nachkommen.

7

Das Haus der Valhuberts in Paris war jünger als irgendein Teil von Bellandargues, es war erst zwei oder drei Monate vor der Revolution fertig geworden. Vorher hatte dort ein Haus aus der Zeit Ludwigs XIII. gestanden, aber der Besitzer, der einen Empfang für Marie-Antoinette plante, hatte es abreißen und etwas Eleganteres bauen lassen, um sich ihrer würdig zu erweisen. Das Fest für die Königin fand jedoch nie statt, und schließlich wurde nicht Marie-Antoinette, sondern Josephine als Ehrengast in dem runden Musikzimmer in Weiß und Gold empfangen. Diese Episode in der Familiengeschichte war jedoch von den späteren Valhuberts immer sorgfältig bemäntelt worden, vor allem von Charles-Edouards Großmutter. In Wahrheit hatte der älteste Sohn jenes Bewunderers von Marie-

Antoinette, ein Soldat von echtem Schrot und Korn, nicht widerstehen können, als sich ihm die Chance bot, unter dem glänzendsten aller Feldherren zu dienen. Er hatte sich der revolutionären Armee angeschlossen, war, keine dreißig Jahre alt, zum General aufgestiegen und in der Schlacht bei Friedland gefallen, kurz nachdem er den Marschallstab empfangen hatte.
«Zum Glück», bemerkte Charles-Edouard, als er Grace das alles erzählte, «sonst wäre er sicherlich als Herzog mit irgendeinem ausländischen Titel geendet. Ich ziehe es vor, das zu sein, was ich bin.»
«Vielleicht hätte er abgelehnt.»
«Vielleicht. Aber daß irgendwer irgendwo mal eine Herzogswürde abgelehnt hätte, ist mir noch nicht zu Ohren gekommen.»
Nach seinem Tod hatte die Familie zu einem behutsamen Royalismus zurückgefunden und einen dichten Schleier über diese unziemlichen Aufwallungen von Patriotismus gebreitet. Die alte Madame de Valhubert schützte immer Unwissenheit vor, und wenn jemand den Marschall erwähnte, erklärte sie, es müsse sich um irgendeinen entfernten Verwandten ihres Mannes handeln. Alle seine Reliquien, das Portrait von Gros, das ihn in Uniform zeigt, der Adler, dessen Rückeroberung er mit dem Leben bezahlt hatte, seine Orden, sein Degen und sein Marschallstab, wurden in Bellandargues in einem kleinen Gartenhaus versteckt gehalten, das in der näheren Umgebung unter dem Namen *le pavillon de la gloire* bekannt war, und selbst Charles-Edouard hätte es nicht gewagt, diese Dinge zu Lebzeiten seiner Großmutter in den Salon zurückzuholen.
«Mir wird es genauso ergehen», sagte er. «Die Frau von Sigis Ururenkel wird mein Lothringer Kreuz, meine *médaille de la résistance* und mein Bataillonsabzeichen verstecken und behaupten, ich sei irgendein entfernter Verwandter ihres Mannes. Schrecklich, diese französischen Familien.»
Vor dem langgestreckten dreistöckigen Haus lag ein Hof, dahinter dehnte sich ein Garten. Wenn sich die alte Madame de Valhubert in Paris aufhielt, bewohnte sie einen der Seitenflügel

am Hof. «Während des Krieges ist sie dort eingezogen, nachdem die Deutschen den Haupttrakt geplündert hatten, und nun gefällt es ihr dort so gut, daß sie geblieben ist.» In dem anderen Flügel waren die Dienstboten untergebracht. Das Erdgeschoß des Hauses selbst bestand aus fünf riesigen, miteinander verbundenen Salons, und der mittlere war das berühmte runde Musikzimmer, das Meisterwerk der Gebrüder Rousseau. Darüber befand sich, mit gleichem Grundriß und fast ebenso aufwendig ausgeschmückt, Graces Schlafzimmer. Alle diese Räume lagen auf der Gartenseite, nach Süden, und aus den Fenstern hatte man einen weiten Blick über hohe Bäume.

«Was für ein großer Garten, mitten in der Stadt», sagte Grace.

«Früher war er dreimal so lang, aber ein Teil davon ging zu Haussmans Zeiten leider verloren, als die scheußliche Rue de Babel gebaut wurde, ein passender Name. Aber wir dürfen uns nicht beklagen, viele Häuser in diesem Viertel haben mehr gelitten – viele wunderschöne Häuser haben ihre Gärten ganz verloren oder sind sogar abgerissen worden. Nur der Sturz Napoleons III. hat Paris vor dem vollständigen Ruin bewahrt. Eigentlich hat Bismarck uns gerettet, komischerweise!»

Da sich Charles-Edouard ganz offen unter seinem eigenen Namen den «Freien Franzosen» angeschlossen hatte, war sein Besitz während des Krieges konfisziert worden, und man hätte alles nach Deutschland abtransportiert, wenn nicht Louis, sein alter Kammerdiener, die Initiative ergriffen, Bilder und Möbel im Keller gestapelt und davor eine Wand errichtet hätte, der er dadurch ein überzeugendes Aussehen verlieh, daß er an ihr ein Waschbecken mit Wasserhähnen aus Messing anbrachte.

«Uns blieb so wenig Zeit», erzählte er Grace und Charles-Edouard, «daß wir die Hähne mit einem ganz gewöhnlichen Wassereimer verbinden mußten, den wir auf der anderen Seite an die Wand hängten. Wie haben wir gebetet, daß die Deut-

schen das Wasser nicht zu lange laufen lassen würden. Aber alles ging gut. Sie kamen, sie prüften die Hähne eine Minute lang, genau wie wir gehofft hatten, und dann fuhren sie wieder weg. Uns fiel ein Stein vom Herzen!»
«Und sie haben das Haus nie requiriert?»
«Diese Seite der Seine mochten sie nicht besonders – zu viele verwinkelte, dunkle alte Straßen; oben, in den großen, modernen Häusern am Etoile fühlten sie sich wohler. Sie schafften nur alles weg, was sie fanden, und kamen nie wieder. Da ich schon so lange hier bin, wußte ich zum Glück, welches die besten Stücke waren (wir haben uns nicht getraut, alles zu verstekken). Später installierten wir eine Belüftung im Keller, und wunderbarerweise sind die Sachen wohlbehalten durch die langen schlimmen Winter gekommen. Bei alledem hat mir M. Saqué, der Bauunternehmer, sehr geholfen – M. le Marquis wird ihm vielleicht seinen Dank aussprechen.»
«Aber gewiß», sagte Charles-Edouard, den diese Erzählung mehr gerührt hatte, als er eingestehen wollte. Er liebte seine Möbel und seine Kunstgegenstände, und vor allem liebte er seine Gemälde. Er zeigte sie Grace noch bevor er sie nach oben gehen ließ. Es war eine bezaubernde Sammlung kleinerer Meister mit ein oder zwei Glanzpunkten, einem wichtigen Fragonard, zwei Bildern von Hubert Robert und so weiter. Er baute diese Sammlung noch immer weiter aus und hatte mehr als die Hälfte der Bilder selbst gekauft.
Die folgenden Wochen, die Grace mit ihrem Mann während des ereignislosen September in der noch leeren Stadt verbrachte, waren die glücklichsten, die sie je erlebt hatte.
Charles-Edouard entdeckte nach sieben langen Jahren die Steine von Paris wieder, mit denen ihn eine fast krankhafte Liebe verband, und spazierte den ganzen Tag mit Grace durch die Straßen und manchmal, wenn der Mond schien, auch noch nach dem Abendessen. Für eine Engländerin war Grace sehr gut zu Fuß, aber er war einfach unermüdlich, und hin und wieder, etwa bei einem Tagesausflug nach Versailles, mußte sie um Gnade flehen. Mit ihm wurde es niemals langweilig. Er

kannte die langen, verwickelten Geschichten aller Palais im Faubourg St.-Germain und wußte genau, wo jeder von ihnen hinter den hohen Mauern mit den Wageneinfahrten zu finden war.

«Du kannst ruhig klingeln und einen Blick hineinwerfen», sagte er manchmal, «noch kennt dich ja niemand – aber ich bleibe hier, ich möchte nicht gesehen werden.»

Dann klingelte Grace, steckte den Kopf durch die Pforte, entschuldigte sich bei der Concierge und wurde mit dem prächtigen Bild eines Hauses aus Stein, Glas und Schmiedeeisen belohnt, das, wie ihr eigenes, zwischen einem Hof und Bäumen lag. Wenn das Erdgeschoß nur einen Raum tief war, konnte man diese Bäume durch die beiden Fensterfluchten sehen.

«Na, hat es dir gefallen?»

«Ja, wunderbar – ich fasse es immer noch nicht, Charles-Edouard!»

«Bitte, keine Demonstrationen vor diesen Polizisten. Denke daran, daß ich in diesem Viertel eine bekannte Persönlichkeit bin. Hast du die Sphinxen im Hof bemerkt?»

Einzelheiten dieser Art fielen Grace nie auf; ihr Auge war völlig ungeschult, ein allgemeiner Eindruck von Schönheit, für die sie sehr empfänglich war, genügte ihr. Anders als ihr Mann gab sie jedoch der Naturschönheit den Vorzug vor der Schönheit von Menschenhand.

«Es ist herrlich, einfach herrlich. Ich wußte nicht, wie Paris wirklich ist. Während meiner Schulzeit bin ich hier gewesen, aber da war alles anders – Rue de la Pompe und Avenue Victor Hugo (die Stunden, die wir im Grand Magasin Jones zugebracht haben!). Schon damals war ich hier immer glücklich, aber jetzt! Daß ich so glücklich bin, hat wohl auch etwas mit dir zu tun.»

«Etwas!» sagte Charles-Edouard. «Alles!»

«Ich bin so froh! Nie hätte ich einen anderen auch nur halb so sehr lieben können wie dich.»

«Ich weiß.»

«Und trotzdem würde ich mir wünschen, daß du nicht in die-

sem Ton ‹Ich weiß› sagst. Du könntest sagen, daß auch du froh bist.»
«Ich bin furchtbar nett», antwortete er, «einen so netten Mann hättest du nie wieder gefunden. Gib zu, daß es dir Spaß macht, mit mir zusammenzusein. Sieh mal – der Brunnen von Bouchardon, so schön. Aber wie dumm, diese modernen Wohnhäuser ausgerechnet hierhin zu stellen.»
«Ihr könntet eine *Georgian Society* gebrauchen», sagte Grace. «Glaubst du wirklich, du bist der einzige Grund dafür, daß ich glücklich bin?»
«Es ist fast sicher.»
«Oje, ich hoffe nicht – es ist gefährlich, wenn alles von einem einzigen Menschen abhängt. Vielleicht trägt unser Segen auch seinen Teil dazu bei.» Aber sie wußte, falls überhaupt, dann nur einen sehr kleinen Teil, sosehr sie den Jungen auch liebte.
«Sieh mal, die Einfahrt des Hôtel de Bérulle, ist sie nicht ein Meisterwerk an künstlerischer Zurückhaltung und Erfindungsreichtum? Obwohl die Straße so eng ist, kann eine Kutsche abbiegen und hineinfahren.»
«O ja, wie faszinierend!»
«Bitte, keine Demonstrationen –»
Aber eigentlich war er entzückt darüber, wie sehr sie sich zu allem Französischen hingezogen fühlte. Er sah, daß sie, obwohl ungebildet, Anzeichen von natürlichem Geschmack aufwies, der sich leicht weiterentwickeln ließ. Für Charles-Edouard war die Kunst eine Religion. Sobald er ein bißchen freie Zeit hatte, lief er in den Louvre, so wie seine Großmutter zu einem kurzen Gebet in die Kirche. Die Museen erwachten in dieser Zeit nach und nach aus der Kriegsstarre, und Charles-Edouard, der mit allen Direktoren gut befreundet war, unterhielt sich stundenlang mit ihnen und pries die vielen Verbesserungen.
Grace sagte: «Wie seltsam, daß du, der du ein solcher Augenmensch bist, das Land und die Landschaft so sehr haßt.»
«Die Natur hasse ich. Auf dem Land ist es langweilig, daran liegt es wohl. Aber die Kunst liebe ich.»

«Und die schönen Damen, nicht wahr?» fragte sie, als er sich nach einer Vision in Schwarz und Weiß umdrehte, die in einem kleinen Rolls-Royce vorüberglitt. Der September näherte sich seinem Ende, die schönen Damen kehrten in die Stadt zurück und weckten in Grace manche Befürchtung.

«Die Frauen liebe ich», sagte er mit einem verhaltenen, schuldbewußten Lachen. «Aber ich verfüge auch über einen ausgeprägten Familiensinn, und an diesem Punkt kannst du mich packen.»

Aber wie soll man jemanden packen, dachte sie, wenn man selbst kaum Fuß gefaßt hat? Und wie soll man in einem fremden Land und umgeben von lauter Fremden überhaupt Fuß fassen, wenn man ganz am Anfang eines neuen, fremdartigen Lebens steht?

Zur verabredeten Zeit kamen dann auch Nanny und Sigi mit dem Nachtzug aus Marseille, und noch am gleichen Nachmittag führte Grace beide in die Tuilerien auf dem anderen Seine-Ufer. Nanny war in einer wunderbar sanften Stimmung. Sie freute sich, der provenzalischen Hitze, dem kleinen Canari und, zumindest für einige Zeit, M. l'Abbé entkommen zu sein. (Er sollte nach Weihnachten in die Stadt kommen und mit dem Unterricht fortfahren.) Sie freute sich auch, wieder in einer Stadt zu sein, wo sich ein Kind viel leichter unter Kontrolle halten ließ als auf dem Land. Sie begrüßte es sehr, daß die Tür zur Straße nur von der Concierge geöffnet werden konnte und daß der Garten von Mauern, hoch wie die Befestigungsanlagen einer Stadt, umgeben war. Für kleine Jungen gab es hier keine Fluchtmöglichkeit. Selbst die Einrichtung des Kinderzimmers erregte nicht ihr ungeteiltes Mißfallen; es war für Charles-Edouard von dessen englischer Mutter möbliert worden, glich den altmodischen Kinderzimmern in manchen großen Londoner Häusern und hatte nichts von der seltsamen Kargheit der Zimmer in Bellandargues.

Nannys ohnehin stets frostiges Lächeln verflüchtigte sich jedoch vollends, als sie die von Ziegen gezogenen Wägelchen in den Tuilerien erblickte, die Esel, das Guignol und die fröhliche

Menge roller- oder rollschuhfahrender Kinder. Kaum hatte Sigi die Ziegenwagen gesehen, da saß er auch schon in einem von ihnen.
«Wir werden unseren kleinen Schlingel von diesem Viehzeug gar nicht mehr wegbekommen – gibt es denn hier nichts anderes, meine Liebe, etwas wie den Hyde Park? Ich werde hier nicht den ganzen Winter im Zug stehen und stundenlang zusehen, wie er seine Runden in diesem Wagen dreht.»
«Ach, Liebling, das brauchst du auch nicht. Er soll doch nicht jedesmal fahren. Aber findest du nicht, daß es für Kinder hier herrlich ist, viel lustiger als im Hyde Park?»
Grace hatte sich so darauf gefreut, Sigi mit hierherzunehmen und zuzusehen, wie er sich zwischen all den Attraktionen tummelte, daß sie an Nannys Mißbilligung gar nicht gedacht hatte.
«Grace! Solche Töne aus deinem Mund überraschen mich wirklich! Denk doch an das Peter-Pan-Denkmal und an die ‹Mulde›! Bei diesen Kindern kann er sich weiß der Himmel was einfangen. Und daß er in dieses schmuddelige Theater oder was das sein soll geht, kommt überhaupt nicht in Frage. Ich hoffe, da sind wir uns einig.»
«Natürlich, Nan, wie du willst.»
Nanny faßte Grace am Arm und flüsterte: «Ist das nicht Mrs. Dexter dort drüben?»
«Grace!»
«Carolyn!»
«Eben wollte ich bei dir anrufen und hören, ob du schon zurück bist. Wir wohnen jetzt auch hier in Paris, ist das nicht herrlich? Bei unserem Zwischenstopp in London habe ich deinen Papa angerufen, und er hat mir deine Nummer gegeben, aber wir hatten soviel mit der Wohnungssuche zu tun. Ja, wir haben eine sehr schöne gefunden – leider meilenweit von dir entfernt – oben am Parc Monceau. Ist das Sigi? Sieben, würde ich schätzen – er sieht älter aus. Der kleine Foss ist wohl ein bißchen zu klein für ihn, aber unsere Nanny wird sich freuen, Sie zu sehen, Nanny – da sieht die Welt doch gleich ganz anders aus. Wann

könnt ihr zum Tee kommen? Und wir, Grace, müssen uns auch bald verabreden, dann kannst du meinen Mann kennenlernen und ich deinen! Ach, ist das nicht aufregend?»
Carolyn Broadman war eine alte Freundin von Grace. Ihre Väter waren befreundet gewesen, und die beiden Töchter hatten die gleiche Schule besucht. Carolyn war etwas älter und viel intelligenter, sie war die Klassenbeste gewesen, die anderen hatten sie verehrt, und viele von ihnen hatten sich in sie verliebt. Sie war groß, hatte lockiges, kastanienbraunes Haar und durchdringende, strahlend blaue Augen. Es waren diese Farben, die ihren Anspruch auf Schönheit begründeten, denn ein besonders hübsches Gesicht hatte sie nicht, wohl aber eine großartige Figur. Ihr Gang hatte mehr als nur entfernte Ähnlichkeit mit einem großspurigen Stolzieren, und Sir Conrad hatte sie immer als Don Juan bezeichnet. In der Schule war sie tatsächlich einer gewesen. Seelenruhig hatte sie die kleinen Herzen eingesammelt, die ihr zu Füßen gelegt wurden, und sie achtlos über die Schulter geworfen. Grace hatte Carolyn seit dem Krieg nicht mehr gesehen, wußte aber, daß sie mit einem ungeheuer reichen, ungeheuer wichtigen Amerikaner verheiratet war, den sie in Italien kennengelernt hatte. Wie nicht anders zu erwarten, hatte sie es im Krieg bis zum General gebracht – und wenn Frauen Marschall hätten werden können, dann wäre sie zweifellos einer geworden.
«Komm doch gleich jetzt mit zum Tee», sagte Grace, «dann lernst du Charles-Edouard kennen.»
«Liebling, ich kann nicht. Ich muß zu unserer Botschaft, dort findet eine Cocktailparty für einige Senatoren statt – vorher muß ich Hector in seinem Büro abholen und noch einmal zum Umziehen nach Hause. Ich habe versprochen, früh zu kommen und ein bißchen zu helfen.»
So plauderten sie noch ein paar Minuten und trennten sich dann mit vielen Plänen für ein baldiges Treffen.
«Schön, mal wieder ein waschechtes Stück England zu sehen», sagte Nanny, als sie über den Pont de Solferino zurückgingen.

Charles-Edouard war in der Empfangshalle, er wollte offenbar gerade ausgehen.
«Was gibt es Neues?» fragte er.
«Ich war mit Sigi und Nan – lauf los, Sigi, oben gibt es Tee – in den Tuilerien, und was glaubst du, wen wir dort getroffen haben? Eine alte Freundin von mir, Carolyn Dexter! Ist das nicht komisch?»
«Schön?»
«Ich weiß nicht, ob du sie schön fändest. Schöne Farben.»
«Also rotes Haar, vermute ich. Nicht mein Fall.»
«Aber eine wunderbare Figur, und furchtbar intelligent. Sie ist mit einem sehr wichtigen Amerikaner verheirat, Hector Dexter.»
«Und weiter? Was hat sie dir erzählt?»
«Na ja, sie wohnen oben am Parc Monceau. Wir sollten uns mal verabreden.»
«Weiter. Was noch?»
«Sonst nichts.»
«Ha! Ihr habt also in den Tuilerien gestanden und euch angeglotzt?»
«Du machst dich lustig über mich. Wir haben in einem fort geschwatzt.»
«Aber worüber?»
«Sie wollte gerade zu einer Cocktailparty in der amerikanischen Botschaft.»
«Das ist alles sehr langweilig.»
«Sei doch nicht so brummig, Charles-Edouard.»
«Du mußt mir Geschichten erzählen von dem, was du tagsüber erlebst – Geschichten, die mich unterhalten. Weiter.»
«Sie haben einen kleinen Jungen, aber jünger als Sigi, und Nanny freut sich schon darauf, die andere Nanny zu besuchen –»
Charles-Edouards hörte nicht mehr aufmerksam zu. *«Quand un Vicomte rencontre un autre Vicomte«*, sang er, *«qu'est-ce qu'ils se racontent? Des histoires de Vicomtes.»* Er nahm seinen Hut.
«Du gehst aus?»

«Ja.»
«Bist du zum Tee zurück?»
«Nein.»

Grace nahm ihren Tee an diesem Tag im Kinderzimmer ein und an allen folgenden Tagen ebenfalls. Charles-Edouard war um die Teezeit nie zu Hause, denn er hatte eine alte nachmittägliche Gewohnheit wiederaufgenommen – er besuchte Albertine Marel-Desboulles. Sie war eine der kleinen Freundinnen, mit denen er aufgewachsen war und vor denen Madame de Valhubert Grace gewarnt hatte – und sie war bei weitem die gefährlichste von ihnen. Sie und Charles-Edouard hatten als Kinder die gleiche Amme gehabt (sie war von der Mutter Albertines an die von Charles-Edouard weiterempfohlen worden, denn Albertine war die Ältere). Als er achtzehn war und sie gerade verheiratet, hatten die beiden eine kurze, aber heftige Liebesaffäre gehabt, die inzwischen zu einer empfindsamen Freundschaft heruntergebrannt war, in der allerdings die Liebe, jedenfalls die körperliche, noch immer eine Rolle spielte.
Charles-Edouard fand Albertine unterhaltsamer als jeden anderen Menschen; sie war ganz und gar nicht langweilig und hatte immer etwas zu erzählen. Keine unansehnlichen Schnitten aus dem gewöhnlichen Alltag, auf einem weißen Teller aus dickem Porzellan serviert, sondern köstlich zubereitete Gerichte, verschönt mit den aromatischen und exotischen Früchten ihrer eigenen Phantasie und dargeboten in einer Weise, die den Appetit eines so anspruchsvollen Bewunderers, wie Charles-Edouard es war, verlocken mußte. Über ihre gemeinsamen Freunde konnte sie endlose Geschichten ausspinnen, konnte mit der gleichen Sammlerleidenschaft und der gleichen angeregten Kennerschaft über Kunst und Kunstgegenstände sprechen wie er, und was Charles-Edouard besonders gefiel: Sie sprach stundenlang, ebenfalls mit angeregter Kennerschaft und Sammlerleidenschaft, über ihn selbst. Sie war eine perfekte Wahrsagerin. Wie ein Kind, das weiß, wo die Süßigkeiten auf-

bewahrt werden, ging Charles-Edouard jedesmal gleich zu der japanischen Lackkommode hinüber, in deren oberer Schublade rechts in der Ecke die Karten lagen.

«Wie lange ist es her, seit ich das zum letzten Mal getan habe?» fragte sie, während sie mit langen Spinnenfingern, an denen Diamanten blitzten, mischte und austeilte.

«Du hast gesagt, ich würde im Krieg fallen», meinte Charles-Edouard.

«Ich habe gesagt, ich könnte die Umstände, unter denen du zurückkehrst, nicht genau erkennen. Stell dir vor, ich hätte dir prophezeit, du würdest mit einer englischen Frau und einem Sohn kommen – das wäre ein arger Schlag für mich gewesen. Leider habe ich etwas derart Unwahrscheinliches nicht vorausgesehen. Hebe bitte ab. Doch jetzt sehe ich sie, klar wie der helle Tag, umgeben von alten Hausmädchen, kein anderer Mann weit und breit. Sie muß sehr treu sein. Schön für dich, eine so treue Frau zu haben. Gut. Hebe ab. Ja. Also, hier kommt nun eine Überraschung, obwohl es mich eigentlich nicht sehr überrascht. Nicht englisch und nicht deine Frau, aber eine glitzernde, mondäne Schönheit. Alle möglichen interessanten Zwischenfälle umlagern dich und deine Beziehung zu dieser glitzernden Person. Hebe ab. Jetzt bist du selbst an der Reihe. Ja, da bist du, und mit all deinen Talenten, deinem Charme, deinem Witz, deiner Gutmütigkeit. Du siehst dir dabei zu, wie du dein Leben lebst, und bist ganz hingerissen von diesem Schauspiel.»

«Ah!» rief Charles-Edouard. «Wie schön! Ich liebe es, wenn jemand mich richtig zu nehmen weiß.»

«Hebe jetzt dreimal ab. Ich muß dir sagen, daß es einige kleinere Mißhelligkeiten geben wird, sie haben mit der glitzernden Person zu tun. Du bist nicht vorsichtig genug, oder du hast Pech – es wird eine Sturzflut von Tränen geben, aber mach dir nichts daraus, es sind nicht deine Tränen. Hebe ab. Nichts Neues – wieder du, zwischen der Glitzernden und der Gemahlin. Mehr kann ich dir heute nicht sagen.»

Sie stützte den Kopf auf die Hand und sah ihn aus runden

blauen Augen an, die gar nicht zu ihren kantigen gotischen Zügen zu passen schienen. Alles an ihr war lang und schmal, außer diesen runden blauen Augen.

«Und wie findest du die Ehe?»

«Ziemlich langweilig», sagte Charles-Edouard, «aber es gefällt mir, und ich liebe meine Frau. Sie ist originell, sie amüsiert mich.»

«Und freundlich?» fragte Madame Marel.

«Das kommt noch, wenn sie sich erst eingelebt hat. Du siehst sie bestimmt am Zehnten, bei den Fertés.»

«Bestimmt. Wir werden alle da sein, wir sind nämlich sehr gespannt. Du hast dich kaum verändert, Charles-Edouard, außer daß du besser aussiehst als je zuvor.»

«Ah!» sagte Charles-Edouard, stand auf und schloß die Tür ab.

«Nicht nötig», sagte sie lächelnd. «Pierre würde nie jemand anderen einlassen, wenn er weiß, daß du hier bist.»

Wenig später lag Charles-Edouard entspannt zwischen den Kissen auf einem riesigen Sofa und sagte: «Erzähl, was ist in all den Jahren aus dir geworden?»

«Oh, das ist eine lange Geschichte – oder vielmehr ein dickes Buch mit lauter Kurzgeschichten.»

«Ich dachte es mir. Und jetzt –?»

«Nichts Besonderes. Ich habe einen Engländer, der wahnsinnig in mich verliebt ist – ich glaube, so heftig und mit einer so selbstmörderischen Manie wie dieser Engländer hat mich noch nie jemand geliebt.»

«Ah, diese Engländer – schrecklich.»

«Du lachst, aber es ist kein Witz. Die Beweise seiner Liebe brechen wie eine Lawine über dieses Haus herein – ich weiß nicht, was sich die Concierge dabei denkt. Den ganzen Tag ist sie damit beschäftigt, alles mögliche über den Hof zu schleppen. Blumen, Telegramme, Briefe, Pakete.»

«Lebt er hier?»

«Viel besser, in London. Aber wenigstens einmal in der Woche kommt er mit dem Flugzeug herüber, und dann die Tränen, die

Szenen, die Eifersucht, das Temperament. Es zermürbt mich, ich sollte eigentlich zusehen, daß ich ihn loswerde.»
«Und warum tust du es nicht?»
«Sparsamkeit. Das habe ich von meinem lieben Ehegatten gelernt. Nie etwas wegwerfen, vielleicht kann man es noch mal brauchen. Außerdem liebe ich es, wenn man mich liebt.»
«Und wie heißt er?»
«Kein interessanter Name – Palgrave, Hughie Palgrave.»
«Für mich ist er durchaus interessant», sagte Charles-Edouard. «Hughie Palgrave ist nämlich früher mal mit meiner Frau verlobt gewesen.»

8

Sobald sie ein paar vorzeigbare Kleider hatte, begann Charles-Edouard mit Grace seine Verwandten zu besuchen. «Sehr langweilig», sagte er, «aber was sein muß, muß sein.» Also zwängten sie sich jeden Abend gegen halb sieben in irgendeinen klapprigen, ruckenden Aufzug, der sie zum Salon irgendeiner alten Tante oder Cousine brachte. Die Aufzüge, die Salons und die alten Damen unterschieden sich kaum voneinander. Die Räume waren groß, kalt, prächtig und auf das unvorteilhafteste mit herrlichen Möbelstücken ausstaffiert, zwischen denen und auf denen im Laufe langer Ehen seltsame Anhäufungen der verschiedenartigsten Dinge entstanden waren. Auch die alten Damen waren auf das unvorteilhafteste ausstaffiert und von seltsamen Anhäufungen der verschiedenartigsten Schmuckstücke bedeckt. Vor dem Hintergrund einer schwarzen Strickjacke erstrahlte auf ihrem Busen meist die Rosette der Ehrenlegion.
«Wir könnten uns eigentlich um einen Literaturpreis bewerben», sagte Charles-Edouard, als sie zum fünftenmal in einem dieser kleinen Aufzüge nach oben wackelten.

«Wieso?»
«In Frankreich gewinnt man auf diese Weise Literaturpreise. Zuerst schreibt man ein Buch – aber das ist nicht so wichtig. Dann besucht man meine Tanten, begegnet ihnen mit ungeheurer Ehrerbietung und lacht schallend über die Witze, die meine Onkel beim Portwein machen.»
«Das verstehe ich nicht.»
«Kein Wunder. Alle Literaturpreise hierzulande werden von meinen Tanten verliehen.»
«Und von anderen Tanten gewonnen?»
«Nein, meistens nicht. Ihre eigenen, sehr gelehrten, aber unlesbaren Werke werden von der Académie gekrönt. Das ist etwas anderes. Allerdings besitzen meine Tanten auch dort große Macht und haben meinen Onkeln einen Platz unter der Kuppel verschafft.»
«Verleiht auch Tante Régine Preise?»
«Um Himmels willen, nein! Sie lebt in einer völlig anderen Welt. Man trifft sie (nächste Woche kommt sie übrigens zurück) bei allen Partys, Modenschauen, privaten Filmvorführungen, Theaterpremieren. Das ist etwas ganz anderes. Die Novembre de la Fertés, die Familie meiner Großmutter und Tante Régines, haben sich für den Geist nie sonderlich begeistert – auch die Rocher des Innouïs nicht. Diese intelligenten alten Mädchen kommen alle von der Valhubert-Seite – ihre Wiegen wurden von Alphonse Daudet und dem Abbé Liszt geschaukelt. *Ma tante! Bonjour, mon oncle*. Und hier ist Grace.»
«Grace! Setz dich dorthin, damit wir dich sehen können, mein Kind, und erzähl uns – aber du bist ja schon so lange aus England fort – alles über Mr. Charles Morgan.»
Die übrige Gesellschaft bestand, wie üblich, aus ernsten jungen Frauen ohne Schick, die in die Fußstapfen ihrer Altvorderen traten, aus alten Männern, die sich so höflich gebärdeten, als wollten sie den Frauen in alle Ewigkeit den Hof machen, und einem oder zwei munter dreinblickenden, etwas zu alt gewordenen Jungen. Die Tanten plazierten Grace auf einen Handarbeitsstuhl mit hoher Rückenlehne ans Fenster, ließen sich im

Halbkreis um sie herum nieder und traktierten sie mit verdünntem Port, Biscuits und Fragen. Von Mr. Charles Morgan, über den Grace bedauerlicherweise wenig wußte, kamen sie auf Miss Mazo de la Roche zu sprechen, über die Grace noch weniger wußte. Sie versicherten ihr, eine der schlimmsten Entbehrungen während des Krieges sei für sie der Verzicht auf die Whiteoaks und die Jalnas gewesen. Dann bombardierten sie Grace von allen Seiten mit Fragen nach englischen Romanciers, nach englischen Dramatikern, nach weniger bekannten englischen Landsitzen, nach Pfadfindern, Gärten, Musik, Essayisten und nach dem britischen Regierungssystem, bis Grace sich vorkam wie ein wandelndes «England im Bild». Sie wußten erstaunlich viel über England, aber ihr Wissen glich dem, was ein Astronom über den Mond weiß, wenn er ihn viele Nächte lang durch das Fernrohr betrachtet hat.
Grace spürte, daß all diese Leute bemüht waren, sie einzuordnen. Nicht so wie Tante Régine, die immer den Platz von Grace innerhalb der englischen Gesellschaft herauszufinden versuchte und deshalb wissen wollte, wen Grace kannte und ob ihre Familie, trotz des freimaurerischen Vaters, eine angesehene war, sondern auf eine andere Weise. Einige dieser Leute hatten Sir Conrads Fouquet-Biographie gelesen. Sie äußerten sich sehr lobend über dieses Buch und schlossen aus der Tatsache seiner Existenz, daß Grace in intellektuellen Kreisen aufgewachsen sein müsse. Sie wollten ihre Anschauungen und Vorlieben erkunden, ihre Geisteshaltung, wollten wissen, ob sie Oxford oder Cambridge war, ob sie die *Times* oder den *Daily Telegraph* vorzog und was sie von Shakespeare und Bacon hielt. Ihre Fragen waren nicht schwer zu beantworten, aber Grace hatte das Gefühl, daß man anhand der Antworten, die sie auf diese vielleicht trügerisch einfachen Fragen gab, für immer ein Urteil über sie fällen würde.
Sie fand das alles sehr anstrengend und hatte es Charles-Edouard nach der letzten Teegesellschaft auch gesagt.
«So sind die Franzosen», hatte er achselzuckend erwidert. «In Frankreich steht man immer im Zeugenstand. Du wirst dich

daran gewöhnen. Aber du mußt ein bißchen geistreicher und schlagfertiger werden, Liebste, wenn du ein günstiges Urteil bekommen willst.»

Die alten Onkel spielten bei alledem keine große Rolle. Sie verhielten sich still, waren nach einem langen Eheleben wie versunken in die Bewunderung für den Glanz, den ihre Frauen ausstrahlten, und völlig in Anspruch genommen von dem, was diese wunderbaren Frauen gerade taten. Wenn sie einander auf der Straße begegneten, was ständig vorkam, weil sie alle im gleichen Viertel lebten und alle Scotchterrier besaßen, die ausgeführt werden mußten, dann riefen sie einander zu: «Guten Morgen, und wie geht es voran mit Benjamin Constant?» (oder mit wem immer sich die Frau des anderen bekanntermaßen gerade beschäftigte). «Prächtig, prächtig. Und die Baudenkmäler von Provins?»

Zu Grace waren sie sehr charmant, gaben ihr das Gefühl, daß sie eine schöne Frau sei und daß deshalb nichts von dem, was sie sagte, je gegen sie verwendet werden würde. Aber Grace erkannte bald, daß es auf die Tanten ankam. Und diese Tanten waren für sie eine große Überraschung. Bisher hatte sie geglaubt, von einigen sehr religiösen Frauen wie Madame de Valhubert abgesehen, seien alle Französinnen sehr leichtfertige Geschöpfe, die sich einzig und allein der Kunst zu gefallen widmeten. Woraus man schließen kann, daß neben den Werken von Brogan und Bodley auch die von Mauriac und Balzac unaufgeschnitten in dem großen Stapel unter der Hintertreppe in Bunbury moderten.

«Bist du glücklich?» fragte Charles-Edouard, als sie nach Hause gingen. Ihm war aufgefallen, daß Grace seit einigen Tagen nicht mehr von sich aus gesagt hatte, wie glücklich sie sei.

«Ja, vollkommen glücklich», antwortete sie, «aber ich fühle mich noch nicht so ganz heimisch hier.»

«In Bellandargues hast du dich heimisch gefühlt, warum nicht auch hier?»

«In Bellandargues waren wir auf dem Land.» Es fiel ihr

schwer, Charles-Edouard zu erklären, wie sehr sich das Leben in Paris von allem unterschied, was sie bisher kannte – so kompliziert und so künstlich, daß ihre einzige Zuflucht vor der Wirklichkeit das Kinderzimmer war. Die anderen Räume im Haus mit ihren wunderbaren Dekorationen und den vergoldeten Möbeln, die so prächtig waren, daß man beim Eintreten das Gefühl hatte, ein Schmuckkästchen zu öffnen, gehörten zur Vergangenheit, Gegenwart und Zukunft der Valhuberts, aber noch hatte Grace nicht das Gefühl, daß sie auch zu ihr gehörten. Die lächelnden Dienstboten besorgten den Haushalt, ohne daß Grace ihnen Anweisungen gab; an dem Kommen und Gehen im Hof, an der fröhlichen Geschäftigkeit dieses großen Hauses hätte sich nichts geändert, wenn Grace nicht dagewesen wäre. Kurz, sie spielte an diesem Ort, der immerhin ihr Zuhause war, nicht die geringste Rolle.

Charles-Edouard hatte wieder seine Lebensgewohnheiten aus der Zeit vor dem Krieg aufgenommen. Morgens telephonierte er mit Freunden, die Grace nicht einmal dem Namen nach kannte; nachmittags lief er von einem Antiquitätenhändler zum anderen; er war sehr viel außer Haus und um die Teezeit immer.

Etwa alle zwei Wochen fuhr er für einen Tag nach Bellandargues, um seinen Bürgermeisterpflichten nachzukommen, aber nur sehr selten blieb er auch über Nacht dort. «Ich schlafe nicht gern außerhalb von Paris», sagte er oft und tat es so selten wie möglich.

Auch Grace war sehr beschäftigt, aber auf eine ungewohnte Art und Weise, denn es ging dabei ausschließlich um Kleider. Madame Rochers *vendeuse* kümmerte sich um sie und nahm sie hart heran, indem sie dafür sorgte, daß Grace immer mehr Kleider für immer mehr Gelegenheiten anschaffte; für festliche Anlässe, einen Ball, einen Freitagabend im Maxim, für die Oper, für das große Abendessen; für kleinere Anlässe, den Theaterbesuch, das Diner zu zweit oder mit ein paar Freunden daheim, das Mittagessen daheim, das Mittagessen im Restaurant; und für ausgefallenere Anlässe, zum Beispiel das Mittag-

oder Abendessen auf dem Lande (etwas so Trostloses wie eine Hausparty wurde nicht ins Auge gefaßt) und für die Reise.
«Kann ich denn nicht in meinem Morgenkostüm reisen?»
«Es ist immer besser, in braunem Accessoire zu reisen.»
«Ja, ich bin vollkommen glücklich», wiederholte sie, «aber ganz wohl fühle ich mich noch nicht. Vielleicht habe ich ein bißchen Heimweh.»
Aber in Charles-Edouard war sie leidenschaftlicher verliebt als je zuvor.

Der erste festliche Anlaß, den Grace in Paris erlebte, war ein Essen, das die Duchesse de Ferté ihr zu Ehren gab. Bei diesem Diner gingen Graces vorgefaßte Ansichten über die Franzosen, die schon bei den Portwein-Besuchen erschüttert worden waren, vollends zu Bruch. Sie wußte oder glaubte zu wissen, daß die Französinnen furchtbar häßlich waren, allerdings von einer Häßlichkeit, die durch Lebhaftigkeit und vollendeten Geschmack in der Mode wettgemacht wurde. Vollendeter Geschmack war für Grace zurückhaltender Geschmack – «eher zuwenig als zuviel», hatten ihre englischen Ratgeberinnen, zum Beispiel Carolyns Mutter, immer gesagt. Außerdem glaubte sie, alle Franzosen seien klein und schwarzhaarig und ähnelten bestenfalls Charles Boyer, während sich die elegante Erscheinung ihres eigenen Mannes ihrer Ansicht nach leicht durch das englische Blut in seinen Adern erklären ließ.
So war sie denn ganz und gar unvorbereitet auf die Szenerie, die sich ihr beim Eintritt in den großen Salon der Fertés bot. Die Tür gab den Blick frei auf ein kaleidoskopisches Glitzern. Die Frauen, lauter Schönheiten, trugen riesige Reifröcke, über denen sich nackte Schultern und ein fast nackter, von Juwelen umfunkelter Busen erhoben. Sie bewegten sich in berauschenden Duftwolken, die Gesichter waren stark geschminkt, und niemand hatte dabei versucht, der Natur nachzueifern. Das Haar der Frauen wirkte so rein und glänzend, wie Grace es noch nie gesehen hatte. Noch mehr überraschten sie die großen, gutaussehenden, elegant gekleideten Männer. Die Mehrheit

sowohl der Männer als auch der Frauen war blond und blauäugig und hatte jenes Aussehen, das in England als Inbegriff englischen Aussehens gilt. Grace erkannte, daß dieses Aussehen bei den Frauen durch übertriebene Eleganz hervorgehoben wurde. «Zuviel» war eben doch besser als «zuwenig», was immer Carolyns Mutter dazu sagen mochte. Daß eine Atmosphäre von hemmungsloser Erotik herrschte, überraschte Grace nicht, allenfalls die Tatsache, daß Erotik außerhalb des Schlafzimmers so hemmungslos sein konnte.

Madame de la Ferté nahm Grace am Arm, führte sie herum und stellte sie allen vor. Grace war von dem, was sie sah, so fasziniert, daß sie die prüfenden Blicke, die an ihr auf und ab glitten, gar nicht bemerkte, und es dauerte eine ganze Weile, bis ihr klar wurde, daß sie all diesen Leuten zuwenig elegant, zuwenig geschminkt und zuwenig parfümiert erscheinen mußte. Die Juwelen aber, die sie gegen ihren Wunsch, nur weil Charles-Edouard es so wollte, angelegt hatte, übertrafen alles. Auch ihr Gesicht, obwohl ihm der Glanz der französischen Gesichter fehlte, hatte, was Schönheit und Ebenmaß anging, in diesem Raum nicht seinesgleichen.

Die Gesellschaft wartete einige Zeit auf das Eintreffen eines jungen Bourbonen und einer bestimmten nicht mehr ganz jungen Frau, die, um zu unterstreichen, daß sie jetzt seine Geliebte war, nach Art einer Königin gern zu spät kam. In der Gruppe um Grace unterhielt man sich über diese Affäre, und die rasche, geschliffene Art, in der diese Leute miteinander sprachen, so treffend, so witzig, so erschreckend wohlunterrichtet, lähmte sie geradezu. Sie kämpfte tapfer und konnte doch alledem kaum folgen. Charles-Edouard bewegte sich in heimatlichen Gewässern. Er war so fröhlich und so munter, wie sie ihn noch nie erlebt hatte.

Kurz vor dem Prinzen kam seine Geliebte am Arm ihres Mannes herein. Sie knickste tiefer als alle anderen und flüsterte: «Monseigneur!»

«Sie sind zusammen vom Mittagessen aufgestanden, sie müssen den ganzen Nachmittag im Bett verbracht haben.»

«Das glaube ich nicht. Sie hatte eine Anprobe bei Dior.»
Als die Spätankömmlinge die anderen begrüßt hatten, gingen alle zum Diner hinein. Grace saß neben ihrem Gastgeber, dem Bruder von Madame de Valhubert, und Madame Rocher. Er schien tausend Jahre alt, sehr gebrechlich und trug einen Schal über der Schulter. Auf der anderen Seite des Tisches, ihr gegenüber, saß Charles-Edouard zwischen seiner Gastgeberin und einer majestätischen alten Frau, die, während sie in den Saal rauschte, mit der einen Hand die Schleppe ihres Kleides und mit der anderen ein großes Hörrohr aus Elfenbein gehalten hatte. In die Stille, die sich plötzlich ausbreitete, während die Gäste ihre Plätze suchten und sich niederließen, sagte sie mit der durchdringenden Stimme einer Schwerhörigen, aber mit einem vertraulichen Blick, so als glaubte sie zu flüstern:
«Bist du noch immer in Albertine verliebt?»
Charles-Edouard, keineswegs verlegen, nahm das Hörrohr und rief hinein: «Nein. Ich bin jetzt verheiratet und habe einen Sohn von sieben Jahren.»
«Das habe ich gehört. Aber was hat das *damit* zu tun?»
Grace tat, als hätte sie nichts gehört. Sie überlegte angestrengt, worüber sie sich mit M. de la Ferté unterhalten konnte, und war sehr erleichtert, als er sich ihr zuwandte und erklärte, er habe soeben *Les Hauts de Hurlevent* von einer talentierten jungen Schriftstellerin aus England gelesen.
«Vielleicht kennen Sie sie», sagte er. «Mademoiselle Emilie Brontë.»
Das war die Rettung. «Eigentlich kenne ich ihre Schwester Charlotte besser.»
«Ach, hat sie eine Schwester?»
«Mehrere. Sie schreiben alle Bücher.»
«Und keine Brüder?»
«Doch, einen Bruder, aber er ist ein Versager. Von ihm spricht nie jemand.»
«Diese Mademoiselle Brontë erzählt von dem Leben in englischen Landhäusern. Es muß dort sehr merkwürdig zugehen – natürlich, man weiß das ja. Sie tun dort seltsame Dinge, finde

ich. Ich würde gern andere Bücher aus dieser talentierten Familie lesen.»
«Ich weiß nicht, ob sie übersetzt sind.»
«Das macht nichts. Der Sohn meiner Concierge spricht Englisch, er kann sie für mich übersetzen.»
M. de Tournon auf der anderen Seite neben Grace war blond und jung, er sah gut aus, und als die Zeit dafür gekommen war, eröffnete er das Gespräch auf englisch: «Sie sind neu hier in Paris, deshalb möchte ich Ihnen ein paar wichtige Dinge erklären, die Sie vielleicht noch nicht verstanden haben, im Hinblick auf das gesellschaftliche Leben hierzulande.»
«Ja, bitte», sagte Grace dankbar.
«Gleichsam Fußnoten zu dem Buch, in dem Sie jetzt Tag für Tag lesen.»
«Genau das habe ich gesucht.»
«Wir fangen, glaube ich, am besten mit dem Vorrang an, denn der Vorrang hat immer Vorrang. In England – (und ich möchte hier einschieben, daß ich England außerordentlich gut kenne; als Bürgen nenne ich nur Mary Marylebone und Molly Waterloo, zwei sehr gute Freundinnen von mir) – zunächst einmal möchte ich Ihnen nun also folgendes erklären. Bitte stellen Sie sich das gesellschaftliche Leben hierzulande nicht so einfach vor wie in England. Es handelt sich da um zwei grundverschiedene Dinge. Ich werde Ihnen erklären, warum. In England hat bekanntlich jeder eine Nummer, und wenn man ein Essen gibt, lassen sich die Gäste mit Leichtigkeit plazieren – man schlägt die Nummern nach und plaziert sie entsprechend, dann setzen sich alle, und es gibt keinen Streit. Das *placement*, das uns in Frankreich so ungeheures Kopfzerbrechen bereitet, macht euch Engländern keinerlei Schwierigkeiten.»
«Sind Sie sicher?» fragte Grace. «Was diese Nummern angeht? Ich habe nie davon gehört. Das *placement* macht uns keine Schwierigkeiten, weil es den Leuten egal ist, wo sie sitzen.»
«Es ist den Leuten nie egal. Ich meine die Nummern im britischen Adelskalender. Ich bin ein großer Anhänger Ihres Adelskalenders; ein wunderschönes Buch, da weiß ich immer, woran

ich mit meinen englischen Gästen bin. Ich wollte, wir hätten hierzulande auch so etwas, aber das haben wir nicht, und deshalb gibt es bei Fragen des Vorrangs diese furchtbaren Komplikationen. Wir haben den altfranzösischen Adel und den des Heiligen Römischen Reiches (Lothringen, Savoyen und so weiter). Das ist schon kompliziert genug, aber außerdem haben wir die Titel, die von Napoleon kreiert wurden, andere aus der Restaurationszeit, wieder andere aus der Zeit der Juli-Monarchie und aus der Zeit Napoleons III. Es gibt Bourbonen-Bastarde und Bonaparte-Bastarde. Ich glaube, Sie haben in England keinen speziellen Platz für Ihre bedeutenden Bastarde, nicht wahr?»

«Ich glaube, bei uns gibt es gar keine.»

Er warf ihr einen mitleidigen Blick zu und spulte die Namen einiger bekannter englischer Familien herunter.

Grace erkannte, daß sie in diesem Zeugenstand eine schlechte Figur abgab.

«Mrs. Jordan allein hatte achtzehn Kinder», sagte er. «Königliches Blut, das ist ja doch immerhin etwas. Aber um auf Frankreich zurückzukommen. Stellen Sie sich vor, Sie haben drei Herzöge zum Diner eingeladen – welchen setzen Sie an die erste Stelle? Sie rufen beim Chef des Protokolls an – gut, aber inzwischen rufen die Herzöge *Sie* an, und jeder erhebt seine Ansprüche. Spätestens in diesem Augenblick, meine Liebe, werden Sie sich nach England zurücksehnen, wo Sie jederzeit beliebig viele Herzöge und Akademiemitglieder einladen können. Übrigens, wo plazieren Sie eigentlich in England Akademiker?»

«Sie meinen Mitglieder der *Royal Academy*?» fragte Grace. «Ich kenne keine.»

«Was Sie nicht sagen! Also hierzulande ist es so, daß beim Betreten des Speisesaals diejenigen unter Ihren Gästen, die glauben, sie seien falsch plaziert, falls sie nicht sofort gehen, aus Protest ihre Teller umdrehen und den ersten Gang ablehnen (sofern er sehr schmackhaft aussieht, greifen sie allerdings manchmal noch zu, wenn nachgereicht wird).»

«Oje», sagte Grace. «Und wie sieht die Lösung des Problems aus?»
«Laden Sie nie mehr als einen Herzog ein.»
«Aber wenn sie miteinander befreundet sind?»
«So weit reicht die Freundschaft nie. Aber man sieht daran, was für ein Glück ihr Engländer habt – ihr könntet alle sechsundzwanzig einladen – es sind doch sechsundzwanzig, oder irre ich mich?»
«Ich habe nicht die leiseste Ahnung», sagte Grace.
«Ich glaube, es stimmt. Sie könnten jedenfalls alle sechsundzwanzig zum selben Dinner einladen, ohne sich einen einzigen Feind zu machen. Unvorstellbar. Aber nun weiter im Text. Während Gastgeber und Gastgeberin in England an den Enden der Tafel Platz nehmen, sitzen sie bei uns einander gegenüber in der Mitte, während die Enden niedriggestellten Personen vorbehalten bleiben, zum Beispiel Leuten, die aus Liebe geheiratet haben. Zwei Jahre Liebe, so sagt man bei uns, sind keine Entschädigung dafür, ein Leben lang am Tischende zu sitzen.»
«Aber geht es an diesem Ende nicht vielleicht amüsanter zu?»
«Nein. Es ist nicht amüsant, mit den nächsten Verwandten zusammenzusitzen und mit Leuten, die andere Leute aus Liebe geheiratet haben. Denn auch die nahen Verwandten des Hauses müssen am Tischende Platz nehmen, Sie und Charles-Edouard würden heute abend dort sitzen, wenn dieses Diner nicht zu Ihren Ehren gegeben würde. Wie Sie sehen, sitzt Juliette dort; und wie Sie außerdem sehen, gefällt es ihr überhaupt nicht.»
Die junge Frau, die er gemeint hatte, war hübscher als alle anderen und so aufwendig gekleidet wie keine sonst. Sie trug ein Kleid aus weißem Tüll mit blauem Taftbesatz, der zu ihren Augen paßte, ihre Haut strahlte, als schimmerte ein Licht hindurch, und das Haar fiel ihr in kräftigen, kastanienbraunen Locken auf die Schultern. Sie war sehr lebhaft und sehr jung, fast noch ein Kind.

«Wer ist sie?»
«Juliette Novembre de la Ferté, die Schwiegertochter des Hauses. Am anderen Ende sitzt ihr Gemahl und beobachtet sie mit eifersüchtigem Blick, der arme Jean, und das ist auch bitter nötig. Sie ist der große Erfolg des Jahres.»
«Wie alt ist sie?»
«Achtzehn? – neunzehn? Bald wird sie anfangen, eine Familie zu gründen, die Arme. Jean wird sie aufs Land schicken müssen, wenn er die nötige Zahl haben und sichergehen will, daß sie alle von ihm sind.»
«Die nötige Zahl?»
«Ja, hat Ihnen Charles-Edouard das noch nicht erklärt? Wir haben heutzutage alle sechs, damit uns die Steuer nicht alles – aber wirklich alles – wegnimmt. Deshalb haben die meisten von uns die Kriegsjahre genutzt und sich der Fortpflanzung gewidmet. Meine Frau und ich, wir haben vier (wir haben darum gebetet, es möchten Zwillinge werden – leider vergebens). Demnächst müssen wir uns wieder entscheiden. Oh, wie haben wir uns gelangweilt, ich werde es nie vergessen. Wir hatten das Haus voller Deutscher – kleinbürgerliche, langweilige Leute.»
Grace, der die Deutschen keine Langeweile, sondern Angst einflößten, war sehr überrascht, und ihre Überraschung wuchs noch, als er fortfuhr:
«Einer von ihnen war nicht ganz so schlimm, ein *Graf*, der nach dem Essen kleine *Lieder* sang, ein zauberhafter Bariton. Aber dann gab es Augenblicke der Bedrängnis, wissen Sie, verursacht durch die *maquisards*. Sie meinten es gut, aber sie waren so taktlos – einmal glaubten wir, sie wollten unseren Bariton umbringen, und dann, stellen Sie sich vor, wäre gekämpft worden!»
«Im Krieg», entgegnete Grace, «erwartet man ja eigentlich, daß gekämpft wird.»
«Aber doch nicht im eigenen *château*, meine Liebe! Wir waren so erleichtert, als die Deutschen abzogen – eines Tages packten sie kurzerhand ihre Sachen und verschwanden –, und wir

sahen zwei nette, junge Gardeoffiziere aus gutem Hause, zwei *Etonians*, die Auffahrt heraufkommen. Denken Sie bitte nicht, ich hätte auf der Seite der Deutschen gestanden. Als ich die Deutschen den Berg heraufkommen sah (wir lebten in der nicht besetzten Zone), griff ich nach meinem Gewehr und zerlegte es. Damals tat ich den Schwur, keinen Schuß mehr abzufeuern, bevor sie Frankreich wieder verlassen hätten.»

«Sie meinen, auf Vögel?»

«Auch auf Kaninchen und Schweine, ja. Vielleicht kommt Ihnen dieser Schwur nicht sehr großartig vor, aber die Jagd ist mein Leben, meine größte Freude.»

«Warum sind Sie dann nicht ins *maquis* gegangen und haben Jagd auf die Deutschen gemacht?»

«O nein, meine Liebe, so etwas tut man doch nicht.»

«Warum nicht?»

«Aus vielen Gründen. Mein Schwager hat sich dem Widerstand angeschlossen, schreckliche Leute, er mußte bald damit aufhören. Sie waren einfach unmöglich.»

«Mag sein, daß sie unmöglich waren, aber sie waren auf unserer Seite, und deshalb liebe ich sie.»

«Oh, meine Liebe, wir alle waren auf eurer Seite, und deshalb müssen Sie uns alle lieben.»

Nach dem Essen begab sich Charles-Edouard auf dem kürzesten Wege zu Juliette Novembre. Grace hörte ihn sagen: «Wenn Sie früher Juliette de Champeaubert hießen, wie kommt es dann, daß ich mich nicht an Sie erinnere? Jeanne Marie ist eine meiner besten Freundinnen.»

«Oh, ich bin erst seit kurzem eingeführt», sagte sie munter. «Aber früher habe ich immer am Fenster gelauert, weil ich sehen wollte, wie Sie in den hübschen schwarzen Wagen stiegen, den Sie damals hatten. An den Haaren mußte mich meine Gouvernante vom Fenster wegziehen.»

«Nein! Wie bezaubernd!» sagte Charles-Edouard. «Kommen Sie – ich möchte mir mal wieder die Subleyras meines Onkels ansehen.»

Zusammen gingen sie in ein anderes Zimmer. Jemand sagte:

«Es war zu erwarten, daß diese beiden sich verstehen würden – sie ist wie für Charles-Edouard gemacht.»
M. de Tournon holte seine Frau zu Grace herüber. Mit eigenen Augen sollte sie das unbeholfene Mädchen sehen, das Charles-Edouard seltsamerweise geheiratet hatte, damit man später auf dem Nachhauseweg über sie sprechen konnte.
Madame de Tournon war Italienerin, sie besaß mehr wirkliche Schönheit und Eleganz als Juliette Novembre, war aber bei weitem nicht so brillant.
«Ich bin jetzt Ihre Cousine», sagte sie. «Setzen wir uns doch hierher. Und nun erzählen Sie, was Sie seit Ihrer Ankunft in Paris getan haben – Diners hat es doch bis jetzt noch keine gegeben, oder? Wir sind selbst erst gestern abend zurückgekommen – um dieses hier nicht zu versäumen.»
«Eigentlich habe ich nicht sehr viel getan. Ich habe ein paar Kleider gekauft.»
«Ist das von Dior? Ja, ich habe es sofort erkannt. Aber seit wann machen sie dort so kleine Ausschnitte?»
«Ich habe es ändern lassen – ich kam mir so nackt vor.»
«Aber nicht doch, meine Liebe», sagte Madame de Tournon, «Sie haben schöne Brüste – warum sie verstecken? Und sonst?»
«Ich habe die Tanten von Charles-Edouard besucht.»
Madame de Tournon machte ein mitleidvolles Gesicht. «Irgendwelche Cocktailpartys?»
«Ein paar, aber ich gehe nie hin, ich hasse sie. Charles-Edouard geht hin. Ich esse auch nicht so furchtbar gern auswärts zu Mittag», fuhr sie fort. «Wenn es nach mir ginge, würde ich nie vor dem Abendessen ausgehen.»
Die Tournons sahen einander mit wachsender Verwunderung an, während sie sprach.
«Aber hören Sie mal», rief Madame de Tournon, «kein Mensch kann mehr als achtmal in der Woche auswärts zu Abend essen. Wenn man nun jeden Tag auswärts zu Mittag ißt und, sagen wir, drei Cocktailpartys besucht, kann man in einer Woche vierzig Häuser besuchen.
Wir haben es oft so gemacht, nicht wahr, Eugène?»

«Manchmal noch mehr, im Sommer. Sie müßten uns mal im Juli sehen, reif für das Sanatorium, wenn wir ans Meer fahren.»
«Wohin fahren Sie, wenn Sie ans Meer fahren?» fragte Grace und stellte sich vor, wie die beiden mit ihren vier Knirpsen am Strand irgendeines französischen Eastbourne lagerten.
«Immer Venedig. Man kann sagen, was man will, aber im August gibt es nichts anderes.»
«Macht es denn auch den Kindern Spaß?»
Sie starrten sie an. «Wir nehmen die Kinder doch nicht mit nach Venedig – die Ärmsten, was sollten sie denn dort? Außerdem brauchen Kinder keinen Tapetenwechsel, sie haben keine aufreibende Saison in Paris zu überstehen, sie leben gesund und munter in der frischen Luft des Département Seine et Marne.»
Charles-Edouard und Juliette tauchten erst wieder auf, als der allgemeine Aufbruch begann. Während sie in der Eingangshalle ihre Mäntel anzogen, reichte Juliette Charles-Edouard ihre Hand zum Kuß und sagte: «Adieu für heute, Verruchter, ich werde Ihren Antrag überdenken.» Dann stiegen sie und ihr Mann in den Aufzug, der sie in ihre eigene Wohnung hinaufbrachte.
«Was für ein Antrag?» fragte Grace im Auto.
«Kein Antrag.»
«Oje! Müssen wir oft auswärts zu Abend essen?»
«Wie meinst du das?»
«Laß uns in Zukunft allein zu Abend essen.»
«Das würde sehr langweilig werden», sagte Charles-Edouard.
«Ich saß neben einem furchtbaren Mann.»
«Eugène? Ein netter Kerl.»
«Du kannst dir nicht vorstellen, wie er über den Krieg redet.»
«Ich weiß. Ich habe ihn vor ein paar Tagen bei einem Kunsthändler getroffen, wir haben uns lange unterhalten. Aber du darfst nicht zu streng mit dem alten Eugène sein – 39 ist er

Soldat geworden, wie es sich gehört, und 40 hat er wacker gekämpft. Sein Vater ist 1917 gefallen, wie es sich gehört. So faul ist es bei diesen Eugènes gar nicht, faul ist es im Staate Dänemark.»

Zur gleichen Zeit unterhielten sich die Tournons über Grace.
«Meine Liebe, die einfachste Bäuerin aus der Walachei weiß mehr als sie – stell dir vor, von der englischen Rangfolge hatte sie keine Ahnung, sie wußte nicht, wie viele Herzöge es dort gibt, und hielt das alles anscheinend auch für völlig nebensächlich.»
«Und dann – allein schon der Gedanke, man könnte die Kinder mit nach Venedig nehmen! Ich fürchte, sie ist ein bißchen zurückgeblieben.»
«Allingham. Was ist das eigentlich für ein Name? Ich muß sofort an Molly Waterloo schreiben und sie fragen, ob das Leute sind, die man kennen kann. Der arme Charles-Edouard – er tut mir wirklich leid.»
«Es wird sich alles wieder einrenken. Madame Rocher hat meiner Mutter erzählt, sie hätten gar nicht kirchlich geheiratet.»
Madame Rocher war in der Woche nachdem Grace und Charles-Edouard Bellandargues verlassen hatten, nach Venedig gereist und hatte Grace dort allerlei Schaden zugefügt – ohne böse Absicht und nur deshalb, weil sie einfach den Mund nicht halten konnte, wenn es um ein Thema von allgemeinem Interesse ging. Und Charles-Edouard und seine Heirat standen in diesem Augenblick im Mittelpunkt des allgemeinen Interesses.
Jeder fand es bedauerlich, daß ein Mann mit diesem Namen und diesem Vermögen eine englische Protestantin geheiratet hatte. Als dann noch durchsickerte, sie sei die Tochter eines Freimaurers, kannte die allgemeine Mißbilligung keine Grenzen – eine Bolschewistin wäre genauso willkommen gewesen. Diejenigen, die sich in der Politik auskannten, wiesen auf die unheilvollen Folgen hin, die die Allingham-Kommission für Frankreich gehabt hatte, und deuteten ganz unverhohlen an,

Grace stehe wahrscheinlich im Dienst des Intelligence Service. Doch ziemlich bald schon schlug die Stimmung zu ihren Gunsten um.
Ältere, kosmopolitische Franzosen, Schriftsteller, Diplomaten und dergleichen, für die das gesellschaftliche Leben nicht alles war und die dennoch großen Einfluß bei den Tournons dieser Welt besaßen, hatten die Bekanntschaft des charmanten, kultivierten, frankophilen Sir Conrad gemacht und seine Bücher gelesen. Sie erklärten, er gehöre in der Politik keineswegs zur Linken, sei sogar ein aufrechter Konservativer. Die dumme Régine mußte die Geschichte mit der Freimaurerei mal wieder vollkommen mißverstanden haben, denn sie konnte einfach nicht stimmen. Und was die Allingham-Kommission anging, so war der Hauptdrahtzieher ein Schurke namens Sparks gewesen, den die Araber bezahlt hatten und in dessen Händen der arme Sir Conrad nur ein Werkzeug gewesen war, und außerdem hatten die Ergebnisse der Allingham-Kommission die damalige französische Regierung zwar verärgert, aber auf lange Sicht hatten sie Frankreich keinen Schaden zugefügt. Es war auch absurd zu behaupten, die Allinghams gehörten nicht zu den Leuten, die man kennen kann; selbst Eugène Tournon war ziemlich beeindruckt, als er in seinem Adelskalender nachschlug, wer Graces Mutter gewesen war.
Die intellektuellen Tanten, die trotz ihrer Nachlässigkeit in Modefragen innerhalb der Gesellschaft großes Gewicht besaßen, stellten sich auf ihre Seite und erklärten, sie sei zwar keine Intellektuelle, aber sehr nett und gut erzogen. Die Schönheit sprach ebenfalls zu ihren Gunsten. Schließlich legte sich die allgemeine Aufregung, und Grace wurde akzeptiert. Sie war eine Neue, sie mußte bei jedem Schritt, den sie tat, aufpassen, aber die meisten waren der Meinung, sie werde es schaffen.
Sie und Charles-Edouard aßen nun fast jeden Abend auswärts, und nach all diesen Essen saßen Charles-Edouard und Juliette Novembre so weit wie möglich von der übrigen Gesellschaft entfernt, bis es Zeit war, nach Hause zu gehen.

9

CAROLYN DEXTER UND GRACE trafen sich jetzt ziemlich häufig, und anfangs fand Grace auch Gefallen daran. Mit Carolyn fühlte sich Grace wie zu Hause, und dieses Gefühl brauchte sie. Aber im Laufe der Zeit ärgerte sie sich immer häufiger über Carolyn. Denn in der Ehe mit dem wichtigen Mr. Dexter war das selbstbewußte, fast großspurige Auftreten, das die anderen Mädchen in der Schule so fasziniert hatte, in vorlaute Rechthaberei umgeschlagen. Immerzu erklärte sie Grace, was sie tun und lassen solle, wen sie und Charles-Edouard besuchen müßten, und eines ihrer Lieblingsthemen waren die Fehler der Franzosen. Einen besonderen Groll hegte sie gegen die Pariser Gesellschaft, in der junge Paare wie die Tournons und die Novembre de la Fertés den Ton angaben – aber seltsamerweise nicht wegen deren erschreckend frivoler Art, sondern weil sie und ihr Mann von diesen Leuten so selten eingeladen wurden. In Anbetracht der Wichtigkeit von Mr. Dexter und der Tatsache, daß sie die Nichte eines früheren englischen Botschafters in Paris war, hatte sie erwartet, daß man sie sofort überall einladen würde. Aber abgesehen von großen, offiziellen Anlässen, bewegten sich die Dexters fast ausschließlich in anglo-amerikanischen Kreisen. Mr. Dexter machte das nichts aus. Wenn er erklärte, daß er die Franzosen verachte – und das erklärte er fortwährend –, dann meinte er es auch so. Er wollte sie gar nicht treffen, oder nur die, mit denen er zusammenarbeiten mußte. Carolyn hingegen war nicht so aufrichtig. Die Franzosen ärgerten sie vor allem deshalb, weil sie Carolyns Anwesenheit in ihrer Stadt derart ausdauernd nicht zur Kenntnis nahmen.

Carolyn war der Meinung, Grace müsse ein Diner für sie veranstalten, und hielt mit ihrer Meinung nicht hinter dem Berg. Grace entgegnete vollkommen aufrichtig, im Augenblick würden sie und Charles-Edouard von dessen großer Verwandtschaft ganz in Anspruch genommen. Aber damit gab sich Carolyn nicht zufrieden und kam oft auf ihren Vorwurf zurück.

«Wie ich höre, habt ihr gestern abend bei den Polastrons gegessen. Sind das Verwandte deines Mannes?» fragte sie, noch bevor sie Grace, die zum Tee gekommen war, begrüßt hatte.
«Ja, soviel ich weiß.»
«Wie sind sie mit ihm verwandt?»
«Vielleicht auch nicht. Jedenfalls gute alte Freunde.»
«Gute alte Freunde, aber keine Verwandten. Ich dachte, ihr würdet im Augenblick nur Verwandte besuchen?»
«Ja, aber, Carolyn – ich überlasse das alles Charles-Edouard, weißt du.»
Instinktiv spürte Grace, daß Charles-Edouard die Dexters sehr langweilig finden würde.
«Komm, wir trinken einen Cocktail», sagte Carolyn. «Ich bin völlig erledigt. Den ganzen Nachmittag habe ich mich mit diesen schrecklichen Leuten von der Autowerkstatt herumgeschlagen, wegen irgendeiner Reparatur an meinem Wagen. Versprochen war es für gestern – du weißt schon! Ich bin diese elenden Franzosen ja so leid!»
«Ich dachte, du liebst Frankreich. Früher war das so.»
«Ich liebe Frankreich, aber daß ich die Franzosen liebe, kann ich nicht behaupten, nicht die von heute. Sie haben sich seit dem Krieg sehr verändert, weißt du. Alle sagen das.»
Grace war überzeugt, daß sie sich durchaus nicht verändert hatten. Sie liebte die Franzosen wirklich. Sie liebte das Personal in ihrem Haus wegen seiner freundlichen Tüchtigkeit, wegen seiner Treue zu Charles-Edouard. Sie liebte jetzt, da sie ihnen nähergekommen war, auch die intellektuellen Tanten, weil sie so klug und so ernst waren. Sie liebte die fröhlichen jungen Gäste an ihrer Tafel, weil sie so hübsch und unbeschwert waren. Sie liebte sogar ihren Snobismus, er erschien ihr in der heutigen Zeit irgendwie ungeheuer komisch.
Sie fing an, den Geist der Kritik in all seinen Spielarten zu lieben. Er hielt die Menschen wach, und er weckte in Grace den Wunsch zu lernen. Denn sie wollte im Zeugenstand eine bessere Figur abgeben und Charles-Edouard nützlich sein. Und

schließlich liebte sie auch die Leute auf der Straße, weil sie ihr zulächelten und ihre neuen Kleider bemerkten.

«Ich sage nicht, daß ich sie hasse», erklärte Carolyn, «aber sie ärgern mich, und ich sehe ihre Fehler.»

«Welche Fehler?»

«Oh, ich glaube, die Franzosen haben dich gekauft, Grace, es hat gar keinen Zweck, mit dir über sie zu reden. Fehler! Sie hauen einen übers Ohr, wenn man nicht höllisch aufpaßt. Sind unpünktlich – werden nie fertig – unzuverlässig (du solltest Hector hören) – schmutzig – dieser Schmutz! Sieh dir die Heizkörper an. Ganze Flocken von heißem Staub, unmöglich, irgend etwas sauberzuhalten. Dann die Metzgereien – wenn man in Amerika gelebt hat, wird einem von dem bloßen Anblick schon übel – das Fleisch mit Fliegen übersät –»

«Mir gefällt das», sagte Grace. «Für meinen Geschmack kann Fleisch gar nicht fleischig genug sein.»

«Puh! Aber diese ruppige Art kann auch dir nicht gefallen –»

«Zu mir ist nie jemand ruppig. Sie lächeln, wenn sie mich sehen, sogar fremde Leute auf der Straße.»

«Die wollen bloß mit dir anbändeln. Und was ist mit diesen schrecklichen Polizisten?»

«Ich finde, in ihren Capes sehen sie immer aus wie junge Heilige.»

«Heilige! Das muß ich Hector erzählen, er wird brüllen vor Lachen.»

«Zu mir sind sie immer sehr freundlich gewesen – als es um Nannys Personalausweis ging und so weiter.»

«Dein Mann besticht sie vermutlich mit riesigen Summen.»

«Das tut er selbstverständlich nicht!»

«Aber du wirst doch wohl zugeben, daß Franzosen für Geld alles tun würden.»

«Vielleicht – es ist mir nie aufgefallen, aber vielleicht hast du recht. Vielleicht sind sie da direkter und offener als andere Menschen.»

«Direkt und offen – das kann man wohl sagen. Und noch dazu heiraten sie immer ganz direkt und offen des Geldes wegen.»

«Charles-Edouard hat das nicht getan.»
«Bist du – na ja, vielleicht gibt es Ausnahmen, und er hätte es ja auch nicht nötig. Aber als unsere Großväter noch aus Liebe Schauspielerinnen heirateten, da haben ihre französischen Zeitgenossen allesamt des Geldes wegen Jüdinnen geheiratet. Gestern abend sind mir Dutzende von Beispielen eingefallen.»
«Ich glaube, sie hatten ganz recht. Sieh es doch mal aus dem Blickwinkel der Enkel. Sei ehrlich, welche Großmutter wäre dir lieber – ein schlaue alte Jüdin, die Grips und Geld und Kommoden von Caffieri in die Familie bringt, oder irgendeine alberne Schauspielerin?»
«Ich verstehe dich nicht, Grace, zu Hause kamst du mir immer so englisch vor.»
«Ja, schon möglich», sagte Grace traurig. «Jetzt bin ich gar nichts. Aber am liebsten wäre ich als Französin auf die Welt gekommen, und mehr kann man ja wohl nicht sagen.»
«Na, ich möchte wetten, du wirst eines Tages auch wieder anders reden. Übrigens, was ich dir erzählen wollte – wir sehen Hughie jetzt öfter.»
«Hughie! Lebt er auch hier?»
«Er war mit einem militärischen Auftrag eine Zeitlang hier; jetzt ist er wieder in England, aber er kommt regelmäßig herüber. Hector trifft ihn fast jede Woche im Travellers Club und bringt ihn dann zu einem Drink mit nach Hause. Er ist schrecklich verliebt in eine Französin hier, eine Madame Marel-Desboulles. Hector meint, es sei eine Katastrophe für ihn, Hector weiß alles über diese Madame Marel und sagt, sie ist es nicht wert.»
«Marel – Marel-Desboulles. Kenne ich sie irgendwoher?» fragte Grace unbestimmt.
Sie konnte die Namen der Franzosen, die sie kennenlernte, noch nicht mit ihren Gesichtern verbinden. In ihrer Vorstellung trieben die vielen Namen und Gesichter voneinander getrennt umher, allesamt wunderbar romantisch und ganz neu, aber zu wirklichen Menschen hatten sie sich noch nicht gefügt. So besaß der Name Marel-Desboulles einen vertrauten Klang, aber kein Gesicht, während die brillante Frau, die mit Charles-Edouard ihr

geistreiches Ping-Pong über die Abendtafel hinweg und manchmal auch quer durch einen Raum voller Menschen spielte und alle entzückte, wegen des Tempos und der Genauigkeit der Ballwechsel – Volley, Volley, ein hoher Lop mit Spin, Volley, Schnitt, Schmetterball –, noch keinen Nachnamen besaß. Grace kannte sie nur als Albertine.

«Er will sie heiraten.»

Carolyn warf Grace einen Blick zu, um herauszufinden, ob ihr diese Nachricht etwas ausmachte, aber Grace schien sich kaum dafür zu interessieren.

«Und wird er sie auch heiraten?»

«Ich glaube nicht. Er sagt, sie sei sehr katholisch und rede immer davon, sie wolle in ein Kloster gehen – der arme Hughie sagt, wenn sie das täte, würde er sich umbringen. Aber Hector sagt, niemand im Travellers Club halte die Gefahr für sehr groß. Was ist eigentlich aus deiner Verlobung mit Hughie geworden, Grace? Ich habe nie mehr etwas gehört.»

«Na ja, wir haben uns verlobt, er ging in den Krieg, und ich habe statt dessen Charles-Edouard geheiratet. Ich fürchte, ich habe mich ihm gegenüber nicht sehr gut benommen.»

«Irgendwie schade.»

«Finde ich nicht.»

«Ich wollte nichts gegen deinen Mann sagen. Er ist charmant, wie ich höre. Ich meinte nur, es ist irgendwie schade, wenn man einen Franzosen heiratet.»

Am liebsten hätte Grace erwidert: «Und was ist, wenn man einen Amerikaner heiratet», aber sie wußte, daß man es heutzutage für völlig normal hält, das arme alte Frankreich und das arme alte England mit Schmähungen zu überhäufen, während jedes Wörtchen, in dem etwas anderes als übersteigerte Liebe für das reiche neue Amerika zum Ausdruck kommt, als absolute Geschmacklosigkeit gilt. Außerdem war sie, was die Anschauungen anderer Menschen anging, rücksichtsvoller als Carolyn. Deshalb erwiderte sie nur nachsichtig, eine andere Art von Ehemann könne sie sich gar nicht vorstellen.

Die beiden Nannys klammerten sich aneinander wie zwei Ertrinkende, und damit Sigi frische Luft und Auslauf bekam, wurde er nun jeden Tag in den Parc Monceau statt in die Tuilerien geführt. Es paßte ihm überhaupt nicht, und er beklagte sich heftig bei seiner Mutter.
«Pascal und ich, wir können uns so gut leiden. So eine zuvorkommende Ziege habe ich noch nie kennengelernt, und jetzt sehe ich Pascal nie mehr. Es ist eine Schande, Mami.»
«Warum triffst du dich mit Nanny Dexter nicht mal zur Abwechslung in den Tuilerien?» fragte Grace ihre Nanny.
«Nein, vielen Dank, meine Liebe. Diese Tuilerien mögen wir nicht. Nirgendwo in Paris zieht es so sehr wie dort. Neulich habe ich einen steifen Hals bekommen, während ich darauf wartete, daß unser kleiner Schlingel seinen Ritt beendet. Wenn du mich fragst, ich finde all diese stark riechenden Tiere nicht sehr appetitlich, und auch die Kinder dort sind ein seltsames Völkchen. Manche sind schwarz, meine Liebe, und eines war ganz entschieden chinesisch. Im Parc Monceau sind kleine Jungen viel besser aufgehoben.»
«Na schön, Nan, tu, was du für richtig hältst, aber als ich dort war, fand ich ihn furchtbar deprimierend. Tausende von Kindern, als würden sie zum Verkauf angeboten, und dann diese Rizinuspflanzen. Abscheulich.»
«Immerhin sieht man dort noch ein bißchen Gras», sagte Nanny, «und ordentliche Geländer.»
«Ich hasse den Parc Monceau, der ist für dumme kleine Babys», meldete sich Sigi zu Wort. «Und den lieben kleinen Foster Dexter mit seinen vier Jahren kann ich nicht ausstehen. Tief im finsteren Gebüsch hasse ich Foss, und Foss haßt mich.»
«Sehr albern und ungezogen, Sigismond. Foster ist ein lieber kleiner Kerl – und ein so einfaches Kind. Seit seiner Geburt hat er Nanny Dexter keine Minute lang Kummer gemacht, dabei sie sind viel herumgekommen – viel gereist! Und ich muß sagen, Mrs. Dexter ist eine großartige Mami.»
«Inwiefern?» fragte Grace interessiert. Auch sie tat ihr Bestes,

um eine großartige Mami zu sein, aber viel Anerkennung wurde ihren Bemühungen nie zuteil.
«Na ja, sie nimmt jeden Tag den Tee im Kinderzimmer.»
«Aber, Nanny, das tue ich doch auch – fast jeden Tag.»
«Und oft badet sie den kleinen Foss auch, und vor allem badet ihn Mr. Dexter jeden Samstag und Sonntag. Mr. Dexter ist ein sehr netter Daddy.»
Drauf wußte Grace allerdings nichts zu erwidern. Niemand konnte behaupten, daß Charles-Edouard ein netter Daddy von dieser Art gewesen wäre; in die Nähe des Kinderzimmers kam er nie. Er freute sich darüber, daß es Sigi gab, und er war entzückt, wenn die Leute sagten, der Junge sei sein Ebenbild, aber ein paar Minuten mit ihm zusammen waren ihm mehr als genug. Er war ein so ruheloser Mann, daß ihm ein paar Minuten mit fast jedem Menschen mehr als genug waren.

Grace sagte zu Charles-Edouard:
«Du kennst doch meine Freundin Carolyn?»
«Die schöne Lesbierin?»
«Nein, nein, Carolyn Dexter.»
«Du hast gesagt, in der Schule sei sie lesbisch gewesen.»
«Ich habe gesagt, wir waren alle verliebt in sie, das ist etwas ganz anderes. Außerdem sind die Menschen in ihrer Schulzeit ohnehin mal dies und mal das – Carolyn war damals sogar Kommunistin – wir zeigten sie immer den Besuchern und sagten, sie sei unsere Schulkommunistin – und sieh sie dir jetzt an! Der Marshall-Plan guckt ihr aus allen Knopflöchern. Trotzdem, können wir am Donnerstag zum Abendessen zu ihnen kommen? – Ich soll ihr Bescheid sagen.»
«Du hast den Überblick über unsere Verabredungen – du mußt entscheiden.»
«Wir haben sonst nichts vor, aber ich wollte wissen, ob du Lust hast hinzugehen.»
«Wer kommt?»
«Also, es klang ungefähr so – aber vielleicht habe ich auch nicht alles verstanden: die Jorgmanns von *Life*, die Schmutzes von

Time, die Jungfleischs, eine Verbindung zwischen *Life* und *Time*, die Oberammergaus, die den Platz der Pottses in der europäischen Abteilung des Ausschusses zur Untersuchung Unamerikanischer Aktivitäten übernommen haben, die Rutters, eine Verbindung zwischen der Französischen Handelskammer, der Radio-Diffusion Française und dem *Chicago Herald Tribune*, und ein wichtiges französisches Paar, die Tournons. Sind die Tournons wirklich wichtig?»

«Natürlich, auf ihre Weise – aber es sind nicht *diese* Tournons. Es werden die sein, die wir *les faux Tournons* nennen – er ist *chef de cabinet* bei Salleté, sehr langweilig, aber sie ist ganz nett.»

«Carolyn sagt, es seien lauter Leute, die du kennenlernen müßtest.»

«Warum muß ich sie kennenlernen?»

«Bitte, Liebling, jetzt einmal im Ernst! Es geht um Wirtschaftshilfe und so weiter. Vielleicht gefällst du ihnen, und es ist furchtbar wichtig, daß ihnen ein paar Franzosen gefallen – wegen der Wirtschaftshilfe. Das sagt auch Carolyn immer, und sie weiß Bescheid, ich habe es dir erzählt. Sie sagt, es sei so, daß die wichtigen Amerikaner, die hierherkommen, immer die falschen Franzosen kennenlernen. Die gehen dann zurück nach Amerika und erzählen den Leuten dort, die sowieso einen Haß auf Ausländer haben, alle Franzosen seien unzuverlässig und gehässig und es sei besser, die Hilfe für sie zu stoppen und sich auf Italien zu konzentrieren, wo die Leute zwar auch unzuverlässig, aber immerhin sehr nett sind, und vor allem auf Deutschland, wo sie zuverlässig und wunderbar sind, und die gehässigen Franzosen sollte man ruhig im Sumpf vermodern lassen. Und das alles bloß, weil sie die falschen kennenlernen. Das ist für Hector Dexter sehr entmutigend, der sich Arme und Beine ausreißt, um den Franzosen zu helfen.»

«Gewiß, Hector Dexter würde seinen Posten verlieren, wenn die Hilfe eingestellt wird, das ist klar.»

«Genau wie Carolyn immer sagt – französisch und zynisch! Als ob Mr. Dexter etwas darum geben würde, wenn er seinen Posten verliert. Dafür ist er viel zu wichtig.»

Man hätte fast glauben können, das Wort wichtig sei eigens für Mr. Dexter geprägt worden, und nie, weder im Druck noch im Gespräch, fiel sein Name ohne dieses Wort. Anscheinend war er einer der wichtigsten lebenden Menschen, wenn nicht der wichtigste überhaupt.
«Liebes Kind, glaubst du wirklich, ein großes Land wie Amerika, das sich gegenüber einem anderen großen Land wie Frankreich zu einer bestimmten Politik entschlossen hat, läßt sich hiervon abbringen, bloß weil die Jungfleischs den falschen Franzosen kennenlernen?»
«Carolyn sagt, das könne geschehen.»
«Und was veranlaßt dich, zu glauben, daß ich ein Franzose von der richtigen Sorte bin, die sie kennenlernen sollten?»
«Überleg doch mal, was du im Krieg geleistet hast.»
«Aber die Amerikaner hassen die Leute, die im Krieg auf ihrer Seite standen. Das verzeihen sie uns nie. Es wundert mich, daß dir das noch nicht aufgefallen ist. Schon gut», fügte er hinzu, als er sah, wie sich ihre Miene verfinsterte. «Wir werden hingehen, und ich werde mein Bestes tun und nett sein, das verspreche ich dir.»

10

Die Dexters hatten ihre Gäste für acht Uhr geladen, aber erst um neun nahm man zum Essen Platz. In der Stunde dazwischen wurden Cocktails gereicht, und Hector Dexter sprach über die gegenwärtige Lage Frankreichs.
«Ich kenne Frankreich, solange ich zurückdenken kann. Schon als Kind kam ich hierher; ich kam während der College-Ferien; ich kam während meiner Flitterwochen mit meiner ersten Frau, der ersten Mrs. Dexter, und während des Zweiten Weltkriegs war ich ebenfalls hier. Ich fühle mich deshalb gewissermaßen befugt und berufen, meine Diagnose zu stellen, ich habe meine

Diagnose gestellt, und sie lautet folgendermaßen – aber zuvor möchte ich Ihnen eine kleine Geschichte erzählen, die mir, wie ich glaube, helfen wird, die These zu veranschaulichen, die ich, sofern es mir gelingt, hier aufzustellen versuchen werde.
Es war kurz vor der Gegenoffensive in den Ardennen; wir lagen in diesem kleinen Dorf oben an der belgischen Grenze, oder nein, vielleicht war es auch an der luxemburgischen Grenze – aber das spielt eigentlich keine Rolle und ändert nichts an meiner Geschichte. In diesem Dorf gab es einen *boulanger*, und ich sollte nun vielleicht, wenn Sie gestatten, die Lage darstellen, in der sich dieses Dorf befand. Es war von der US-Air Force bombardiert worden, chirurgisch, punktgenau, wenn Sie verstehen, was ich meine; dann war es von der deutschen Luftwaffe bombardiert worden, rücksichtslos, wie ich leider sagen muß – (*leider* deshalb, weil ich zu denen gehöre, die hoffen, daß die Deutschen sehr bald eine sehr, sehr wichtige Rolle in der internationalen Staatengemeinschaft spielen werden), also ohne zwischen dem Eigentum von Zivilisten und militärischen Zielen zu unterscheiden. Dann war es von der US-Infanterie beschossen, erobert und besetzt worden; anschließend war es von der Reichswehr beschossen, zurückerobert und wieder besetzt worden, und ich muß leider hinzufügen, daß bei dieser Rückeroberung durch die Reichswehr gewisse Greueltaten vorfielen, die ich persönlich lieber vergessen möchte. Dann war es wieder von der US-Infanterie beschossen, erobert und besetzt worden. Und währenddessen fiel Tag und Nacht der Regen. Sicherlich können Sie sich vorstellen, wie dieses Dorf zu dem Zeitpunkt aussah, von dem ich Ihnen berichte. Aber wie es der Zufall wollte, war die Behausung jenes *boulanger* noch intakt. Sie war natürlich beschädigt, die Fensterscheiben waren geborsten und so weiter, aber die Mauern standen, auch vom Dach war noch einiges vorhanden, und der große Backofen hatte nicht den geringsten Schaden davongetragen. Also ging ich zu diesem Mann und fragte ihn, ob er ein bißchen Mehl von der US-Army haben wolle, um Brot für die Zivilisten zu backen, die noch im Dorf geblieben waren. Aber dieser kleine alte *boulanger* sagte

nur: Einen Teufel werde ich tun – er sagte es natürlich auf französisch – einen Teufel werde ich tun, heute abend sind die *boches* wieder hier, und ich sehe nicht ein, warum ich Brot für die *boches* backen soll.
Diese kleine Geschichte ist ein Sinnbild für das, was ich um mich herum sehe und wogegen wir Amerikaner in Frankreich zu kämpfen versuchen. Dieses Land kränkelt, es herrscht in ihm und selbst hier, mitten in Paris, ein Geist der Unzufriedenheit, des Überdrusses, der Erschöpfung, ein Mangel an Zuversicht, der mir persönlich zutiefst entmutigend erscheint.
Mein Sohn, Heck junior, hält sich zur Zeit ebenfalls hier auf, mein Sohn aus erster Ehe mit der ersten Mrs. Dexter, ein selbständiger Amerikaner von ungefähr zweiundzwanzig Sommern mit regelmäßigem Einkommen. Er ist ausgebildeter Psychologe. Meiner Ansicht nach sollte heute jeder, gleichgültig, welchen Beruf er später zu ergreifen beabsichtigt, diese Ausbildung absolvieren. Jetzt hat er eine Kolumne bei einer Zeitung, und diese Kolumne ist eine echte Säule dieses Blattes.»
Charles-Edouard, der die ganze Zeit zu der hübschen Mrs. Jungfleisch hinübergesehen und überlegt hatte, ob es hier noch ein anderes Zimmer gab, in dem er nach dem Essen mit ihr sitzen konnte (aber er wußte, daß diese Wohnung wahrscheinlich keine Salon-Suite hatte), fuhr bei dem Wort «Säule» aus seinen Träumereien auf.
«Dorisch», fragte er interessiert, «oder korinthisch?»
Aber Mr. Dexter hatte sich in Schwung geredet und achtete nicht darauf.
«Nun geht mein Sohn in den Straßen dieser Stadt umher – er ist heute abend nicht unter uns, weil er es vorzieht, mit offenen Augen und gespitzten Ohren allein in einem kleinen, aber repräsentativen Bistro zu essen – und behauptet, er könne, indem er die Gesichter der einfachen Leute und ihre verschiedenen alltäglichen Verrichtungen beobachtet, dieses Kränkelnde auf jeder beobachtbaren Ebene des Alltags spüren und beobachten, und ich muß leider sagen, *leider*, weil ich den tief empfundenen Wunsch hege, dem französischen Volk zu helfen, daß das,

was mein Sohn spürt, während er in dieser Stadt umhergeht, in seiner Kolumne nur allzu deutlich zum Ausdruck kommt.»
Und so weiter. Grace kam der flüssig daherredende Mr. Dexter höchst geistreich vor, aber sie erkannte auch, daß er damit auf Charles-Edouard keinen Eindruck machte. Wenn Charles-Edouard bloß ein bißchen ernsthafter wäre, dachte sie traurig, dann könnte er genauso wunderbar sein oder noch besser, aber gerade jene Dinge, auf die es in der Welt wirklich ankam, kümmerten ihn anscheinend überhaupt nicht. Selbst im Krieg war er, wenn sie ihn getroffen hatte, immer nur auf die Liebe aus gewesen, hatte seine kleinen Liedchen gesungen, hatte schallend gelacht und nach Kunstgegenständen Ausschau gehalten, an denen sich seine Augen weiden konnten. Und doch mußte es in seinem Wesen auch eine ernste Seite geben, denn irgend etwas hatte ihn bewogen, all die Dinge, an denen ihm so viel lag, zu verlassen und jahrelang in Asien zu kämpfen. Sie wußte, daß er sehr viel früher aus dem Militärdienst hätte ausscheiden können, wenn er gewollt hätte, aber er hatte seine Einheit nicht verlassen wollen, bevor nicht auch alle anderen heimkehren konnten. Grace hätte sich gefreut, wenn er aufgestanden wäre und zur Verteidigung seines Landes eine noch geistreichere Rede als Mr. Dexter gehalten hätte, aber Charles-Edouard saß nur da, lachte in sich hinein und sah nach der hübschen Mrs. Jungfleisch.
Schließlich gingen sie zum Essen ins Speisezimmer hinüber. Grace, die sich inzwischen an das locker dahinrieselnde Geplauder französischer Tischnachbarn gewöhnt hatte, erstarrte, als Mr. Rutter das Gespräch eröffnete, indem er zu ihr sagte: «Erzählen Sie mir von sich.» Wie immer warf sie einen Blick zu Charles-Edouard hinüber, um zu sehen, ob er glücklich sei; es bekümmerte sie, daß man ihn denkbar weit von der hübschen Mrs. Jungfleisch entfernt plaziert hatte. Es war offenkundig, daß er Carolyn nicht bewunderte, die sich mit ihm über Nanny unterhielt, ein Thema, bei dem nicht seine besten Seiten zum Vorschein kamen.
«Von mir?» fragte Grace und verstummte.

Doch jetzt klopfte Hector Dexter an seinen Teller und bat um Ruhe.

«Ich möchte jetzt jeden hier bitten, ein paar Worte über ein Thema zu sagen, das uns alle tief berührt. Ich meine natürlich die Atombombe. Ich denke, Charlie Jungfleisch kann für den einfachen Bürger unserer großen Vereinigten Staaten von Amerika sprechen, da er gerade von dort zurückgekehrt ist. Aspinall Jorgmann wird uns sagen, wie man hinter dem Eisernen Vorhang denkt (Asp hat gerade eine umfassende Sechstagereise hinter sich, und wir alle sind sehr gespannt auf seine Eindrücke), Wilbur Rutter kann über die möglichen Auswirkungen der Atombombe auf die weltweite Konjunkturentwicklung sprechen, M. Tournon vertritt in dieser kleinen Runde die französische Regierung, und M. de Valhubert könnte –»

«Vielleicht höre ich lieber nur zu, statt mich zu beteiligen», sagte Charles-Edouard zur großen Enttäuschung von Grace. «Sie werden verstehen, als Freund der *pâte tendre* erscheint mir das ganze Thema allzu betrüblich. Meine Haltung zur Atombombe ist die des Vogels Strauß.»

«Wie Sie wollen», sagte Mr. Dexter. «Dann erteile ich jetzt Charlie das Wort. Eine Frage bewegt uns hier in Europa ganz besonders, Charlie, hat man in New York Vorkehrungen gegen Luftangriffe getroffen und wenn ja, welche?»

«Nun, Heck, man hat eine ganze Menge Vorkehrungen getroffen. Zunächst einmal haben die zuständigen Behörden ein kleines, sehr ausführliches Flugblatt mit dem Titel ‹Die Bombe und Du› herausgebracht, das die Bombe in jeden Haushalt bringen und einen gewissen Grad an Vertrautheit mit ihr herstellen soll. Es soll die Bevölkerung beruhigen und ihr im Fall eines Angriffs ein Gefühl der Sicherheit vermitteln. Außerdem werden zahlreiche Informationsveranstaltungen, Gabelfrühstücke und dergleichen veranstaltet, wo das Thema sehr offen behandelt wird, um es, wenn Sie so wollen, zu veralltäglichen und ihm alles Unerfreuliche zu nehmen. Bei diesen Versammlungen betonen die Redner immer wieder, daß die Einhaltung bestimmter Regeln der Atomhygiene ein fester Bestandteil der Alltagsverrichtungen werden sollte. So sollte man zum Beispiel immer ein weißes Bettuch griffbereit haben, denn Weiß bietet den besten Schutz gegen Gammastrahlen. Dann wird den Leuten gesagt, was sie nach einer Explosion tun sollen. Man sollte sich Ruhe gönnen, deren Wichtigkeit gar nicht überschätzt werden kann; der Proteingehalt der Nahrung sollte erhöht werden – auch ein Glas Milch kann nicht schaden, sobald die Bombe hochgegangen ist. Wenn Sie sich ein bißchen komisch fühlen und Ihre Symptome Ihnen nicht gefallen, sollten Sie am besten sofort den Arzt rufen lassen. Sie verstehen, nicht wahr, das alles ist naturgemäß sehr allgemein und grundsätzlich, aber andererseits kann man diese Dinge nicht genug betonen. Wenn die Leute genau wissen, was sie im Falle einer Atomexplosion tun sollen, wird dieser Explosion die Hälfte oder zumindest ein Drittel ihres Schreckens genommen.»

«Danke, Charlie», sagte Mr. Dexter. «Mir persönlich ist jedenfalls schon viel leichter ums Herz. Es gibt nichts Gefährlicheres als eine Politik des *laisser-aller*, und ich bin sehr froh, daß die amerikanische Öffentlichkeit den Kopf, wenn ich so sagen darf, M. de Valhubert, ohne Ihren Ansichten zu nahe treten zu wollen, nicht in den Sand steckt, sondern der Bombe ins Auge blickt. Und nun möchte ich Asp das Wort erteilen. Erzähl uns, wie man in den russisch besetzten Ländern darüber denkt, Asp.»

«Nun, ich habe gerade sechs sehr, sehr interessante Tage in Polen, der Tschechoslowakei, Rumänien, Bulgarien, der russisch besetzten oder Ost-Zone Deutschlands und der russisch besetzten oder Ost-Zone Österreichs hinter mir, und ich kann Ihnen sagen, daß diese Länder, wenn sie nicht tatsächlich einen Krieg vorbereiten, was sie meiner Ansicht nach tun, jedenfalls unbestreitbar wie zu Kriegszeiten geführt werden.»

«Hast du auch mit einfachen Bürgern in diesen Ländern sprechen können, Asp?»

«Das nicht, Heck. Aus Gründen, die Sie vermutlich alle kennen, habe ich das nicht getan.

Aber ich bin den Männern und Frauen begegnet, die in diesen Ländern die Schlüsselpositionen in unseren Botschaften und Missionen innehaben, und ich habe genug Material für drei oder zwei sehr, sehr lange und interessante Artikel zusammengetragen, die Sie alle, wie ich hoffe, bald selbst lesen werden –»

Und so ging es immer weiter. Zum Glück kamen nach dem Diner noch einige weitere sehr wichtige Leute, so daß sich Grace und Charles-Edouard davonstehlen konnten, ohne allzu unhöflich zu erscheinen. Charles-Edouard gelang es nicht, auch nur ein Wort mit Mrs. Jungfleisch zu wechseln. Sie hatte sich zu einem Schwätzchen mit Mr. Jorgmann niedergelassen, in dem es um Konferenzen und Vetos ging und um das, was ihr Joe Alsop gesagt hatte, als sie ihm in Washington einen Besuch abgestattet hatte. Wie Mr. Dexter war auch die hübsche Mrs. Jungfleisch von tiefer Sorge um die gegenwärtige Weltlage erfüllt und hatte keine Zeit für frivole Franzosen, denen die *pâte tendre* wichtiger war als die Atombombe.

Charles-Edouard war nach diesem Diner besonders nett zu Grace und bestand darauf, sich schon in der nächsten Woche mit einer Gegeneinladung bei den Dexters zu revanchieren. Die beiden Paare dinierten gemeinsam und besuchten danach eine Vorstellung von *Lorenzaccio*. Wenn Charles-Edouard während des Abendessens bei den Dexters unter Langeweile gelitten hatte, dann nahm er nun grausame Rache an Hector, der während der Aufführung kaum ruhig dasitzen konnte und in der Pause herummaulte, wer dieses Stück jemals an den Broadway bringen würde, der müßte sich auf einen wirklich sehr ernsten finanziellen Verlust gefaßt machen.

«Aber, Liebster», sagte Albertine, «Abendessen mit der besten Freundin der Frau und dem Mann der besten Freundin ist ein Klassiker. Das hätte ich dir im voraus sagen können, es gehört nun mal zum Eheleben, genau wie Babys, Nannys und Schwiegereltern. Ein munterer Junggeselle wie du hat mit solchen Entwicklungen natürlich nie gerechnet.»

«Wenn ich diese Amerikaner bloß verstehen könnte», sagte

Charles-Edouard. «Sie sind sehr merkwürdig. So gut, und dabei so langweilig.»
«Wie kommst du auf die Idee, sie seien gut?»
«Man sieht es, es leuchtet in ihren Augen.»
«Das ist keine Güte, das sind Kontaktlinsen. Nach der Befreiung hatte ich einen amerikanischen Liebhaber, dem konnte ich mit der Nagelfeile auf den Augapfel klopfen. Ein seltsamer Mann. Stell dir vor, in seinem kräftigen, allem Anschein nach gesunden Körper funktionierte nichts von selbst. Er konnte keinen Meter weit laufen; ich wollte ihm Versailles zeigen, und wir hatten den Spiegelsaal gerade zur Hälfte durchschritten, da ging er zu Boden und rief nach seiner Mutter. Er konnte – du weißt schon, was, nicht ohne *lavages*, und verdauen konnte er nur Joghurt und rohe Möhren, er konnte nicht ohne Schlafmittel einschlafen und nicht ohne Benzedrin aufstehen, und um für den Tag gerüstet zu sein, brauchte er jeden Morgen eine kräftige Bluttransfusion. Es war, als hätte ich mit einem Automaten zusammengelebt.»
«Er hat bei dir gewohnt?»
Albertine, die allzu große Nähe verabscheute, hatte bisher keinen ihrer Liebhaber bei sich wohnen lassen.
«Wegen der Zentralheizung, Liebster», sagte sie entschuldigend. «Es war in diesem furchtbar kalten Winter, und Amerikaner haben keinen eigenen Kreislauf – sogar ihre Automobile werden im Winter künstlich geheizt und im Sommer gekühlt. Ich werde nie vergessen, wie heiß er dieses Zimmer hielt – mein kleines Thermometer sprang an einem Tag von *rivières glacées* auf *vers à soie*, und er beklagte sich immer noch. Zuletzt kletterte es auf *Sénegal*, die Intarsien auf meinen Oeben begannen abzuplatzen, da mußte ich mich scheiden lassen. Wir waren nämlich verheiratet.»
«Verheiratet?» Charles-Edouard war ziemlich überrascht.
«Ja, ohne eheliche Grundlage brachte er im Bett nichts zuwege. Ich habe alles versucht, habe ihm beim Doktor sogar ein exzellentes Aphrodisiakum besorgt. Zwecklos. Also gingen wir zusammen aufs Konsulat, und danach war er großartig. Auf diese

Weise bin ich im Besitz eines amerikanischen Passes, was nie schaden kann.»

«Und was ist aus ihm geworden?»

«Oh, er hat jetzt eine liebe, kleine Frau und zwei allerliebste Kinder, und jedes Jahr zu Weihnachten schickt er mir ein paar Packungen Papiertaschentücher.»

11

Madame de Valhubert starb sehr plötzlich, genau an dem Tag, an dem sie von Bellandargues nach Paris kommen wollte. Sie machte die Reise trotzdem und wurde in der Familiengruft auf dem Père Lachaise beigesetzt. Charles-Edouard war sehr betrübt und so niedergeschlagen, wie Grace ihn noch nie erlebt hatte. Er erklärte, sie müßten auf die altmodische, strenge Art trauern, die sich seit dem Krieg in Frankreich sehr gelockert hatte; das sei er seiner Großmutter schuldig. So mußte Grace nicht mehr fast jeden Tag ein großes Diner, einen Empfang oder einen Ball über sich ergehen lassen, und dies war ihr höchst willkommen. Sie war kein allzu geselliger Mensch, und seit sie sich vor diesen festlichen Anlässen nicht mehr fürchtete, fühlte sie sich zusehends gelangweilt. Die Vorstellung, daß die Kette dieser Anlässe bis an ihr Lebensende nicht mehr abreißen würde, erfüllte sie mit einem gelinden Grauen. Jetzt aber, da diese Veranstaltungen für die nächste Zeit abgesetzt waren, war sie viel glücklicher. Allerdings konnte sie die Gesellschaft ihres Mannes deswegen kaum häufiger genießen als sonst; nach wie vor brachte er ganze Tage in den Verkaufsräumen des Hôtel Drouot und bei den Antiquitätenhändlern zu, und auch um die Teezeit war er stets außer Haus. Nie verbrachten sie einen ruhigen Abend gemeinsam daheim; sobald er sein Abendessen hinuntergeschlungen hatte, schleppte er Grace in einen Film, ein Theaterstück oder ein Konzert.

Daß Charles-Edouard so lange von zu Hause abwesend war, hatte Grace nie überrascht und schien ihr auch keiner Erklärung zu bedürfen. Sie war im Schatten des Parlaments und der Londoner Clubs groß geworden; ihr Vater war eigentlich nie zu Hause gewesen, und sie war der Meinung, alle Männer würden täglich stundenlang irgendwelchen unerklärlichen oder jedenfalls nie erklärten und dennoch ganz harmlosen und normalen Geschäften nachgehen.

Aber obwohl sie ziemlich wenig von ihm sah, schien ihr, daß Charles-Edouard sich bei ihr nun wohler fühlte als kurz nach ihrer beider Ankunft in Frankreich. Es war Grace nie in den Sinn gekommen, daß sie in ihn vielleicht mehr verliebt war als er in sie. In ihren Augen sprach alles dafür, daß er sie sehr liebte. Er war sehr freundlich zu ihr und widmete sich der körperlichen Liebe mit Ausdauer, und sie hatte nicht genug Erfahrung, nach anderen Zeichen Ausschau zu halten, die erkennen lassen, wie es um das Herz eines Mannes steht. Jetzt, da sie nicht mehr ausgingen, sah Grace Juliette überhaupt nicht mehr und glaubte, für Charles-Edouard gelte dasselbe. Das erleichterte sie natürlich, wenngleich ihr die ganze Sache immer eher lästig als bedrohlich erschienen war. Alles war so offenkundig gewesen, daß es nicht ernst sein konnte, dachte sie. Sie hatte es eher für einen Scherz gehalten und machte sich deshalb lustig über Charles-Edouard.

Sie hielt sich also für eine vollkommen glückliche Frau – mit einem winzigen Vorbehalt.

«Weißt du, Charles-Edouard», sagte sie zu ihm, «eigentlich finde ich es schade, daß du nie einen Blick auf unseren Segen wirfst. Ich frage mich selbst schon oft, ob ich mich genug um ihn kümmere, aber du bist für den armen Jungen ein Fremder. Sigi!» rief sie, denn sie hatte ihn draußen auf der Treppe gehört. «Komm doch mal herein. Wer ist dieser Herr?»

«Papa!»

«Ja, ganz recht, aber wie bist du darauf gekommen?»

Er sah seine Mutter mit großen Augen an. «Mami, ich finde, du wirst langsam sehr französisch.»

«Werden wir das nicht alle, da wir jetzt in Frankreich leben?»
«Nanny nicht, Nanny Dexter auch nicht und Mrs. Dexter genausowenig.»
«Mag sein. Wollt ihr ausgehen?»
«Ja, in den langweiligen Parc Monceau, wie immer.»
«Er geht in den Parc Monceau?» rief Charles-Edouard. «Wie albern! Warum nicht in die Tuilerien oder in den Jardin du Luxembourg oder in den schönen Garten beim Musée Rodin? Ich fände es gräßlich, wenn in meinen Erinnerungen an die Kindheit der Parc Monceau vorkäme.»
«Sein kleiner Freund geht auch dorthin.»
«*Mein* kleiner Freund! Nannys kleiner Freund. Ich kann ihn nicht ausstehen. Erwachsene Leute sind mir überhaupt viel lieber.»
«Ha!» sagte Charles-Edouard. «Da bin ich ganz deiner Meinung, mir geht es genauso. Läßt du den Parc Monceau heute mal sausen und machst statt dessen einen Spaziergang mit mir?»
«Mit Vergnügen. Und Mami auch?»
Aber Grace fand, es sei viel besser, wenn die beiden ohne sie loszögen, und sagte: «Ich kann nicht, Liebling. Ich muß einen Hut anprobieren. Geh mit Papa. Zum Tee, wenn ihr zurückkommt, bin ich wieder da.»
«Immer diese Hüte! Sie würden dir nichts nützen, wenn du mal einem Stamm von Wilden in die Hände fällst, deine Hüte.» Aber eigentlich war er ganz froh. Mit zwei Erwachsenen spazierenzugehen bedeutete nach seiner Erfahrung, daß sie da oben in der Höhe immerzu plapperten, während ihm nichts anderes übrigblieb, als im Rinnstein nach Franc-Stücken Ausschau zu halten.
«Ich glaube, du unterschätzt den Wert von Hüten», sagte Charles-Edouard. «Auf wilde Stämme können sie einen sehr zivilisierenden Einfluß haben. Sieh dir Mami an –»
«Oh, sei still, Charles-Edouard.»
«Schluß mit der Knutscherei.»

«Wo lernt der Junge solche Ausdrücke?»
«Das meine ich ja gerade. Wenn er mehr mit uns zusammen –»
«Wohin gehen wir, Papa?»
«Promenons-nous dans le bois
Pendant que le loup n'y est pas.»
«Nein, nicht *dans le bois*. Einen Spaziergang durch die Stadt.»
«Dann machen wir den schönsten Spaziergang auf der ganzen Welt. Über den Pont des Arts, durch die Cour Carée, unter dem Arc du Carrousel hindurch (natürlich, ohne das Standbild von Gambetta eines Blickes zu würdigen) und über die Place de la Concorde. Wie wäre das?»
«Könnten wir unterwegs mit Pascal plaudern?»
«Wer ist Pascal?»
«Eine Ziege.»
«Ah, nein. Kein Geplauder mit Ziegen.»

Hand in Hand machten sie sich auf den Weg, wobei Charles-Edouard das Kind in einem wilden Tempo hinter sich herzerrte. Am Arc du Carrousel begann Charles-Edouard zu rezitieren: «*A la voix du vainqueur d'Austerlitz* – wenn du das auswendig kannst», sagte er, «bekommst du von mir eine Belohnung.»
«Was für eine Belohnung?»
«Ich weiß noch nicht. Eine schöne.»
«Aber wie soll ich es lernen?»
«Es steht da oben auf dem Bogen. Als ich so alt war wie du, habe ich es jeden Tag gelesen. Oh, wie habe ich in deinem Alter den Kaiser geliebt.»
«Wie soll ich es lesen, wenn ich nie hierherkomme?»
«Du mußt eben kommen! Du mußt dich weigern, in den Parc Monceau zu gehen, und hierherkommen.»
«Aber Papa –»
«Keine Ausreden. Es gibt nichts Langweiligeres.»
Sigi winkte mit der freien Hand zu Pascal hinüber, aber sein Vater zerrte ihn weiter.
«Du bist zu alt für Ziegen. Ich werde dir ein paar Pferde zeigen.

Dort, die fliegenden Pferde von Coysevox, sind sie nicht wunderbar?»
«Sieh mal, Papa, da drüben! Mrs. Dexter in ihrem schönen neuen Buick.»
«Komm weiter, sie ist nicht mein Typ. Was ist ein Buick?»
«Aber Papa! Ein Auto natürlich!»
«Ha! Du kennst Buicks und hast noch nie von Coysevox gehört. In was für einer Welt lebt ihr Kinder eigentlich? So, hier sind die *chevaux de Marly* – sind sie nicht schön?»
«Kann ich hinaufklettern und auf ihnen reiten?»
«Auf den *chevaux de Marly*? Natürlich nicht – was für ein Gedanke!»
Sie eilten dem Ziel zu, das Charles-Edouard im Sinne hatte, dem Laden eines Kunsthändlers, der ihm wegen zweier Vasen geschrieben hatte. Hier wurde Sigi auf einen jener Hocker gesetzt, die in Versailles den Herzögen vorbehalten waren, und mußte dort unendlich lange ausharren. «So», sagte der Händler, «jetzt bist du *duc et pair de France*.»
Charles-Edouard fing an, alles im Laden eingehend zu untersuchen: die Vasen, ein ganzes Tablett voller edelsteinverzierter Dosen, ein Schreibzeug mit Tintenfaß, das Katharina der Großen gehört hatte, zwei Engelköpfe, die angeblich von Pigalle stammten, und so weiter. Wie ein Kind in einem Spielzeugladen fragte er bei allem nach dem Preis und stimmte jedesmal ein höhnisches Gelächter an, wenn er ihn hörte. Er war die Geißel der Kunsthändler, und seine Technik bestand darin, wenn er einen Laden betrat, mit lauter Stimme vor allen Kunden zu verkünden: «Warum verbrennen Sie diesen ganzen Plunder nicht und besorgen sich anständige Ware?»
Aber die Händler respektierten sein Wissen und seine Vorliebe für schöne Dinge.
Sigi sah durch das Schaufenster nach draußen. Es war sehr langweilig, so lange als *duc et pair de France* herumzusitzen. In einem Schaufenster auf der anderen Seite der Straße lag ein großer Haufen Matratzen, wie in dem Märchen von der Prinzessin auf der Erbse. Dieser Anblick und die Unzufriedenheit

darüber, daß er hier zur Untätigkeit verurteilt war, erfüllten den Jungen mit einer heftigen Sehnsucht, auf den Matratzen herumzuhüpfen.

Da kam Madame Marel in den Laden. Charles-Edouard hatte vergessen, daß er sich halb und halb mit ihr verabredet hatte, und war ein bißchen verlegen, weil sie ihn hier zusammen mit Sigi traf. Er wußte, daß Grace einen genauen Bericht bekommen würde.

«Wie geht es dir, meine liebe Albertine? Hier sind die Vasen – nicht schlecht, was meinst du? Aber der Preis ist das Komischste, das mir je zu Ohren gekommen ist. M. Dupont bringt mich gern zum Lachen. Was hältst du von dieser Bronze? Ich überlege ganz ernsthaft. Ich liebe die Louis-Quatorze-Bronze, sie ist so wunderbar stabil, so gefeit gegen Hausmädchen. Läßt man sich erst auf Louis-Quinze ein, ist man auch schon bei restaurierter Terrakotta und gesprungenem Porzellan, lauter Dinge, die unbedingt hinter Glas gehören. Auch sie liebe ich, viel zu sehr, aber dieser alte Satyr hat etwas Beruhigendes an sich. Sobald M. Dupont den wirklichen Preis genannt hat, werde ich ihn kaufen – im Augenblick bewegt er sich im Reich der Märchen und Abenteuer. Ein so phantasievoller Mann, dieser M. Dupont – ein Zahlenkünstler. Tja – und hier ist Sigismond.»

Ziemlich unwillig, aber durch einen strengen Blick seines Vaters genötigt, küßte Sigi ihr die Hand.

«Das ist Sigi? Damit erklärt sich alles – er ist es wert. Sitzt du schon lange hier? Sehr lange? Armer Junge, nicht sehr unterhaltsam, hier auf diesem *tabouret* herumzusitzen und an wer weiß was zu denken. Woran hast du gedacht, Sigi?»

«An die Matratzen da drüben. Ich würde so gern auf ihnen herumhopsen und mich wälzen.»

«Schon?» fragte sie. «Genau wie dein Vater. Ich mache dir einen Vorschlag, mein Lieber, wollen wir hinübergehen und hopsen, während er dem armen M. Dupont hier noch ein Weilchen das Herz bricht? Sollen wir? Los, komm.»

«Nein, Albertine, auf keinen Fall. Man kennt mich in Paris, bitte, bedenke das. Das kommt gar nicht in Frage.»

«Aber er möchte so gern.»
«Dieser Knabe entwickelt die seltsamsten Gelüste. Auf dem Weg hierher wollte er mit einer Ziege plaudern und auf den *chevaux de Marly* reiten.»
«Was für eine reizende Idee, ich kann ihn gut verstehen. Warum arrangieren wir das nicht für ihn?»
«Sei nicht albern, Albertine. Flirte mit dem Kind, wenn du nicht anders kannst, aber bitte in den Grenzen der Vernunft.»
«In deinem Vater steckt auch ein Wichtigtuer, weißt du. Und wenn der zum Vorschein kommt, ist alles aus. Besuchst du mich demnächst einmal, wenn ich noch ein paar kleine Freunde zum Tee einlade?»
«Er kann kleine Freunde nicht ausstehen.»
«Um so besser, dann kann er ja allein kommen. Es gibt viele Sachen bei mir, die dir Spaß machen werden – man zieht sie auf, dann laufen sie von selbst. Ein tanzender Bär, ein Affe, der trinkt, ein Hund, der singt. Kommst du?»
«O ja, bitte», sagte Sigi. Er fühlte sich sehr zu dieser Dame hingezogen, die so nett zu ihm war und so köstlich roch.
«Heute?»
«Nein, heute nicht», meldete sich Charles-Edouard hastig zu Wort.
«Wir müssen gehen. Ich bringe ihn jetzt nach Hause, er ist lange genug unterwegs gewesen. Sag auf Wiedersehen, Sigismond.»
Madame Marel glaubte, der Junge werde sie nicht verstehen, wenn sie französisch sprach: «Komm dann sofort zu mir – der Tee wird fertig sein, und ich habe dir viel zu erzählen.»

«Hat dir der Spaziergang mit Daddy gefallen?» fragte Grace, als sie sich zum Tee setzten. Die beiden Nannys hatten schließlich doch noch einen englischen Lebensmittelladen gefunden, so daß auf ihren Tischen nun (nur für den Export bestimmte) Delikatessen wie Huntley and Palmer's Biscuits, guter schwarzer indischer Tee, Tiptree's Erdbeermarmelade, Gentleman's Relish und Früchtebrot reichlich Platz einnahmen.

Beim Mittagessen machten es Chutney, Colman's Senf und Colman's Meerrettichsoße möglich, das in Fett schwimmende, abscheulich fremdartig aussehende Fleisch zu vertilgen, und es verging kaum ein Tag ohne Sago-Pudding oder Castle Cakes mit Bird's Custard.

Jedesmal, wenn Grace das Kinderzimmer betrat, kam sie sich vor wie die Braut im Märchen, der ihr Gemahl erlaubt hatte, ein Zimmer im Schloß mit Nesseln auszukleiden, damit sie sich wie zu Hause fühlte.

«Es hat mir gut gefallen. Von weitem haben wir auch Pascal gesehen, aber er hat mich nicht erkannt.»

«Habt ihr keine Fahrt mit ihm gemacht?»

«Papa hatte es so eilig. Dann haben wir Mrs. Dexter gesehen, aber sie ist nicht sein Typ, dann haben wir die *chevaux de Marly* gesehen, aber er war so in Eile, daß er mich nicht auf ihnen reiten lassen wollte, dann haben wir einen großen Haufen Matratzen gesehen, und ich wollte darauf hopsen und mich wälzen, aber Papa wollte nicht, obwohl die Dame, die wir getroffen haben, meinte, er sollte mich lassen, und es wäre sehr lustig, und ich wäre genau wie Papa – was das Hopsen und Wälzen angeht.»

«Ihr habt eine Dame getroffen?»

«Ja, sie roch himmlisch, und Papa ist zum Tee zu ihr gegangen. Ich glaube, sie ist sein Typ.»

«Eine schöne Dame?»

«Sehr französisch.»

«Alles in allem hat es dir also gefallen?»

«Es war toll!» sagte Sigi aus voller Überzeugung und hatte die Stunde rastloser Unruhe auf dem *tabouret* schon ganz vergessen.

Als Charles-Edouard zurückkehrte, traf er Grace in der kleinen Bibliothek neben ihrem Schlafzimmer, wo sie meistens saß, wenn sie allein war. Sie hatte es sich auf einer Chaiselongue bequem gemacht. Sie sah gut aus, nur ein wenig angegriffen, denn sie erwartete ein Kind.

«Wen habt ihr auf eurem Spaziergang getroffen? Bei Sigi ist sie gut angekommen, er sagte, sie habe köstlich gerochen.»
«Ja. Ich wüßte zu gern, was für ein Parfüm sie nimmt, aber daraus hat sie schon immer ein großes Staatsgeheimnis gemacht. Albertine Marel-Desboulles.»
«Marel. Oh! Ist das nicht die Frau, in die sich Hughie verliebt hat?»
«Ganz recht. Sie sagt, sie habe vierzehn englische Freier, es ist sehr komisch.»
«Aber nicht für den armen Hughie. Er fürchtet, sie könnte ins Kloster gehen – das sagt jedenfalls Carolyn. Glaubst du das auch?»
Charles-Edouard brach in schallendes Gelächter aus. «Ins Kloster, ja. So etwas Komisches habe ich noch nie gehört.»
«Wo wohnt sie?»
«Gleich hier um die Ecke, in der Rue de l'Université, in dem Haus mit den zwei Balkonen, das dir immer auffällt.»
«Ach, in diesem netten Haus. Dort wohnt sie?»
«Du wüßtest es längst, wenn du mir zuhören würdest. Sie besitzt erlesene Möbel und die berühmteste Sammlung von altem Kinderspielzeug auf der ganzen Welt. Die Familie ihres Mannes hat alles Spielzeug für den französischen Hof von der Zeit Heinrichs II. bis zur Revolution hergestellt.»
«Wohnt sie dort mit ihrem Mann?»
«Er ist tot. Er war ungeheuer reich, aber jetzt ist er tot.»
«Und sie ist eine alte Freundin von dir?»
«Ich kenne sie seit einer Ewigkeit. Wir hatten die gleiche Amme.»
«Nimmst du mich einmal mit zu ihr?»
«Vielleicht – ich weiß nicht recht. Albertine mag Frauen nicht besonders.»
Drei oder vier Tage später fuhr Grace um die Teezeit in ihrem Wagen nach Hause und sah Charles-Edouard, der an der großen Flügeltür des Hauses von Madame Marel lehnte. Offenbar hatte er gerade geläutet. Eine kleine Seitentür öffnete sich, und er verschwand.

Zum erstenmal seit ihrer Hochzeit regte sich in Grace die Eifersucht. Als er schließlich ungefähr zwei Stunden später nach Hause kam, war sie so nervös, daß sie es für besser hielt, gleich darüber zu sprechen.
«Aber Charles-Edouard», sagte sie, «warst du denn heute schon wieder bei Madame Marel zum Tee?»
Charles-Edouard hielt sich im Umgang mit Frauen an den Grundsatz, immer die Wahrheit zu sagen und sie dann so zurechtzubiegen, daß sie völlig harmlos klang.
«Ja», sagte er unbekümmert. «Es ist eine uralte Gewohnheit von mir. Ich gehe jeden Tag zu ihr, um die Teezeit.»
«Dann liebst du sie also?»
«Weil ich zum Tee zu ihr gehe?» Er hob die Hand und schüttelte beruhigend seinen Kopf, doch dabei lachte er schuldbewußt vor sich hin.
Grace war keineswegs beruhigt. «Weil du jeden Tag dorthin gehst. Deshalb kommst du auch nie zum Tee ins Kinderzimmer.»
«Das ist nur der halbe Grund.»
«Als du mir erzählt hast, M. de Bourlie würde deine Großmutter jeden Tag besuchen, hast du gesagt, in einem solchen Fall wäre immer Liebe im Spiel. Ich erinnere mich ganz genau – du hast es gesagt, Charles-Edouard.»
«Liebste Grace, jetzt hör mir mal zu. Jeder Mensch entwickelt im Laufe seines Lebens viele verschiedene Beziehungen zu vielen verschiedenen Menschen, und jede dieser Beziehungen ist auf ihre Weise etwas Unverwechselbares. Meine Beziehung zu dir ist doch vollkommen, oder etwa nicht?»
«Das dachte ich auch», sagte sie traurig.
«Wenn du es denkst, dann ist es auch so. Wird sie etwa dadurch verdorben, daß ich eine andere, viel weniger intensive, viel weniger wichtige, aber auf ihre Weise ebenfalls vollkommene Beziehung zu Albertine Marel habe? Sei ehrlich! Es hat dir nichts ausgemacht, wenn ich stundenlang allein mit meiner Großmutter zusammen war; es würde dir nichts ausmachen, wenn ich in einen Club ginge oder stundenlang mit einem alten Schulfreund zusammensäße. Du bist nicht traurig, weil ich diese

Stunden nicht mit dir verbringe, du weißt sehr wohl, daß wir nicht jede Minute des Tages zusammensein können; es macht dir etwas aus, weil Albertine noch immer eine begehrenswerte Frau ist. Aber wir sind alte Schulfreunde – schon als Kinder waren wir befreundet, und wir haben ein gemeinsames Interesse und Steckenpferd, das Sammeln. Ich muß dir in allem Ernst etwas sagen, Grace. Wenn du dir nicht die sexuelle Eifersucht aus dem Kopf und dem Herzen schlägst, wenn du ihr freien Lauf läßt, wirst du mit mir niemals glücklich werden. Denn es ist nun mal so, daß mir die Gesellschaft von Frauen gefällt. Verstehst du, was ich gesagt habe?»
«Es klingt einleuchtend», sagte Grace.
«Dann merke es dir bitte.»
«Ich will es versuchen.»
«Bist du wieder glücklich?»
«Ja. Aber es wäre so schön, wenn du zum Tee immer bei uns wärst.»
«Im Kinderzimmer? Mit Nanny? Bist du verrückt?»

12

An Madame de Valhuberts Geburtstag, im Februar, gingen Charles-Edouard, Grace und Sigismond mit einem Strauß Frühlingsblumen für sie auf den Père Lachaise. Das Wetter war schön, ein Aufatmen zwischen zwei besonders heftigen Einbrüchen des Winters. Die Sonne schien, die Vögel zwitscherten, und die blauen Gnome, die auf den Straßen der Toten für Ordnung sorgen, strahlten fröhlich vor sich hin. Selbst die vorüberschwebenden Witwen sahen aus, als hätten sie nichts dagegen, noch ein paar Jahre allein über der Erde zu verbringen.
«Sieh dir alles genau an, Sigi», sagte Charles-Edouard, «hier wirst du länger sein als irgendwo sonst auf Erden.»
«Die lustigen kleinen Häuschen», rief der Junge, während er

von einem zum anderen lief und hineinsah, «kann ich nicht hierherziehen und in einem von ihnen wohnen?»
«Alles zu seiner Zeit. Jetzt wollen wir ein paar Leuten hier einen Besuch abstatten.»
Sie stiegen den langen, steilen Weg zur Anhöhe hinauf. Charles-Edouard zog Grace an der Hand hinter sich her.
«Viele Freunde. Hier die Navarreins. Der erste Ball meines Lebens fand in ihrem Haus statt. M. de Navarrein war eine Verbindung zur Vergangenheit, da gab es etwas, eine von diesen Sachen, die ich mir nie merken kann. Mal überlegen – sein Vater wurde von jemandem geküßt, dessen Ururgroßvater in den Armen des *grand Condé* gelegen hatte. Versteht ihr, es geht nur, wenn alle Beteiligten noch mit neunzig Jahren Kinder bekommen, eigentlich ziemlich abstoßend. Dort ist das schöne Grab der Grandlieus – Madame de Grandlieu war meine Patentante; sie hat mir die betenden Hände von Watteau geschenkt, die über meinem Bett hängen.»
«Oh, sieh mal», sagte Grace, «die arme Laetitia Hogg – noch jünger als Sigi. Ich möchte wissen, was sie in Paris gemacht hat und warum sie gestorben ist.»
«Ja, solche Fragen stellt man auf Friedhöfen. James und Mary Hogg müssen sie sehr geliebt haben, denn sie haben ihr diese Grabstelle für die Ewigkeit gekauft. Ha! die Politowskis, die sind mir noch nie aufgefallen.» Er trat näher, um die Inschrift zu lesen, und begann laut zu lachen. «O nein! Das ist zuviel! Unerhört! Sie haben sich selbst zu königlichen Hoheiten gekürt – S.A.R. – *Son Altesse Royale.* Wunderbar, das muß ich Tante Régine erzählen, was für ein Unfug. *‹Il conquit Naples et resta pur.›* Vielleicht blieb er das, obgleich es ziemlich unwahrscheinlich ist, aber das berechtigt ihn nicht, sich mit S.A.R. zu zieren. Langeais und seine Frau, bezaubernde Leute, Sauveterre (der arme Fabrice, gib mir eine Blume für ihn, wie hätte er gelacht, wenn er mich hier mit Frau und Kind gesehen hätte). Wir sind schon bei so vielen Freunden vorübergegangen, es wären genug für ein großes Diner, ein großes, fröhliches Diner. *Hélas*, ich möchte wissen, wo sie alle sind.»

«Bei einem großen, fröhlichen Diner anderswo», sagte Grace und sah sich plötzlich auf ewig zu einem Diner nach dem anderen verurteilt, «und alle wünschen sich, du wärst bei ihnen, und möchten wissen, wie ich bin.»
«Ja, allerdings. *L'Anglaise!* Intelligence Service. *Fille de franc-maçon*», sagte Charles-Edouard und lachte vor sich hin. «Da sind wir. Hier ist die Avenue der Marschälle von Frankreich, unser künftiges Zuhause. Sigismond wird hier ein paar melancholische Augenblicke verbringen, wie ich hoffe, bevor er selbst an die Reihe kommt. Ist es nicht schön hier oben? Können wir nicht froh sein, einen so schönen Platz zu haben? Wohlgemerkt, es ist nicht die elegante Welt, aber zumindest befinden wir uns nicht unter Staatspräsidenten, Schauspielern, Duellanten und englischen Päderasten. Wir haben diese herrliche Aussicht und wir haben *la gloire*. Nicht übel, oder?»
«Es macht mich traurig», sagte Grace, «es erinnert mich an die Beerdigung deiner lieben Großmutter.»
«Ich war sehr traurig. Müde und traurig. Aber von diesem ganzen Tag ist mir nur eines ganz deutlich in Erinnerung geblieben, der furchtbare Triumph im Blick von Madame de la Bourlie.»
«Aber nicht doch, in ihrem Alter!»
«Das Alter vermag nichts gegen den Haß eines ganzen Lebens.»
Sie legten ihre Blumen an den Fuß einer Steinpyramide. Es war ein schönes Empire-Grab mit Flachreliefs von Schlachten und Kriegstrophäen.
«Die arme *Grandmère*, über ihre Nachbarn wird sie nicht sehr erfreut sein – Masséna, Lefebvre, Moskowa, Davout – ganz und gar nicht ihre Leute, leider. Komm her, Sigismond, kannst du das lesen?»
«*Famille* Valhubert», buchstabierte er.
«Das ist dein kleines Haus.»
«Kann ich nicht eins mit einem Spitzentischtuch und einer Tür bekommen?»
«Nein. Du wirst hier liegen, bei *Grandmère* und uns allen.»

«Ja, aber wenn ich nun in einer Weltraumschlacht mit den Marsbewohnern getötet werde?»
«Das würde ich sehr begrüßen. Ob du Marschall von Frankreich wirst oder nicht – du solltest auf jeden Fall im Kampf fallen, wenn du kannst, oder du lebst so lange, bis dich die eigenen Landsleute erschießen, wie es dem armen Ney dort drüben erging, der nicht, wie Essling und Valhubert, das Glück hatte, vom Feind getötet zu werden. Ich hoffe, du paßt auf, was ich dir sage, Sigismond. Und wen möchtest du jetzt besuchen? Ich kann dir Maler, Schriftsteller, Musiker, Köche (Brillat-Savarin, die französische Mrs. Beeton, liegt hier) und Großbürger von Paris anbieten. Die Russen des 19. Jahrhunderts, die *rastaquouères* ihrer Zeit, mit großen, extravaganten Gräbern, rumänische Fürsten in einer Miniaturausgabe der Hagia Sophia, mit Kuppel und Fresken. Vielleicht interessiert sich Sigi für Auguste Comte, den Begründer des Positivismus? Aber du siehst müde aus, meine Liebste, ich glaube, wir sollten langsam zum Auto zurückgehen.»

Am Tag darauf hatte Grace eine Fehlgeburt. Es hieß, sie sei vielleicht zu schnell den Berg hinaufgestiegen. Bedrohlich war es in diesem frühen Stadium der Schwangerschaft für sie nicht, aber sie fühlte sich schwach und bedrückt, und sie hütete lange das Bett. Das war nicht der schlechteste Ort, um die nun folgenden Tage zu überstehen. Es hatte noch einmal geschneit. Unter einem niedrigen, trüben Himmel lag der Schnee weiß und braun im Garten.
Aber ihr Zimmer wirkte sonnig und ganz gelb, dank der vielen Frühlingsblumen. Die Mimosen wurden dreimal am Tag gewechselt, so daß sie immer flaumig waren.
Alle Leute waren sehr freundlich zu Grace. Ange-Victor sagte, es würden sich auch nicht mehr Leute nach dem Befinden der Frau des Staatspräsidenten erkundigt haben. Eine Flut von Blumen und Büchern ergoß sich in das Haus, und ihnen folgten, sobald Grace sie wieder empfangen konnte, die Besucher. Unter ihnen war auch Albertine Marel-Desboulles, und zufällig traf sie Grace allein an.

«Nie sehe ich Sie», sagte sie zu Grace mit einem Lächeln, in das sie ihren ganzen Charme legte. «Bevor Madame de Valhubert starb, hatte ich öfter das Vergnügen, dieses hübsche Gesicht an einer Tafel zu betrachten, während dieser großen, faden Diners im Herbst. Aber jetzt sind Sie wie verschwunden, obwohl wir so nah beieinander wohnen. Aber dafür habe ich den wunderbaren Sigismond kennengelernt.»

«Ich weiß. Er hat es mir erzählt. Er fand Sie himmlisch.»

«Als ich hörte, daß Sie krank sind, habe ich beschlossen, Ihnen einen Besuch zu machen. Charles-Edouard und ich sind seit ewigen Zeiten befreundet – sozusagen Milchgeschwister, wir hatten nämlich dasselbe Kindermädchen – nun ja, statt langer Erklärungen: da bin ich. Wie hübsch Sie diesen Raum hergerichtet haben! Ich kenne ihn noch von früher, hier haben wir immer unsere Mäntel abgelegt, wenn Madame de Valhubert ihre berühmten Musikabende veranstaltete.»

«Ich wußte gar nicht, daß Madame de Valhubert musikalisch war.»

«Nun, die Musik war nicht der einzige Zweck dieser Abende, aber das Haus besitzt ja dieses Musikzimmer, und Régine de Rocher hatte einen polnischen Liebhaber, der Chopin spielte. So fügte sich alles sehr gut.

Wie gesagt, wir kamen immer in unseren Mänteln hierher – das ist alles hundert Jahre her –, und damals stand hier eine Empire-Frisierkommode mit einer Marmorplatte, sehr häßlich, ich sehe sie noch vor mir, und auf diesem widerwärtigen grauen Marmor lagen Haarnadeln und Sicherheitsnadeln und *papier à poudre* für unsere glänzenden Nasen. Ich muß hinzufügen, daß man dies schon damals für sehr altmodisch hielt, ein Witz. Ich bin zwar alt, aber nicht so alt, daß ich nicht immer meine eigene Puderquaste besessen hätte. Es war eiskalt hier oben, eine Qual, den Mantel auszuziehen, deshalb blieben wir nur einen kurzen Moment, ich glaube nicht, daß jemals irgendwer das *papier à poudre* benutzt hat. Dann betraten wir das Musikzimmer, wo der polnische Liebhaber die Tasten traktierte und dabei leidenschaftliche Blicke zu Régine hinüberwarf, aber

Charles-Edouard ließ sich nicht vom Reden abhalten. Er setzte sich neben die schönste Frau, manchmal war ich das, und redete mit lauter Stimme auf sie ein, während Régine immer wütender wurde. Aber die gute Madame de Valhubert, die wirklich völlig unmusikalisch war, freute sich jedesmal sehr, daß er sich so wohl fühlte.
Daher kenne ich dieses Zimmer schon lange, aber so schön wie jetzt war es noch nie. Ich sehe, daß Sie zu den Frauen gehören, die das Talent besitzen, ein Haus zu bewohnen, und das ist etwas ganz anderes und viel wertvoller als das Talent, ein Haus einzurichten.»
Natürlich hatte sie Grace sofort für sich gewonnen. Da öffnete sich erneut die Tür, und unter einem Zobelhut mit Veilchen erschien im Türspalt der hübsche Kopf von Juliette Novembre.
«Ich habe Ihnen eine Kamelie mitgebracht – darf ich hereinkommen, oder redet ihr über Geheimnisse?» fragte sie wie ein Kind.
«Nein, bitte, kommen Sie doch herein.»
«Nun sieh sie dir an, *la jolie*», sagte Albertine, «was für ein passender Hut in dieser Jahreszeit.»
«Ich liebe mein kleines Kaninchen. Wie geht es Ihnen?» sagte sie zu Grace. «Ist es nicht furchtbar? Ich hatte letztes Jahr eine.»
Albertine sagte: «Du mußt mir alles über den Ball erzählen, ich brenne darauf, Juliette.»
«Ja, aber warum bist du nicht gekommen? Wir haben uns alle gewundert.»
«Ich war verhindert. Mein neues Kleid war nicht fertig, und ich hasse Herbstkleider im Frühling. Deshalb bin ich nach dem Diner nach Hause gefahren. Aber sobald ich den Wagen weggeschickt hatte, fing ich an, mich nach dem Ball zu sehnen. Ich konnte nicht zu Bett gehen, saß bis drei Uhr in meinem Ankleidezimmer und verzehrte mich vor Sehnsucht nach der Gesellschaft. Es ist absurd, wirklich! Aber für mich ist ein Ball immer noch der Inbegriff des Vergnügens. Ich sehe ihn mit den Augen

von Tolstoi, nicht mit denen von Marcel Proust, und ich kann euch versichern, es ist schrecklich für mich, einen zu verpassen, selbst in meinem Alter. Und jetzt quäle mich, erzähl uns alles ganz genau!»

«Göttlich, ein *bal classique* – keine verschrobenen Ideen, kein Drumherum. Die schönsten Frauen in ihren schönsten Kleidern, es gab Spanferkel und einen wunderbaren Champagner, und das in diesem Haus, wo jeder so großartig zur Wirkung kommt. Ich fand es herrlich; ich bin bis zum Schluß geblieben, bis nach sechs. Aber keine Dramen, Albertine, keine Schlägerei, keine Entführung, nichts, was man erzählen könnte, nur Stunden und Stunden lächelnder Höflichkeit.»

«Ich wußte es, so wie ich es am liebsten habe. Es ist, als würdest du mit einer Messerklinge in meinem Herzen wühlen», rief Albertine.

«Vielleicht hätte ich doch gehen sollen, auch in einem alten Kleid. Aber, na ja – ein Ball ist für mich eine derart magische Veranstaltung, daß ich ihn nicht genießen kann, wenn ich bloß irgend etwas trage. Schon Tage vorher habe ich mich in meinem neuen Kleid auf diesem Ball gesehen, und als ich dann erkannte, daß es nicht fertig werden würde (niemand trägt Schuld, eine Grippe im Atelier), da wollte ich das Bild, das ich vor Augen hatte, nicht dadurch verderben, daß ich in einem anderen Kleid hinging. Versteht ihr das?»

«Aber ja», sagte Juliette. «Bei mir ist es genauso. Ich kann mir so etwas nie vorstellen – selbst eine Einladung zum Tee nicht –, ohne ein genaues Bild davon, wie ich aussehen werde, bis hinunter zu den Schuhen und Strümpfen. Ich frage mich oft, wie Leute, die sich um ihre Kleidung nicht kümmern, Spaß am gesellschaftlichen Leben – oder am Leben überhaupt – finden können. Ich käme morgens kaum aus dem Bett, wenn ich nicht irgend etwas Hübsches und ziemlich Neues anzuziehen hätte, und zu einer Party könnte ich mich nie aufraffen. Aber nun denkt mal an all unsere älteren Verwandten, sie gehen gern aus – warum bloß? Wie können sie es überhaupt genießen?»

«Oh, sie genießen den Gedanken an das Geld, das sie gespart

haben, weil sie sich nicht schick anziehen. Sie sehen sich Régine Rocher an und rechnen zusammen, was ihre Kleider gekostet haben müssen (du kannst sicher sein, sie wissen es, auf den Pfennig genau), und dann kommt es ihnen so vor, als hätte ihnen jemand dieses Geld geschenkt.»
«Sie Ärmste, dieses Trauern», wandte sich Juliette an Grace. Wie Albertine war auch Juliette darauf aus, Grace zu gefallen. Sie plauderten munter drauflos, und Grace genoß es. Sie genoß die lang vermißte unbeschwerte Gesellschaft leichtfertiger Frauen. Carolyn, ihre einzige Freundin in Paris, konnte man weder als unbeschwert noch als leichtfertig bezeichnen. Sie besaß viele Vorzüge. Grace wußte, daß sie treu und in schweren Zeiten ein Fels an Zuverlässigkeit war, aber vergnüglich war sie nicht. Dafür war sie zu unruhig und unzufrieden. Diese beiden jedoch, die nur Unsinn plapperten, erschienen Grace ganz und gar faszinierend, und sie verzieh Charles-Edouard, daß er gern mit ihnen zusammen war; es erschien ihr nur natürlich.
Nach einiger Zeit ließ sie Sigi rufen, der bald Hand in Hand mit seinem Papa eintrat. Juliette wurde sehr lebhaft, fast zappelig, während sie auf Vater und Sohn zuging. Grace dachte: ‹Jetzt wirkt es ganz charmant, sie ist noch wie ein kleines Kind, aber mit vierzig wird sie unausstehlich sein.› Albertine ging zu dem Stuhl, auf den sie ihre Sachen gelegt hatte, zog ein langes, schön gearbeitetes Holzkästchen hervor und gab es Sigi.
«Ein Geschenk für dich, Liebling. Mach es auf.»
«Was ist das?» fragte er, errötend und aufgeregt.
«Man nennt es Kaleidoskop. Nimm es heraus. Es wurde für den armen kleinen Dauphin gemacht», sagte sie zu Grace.
«Aber das sollten Sie nicht! Wie lieb von Ihnen.»
Charles-Edouard nahm es Sigi aus der Hand. «Du kneifst ein Auge zu, wie Nelson, und siehst die Sterne. So.»
«Ist es ein Fernrohr?»
«Viel besser, du kannst dir deine eigenen Sterne damit machen. Venus – siehst du sie? Schütteln! Mars. Schütteln. Jupiter als er selbst. Schütteln. Jupiter als Schwan.»
«Charles-Edouard, du bringst ihn durcheinander.»

«Sieh mal, hier ist ein anderer Stern, den man mit bloßem Auge sehen kann», sagte er und zeigte auf Juliette. «Sie blinzelt doch, oder nicht? Sie wird uns allen Klatsch aus dem Himmel erzählen. Los, Juliette, erzähl.»
«Es gibt nichts zu erzählen. Ich führe das Leben eines braven kleinen Mädchens, das immer artig seine Lektionen lernt.»
«Ach ja? Was für Lektionen?»
«Morgens singe ich Koloratur, ‹Horch, horch, die Lerche›; nachmittags male ich eine Schneelandschaft; und wenn es Abend wird, gehe ich in den Louvre und schaue mir die angestrahlten Plastiken an.» Mit großen, unschuldigen blauen Augen sah sie Charles-Edouard an.
«Hm, hm», sagte er und war offensichtlich verärgert. In Grace züngelte wieder jene schauderhafte Eifersucht, die sie schon empfunden hatte, als sie Charles-Edouard vor Albertines Haus in der Rue de l'Université gesehen hatte. Gerade heute morgen hatte er ihr versprochen, wenn sie wieder wohlauf sei, mit ihr die angestrahlten Plastiken zu besuchen, und er hatte davon geschwärmt, wie schön die Nike von Samothrake sei, weiß inmitten von schwarzen Schatten und dann schwarz vor einer weißen Wand. Ihr entging nicht, wie verlegen er jetzt war, und plötzlich glaubte sie zu wissen, daß er die Plastiken mit Juliette schon angesehen hatte. Das Gefühl, sie könne ihm keinen Vorwurf machen, wenn er die Gesellschaft dieser glatten, mit ihren Augenlidern klappernden, ihre Lippen schürzenden Schönen genoß, wich plötzlich dem Gefühl, daß sie ihm hieraus sogar einen sehr heftigen Vorwurf machte und daß sie es eigentlich kaum ertragen konnte.
Sigi war von seinem Kaleidoskop ganz hingerissen.
«Bitte», sagte er, «kann ich es nachher mit ins Bett nehmen?»
«Aber dieser Junge ist ganz wie der Vater», rief Albertine. «Kaum sieht er etwas Schönes, da will er es schon mit ins Bett nehmen.»
Zwei große Tränen rollten über Graces Wangen. Sie fühlte sich auf einmal sehr, sehr müde.

Sir Conrad kam, um Grace zu besuchen, wollte aber nicht bei ihr wohnen, sondern zog die Freiheit eines Hotels vor. Wenn er in Paris war, unterwarf er sich gern den ziemlich strapaziösen Aufmerksamkeiten einer gewissen ungarischen Gräfin, einer alten Freundin aus der Zeit vor dem Krieg; und nach einem Besuch bei ihr brauchte er einen ruhigen Morgen und wollte vor dem Mittagessen von seiner Familie möglichst wenig sehen.

Charles-Edouard machte ihn mit Madame Rocher bekannt, und dies war ein Geniestreich, denn die beiden waren wie geschaffen füreinander. Madame Rocher unterbrach ihre Trauer und veranstaltete eine große Party für Sir Conrad, auf der er alle Welt bezauberte. Das Gerücht, die Allinghams seien keine Leute, die man kennen kann, wurde ein für allemal aus der Welt geschafft. Sir Conrad und Madame Rocher ließen sich ohne Scham auf einen Flirt ein und waren bald auf so vertrautem Fuße miteinander, daß Madame Rocher sogar sein Freimaurertum zur Sprache brachte. Sir Conrad, der natürlich wußte, was dieser Vorwurf in Frankreich bedeutete, begann schallend zu lachen, gab keine eindeutigen Erklärungen, ließ aber durchblicken, daß seine Tochter natürlich einen Scherz gemacht hatte, und offenbar einen sehr guten. Madame Rocher begriff, daß das, was Charles-Edouard über die englischen Freimaurer gesagt hatte, offenbar zutraf. Von nun an redete sie Sir Conrad mit *Vénérable* an und nannte ihn nur noch *le Grand Maître*, und alle waren fröhlich und zufrieden.

Charles-Edouard gefiel ihm besser denn je. Es hätte Grace überrascht und erfreut, wenn sie die langen, interessanten Gespräche über politische Themen zwischen den beiden mit angehört hätte, in denen sich Charles-Edouard als genauso ernsthaft, aber nicht so langatmig wie Hector Dexter erwies. An einem Abend unternahm Charles-Edouard, der allerdings beteuerte, er habe nur etwas für Frauen der Gesellschaft übrig, mit seinem Schwiegervater eine Tour durch die Bordelle der Stadt. Durch die unbesonnene Eingabe einer weiblichen Abge-

ordneten waren sie vor kurzem in den Untergrund gedrängt worden und deshalb für Fremde ziemlich schwer zu finden.
Es hatte nie viele Themen gegeben, über die sich Sir Conrad mit seiner Tochter unterhalten konnte, und nun fiel ihm noch weniger ein als zu der Zeit, da sie noch bei ihm wohnte.
«Bist du glücklich?» fragte er sie, bevor er abreiste.
«Sehr glücklich.»
«Paß auf dich auf, Liebling. Du siehst nicht gut aus.»
«Ich war sehr krank. In ein oder zwei Wochen geht es mir wieder gut.»
«Nanny hat sich nicht sehr verändert.»
«Nein, wirklich nicht.»
«Ich sage nur, Charles-Edouard wird es mit ihr nicht so lange aushalten wie ich. Mußt du sie denn behalten? Kannst du nicht eine Gouvernante nehmen oder einen Hauslehrer oder so etwas?»
«Aber Papa! Ich könnte doch gar nicht ohne Nanny auskommen!»
«Nein, wahrscheinlich nicht. Und da sie anscheinend das Geheimnis ewiger Jugend kennt (bestimmt hat sie ihre Seele dem Teufel verkauft), werden wohl auch noch Sigis Kinder nicht ohne sie auskommen. Wenn wir ein Stamm von Wilden wären, wäre sie zweifellos der Häuptling.»

Kaum war er wieder in London, machte sich Sir Conrad auf den Weg zu Mrs. O'Donovan, um ihr von seinem Ausflug zu erzählen.
«Es ist so schade, daß du nicht mitgefahren bist», sagte er, «beim nächsten Mal mußt du unbedingt mitkommen. Grace würde dich liebend gern bei sich unterbringen; sie hat mich gebeten, dir das zu sagen.»
«Ich glaube nicht, daß ich je wieder nach Paris fahren werde», sagte sie. «Ich habe diese Stadt zu gut gekannt und zu sehr geliebt. Ich könnte den Anblick der Freunde dort nicht ertragen: alt, arm und verwahrlost.»
«Wenn es nur das ist», sagte Sir Conrad mit einem kurzen La-

chen, «so wohlhabend habe ich sie noch nie erlebt, alle wohnen in ihren eigenen riesigen Häusern, außerdem Tausende von Dienstboten und immer nur mampf, mampf – gluck, gluck, wie in alten Zeiten.»

«Sind sie wirklich so reich? Wie kommt denn das?» fragte sie verdrießlich, so als dürften sie es eigentlich nicht sein.

«Ich nehme an, ich brauche dich auf die ökonomischen Ursachen nicht hinzuweisen. Du weißt so gut wie ich, woran es liegt.»

«Jedenfalls kannst du nicht bestreiten, daß sie zehn Jahre älter geworden sind.»

«Die Sache ist nur die: Sie wirken zwanzig Jahre jünger. Sie haben sich alle nach Bogomoletz behandeln lassen. Darum müssen auch wir uns unbedingt kümmern. Man läßt sich die Leber eines kürzlich gestorbenen jungen Mannes (natürlich nicht zu diesem Zweck getötet, sondern bei einem Autounfall umgekommen) in die eigene Leber pumpen, und das Ergebnis ist wirklich höchst erstaunlich.»

«Mein lieber Conrad –»

«Wenn man das nicht mag, kann man sich auch ungeborene Küken auf das Gesicht drücken, bevor man ausgeht.»

«Vielen Dank, falls du mit ‹man› *mich* meinst. *Ich* nehme wöchentlich ein Polanden-Ei zu mir.»

«Bemerkenswert, was deine Köchin mit diesem einen Polanden-Ei zuwege bringt, das muß ich sagen. Die Hühner in Polen müssen gewaltige Eier legen, oder sind es Strauße? Aber um auf deine Freunde zurückzukommen – keiner von ihnen sieht älter aus als vierzig. Ich weiß gar nicht, warum du dich darüber nicht freust, ich dachte immer, du liebst die Franzosen so sehr.»

«Ich finde es abgeschmackt, nach allem, was sie durchgemacht haben. Und jetzt möchte ich, daß du mir ausführlich von anderen Dingen berichtest. Wie ist die genaue Lage zur Zeit?»

«Die Lage?»

Sie fand, daß Sir Conrad in einer sehr aufgekratzten Stimmung zurückgekehrt war, wie ein Kind, das man verwöhnt hat.

«Die politische Lage, natürlich. Was sagt zum Beispiel Blondin?»
«Meine liebe Meg, ich habe Blondin nicht gesehen und auch sonst keinen von ihnen. Ich habe mich ganz dem Vergnügen überlassen. Aber du weißt genausogut wie ich, was dieser Dummkopf redet, schließlich liest auch du alle französischen Zeitungen.»
Mrs. O'Donovan seufzte. Sie wünschte sich angesichts der furchtbaren Lage in der Welt bei ihren politischen Freunden in England etwas mehr Ernst. Sir Conrad, so dachte sie, sollte sich ein Beispiel an dem wichtigen, gut informierten Hector Dexter nehmen, den sie tags zuvor bei einer Dinner-Party kennengelernt hatte und der ihr einige interessante, wenngleich bedrükkende Tatsachen über die Mentalität der Menschen im heutigen Frankreich mitgeteilt hatte.
Sir Conrad kannte Mrs. O'Donovan gut genug und wußte, daß sie solche kritischen Gedanken hegte, aber er war noch immer ein bißchen betrunken von all dem Vergnügen, das er genossen hatte, und so fuhr er sorglos fort:
«Ich möchte, daß du mir hilfst, ein großes, fröhliches Dinner für Madame Rocher des Innouïs zu geben, wenn sie hoffentlich nächsten Monat kommt. Sie wird in der französischen Botschaft wohnen.»
«Régine Rocher», sagte Mrs. O'Donovan mit matter Stimme, «erzähl mir nicht, daß sie sich die Leber eines Mannes beschafft hat, der kürzlich unter ein Auto gekommen ist.»
«Ich schätze, sie beschafft sich alles, was sie bekommen kann. Für ihr Alter oder das, was Charles-Edouard als ihr Alter ausgibt, ist sie jedenfalls auffallend schön. Er sagt, sie legt im Jahr achttausend Pfund für Kleider aus, und das Ergebnis ist, wie ich sagen muß, wirklich bemerkenswert.»
«Einfach lächerlich, könnte ich mir vorstellen.»
Mrs. O'Donovan, die für interessante Neuigkeiten meistens so aufgeschlossen war wie niemand sonst, erwies sich diesmal als eine so verdrießliche Zuhörerin, daß Sir Conrad ins Parlament hinüberwechselte. Hier hatte er mit seinen Reiseberichten über

Bogomoletz und Hühnerembryos einen sensationellen Erfolg, ganz zu schweigen von seinen ausführlichen, für die Ohren einer Dame nicht geeigneten Schilderungen des Treibens *chez* Comtesse Arraczi.

13

«Unser Besuch in London», sagte Hector Dexter, «war ein voller Erfolg. Ich wollte die derzeitige oder Nachkriegssituation im Land sondieren und etwas über die derzeitige oder Nachkriegsstimmung bei euch Briten in Erfahrung bringen, und ich glaube, daß ich beide Ziele voll und ganz erreicht habe.»

Die Dexters und Hughie Palgrave waren zum Abendessen bei Grace. Charles-Edouard hatte ihr Anfang der Woche gesagt, er müsse an diesem Abend allein mit Madame de la Ferté essen und verschiedene Familienangelegenheiten besprechen.

«Mein Onkel ist inzwischen so alt, daß er einfach nichts mehr begreift, und Jean ist ihr auch keine Hilfe. Keiner weiß, ob er unter Entwicklungsstillstand oder vorzeitiger Vergreisung leidet; sie läßt ihn vorsichtshalber gegen beides impfen, aber bis jetzt ist das einzige Resultat ein vergifteter Arm. Warum lädst du nicht ein paar Freunde ein, die dir Gesellschaft leisten können?»

Grace gefiel der Vorschlag, die Dexters zu einem Abend ohne Charles-Edouard einzuladen. Er sagte zwar nie, daß sie ihn langweilten, und bekundete sogar Bewunderung für Carolyn, die er immer *la belle Lesbienne* nannte, aber irgendwie konnte sich Grace doch nicht zu dem Vorschlag durchringen, sie noch einmal einzuladen, wenn er zu Hause war. Und was Hughie anging, so würde es sicherlich nicht ohne Verlegenheit abgehen, wenn er und Charles-Edouard einander begegneten. Sie selbst sah ihn ziemlich oft bei den Dexters, und nachdem eine gewisse Befangenheit zwischen ihnen verflogen war, waren sie wieder gute Freunde geworden. Viel mehr als das waren sie auch nie gewesen, sie hatten sich nie leidenschaftlich geliebt.

«Sie waren nicht zum erstenmal in London, nicht wahr?» sagte Grace.

«Nein, Grace, nicht zum erstenmal. Ich war auch während des Zweiten Weltkriegs in London, und ich möchte nicht verhehlen, wie tief ich bei allen Anstrengungen, die ihr Briten damals quer durch alle gesellschaftlichen Schichten unternommen habt, mitgefühlt habe, denn diese Gefühle habe ich schon in meinem bekannten Bestseller *Global Vortex* zum Ausdruck gebracht. Diesmal jedoch habe ich eine ganz andere, sehr viel entspanntere Atmosphäre vorgefunden, die sich deshalb sehr viel schwerer erspüren und sehr viel schwerer beschreiben läßt.»

«Wen haben Sie denn getroffen?»

«Wir trafen einen sehr repräsentativen Querschnitt des heutigen Großbritannien. Wir waren in London, und wir haben uns dort sehr wohl gefühlt, viele sehr erfreuliche Lunch-Partys und Dinner-Partys und Cocktail-Partys, die für uns veranstaltet wurden. Wir übernachteten einige Male bei Carolyns Verwandten im Norden, wo wir uns sehr wohl gefühlt haben, und einige Male bei einigen anderen Verwandten von Carolyn in der Nähe von Oxford, wo wir uns ebenfalls sehr wohl gefühlt haben.»

«Und was für einen Eindruck hattest du im großen und ganzen, Heck?»

Hughie bewunderte Hector. Er hielt ihn für den klügsten Menschen, der ihm je begegnet war. Er hatte selbst den Ehrgeiz, in die Politik zu gehen, sobald er sich um einen Sitz im Parlament bewerben konnte, und er liebte es, Hector über internationale Themen auszufragen und sein Hirn anzuzapfen oder vielmehr, sich von der glühenden Gedankenlava dieses Hirns überfluten zu lassen.

«Ich will ehrlich sein, Hughie, mein Eindruck war nicht der beste.»

«Oje, das ist schlimm. In welcher Hinsicht?»

«Ich hatte, wie ich leider sagen muß, den Eindruck von einem erheblichen Maß an unangebrachter Leichtfertigkeit.»
«Leichtfertigkeit? Ich kann zu Hause nie viel Leichtfertigkeit entdecken – dort nimmt kaum jemand etwas leicht.»
«Ich muß vielleicht weiter ausholen. Meine Regierung erwartet und erhält von mir Berichte über das politische Gleichgewicht, die politische Stabilität und die politische Gesundheit der verschiedenen Länder, die ich besuche. Auf den ersten Blick scheinen diese Stabilität, dieses Gleichgewicht und diese Gesundheit in Großbritannien sehr groß zu sein. Auf den ersten Blick. Aber in dieser scheinbar gesunden und vollkommenen Frucht verbirgt sich ein Wurm, ein Krebsgeschwür, das mir persönlich zutiefst beunruhigend erscheint. Ich meine die unbeschwerte Haltung, die ihr Briten genauso wie die Leute hierzulande eingenommen habt (wobei der Unterschied allerdings darin besteht, daß von den Franzosen kein Mensch Ernsthaftigkeit erwartet, während wir sie von euch Briten unbedingt erwarten), die unbeschwerte Haltung gegenüber – wir sind alle erwachsen, und ich denke, ich kann offen sprechen, ohne daß es jemandem peinlich ist – gegenüber der sexuellen Perversion.»
«Eine unbeschwerte Haltung?» rief Hughie.
«Die armen Kerle werden dafür immer noch eingelocht.»
«Ich möchte es einmal so ausdrücken: Ich denke, man kann in Großbritannien annehmen und davon ausgehen, genauso wie wir in den Vereinigten Staaten annehmen und davon ausgehen, daß diese Leute, moralisch und politisch betrachtet, Aussätzige sind. Sie sind krank, morbide, blutarm, bleichsüchtig, schwächlich, schlaff, verderbt, verdorben und infiziert, und wenn ich sage infiziert, dann meine ich das in einem spezifisch politischen Sinne. Aber ich glaube, euch Briten fehlt jegliche Vorstellung von der Gefahr, die in eurer Mitte lauert, von dem Schaden, den diese Perversen in dem Staat, dessen Bürger sie sind, anrichten können. Ihr seht in ihnen ein Thema für alle möglichen Witze, aber nicht das Objekt einer tiefgreifenden, weitreichenden Säuberung.»

«Aber in der Politik spielen sie keine Rolle, Heck – jedenfalls keine große.»
«Nicht offen, nein. Darin besteht ihre List. Sie arbeiten hinter den Kulissen.»
«Wenn man das Arbeit nennen kann.»
«Sie arbeiten für den Kommunismus. Worauf ich hinaus möchte, ist dies: daß sie gefährlich sind, weil sie politisch infiziert sind, eine politische Infizierung, deren Spuren sich in jedem nachweisbaren Fall nachweislich bis nach Moskau verfolgen lassen.»
«Jetzt mach aber mal einen Punkt, Heck», sagte Hughie. «Die Schwulen, die ich kenne, sind allesamt eiserne Torys.»
«Da muß ich dir allerdings widersprechen, Hughie, oder vielmehr meine Argumentation weiter ausbauen, dann wirst du nämlich sehen, daß es sich um eine sehr starke Argumentation handelt, und du wirst dich von dem genauen Gegenteil dessen, was du eben gesagt hast, überzeugen und davon, daß das, was du eben gesagt hast, der Wahrheit, die meiner Regierung bekannt ist, diametral zuwiderläuft. Wir Amerikaner verfügen, wie du vielleicht weißt, über gewisse sehr sichere und zuverlässige, ich möchte fast sagen: unfehlbare Informationsquellen. Wir haben die verschiedenen Abteilungen des Komitees zur Überprüfung Unamerikanischer Aktivitäten, wir haben unsere FBI-Agenten, wir haben zahllose äußerst brillante Zeitungsleute und Geschäftsleute in der ganzen Welt (Männer wie Charlie Jungfleisch und Asp Jorgmann); wir verfügen auch über andere Quellen, die hier zu offenbaren ich nicht befugt bin, auch nicht hinter vorgehaltener Hand. Und unsere Informationsquellen sagen uns, daß neun von zehn, manche behaupten sogar: neunundneunzig von hundert dieser moralisch kranken Personen nicht nur sehr große Sympathien für, sondern auch direkte Verbindungen zu Moskau haben. Und ich persönlich schenke diesen Quellen Glauben.»
Hughie war nicht überzeugt. «Aber lieber Heck, in Rußland schicken sie dich dafür nach Sibirien. Ein Freund von mir

macht sich deshalb schon schreckliche Sorgen, falls sie kommen –»
«Mag sein, mag auch nicht sein. Es gibt jedenfalls einige sehr seltsame Ungereimtheiten, Dinge, die du kaum glauben würdest, Hughie, die aber zur Kenntnis unserer Agenten gelangt sind und die sich heute in diesem großen gestaltlosen Klecks von einem Land abspielen. Aber mein Interesse gilt nicht dem Perversen in Rußland, mein Interesse gilt dem Perversen in Westeuropa, denn mein berufliches Interesse gilt im Augenblick Westeuropa und dort vor allem dem moralischen und ethischen Aspekt.»
«Und was ist mit dem Perversen in Amerika?» fragte Hughie.
«Ich bin sehr, sehr froh, sagen zu können, daß dieses überaus unerfreuliche Problem in den Staaten nicht existiert. Bei uns gibt es keine Päderasten.»
«Wie seltsam», sagte Grace, «die Amerikaner hier sind alle welche.»
Sie dachte an verschiedene lustige Burschen, die sie zuweilen mit Charles-Edouard und seinen Freunden traf. Mr. Dexter war verstimmt über diese Bemerkung und erwiderte nichts, aber Hughie sagte:
«Vielleicht hat es ihnen zu Hause nicht gefallen, und sie sind alle herübergekommen, ungefähr so, wie man vor dem Krieg auch meinte, alle Deutschen wären Juden. Aber, Heck, du weißt doch selbst, daß das, was du da eben gesagt ist, ein ziemlicher Unsinn ist, und je länger man darüber nachdenkt, desto unsinniger erscheint es.»
«Ich will einen letzten Versuch machen, dir zu erklären, was ich meine, Hughie, und dann müssen wir gehen. Wenn ein Mann moralisch krank ist, dann ist er moralisch krank; und wenn er in dieser einen Hinsicht krank ist, dann wird er auch in anderer Hinsicht krank sein. Wenn er sexuell krank ist, dann wird er auch politisch krank sein.»
«Aber die armen Kerle sind doch nicht krank», sagte Hughie, «denen sind Jungs zufällig lieber als Mädchen. Daraus kann

man ihnen doch keinen Vorwurf machen, denn es ist furchtbar unpraktisch für sie, und sie würden alles dafür geben, anders zu sein, wenn sie könnten. Das ist noch lange kein Grund, zu behaupten, sie seien Bolschewisten. Ich weiß von ihnen wahrscheinlich mehr als du, ich war nämlich in Eton und Oxford, und wenn sie eines nicht sind, dann Bolschewisten. Ruhe und Zurückgezogenheit sind ihre Devise. Tut mir leid, Alter, aber da bist du auf dem Holzweg, und wenn deine unfehlbaren Quellen dir so was erzählen, dann rate ich dir, mal diese Quellen zu säubern.»

Die Dexters machten Anstalten zu gehen. Die Jungfleischs, so erklärten sie, veranstalteten eine Party für wichtige Leute, und sie hatten versprochen, früh dort zu sein.

«Der arme Heck», sagte Hughie, als sie gegangen waren. «Er malt alles in Schwarzweiß. Wirklich komisch, bei einem so klugen Mann. Und dabei fällt mir immer wieder ein, wie begeistert er von den Russen war – damals in Italien. Neulich wäre er mir fast ins Gesicht gesprungen, als ich ihn daran erinnerte, aber es stimmt.»

«Genau wie Carolyn», sagte Grace lachend, «auf der Schule war sie immer unsere Paradekommunistin. Ich weiß genau, daß sie es war, obwohl sie jetzt behauptet, ich würde sie mit einem anderen Mädchen verwechseln. Sie wird richtig wütend, wenn ich sie damit aufziehe.»

Hughie sagte: «Komm, laß uns vor dem Schlafengehen noch irgendwo ein Glas Wein trinken, ja?»

Grace war müde, wie oft in letzter Zeit, aber es wäre doch schade gewesen, Hughie so früh fortzuschicken, deshalb willigte sie ein.

«Also gut, für eine Stunde», sagte sie.

Sie gingen in einen weißrussischen Nachtclub, ein stickiges, dunkles, von Steppenmusik erfülltes Lokal. Seit dreißig Jahren klagten hier Nacht für Nacht Kosaken in Stiefeln und weißen Blusen um ein Leben, das für immer entschwunden war. Die Stunden der Dunkelheit schienen zu kurz, um die ganze Last ihrer Verzweiflung zum Ausdruck zu bringen, so daß ihnen jeder Nachtschwärmer, der durchhielt und dem Gejammer und Gewimmer ihrer Geigen bis weit in den nächsten Tag hinein lauschte, zum Bruder und liebsten Freund wurde. Während in anderen Nachtlokalen die Kapelle darauf achtete, daß sie die letzte Metro nicht verpaßte und nach Hause kam, taten diese Russen alles dafür, daß sie nicht aus Mangel an Besuchern schon die erste Metro am Morgen zu nehmen brauchten. Für sie war der kleine Raum zum Heiligen Rußland geworden, und wenn sie ihn am Morgen verließen, dann war es, als begänne die Verbannung von neuem. Für Liebende und Trunkenbolde war dieser Ort gemacht, für Leute, die die ganze Nacht hindurch in Musik versunken dasitzen wollten, nicht aber für Leute, die eine Stunde lang gelassen miteinander plaudern wollten.

Hughie wollte sich über Albertine aussprechen, und er mußte sehr laut reden, um gegen das Kreischen der Violinen anzukommen. Aber von Zeit zu Zeit sank der Lärm ganz unerwartet in sich zusammen, wurde zu einem dramatischen Geflüster, das eine Windstille mitten im Sturm darstellen sollte, und dann klang Hughies kräftige englische Stimme in der Stille plötzlich so laut, daß er ganz verlegen wurde und Grace fast gekichert hätte. Doch wenn er die Stimme dann gesenkt hatte, verschlang ein stürmisches Crescendo seinen nächsten Satz – eine etwas hektische Art und Weise, Geständnisse zu machen.

«Natürlich wird sie mich niemals heiraten wollen, das weiß ich. Daran will ich gar nicht denken. Sie steht weit über mir, ist viel zu klug und einfach fabelhaft. Sie weiß alles, kennt nicht nur die gesamte französische Literatur, sondern auch die englische und die deutsche – sie hat zum Beispiel sogar Mrs. Henry Wood gelesen. Du solltest sie rezitieren hören – stundenlang, es ist außergewöhnlich. Wenn ich an all die Jahre denke, die ich vertan habe – aber ich hätte nie geglaubt, daß es einen solchen Menschen ganz in meiner Nähe geben könnte, sonst hätte ich mehr für meine Bildung getan. Da ist es kein Wunder, wenn sie auf mich herabsieht. Aber jetzt strenge ich mich ganz furchtbar an, das Versäumte nachzuholen, falls sie eines Tages doch daran denkt, mich zu heiraten. Nicht sehr wahrscheinlich, ich weiß, aber im Leben kommt so etwas bisweilen vor. Vielleicht steht sie eines Tages mittellos da und braucht ein Heim, oder sie hat einen furchtbaren Unfall und ist grausam entstellt, oder sie verliert ein Bein –»

Die Wörter «sie verliert ein Bein» fielen wieder in einen jener Tümpel aus plötzlicher Stille und hallten so laut durch das Lokal, daß Grace lachen mußte.

«Verliert ein Bein?» fragte sie.

Hughie lachte selbst und sagte: «Es klingt lächerlich; aber an so etwas denke ich manchmal. Sarah Bernhardt hat schließlich auch ein Bein verloren; es kann passieren, und dann braucht sie jemanden, der ihr den Rollstuhl schiebt. Das Schlimme ist nur – es gibt Hunderte von Leuten, die sie heiraten wollen, und es ist unwahrscheinlich, daß sie sich für mich entscheidet. Außerdem gibt es noch einen Anlaß zur Besorgnis. Sie spricht davon, in ein Kloster zu gehen. Ich wache nachts auf deswegen. Kannst du dir vorstellen, wie es wäre, wenn ich eines Tages vor ihrer Tür stände und man würde mir sagen: ‹Madame Marel-Desboulle ist nicht mehr. Beten Sie für Sœur Angélique›?»

Grace lachte wieder. «Du hast Henry James gelesen – genau wie ich, in der Hoffnung, die Franzosen besser zu verstehen. Aber ich glaube nicht, daß Albertine eine zweite Madame de Cintré ist, und ebensowenig glaube ich, daß sie je wieder heiraten wird. Ich nehme an, so wie es zwischen euch steht, könnte es jahrelang weitergehen, wenn dir das ein Trost ist.»

«Es ist jedenfalls sehr viel besser als gar nichts. Also, wie gesagt, ich lese viel und versuche mich zu bilden, aber ich muß meinen Kopf ziemlich vernachlässigt haben, denn es ist furchtbar anstrengend. Hast du je versucht, die *Mémoires* von Saint-Simon zu lesen? Ein hartes Brot, kann ich dir sagen! Außerdem versuche ich, soviel wie möglich mit intelligenten Leuten zu verkehren. Deshalb besuche ich die Dexters so oft.»

«Hältst du sie für besonders intelligent?»

«Carolyn ist wirklich großartig, sie macht mit mir Besichtigungen, und wir besuchen Vorträge. Und was den alten Heck angeht, na ja, in manchen Dingen ist er vielleicht nicht ganz klar im Kopf, aber reden kann er, oder? Ich wollte, ich hätte ein Mundwerk wie er.»

«Wenn ich ihn reden höre, kommt es mir immer so vor, als könnte er gar nicht richtig Englisch.»

«Aber Grace! All diese Wörter – ich bin Engländer, aber bei der Hälfte von ihnen weiß ich nicht mal, was sie bedeuten. Albertine würde mich mehr lieben, wenn ich mich so produzieren könnte wie Hector, ganz bestimmt. Aber wenn ich bei ihr bin, bekomme ich den Mund kaum auf.»

In diesem Augenblick erhob sich eine Gruppe von Gästen und wollte gehen. Die Geiger traten vor, ohne ihr Spiel zu unterbrechen, und versuchten, sie zum Bleiben zu bewegen. Sie umringten sie und spielten aus tiefster Seele. Aber die Leute, wenngleich lächelnd, blieben bei ihrem Entschluß und bahnten sich einen Weg durch die unter tiefen Verbeugungen weitergeigenden Kosaken. Als sie gegangen und die Geiger zu ihrer Kapelle zurückgekehrt waren, erkannte Grace plötzlich in einer sehr dunklen Ecke, die bis dahin von jenen anderen Gästen verdeckt gewesen war, die Gestalten von Charles-Edouard und Juliette. Sie hatten ihr den Rücken zugewandt, aber Grace konnte ihre Gesichter in einem Spiegel erkennen. Sie amüsierten sich offenbar großartig, hatten die Köpfe zusammengesteckt und lachten und plauderten in einem fort. Besonders tief traf Grace der Ausdruck auf Charles-Edouards Gesicht, diese glückliche, zärtliche, amüsierte Miene, die sie selbst ihm, so kam es ihr vor, in Bellandargues entlockt, in letzter Zeit aber nicht mehr gesehen hatte.

Schwäche überkam sie, ein Gefühl, als müßte sie verbluten. «Entschuldige», sagte sie, «ich glaube, ich falle gleich in Ohnmacht. Könnten wir jetzt gehen, Hughie, bitte!»

«Ach, herrje», rief er, «du bist ja ganz bleich, Grace.» Er brachte sie rasch zum Wagen und war ganz zerknirscht. «Ich hätte den Vorschlag gar nicht machen sollen, du bist noch nicht kräftig genug.»

«Mach dir keine Sorgen, es ist nichts, wirklich. Es geht mir schon wieder besser. Ich bin nur ein bißchen erschöpft, das ist alles. Du brauchst nicht mit hereinzukommen», sagte sie, als sie vor ihrem Haus hielten. «Mein Mädchen wartet immer auf mich – sie ist vom alten Schlag, zum Glück. Gute Nacht, Hughie.»

Als Charles-Edouard nach Hause kam, nicht sehr spät, lag sie im Bett und weinte bitterlich.
«Warum weinst du?» fragte er sehr besorgt.
«Weil du verliebt bist.»
«Verliebt?»
«In Juliette.»
«Warum sagst du das?»
«Ich war in dem russischen Lokal. Ich habe euch gesehen.»
Charles-Edouard machte ein bestürztes Gesicht. «Aber du gehst doch nie in Nachtlokale.»
«Ja. Ich hasse Nachtlokale, aber Hughie wollte –»
«Ha! Du bist mit Hughie ausgegangen?»
«Ich habe dir doch erzählt, daß wir hier zu Abend essen würden, ich, Hughie und die Dexters. Nach dem Essen wollten die Dexters zu einer Party, da sind Hughie und ich – oh, Charles-Edouard, liebst du sie?»
Er hob die Hand und schüttelte den Kopf. «Überhaupt nicht.»
«Und warum hast du dann so glücklich ausgesehen?»
«Würde ich etwa glücklich aussehen, wenn ich in Juliette verliebt wäre? Es wäre sehr unpraktisch, schließlich ist sie die Frau meines Vetters. Ich sehe glücklich aus, weil ich glücklich bin – glücklich in meinem Leben und mit dir, und außerdem liebe ich es, mit einer hübschen Frau auszugehen.»
«Warum hast du dann behauptet, du würdest mit Tante Edmonde essen?»
«Aber liebe Grace, ich habe mit ihr gegessen! Und zufällig hat Juliette ebenfalls bei ihrer Schwiegermutter gegessen. Jean ist in der Picardie; sie war allein und ist zum Essen nach unten

gekommen. Als ich mit meiner Tante alles besprochen hatte, bin ich noch für eine halbe Stunde mit ihr ausgegangen. Ich wollte bei meiner Rückkehr nicht in dein Diner hineinplatzen.»

Das klang einleuchtend. «Oje, es tut mir leid, bitte entschuldige, daß ich dir eine Szene gemacht habe.»

«Was heißt hier entschuldigen? In der Französischen Revolution sind ein für allemal auch die Rechte der Leidenschaft proklamiert worden.»

«Das Schlimmste an der ganzen Sache ist», sagte Grace, und wieder traten ihr Tränen in die Augen, «daß mich dein glückliches Gesicht am meisten bekümmert hat. Da soll ich dich lieben und ertrage es nicht, wenn ich dich glücklich sehe. Als du traurig warst, beim Tod deiner Großmutter, hat mich das natürlich bekümmert, aber ich konnte es leicht ertragen – und jetzt stelle ich fest, daß ich es nicht aushalten kann, wenn du glücklich aussiehst. Was hat das zu bedeuten, ich verstehe es nicht.»

«Tut mir leid», sagte Charles-Edouard, «aber das ist die Liebe.»

«Und was soll ich nun machen? Ich kann doch nicht mit jemandem leben, den ich lieber betrübt als glücklich sehe. Vielleicht sollte ich lieber nach England zurückgehen?»

«Nein. Bleib.»

Grace lachte. «Du sagst das, als wolltest du mich zu einem Wochenende einladen.»

«Bleib hier, für immer.»

«Ich hasse es, solche Szenen zu machen; ich schäme mich dafür, es ist schrecklich.»

«Du brauchst sie ja nicht so oft zu machen.»

«Aber ich werde mir jedesmal alles mögliche ausmalen, wenn du ausgehst.»

«Das wäre sehr schade – phantasievolle Frauen sind schrecklich. Überlegen wir doch mal in aller Ruhe, was heute abend wirklich passiert ist. Was hast du tatsächlich gesehen? Juliette und mich, wie wir sehr gesittet am Tisch eines vollkommen ge-

sitteten Lokals sitzen. Ich sah nicht unglücklich aus, aber dazu habe ich auch keinen Grund, schließlich bin ich kein weißrussischer Geiger. Also! Das hast du gesehen. Dann kam deine Phantasie ins Spiel, und was hast du dir ausgemalt? Daß ich dich belogen habe, daß ich mich davongeschlichen habe, um mit Juliette ein Liebesmahl zu veranstalten, und daß ich sie nachher in einen Nachtclub geführt habe. Da du mich kennst, hättest du es wohl für wahrscheinlicher gehalten, daß ich, wenn ich in Juliette verliebt wäre, sofort mit ihr ins Bett ginge, aber nein! Wir entscheiden uns für den Nachtclub, wo wir von aller Welt gesehen werden können und wo du uns ja auch tatsächlich siehst, und dort bleiben wir vielleicht eine Stunde, nicht länger. Ich begleite sie nach Hause, aber nur bis an die Tür. Die Concierge meiner Tante, genau wie unsere, muß aus ihrem Bett aufstehen, um jemanden einzulassen – schon deshalb kann ich unmöglich mit Jeans Frau nach oben gehen; am nächsten Tag würde ganz Paris es erfahren. Ich sage ihr auf der Straße gute Nacht und komme hierher zurück – noch vor ein Uhr. Ich finde, nichts von alledem deutet auf eine große, schuldhafte Leidenschaft für Juliette hin. Du mußt vernünftiger sein, Liebste. Soll ich dir einen Rat geben, der in der Liebe genauso nützlich ist wie im Krieg? Sei sparsam mit deiner Munition und schieße nur, wenn du das Weiße im Auge des anderen siehst. In diesem speziellen Fall möchte ich dich darauf aufmerksam machen, daß ich den Abend auf die gleiche Art verbracht habe wie du. Wir haben beide mit ein paar ziemlich langweiligen Menschen gegessen und sind dann vor dem Schlafengehen mit dem, der am wenigsten langweilig war, für eine Stunde ausgegangen.»
«Hughie ist nicht so hübsch wie Juliette.»
«Hughie sieht sehr gut aus, und du weißt es. Aber ich bin ihm nicht so nah gekommen, daß ich das Weiße in seinen Augen gesehen hätte. Deshalb schieße ich diesmal nicht, und du solltest es auch nicht tun.»
Grace war vollkommen beruhigt und schlief glücklich ein.

14

Einige Tage später war Grace zum Mittagessen bei Carolyn, und das Gespräch drehte sich um einen bestimmten Fremdenführer, der Führungen durch die Privathäuser von Paris veranstaltete. Carolyn erzählte, sie habe an jedem Tag der Woche eine solche Führung mitgemacht.

«Ich war in wunderbaren Häusern, die ich anders nie von innen gesehen hätte. Er bekommt die Erlaubnis, alles zu besichtigen, was *classé* ist, mit anderen Worten, alles, was eine Besichtigung wirklich lohnt. Seine Vorträge sind ebenfalls gut und informativ. Gestern waren wir im Haus von Mansard im Marais.»

Sie schilderte es Grace in allen Einzelheiten. Das alte Paris war Carolyns Steckenpferd, und sie wußte wirklich sehr viel darüber. Sie liebte die Baudenkmäler der Stadt mehr als ihre Bewohner, über die sie sich noch immer furchtbar aufregen konnte.

«Ich habe dich gebeten, pünktlich zu sein», sagte sie, «weil M. de la Tour heute nachmittag mit uns ein sehr berühmtes Privathaus besichtigt, eines, in das man besonders schwer hineinkommt, das Hôtel de Hauteserre in der Rue de Varenne. Ich muß unbedingt hin, und du solltest wirklich mitkommen, Grace. Es ist eine Chance, die sich so bald nicht wieder bietet, und ich glaube, die Boiserien sind einmalig.»

Grace hatte nichts vor und war, genau wie Hughie, immer darauf aus, ein bißchen Kultur aufzuschnappen. Außerdem, so dachte sie, war es etwas für Charles-Edouard mit seinem ewigen «Was gibt es Neues?» Nie fand Grace genug, was sie ihm über ihren Tag erzählen konnte. «Nun, was hat *la belle Lesbienne* gesagt? Oder habt ihr wieder dagesessen und euch angeschwiegen?» Da ihn nichts von dem interessierte, worüber sich Grace mit Carolyn unterhielt, denn immer drehten sich diese Gespräche um die Nannys, den Parc Monceau oder gemeinsame Freunde in England, und da Grace nicht über das Talent verfügte, diese karge Kost durch die Würze der Bosheit oder die

Soße des Komischen zu verfeinern, mußte sie es dabei belassen, daß sie einander angeschwiegen hätten. «Sehr merkwürdig, diese Stummheit.»

Nach dem Mittagessen nahm Carolyn sie im Wagen mit hinüber auf das linke Ufer, in die Rue de Varenne. Wenn sie Auto fuhr, erreichte Carolyns Wut auf die Franzosen immer ihren Höhepunkt. Unterwegs erzählte sie Grace von einem Automechaniker, der ihr das Ersatzrad ungeflickt in den Wagen zurückgelegt hatte (über solche kleinen Vorfälle war Carolyn immer froh, sie lieferten ihr neue Munition), und unterbrach ihre Geschichte immer wieder durch Ausrufe wie: «Jetzt sieh dir *den* an! Hast du schon mal jemanden so Auto fahren sehen! Da mache ich doch nicht Platz; ich bin im Recht, und das weiß er genau. Widerlich. Los, fahr weiter! Wie kann man bloß an einer solchen Stelle parken! Was für Leute, wirklich!»

Es war einer jener Pariser Nachmittage, an denen alle Gebäude dank einer besonderen Wirkung des Lichts so aussehen, als wären sie aus undurchsichtigem, blauem Glas. Grace fragte sich, wie sehr Carolyn die Steine von Paris wirklich liebte. Sie schien, während sie weiterfuhren, die blaue Glasfassade des Hôtel des Invalides unter der goldbestäubten Kuppel gar nicht wahrzunehmen, sondern nur die unfähigen Autofahrer auf der Esplanade.

Als sie am Ziel angekommen waren, erkannte Grace, daß es kein anderes als das Haus der Fertés war. Sie kannte es nicht unter seinem alten Namen, Hôtel de Hauteserre – für sie war es immer die Rue de Varenne dreiundachtzig oder das Haus von Tante Edmonde. Lachend sagte sie zu Carolyn: «Aber ich kenne dieses Haus in- und auswendig – es gehört Charles-Edouards altem Großonkel; wir sind jede Woche mindestens einmal zum Mittag- oder Abendessen hier. Ich glaube, es hat nicht viel Zweck, wenn ich mitgehe.»

«Unsinn», sagte Carolyn, «komm ruhig mit. M. de la Tour wird uns eine Menge darüber erzählen, und sehr wahrscheinlich wird er auch dir allerlei zeigen, was du niemals erwartet hättest.»

Grace fiel ein, daß sie Charles-Edouard davon erzählen konnte und wie sehr ihn die Vorstellung, daß sie an einer Führung durch dieses Haus teilnahm, amüsieren müßte. Also bezahlte sie am Eingang ihre hundert Francs und trat mit Carolyn ein. Drinnen hatte sich schon eine größere Gruppe versammelt, und der Führer begann gerade mit seinem Vortrag.

«Dieses Haus», sagte er, «wurde im Jahre 1713 von Boffrand für die berühmte – oder sollte ich sagen: berüchtigte Marquise de Hauteserre erbaut, die einen Rekord aufstellte, indem sie sich den Regenten volle achtzehn Wochen lang als Liebhaber hielt. Er war keineswegs ihr einziger, sie hatte vielmehr unzählige, und ich freue mich, Ihnen ankündigen zu können, daß uns nach der Besichtigung der Prunkgemächer, die von außerordentlicher Schönheit sind, das große, gewöhnlichen Besuchern kaum je gewährte Privileg zuteil werden wird, das Schlafzimmer der Madame de Hauteserre zu sehen. Madame la Duchesse hat mir den Schlüssel übergeben; sie weiß, daß wir alle uns ernsthaft für die französische Kunst interessieren und keine gaffenden Touristen sind.»

«Hast du es schon mal gesehen?» fragte Carolyn flüsternd.

«Nein», antwortete Grace.

«Na, also – was habe ich dir gesagt!»

«Dieses Schlafzimmer», fuhr der Führer fort, «besitzt eine erotische Deckenmalerei, eine Seltenheit in Frankreich, während dergleichen in Italien nicht ungewöhnlich ist. Sie stammt von Le Moine; außerdem ein Bett im Régence-Stil von wunderbarer Qualität und Boiserien von Robert de Cotte. Wenn ich nun noch hinzufüge, daß dies alles vollkommen unrestauriert ist, werden Sie leicht begreifen, daß das, was Sie gleich zu sehen bekommen, in seiner Art einmalig für Paris ist.»

Sie gingen hinauf in die Empfangsräume im ersten Stock, die Grace sehr gut kannte, gold und weiß, blau und weiß, gold und blau, mit Deckenmalereien. Der Führer verbreitete sich ausgiebig über die Geschichte jedes Details; fast eine ganze Stunde lang sahen sie sich in diesen drei Räumen um, und Grace wurde langsam müde. Zuletzt, im Salon de Jupiter, wo die Fertés nach

dem Essen meistens saßen, trat der Führer an eine kleine Tür in der Wand, die Grace nie bemerkt hatte. Er zog einen großen Schlüssel aus der Tasche, schloß die Tür auf und sagte stolz: «Und nun das berühmte Schlafzimmer der Madame de Hauteserre.»
Grace stand zufällig direkt neben ihm, und nun sahen sie zusammen in das Zimmer. Es war winzig, mit Zierfachwerk in Gold und Weiß ausgeschmückt; in einer Nische stand ein Bett, und auf diesem Bett lagen in beträchtlicher Unordnung Juliette und Charles-Edouard.
Der Führer schlug die Tür wieder zu und schloß sie ab. Er wendete sich der Menge zu und sagte: «Ich bitte um Verzeihung, aber ich hatte ganz vergessen, daß man die Boiserien und die Decke zur Restaurierung in das Musée des Beaux Arts gebracht hat.»
Außer Grace und dem Führer hatte niemand in das Zimmer gesehen; sie war erleichtert, daß die Besucher diese Erklärung ohne Protest, wenn auch ein bißchen mürrisch hinnahmen. Sie hatten in diesem herrlichen Haus für ihr Geld zwar schon viel zu sehen bekommen, aber auf die erotische Decke als Leckerbissen zum Schluß hatten sie sich doch gefreut. Carolyn, die noch immer die Täfelung im Jupiter-Saal betrachtete, sagte nur: «Macht nichts, wir haben wirklich viel gesehen für einen Tag. Soll ich dich nach Hause bringen, Grace?»

Grace stieg in den Wagen, plauderte mit Carolyn wie immer, bedankte sich bei ihr für den Nachmittag und betrat ihr Haus, als wäre nichts geschehen. Sie legte sich auf die Couch in ihrer Bibliothek und sagte zu sich: «Das ist das Ende.» Aber es war wie manchmal bei äußeren Verletzungen – sie spürte noch keinen Schmerz.
Wenig später trat Charles-Edouard ein.
«Ich habe dich im Kinderzimmer gesucht», sagte er.
«Bist du denn nicht zum Tee bei Madame Marel?»
«Heute nicht. Mittwochs nie, mittwochs empfängt sie. Wo essen wir heute abend? Ach ja, natürlich, ich weiß, bei Tante

Régine. Das wird bestimmt sehr lustig. Und was gibt es Neues? Sage nichts, ich kann es erraten. Du hast in undurchdringlichem Schweigen mit la Dexter zu Mittag gegessen. Eine seltsame Freundschaft, finde ich.»

«Und nach dem Essen haben wir eine Besichtigung gemacht.»

«Tatsächlich? Was habt ihr gesehen?»

«Das Hôtel de Hauteserre.»

Charles-Edouard sah sie erschrocken an und sagte dann ziemlich aufgebracht: «Wirklich, Grace, was für eine Verschwendung. Wie kommst du dazu, hundert Francs auszugeben, um das Haus deines Onkels zu sehen, das du genau kennst? Nein – das ist nicht vernünftig, und ich bin sehr böse auf dich. Hundert Francs – als meine Großmutter noch jung war, konnte man damit eine ganze Aussteuer bestreiten.»

«Man bezahlt den Führer. Dafür zeigt er einem alle möglichen unerwarteten Dinge.»

«Ich werde es dir demnächst einmal zeigen. Ich weiß sehr viel mehr darüber als jeder Führer.»

«Aber was er mir heute nachmittag gezeigt hat, würdest du mir nie zeigen.»

«Ha!» rief Charles-Edouard. Er trat ans Fenster und sah hinaus.

«Das ist sehr ärgerlich», sagte er nach einiger Zeit.

«Das fand ich auch. Ich habe das Weiße in deinem Auge gesehen, Charles-Edouard.»

«Dieser idiotische Führer. Hat nichts Besseres zu tun, als in anderer Leute Schlafzimmer hereinzuplatzen.»

«Ja. Man sollte meinen, als Franzose müßte er es besser wissen.»

«Vielleicht gebe ich Juliette auf.»

«Das brauchst du nicht. Ich gehe nach England zurück.»

«Bleib», sagte Charles-Edouard.

«Übers Wochenende?»

«Nein. Für immer.»

«Es hat keinen Zweck, Charles-Edouard. Ich bin zu englisch;

die Art, wie du dich verhältst, macht mich einfach unglücklich, ich ertrage das nicht mehr.»
«Aber meine Liebe, das hat doch nichts mit dem Englischsein zu tun. Darin sind sich alle Frauen gleich; wenn du eine Spanierin wärst, dann hättest du mich inzwischen bestimmt umgebracht, mich oder Juliette, oder uns beide. Nein, wir hatten einfach ungeheures Pech. Dieser unsägliche Führer bekommt hundert Francs dafür, daß er am hellichten Nachmittag Schlafzimmertüren öffnet! Was hat Tante Edmonde bloß dazu gebracht, ihm das zu erlauben, sie muß den Verstand verloren haben. Ich weiß natürlich, woran es liegt, sie hofft, der Steuer zu entgehen, wenn sie Besucher in ihr Haus läßt, aber wie kurzsichtig von ihr! Ganz sicher bestand die Gruppe zur Hälfte aus Steuerfahndern, die herausfinden wollten, wie viele signierte Stücke sie besitzt, und die übrigen waren natürlich Einbrecher, die sich notiert haben, was in den Vitrinen steht. Ich mache ihr große Vorwürfe. Und dann muß ich sagen, daß es auch ein bißchen dein Fehler war – hundert Francs und einen ganzen Nachmittag in einem Haus zu verschwenden, in dem du ohnehin wenigstens einmal in der Woche zu Gast bist. Pech und schlechte Organisation.»
«Alle sind schuld, bloß du nicht, wie?»
«Nein, nein, mir mache ich die größten Vorwürfe, weil ich so unvorsichtig war.»
«Wie zynisch du bist!»
«Überhaupt nicht. Ich sehe die Dinge realistisch.»
«Ja. Aber auch ich muß versuchen, realistisch zu sein. Nach dem, was geschehen ist, könnte ich nie mehr glücklich mit dir sein, weil ich keinen ruhigen Augenblick mehr hätte, sobald ich dich nicht in der Nähe sehe. Im Erfinden von Ausreden und Erklärungen bist du sehr groß, bis man dann mit eigenen Augen sieht, wie es wirklich ist, aber von jetzt an kannst du dir deine Erklärungen sparen. Ich kehre zu Papa zurück.»
«Und wann fährst du?»
«Morgen. Sigi nehme ich mit.»
«Ja, unbedingt. Vielleicht auch Nanny?»

«Nanny auch. Und bitte entschuldige mich bei Tante Régine. Ich habe Kopfschmerzen, außerdem gibt es noch viel zu pakken.»

«Nanny, wir fahren morgen zurück nach England.»
«Wie bitte, wir alle?»
«Du, ich und Sigismond.»
«Hm.» Der Ton war mißbilligend. «Morgen, Liebling? Und wie ist es mit dem Packen?»
«Der Zug fährt erst um halb eins, und Marie kann dir helfen. Du mußt es irgendwie schaffen, Nan, bitte.»
«Und für wie lange fahren wir?»
«Für immer. Jetzt mach nicht so ein trauriges Gesicht, wir fahren nach London, nicht nach Bunbury. Denk doch – der Hyde Park, jeden Tag, Daniel Neal, Steam-Puddings, Irish-Stew –»
«Schöner Irish-Stew! Meine Schwester schreibt, heutzutage bekäme man nirgendwo mehr ein schönes Kammstück. Und Sigis Papa?»
«Kommt nicht mit.»
«Hm.»
«Freu dich bitte, Liebling. Ich dachte, wenigstens du würdest dich freuen.»
«Also, ich habe immer gesagt, kleine Jungen sollten eine Mami und einen Daddy haben.»
«Daran läßt sich nun nichts mehr ändern. Und denk an die vielen hundert, bei denen es nicht so ist.»
«Ich frage mich bloß, wie ich das ganze Spielzeug in dieser kurzen Zeit verstauen soll. Komisch, daß man vor diesen Reisen nie irgendwas gesagt bekommt.»
«Mary soll noch einen zusätzlichen Korb kaufen, wenn der Platz nicht ausreicht.»

Am nächsten Tag mußte noch ein zusätzlicher Wagen bestellt werden, um Sigis Gepäck zu transportieren; er hatte genau doppelt soviel Gepäck wie seine Mutter.
«Man könnte meinen, er sei eine berühmte Kokotte», sagte

Charles-Edouard, der mit zum Bahnhof fuhr, so als würden sie zu einem kurzen Urlaub aufbrechen. Sigi hüpfte auf dem Bahnsteig herum, lief allen Leuten vor die Füße und rief: «Darf ich auf der Lokomotive fahren, Papa?»
«Bestimmt nicht. Und ich hoffe, du kannst lesen, wenn ich dich wiedersehe.»
«Bekomme ich dann eine Belohnung von dir?»
«Vielleicht. Wenn du alles lesen kannst, nicht bloß das kleine Stück aus dem *Journal des Voyages*, das du schon auswendig kennst.»
«Was für eine Belohnung?»
«Eine schöne.»
«Darf ich zur Belohnung auf den *chevaux de Marly* reiten?»
«Erst wenn du *A la voix du vainqueur d'Austerlitz* auswendig kannst.»
«Wie soll ich das in England denn lernen?»
«Keine Ahnung. Aber lesen lernen kannst du dort. Soll ich dir sagen, was aus dir werden wird, wenn du erwachsen bist und nicht lesen kannst?»
«Aber wenn man erwachsen ist, kann man doch lesen», sagte das Kind.
«Leb wohl, Grace», sagte Charles-Edouard. «Komm bald zurück.»
«Übers Wochenende?»
«Nein. Für immer.»
Er küßte ihre Hand und ging. Er war ganz überrascht, wie sehr es ihn traf, daß sie abreisten.

15

«Was hat das zu bedeuten?» fragte Sir Conrad, als Sigi, Nanny und das Gepäck im Kinderzimmer untergebracht waren und er mit Grace allein war. «Ich freue mich natürlich, dich zu sehen, aber warum so plötzlich? Ist das nicht ein bißchen viel Aufregung?»

«Ja, so kann man es nennen. Ich habe Charles-Edouard verlassen.»

«Du hast deinen Ehemann verlassen?»

«Ja.»

Sir Conrad war nicht überrascht, denn diese überstürzte Heimkehr, das wußte er, konnte kaum etwas anderes bedeuten.

«Und willst du mir sagen, warum?»

Er hegte keinen Zweifel über den Grund, aber er war neugierig auf die Einzelheiten.

Grace erzählte ihm ausführlich von ihrem Leben in Paris.

«Es gefiel mir zwar nicht, wenn er jeden Tag zum Tee zu Madame Marel ging, aber ich konnte es ertragen; ich konnte es auch ertragen, wenn er auf jeder Party, die wir besuchten, ganz offen mit Juliette Novembre flirtete, aber das, was gestern nachmittag im Hôtel de Hauteserre vorgefallen ist, kann ich nicht verkraften und verzeihen.»

«Was ist denn vorgefallen?»

Aber als sie es berichtete, da brach Sir Conrad zu ihrem tiefen Verdruß in herzhaftes Lachen aus.

«Ich kann nur sagen: was für ein Pech! Sieh mich doch nicht so böse an, Liebling, ich verstehe dich durchaus, ich kann mir vorstellen, wie schrecklich es für dich ist, und es tut mir sehr leid, aber ich kann mir nicht helfen, ich muß auch an Charles-Edouard denken. Er hatte wirklich Pech, der arme Kerl, das mußt du zugeben.»

«Vielleicht. Aber man kann im Leben nicht allein auf das Glück bauen.»

«So darfst du nicht sprechen, denn das eigene Leben gründet immer auf Glück. Das Glück, Liebling, erschafft die Welt, in der wir leben. Schließlich war es Glück, daß du Charles-Edouard überhaupt kennengelernt hast (und Pech für Hughie); es war Glück, daß er unversehrt und wohlbehalten aus dem Krieg zurückgekehrt ist; es war Glück, daß du den klugen kleinen Sigi bekommen hast – und es war auch Glück, daß du die großen blauen Augen und die schönen Beine deiner Mutter geerbt hast und nicht meine kleinen grünen Augen und meine krummen Beine. Das Glück darf man nie außer acht lassen. Manchmal ist es unfair, meistens sogar, aber außer acht lassen darf man es nie. Und wenn nun Charles-Edouard offenbar eine ausgesprochene Pechsträhne hat, dann solltest du bei ihm sein, du solltest Mitleid haben mit dem armen Kerl. Ich finde es nicht richtig, davonzulaufen und ihn allein zu lassen. Ich hatte gehofft, ich hätte dich anders erzogen.»

«Du redest, als hätte er sein Geld beim Pferderennen verloren.»

«Na ja, ganz so schlimm ist es ja zum Glück nicht.»

«Und als ständest du auf seiner Seite.»

«Ich meine, wir sollten versuchen, die Sache auch aus seinem Blickwinkel zu sehen.»

«Ich glaube nicht, daß du das brauchst, schließlich bist du mein Vater.»

«Jetzt hör mir mal zu, mein liebes Kind. Ich liebe dich, das weißt du, und ich habe nur den einen Wunsch, daß du glücklich wirst. Hier ist dein Zuhause, und es steht dir offen, wann immer du es brauchst. Du kannst immer hierherkommen, und du kannst sogar Nanny mitbringen, denke also bitte nicht, ich wollte dich loswerden. Im Gegenteil, ich freue mich, wenn du hier bist, es ist mir ein großes Vergnügen. Aber es ist auch meine väterliche Pflicht, dir klarzumachen, wie die Dinge wirklich sind, und vor allem, wie Charles-Edouard wirklich ist. Ich habe Charles-Edouard sehr gern, und ich nehme an, du auch, immerhin hast du ihn ja geheiratet.

Also, er ist ein Mann, der die Frauen liebt, der sie liebt wie ein Franzose, das heißt, er liebt alles an ihnen, und dazu gehören auch gesellige Stunden und daß er mit ihnen ins Bett geht. Du würdest doch wohl zugeben, daß dies auch für dich einen Teil seines Charmes ausmacht. Aber man findet kaum einen Mann, jedenfalls kaum einen jungen Mann, der eine solche Vorliebe für die Frauen hat und dabei einer einzigen Frau treu sein könnte. Das kommt nur äußerst selten vor.»

«Ja, Papa, was Charles-Edouard angeht, mag das ja alles stimmen. Aber was mich angeht, so ist die Frage, wieviel ich ertragen kann, und ein Leben, das von ständigem Mißtrauen und ständiger Eifersucht erfüllt ist, kann ich nicht ertragen. Juliette, Albertine, die Frauen, denen er auf der Straße nachsieht, die Art, wie er mit jeder flirtet, buchstäblich mit jeder, sogar mit Tante Régine, wie er ihnen die Hände küßt, wie er am Telephon antwortet, wenn sie anrufen – o nein, es ist zuviel für mich, das kann ich nicht.»

«Mein liebes Kind, ich dachte immer, du hättest eine vernünftige Einstellung zum Leben, aber was du da redest, ist ja geradezu krankhaft. Du mußt dich wirklich zusammenreißen, sonst prophezeie ich dir eine sehr unglückliche Zukunft.»

«Ich werde überhaupt nicht unglücklich sein, wenn ich einen ganz gewöhnlichen, treuen englischen Ehemann heiraten kann.»

Grace hatte sich während der Reise an das Bild eines idealen englischen Charles-Edouard geklammert, den sie schon sehr bald kennenlernen und heiraten würde. Dieses Bild war ihr in den Sinn gekommen, als die lichterfüllte Weite Nordfrankreichs mit seinen jungen Weizenfeldern, den rötlichen Straßen und den groß und weiß dahinziehenden Wolken verschwunden und an ihre Stelle die enge, dunkle, in sich verschlossene Landschaft von Kent getreten war. Sie wirkte sicher und beruhigend – tatsächlich wie Heimat. Grace hatte aus dem Fenster den eisengrauen Himmel betrachtet, der über dem ungenutzten Land lastete, über Dickichten, an die nie ein Holzfäller seine Hand gelegt hatte, über Brombeer- und Stechginstergestrüpp, alles war ihren Augen so vertraut gewesen, und sie hatte sich damit getröstet, daß sie wieder eine englische Landfrau werden könnte, die sich um ihren Garten kümmert, Spaziergänge macht, mit den Nachbarn Bridge spielt und neben sich einen treuen englischen Charles-Edouard hat, in Tweed gewandet und mit dem Herzen auf dem rechten Fleck. Sie würde ihr Glück in einer Kate finden, so dachte sie, oder in einem Landhaus am Rand der Heide, über dem eine schmale Rauchfahne kräuselte, oder in einer kleinen roten Villa mit einer Glasveranda auf der Insel Wight – irgend etwas, irgendwo, solange sie nur im sicheren England war und sicher verheiratet mit dieser Säule der Stärke und der Zuverlässigkeit, diesem englischen Charles-Edouard.

«Es tut mir leid, aber ein ganz normaler, treuer englischer Ehemann wird dir sehr langweilig vorkommen nach dem ungemein faszinierenden französischen, den du so unbekümmert wegwirfst», sagte ihr Vater. «Leute wie Charles-Edouard wachsen nicht auf jedem Baum, weißt du. Es ist nun einmal so: Frauen müssen sich im Leben entscheiden, welche Art von Mann sie haben wollen – einen Mann, der dem entspricht, was man einen guten Ehemann nennt, der seiner Frau treu ist, aber selten bei ihr, der in den Club oder anderswohin geht, um sich zu entspannen, oder einen Mann, der die Frauen wirklich liebt, der seine Frau liebt, wahrscheinlich auch am meisten und am längsten, der aber unweigerlich ebenso das Bedürfnis verspürt, Beziehungen zu anderen Frauen aufzunehmen.»

«Warst du ein Ehemann von dieser Art, Papa?»

«Leider ja! Und da ich nie auch nur halb soviel Pech hatte wie Charles-Edouard und da deine Mutter entweder völlig arglos oder aber sehr, sehr klug war, wurde es ein voller Erfolg, und wir waren glücklich miteinander. Aber nach ihrem Tod wollte ich es nicht noch einmal riskieren, deshalb habe ich nicht wieder geheiratet.»

«Fühlst du dich nicht manchmal einsam?»

«Oft. Deshalb freue ich mich ja, dich und den Jungen wieder bei mir zu haben, obwohl ich euch eigentlich, wenn ich ein bißchen Verstand hätte, postwendend zurückschicken müßte. Darf ich fragen, was du in der nächsten Zeit vorhast?»

«Darüber habe ich noch nicht nachgedacht, Papa.»

«Du solltest aber nachdenken, bevor du etwas tust. Willst du eine Scheidung?»
«Laß uns jetzt nicht darüber sprechen, ich bin so müde. Scheidung klingt so gräßlich.»
«Ja, den eigenen Mann zu verlassen ist eben gräßlich.»
«Aber ich denke, darauf wird es hinauslaufen.»
In diesem Augenblick erschien Sigi und sagte: «Großvater –»
«Ja, Sigi?»
«Verstehst du etwas von Ehebruch –?»
Sir Conrad machte große Augen, und Grace unterbrach ihren Sohn: «Wirklich, Nanny ist abscheulich, sie bringt ihm diese schrecklichen Wörter aus der Bibel bei. Ehebruch ist für die Zeit, wenn du älter bist, Liebling.»
«Ah, ich verstehe. Eine *pas devant*-Sache?»
«Ja, ganz recht. Aber Nanny muß sich doch freuen, daß sie jetzt wieder in ihrem alten Kinderzimmer ist?»
«Überhaupt nicht. Fusseln unter dem Teppich – sie weiß gar nicht, was heutzutage mit den Hausmädchen los ist. Sie sagt: Das muß man Paris lassen – die Hausmädchen verstehen etwas von ihrer Arbeit. Und eben hat sie ihre Schwester angerufen – Innereien bekommt man in London heutzutage auch nirgendwo. Deswegen ist Nanny furchtbar geknickt. Großvater –»
«Ja, bitte?»
«Gibt es eigentlich wieder Patronen, kann ich schießen lernen?»
«Darüber müssen wir mit Black sprechen, wenn wir nach Bunbury fahren.»
«Oh, gut. Nanny möchte vor dem Dinner noch mit dir reden, Mami.»
Grace, die diese Vorladung schon erwartet hatte, seufzte tief und ging nach oben.

Zweiter Teil

I

Von «Lauf los, Sigismond» war nun nicht mehr die Rede. Einsam und unglücklich, konzentrierte sich Grace ganz auf den Jungen. Von morgens bis abends war er um sie. Er kam zusammen mit dem Frühstückstablett, öffnete ihre Briefe, ging für sie ans Telephon und spielte mit den Sachen, die auf ihrem Frisiertisch lagen. Ziemlich planlos versuchte sie von Zeit zu Zeit, ihm Lesen beizubringen.

«Du mußt unbedingt lesen können, wenn du Papa wiedersiehst», sagte sie.

«Und wann werde ich ihn wiedersehen?»

«Wahrscheinlich nach den Sommerferien.»

«Werde ich dann hinfahren und bei ihm bleiben?»

«Ich denke, ja.»

«In Paris oder in Bellandargues?»

«In Paris. Er fährt dieses Jahr nicht nach Bellandargues.»

«Und du? Kommst du mit?»

«Das wird sich finden, wenn es soweit ist.»

«Sag mal, Mami, bist du geschieden?»

«Aber nein, Liebling. Was weißt denn du von Scheidung?»

«Habe ich dir von Georgie im Park erzählt? Seine Mami und sein Daddy sind geschieden, und er sagt, es wäre eine tolle Idee – alles ist viel besser und macht viel mehr Spaß, wenn man geschieden ist.»

«Du meine Güte, Liebling!»

«Seine Mami und sein Daddy haben sogar beide wieder geheiratet, jetzt hat er zwei von jeder Sorte, und er sagt, die neuen wären umwerfend, viel besser als die richtigen. Du müßtest mal sehen, was sie ihm alles schenken, die sind wirklich lieb und reich. Heiratest du auch wieder, Mami?»

«Du hast anscheinend vergessen, daß ich schon verheiratet bin, mit Papa.»
«Nanny hat zu ihrer Schwester gesagt, vielleicht Mr. Palgrave. Und sie hätte schon immer gemeint, er wäre besser gewesen.»
«Spiel nicht mit der Halskette herum, Sigi, sonst überdehnst du noch die Schnur.»
«Weißt du, was mir Mr. Palgrave geschenkt hat, als ich ihn das letzte Mal getroffen habe?»
«Nein, was denn?»
«Elf Shilling.»
«Ein komischer Betrag.»
«Ja, weil Nanny immer zehn Prozent für ihre Leprakranken nimmt. Ich habe es ihm erzählt, und er war so nett und hat aufgerundet. Ich brauche nämlich viel Geld.»
«Wozu?»
«Ich spare auf ein Raumschiff, wenn es erst mal erfunden ist. Mami, wann bekomme ich ein Fahrrad?»
«Wenn wir aufs Land fahren, vielleicht.»
«Und warum heiratest du nicht Mr. Palgrave?»
«Weil ich es nicht tue!»
«Nanny sagt, es ist für kleine Jungen besser, wenn sie eine Mami und einen Daddy haben, aber ich glaube, am besten ist es, wenn sie zwei Mamis und zwei Daddys haben.»
«Wollen wir mit dem Lesen weitermachen?»
Die Sommerferien verbrachten sie auf Bunbury. Anfangs glaubte Grace, sie würde es nicht aushalten an diesem Ort, mit dem sich so viele Erinnerungen an Charles-Edouard verbanden, wo sie mit ihm die Flitterwochen verbracht, wo sie vorher all die Jahre gelebt und von ihm geträumt hatte und wo er sie nach dem Krieg abgeholt hatte. Aber ihr Vater wollte unbedingt hin, es würde Sigismond guttun, und schließlich war es auch ihr Vaterhaus, das Haus ihrer Vorfahren; es würde ihr gehören, wenn Sir Conrad starb. Mit ihm verbanden sich nicht nur Erinnerungen an Charles-Edouard. Außerdem dachte sie sowieso den ganzen Tag an ihn, ganz gleich, wo sie war.

«Um eines möchte ich dich aber bitten», sagte sie zu Sir Conrad. «Könntest du dafür sorgen, daß der Erzherzog aus meinem Zimmer entfernt wird?»

«Natürlich», erwiderte er. «Der richtige Platz für ihn ist die Eingangshalle – ich habe nie verstanden, was er da oben zu suchen hat. Und da wir gerade bei diesem Thema sind, ich würde meinen Boucher gern wieder im Salon sehen, wenn es dir nichts ausmacht.»

Am Ende glich Graces Zimmer weniger einer Ecke in der Wallace Collection und mehr einem Schlafzimmer in einem gewöhnlichen Landhaus. Es war wirklich bequemer so.

Sofern Nanny sich überhaupt über etwas freuen konnte, dann darüber, wieder in Bunbury zu sein. Wie Grace während der Kriegsjahre hier von Charles-Edouard geträumt hatte, hatte Nanny vom Hyde Park geträumt und davon, wie schön es wäre, jetzt, da sie wieder ein Kind hatte, mit ihm dort spazierenzugehen. Aber als sie dieses Ziel nach der Rückkehr aus Paris endlich erreicht hatte, da zerbröckelte ihr Traum, wie es mit Träumen oft geschieht, zu Asche. Der Hyde Park war nicht mehr das, was er einmal gewesen war. Nicht nur die Geländer waren verschwunden, die schönen Geländer mit dem Schwertlilienmuster, die gedrungenen Stümpfe an der Rotten Row, die eleganten Regency-Geländer um die Blumenbeete und die niedrigen Geländer an den Wegen, auf denen die Kinder so gern entlangbalancierten. Verschwunden waren zum großen Teil auch die Nannys. Eine wachsende Zahl von kleinen Jungen hatte zwar mehrere Mamis und Daddys, aber dafür keine einzige Nanny. Sie wurden nicht mehr in großen Kinderwagen regelmäßig am Morgen und am Nachmittag herumgefahren, sondern, wenn sie frische Luft brauchten, in Körben vor das Fenster gehängt. Sobald sie laufen konnten, liefen sie in die Kindergärten, wo man ihnen kleine Lieder beibrachte, ihnen jede Menge Milch zu trinken gab und sie strengstens von ihren geplagten Eltern fernhielt. So war das gesellschaftliche Leben im Park nicht mehr das, was es gewesen war. Anders als früher war die Auswahl knapp. Die wenigen Nannys, die es noch gab, bildeten ein trauriges Häufchen und gluckten zusammen wie die letzten Überlebenden in einem herbstlichen Hühnerstall, dessen übrige Insassen zum größeren Teil bereits in den Suppentopf gewandert waren. Nanny hatte nur wenige Freundinnen unter ihnen, und die meisten gehörten ihrer Meinung nach zu einer ziemlich ordinären Sorte von Menschen. In Bunbury jedoch gab es Klatschmäuler nach ihrem Geschmack, die alte Haushälterin, die Frau des Pferdeknechts, Mrs. Atkin, die Frau des Butlers, und Mrs. Black, vor denen sie mit ihrem Jahr in Frankreich aufschneiden konnte, bis alle ganz große Augen bekamen. Wer mit angehört hatte, wie furchtbar sie sich während ihres ganzen Aufenthalts dort beklagt hatte und wie sie gegenüber Nanny Dexter kein gutes Haar an der französischen Zivilisation gelassen hatte, wäre von den Ansichten sehr erstaunt gewesen, die sie nun unter dem Geklirr der Teetassen vor ihren Busenfreundinnen bekundete.

«Sagt, was ihr wollt – Frankreich ist ein wunderbares Land, wirklich ein wunderbares Land. Zum Beispiel die Geschäfte, sie platzen vor Lebensmitteln, wie vor dem Krieg. Ihr hättet das Fleisch sehen sollen, riesige Stücke, die jeder kaufen kann – die Innereien quollen bis auf das Straßenpflaster – Rinder, groß wie Elefanten. Die könnten dort jeden Tag Nierenfettpudding haben, wenn sie nur wüßten, wie man einen anständigen Nierenfettpudding macht. Denn einen Nachteil hat dieses Land wirklich, keiner dort kann kochen. Sie haben alle Zutaten, die man sich nur denken kann, aber eine ordentliche Mahlzeit bekommen sie nicht zustande – seltsam, nicht? Das ist der einzige Grund, weshalb ich froh bin, wieder hier zu sein. Diese Speisen, die für Kinder vollkommen ungeeignet sind – so etwas habt ihr noch nie gesehen. Am Ende stand ich im Kinderzimmer vor dem Spiritusbrenner und habe selbst für uns gekocht. Überhaupt – aber dieses Kinderzimmer hättet ihr sehen sollen, ein riesengroßer Raum mit Blick auf den Garten und einem richtigen englischen Kamin. Und dann das Château, das war etwas anderes als Bunbury – wirklich. Unverkennbar ausländisch. Aber ein Schloß wie im Bilderbuch, auf einem Berggipfel, als würden im nächsten Augenblick die Ritter in Rüstungen zu Pferde den Berg heraufkommen. Und warm war es! Also, stellt euch die schlimmste Hitzewelle vor, die ihr je erlebt habt, zum Beispiel den Sommer 1911, und nehmt sie mal zwei. Nein, es hat mir überhaupt nichts ausgemacht, nicht im geringsten, aber unser Kleiner hat ziemlich darunter gelitten. Ihr könnt euch nicht vorstellen, wie heiß es in diesem Land werden kann.»

Sir Conrad schenkte Sigi ein kleines Gewehr und hielt dazu einen langen Vortrag, wie der Mensch im allgemeinen und der Sportsmann im besonderen mit einem Gewehr umgehen soll.

«Und denk daran», sagte er zum Schluß, «du darfst dein Gewehr nie auf einen anderen Menschen richten. Geladen oder ungeladen, das ist völlig schnuppe! Black wird es in der Waffenkammer für dich aufbewahren; er wird dir alles zeigen, wie man es putzt und so weiter, und du darfst damit nur schießen, wenn er dabei ist.»

Deshalb wich Sigi während der langen Sommertage nie mehr von Blacks Seite, trabte glücklich durch die Wälder und ballerte auf Elstern und anderes Ungeziefer.

«Eins finde ich schade», sagte er zu seiner Mutter. «Ich würde mein Gewehr gern Canari zeigen. Es ist zwar klein, aber man könnte einen Menschen damit töten, wenn man die richtige Stelle trifft. Und Canari ist kein albernes Muttersöhnchen wie der liebe kleine Foster Dexter oder der liebe kleine Georgie im Park. Canari ist *maquisard*, ein tapferer Bursche, ein Drache, und er würde mich nie wieder ausschließen, wenn ich dieses Gewehr hätte. In Canaris *maquis* herrscht nämlich ein furchtbarer Mangel an Ausrüstung, wirklich eine Schande.»

Grace konnte den Gedanken an das herrliche Bellandargues kaum ertragen, das nun den ganzen Sommer über verschlossen bleiben würde, die Vorstellung, daß der große Salon zum erstenmal seit Menschengedenken nicht Schauplatz eines Konversationsstückes sein würde, wie es sich abgespielt hatte, als ihr Charles-Edouard zum erstenmal die Tür öffnete und sie eintreten ließ, und wie es sich dann an jedem Tag wiederholt hatte: Madame Rocher am Flügel, M. de la Bourlie vor seiner Leinwand und Madame de Valhubert in ernste Gespräche mit M. le Curé vertieft.

Ein eigentümliches Schuldgefühl beschlich Grace, so als wäre sie an allem schuld und nicht Charles-Edouard.

Außerdem sehnte sie sich nach der Hitze und dem Licht der Provence. Sie waren in einen typisch englischen Sommer geraten. Den ganzen Tag fiel Regen aus tiefhängenden Wolken auf die hohen Bäume, und erst gegen Abend hoben sich die Wolken und trieben auseinander, so daß ein blasser Sonnenstrahl aus Nordwest die triefende Landschaft erhellte, ein blasser Hoffnungsschimmer für den nächsten Tag.

«Es ist herrlich draußen – kommt, wir gehen hinaus. Meinst du nicht, daß das Wetter jetzt endlich umschlägt.»

Wer dann, weil er von Krankheit oder, wie Grace, von einem Herzeleid geplagt wurde und nur wenig Schlaf fand, am nächsten Morgen mit den ersten Vögeln erwachte, der sah draußen unter wolkenlosem Himmel den Sonnenschein so prächtig auf den nassen Blättern glitzern, daß es den Anschein hatte, als wäre der Sommer nun endlich gekommen. Fast jeden Morgen war es so, und Grace sank dann, glücklicher als zuvor, noch einmal in den Schlummer. Doch lange vor dem Frühstück strich schon wieder wie mit feinen weißen Tüchern der Regen an den Fensterscheiben vorbei, und alle Verheißungen des frühen Morgens waren völlig vergessen. Wenn Grace dann später nach unten kam, war sie froh, daß im Salon ein kleines Feuer brannte.

Sie wußte, daß Charles-Edouard in diesem Jahr nach Venedig gefahren war. Er hatte einen Palazzo am Canale Grande gemietet und viele Freunde aus Paris eingeladen, darunter Madame Rocher, die Novembre de la Fertés und Albertine Marel-Desboulles. Für den armen Hughie war es ein schwerer Schlag gewesen. Er hatte sich den ganzen Sommer Hoffnungen gemacht, Albertine würde mit ihm eine Autotour durch Schweden machen. Aber sobald die venezianische Party mit Charles-Edouard und ihren Freunden in Sicht kam, wurde die Tour aus verschiedenen guten Gründen unmöglich. Albertine riet Hughie auch davon ab, ihr nach Venedig zu folgen, und deutete an, sie werde durch das Filmfestival dort sehr in Anspruch genommen. Deshalb kam er jetzt öfter für ein oder zwei Tage nach Bunbury. Er bemühte sich gerade um seine Aufstellung als Kandidat bei den Unterhauswahlen, hatte aber bisher bei den Auswahlausschüssen kein Glück gehabt, teils, wie er sagte, weil er so dumm war, und teils, weil er nicht verheiratet war. Mehr denn je ersehnte er sich die Ehe mit Albertine und war doch überzeugt, daß die Ausschüsse in diesem Fall lieber sie als ihn kandidieren lassen würden. Er konnte sich lebhaft vorstellen, was für eine Rede sie halten würde, wie anregend, einleuchtend und gut formuliert sie ihre Ansichten über alle zur Debatte stehenden Probleme zum Ausdruck bringen würde.

«Ich, die Seele des französischen Bürgertums, mit beiden Beinen fest auf dem Boden der Erde stehend, ich, Albertine Labé, Nachfahrin vieler Generationen von Holzhändlern, die stets gute Ware für gutes Geld gaben, besitze die Gabe, die Dinge so klar und wahrhaftig zu sehen, wie sie sind. Ich kann nicht heucheln. Ich spüre die Wahrheit, ich spüre sie hier in meinem Herzen und hier in meinem Leib, und ich erkenne sie hier in meinem Hirn. Es ist eine Kraft, dieses Sehen und Spüren und Erkennen der Wahrheit, sie durchdringt mich ganz, und meine Vorfahren, die Händler, haben sie mir in die Wiege gelegt.

Und ich sage Ihnen, ich, die Bürgerin Albertine Labé, daß es diese Kraft zur Wahrhaftigkeit und zum Erkennen der Wahrheit ist, die wir brauchen, wenn wir Ihr England und mein Frankreich und unser Europa wiederaufbauen wollen.»

Genau das Richtige für die Auswahlausschüsse, dachte Hughie. Es gab auch eine Rede, die in eine andere Richtung zielte. «Ich, die ich das Bürgertum verabscheue, die ich lieber Köhlerin wäre und im tiefsten Wald hausen würde, als irgend etwas zu kaufen oder zu verkaufen, ich, die ich lieber im grausamen Winter meines heimatlichen Lothringens draußen im Freien erfrieren würde, als an einem warmen Feuer im Hinterstübchen irgendeines Ladens zu hocken, ich, Albertine Labé de Lespay, Aristokratin, Kind von Rittern und Kriegern, deren

Vorfahren niemals Geld angerührt oder bei sich getragen haben, weil sie es für das Schmutzigste vom Schmutzigen hielten, ich sagen Ihnen, daß ich die Wahrheit erkenne. Ich erkenne sie hier und hier und hier, und es ist diese Wahrheit, diese Tugend, dieser Haß auf das Gold, den wir brauchen, wenn wir darangehen wollen usw., usw.»

Diese zweite Ansprache beruhte eher auf Tatsachen als die erste, denn Albertine hatte nicht einen Tropfen bürgerlichen Bluts in ihren Adern, und ihre Vorfahren, ein mächtiges Fürstengeschlecht, waren Holzhändler nur insofern gewesen, als sie in Lothringen riesige Wälder besaßen. Aber ihr war nicht entgangen, welche Richtung der Lauf der Welt nahm, und deshalb brachte sie die Holzhändler immer häufiger ins Spiel. Hughie war von ihr so sehr geblendet, daß ihm solche Ungereimtheiten nie auffielen; beide Ansprachen hatten ihm zu unterschiedlichen Zeiten die Sprache verschlagen, genauso wie sie seiner Meinung nach auch den Auswahlausschüssen die Sprache verschlagen würden. Er konnte sich einfach nicht vorstellen, daß irgend jemand, nicht einmal ein englischer Konservativer, dem Charme und der brillanten Art dieser außerordentlichen Frau widerstehen könnte. Mit ihr als Anregerin und Lehrerin an seiner Seite wäre ihm nichts auf dieser Welt unerreichbar.

«Natürlich freut mich die Vorstellung, daß sie in Venedig ist», sagte er ganz und gar unfröhlich zu Grace, während sie in dem kleinen Salon am Kamin saßen und der Sommerregen wütend gegen die Fenster prasselte. «Sie liebt Italien sehr, sie braucht die Schönheit. Außerdem hat sie dort wichtige Arbeiten zu erledigen, beim Film.»

«Was für Arbeiten? Sie ist ungeheuer reich, sie braucht doch nicht zu arbeiten.»

«Sie braucht nicht, aber sie tut es, für ihr Land, für Frankreich. Mit ihrem Geschmack, ihrem Wissen und ihrem Einfluß ist sie eine Instanz in der französischen Filmindustrie. Da wird kein Film produziert, der nicht zuerst ihr vorgelegt wird, weißt du. Sie hat einen untrüglichen Instinkt. Ja, ich stelle sie mir gern

vor in Venedig, aber ich wünschte, sie würde mir schreiben. Das tut sie natürlich nicht. ‹Was ist schreiben?› hat sie einmal zu mir gesagt. ‹Ein Kratzen von Metall auf Papier, sonst nichts.› Und so gesehen – hat sie nicht recht?»
Grace, die ebenfalls mit dem Herzen in Venedig war und sich über ein Kratzen von Metall auf Papier und selbst über eine Postkarte genauso gefreut hätte, hatte Mitleid mit Hughie, aber seine endlosen Hymnen auf Albertine, die eine der vielen Ursachen für ihr eigenes Elend zu sein schien, gefielen ihr nicht. Sie fragte sich, ob er wußte, daß Charles-Edouard jeden Tag bei ihr Tee trank, aber sie war zu höflich und zu rücksichtsvoll, um es zu erwähnen.

«Findest du nicht, daß die jungen Leute heutzutage mit ihrem Leben viel schlechter zurechtkommen als wir früher?» sagte Sir Conrad zu Mrs. O'Donovan, die aufs Land gekommen war, um frische Luft zu schnappen. «Du und ich, wir wären unter den gleichen Umständen bestimmt tatkräftiger zu Werke gegangen als diese beiden, und weniger trübsinnig, nicht wahr? Ich bin die Verzagtheit in diesem Haus gründlich satt; sie macht mich krank. Warum zum Donnerwetter packen die beiden nicht ihre Koffer, fahren nach Venedig und klären die Sache mit diesen *frogs* ein für allemal.»
«Aber wie soll man denn mit einer Madame Marel irgend etwas endgültig klären?» erwiderte sie. «Und mit Grace darfst du nicht so streng sein. Ich glaube, es war ein furchtbarer Schlag für sie, und sie leidet noch immer darunter. So etwas mit eigenen Augen zu sehen kann wirklich ernste Folgen haben, psychologisch.»
«Unsinn, Meg. Sie sollte ein zweites Kind bekommen, das ist alles.»
«Kinderbekommen ist kein Allheilmittel, auch wenn alle Männer, die ich kenne, so denken.»
«Trotzdem, sie ist in einer absolut unerträglichen Gemütsverfassung. Ich bekomme einfach nichts aus ihr heraus – ob sie sich nun scheiden lassen will oder nicht. Heute redet sie so und mor-

gen anders, aber ich finde, es ist Zeit, daß die Sache geklärt wird.»

«Und wie denkt er darüber, weißt du das?»

«Ja, ich habe einen langen Brief von ihm bekommen. Wie ich dir schon oft gesagt habe, ist mir immer schleierhaft gewesen, warum er sie überhaupt heiraten wollte. Aber was auch immer der Grund gewesen sein mag, er gilt offenbar noch immer, er will sie wieder bei sich haben.»

«Hast du ihr das gesagt?»

«Bei ihrer jetzigen Gemütsverfassung hätte das keinen Zweck; er muß herüberkommen und es ihr selbst sagen. Aber inzwischen überlegt sie hin und her, ob sie sich scheiden lassen soll oder nicht oder vielleicht doch, bis ich einfach keine Lust mehr habe, mit ihr darüber zu sprechen. Sie ist erwachsen und muß selbst entscheiden, was nun werden soll.»

«Eigentlich kommt es ja nicht darauf an», sagte Mrs. O'Donovan. «Sie haben ja nicht kirchlich geheiratet, und deshalb sind sie weder für Charles-Edouard noch für sonst irgendwen in Paris ein richtiges Ehepaar.»

«Ich vermute, problematisch würde es erst, wenn einer von ihnen noch einmal heiraten möchte. Die ganze Angelegenheit ist ungeheuer lästig. Also, nach den Ferien werde ich nach Paris fahren und mit Charles-Edouard reden, das wird das beste sein. Ich werde ihm sagen, er muß sie sich holen, wenn er sie zurückhaben will – ich glaube nicht, daß sie sich widersetzen würde, wenn er leibhaftig vor ihr steht. Sie sollte zu ihm halten, dieses Hin und Her mit den Ehemännern ist nichts für Frauen, es paßt nicht zu ihnen. Hallo, Sigi, ich wußte gar nicht, daß du hier bist –»

«Es regnet draußen, für Dick Barton ist es noch zu früh, und Mami und Mr. Palgrave reden wie üblich über Madame Marel. Wenn du nach Paris fährst, nimmst du mich dann mit?»

«Warum?»

«Weil ich die Verse von *A la voix du vainqueur d'Austerlitz* lernen möchte, und hier kennt sie niemand.»

«Oh, ich kenne sie», sagte Mrs. O'Donovan. «Ich habe sie früher jeden Morgen gelesen, als ich ein kleines Mädchen war und mit meinem Reifen in den Tuilerien spielte. Ich bringe sie dir bei, wenn du vor dem Dinner auf mein Zimmer kommst.»

2

In dieser Nacht wurde Sigi durch das Klirren von zerbrechendem Glas unter seinem offenen Fenster geweckt. Er schlüpfte aus dem Bett und sah hinunter. Das Fenster des Anrichteraums lag direkt unter seinem, und auf dem Kies davor sah er Glassplitter blinken; im Anrichteraum brannte offenbar Licht. Nanny schnarchte nebenan ungestört vor sich hin, es mußte also schon sehr spät sein, lange nach Mitternacht. Sigi schlich aus seinem Zimmer und tastete sich am Geländer entlang die Hintertreppe hinunter. Tatsächlich drang unter der Tür zum Anrichteraum Licht hervor. Er spähte durchs Schlüsselloch und erblickte einen Mann, der die Tür zur Kammer für das Silber untersuchte. Sie war groß und schwer, wie die Tür eines Safes. Weil Sigi von klein auf mit Atkin, dem Butler, gut befreundet war, kannte er sich mit der Silberkammer genau aus. Er öffnete die Tür und trat ein. Der Einbrecher, ein kleiner blonder Mann, fuhr herum und richtete einen Revolver auf ihn.

«Dieses Benehmen gefällt mir ganz und gar nicht», sagte Sigi sehr hochnäsig. «Sie müssen doch wissen, daß man eine Schußwaffe nie auf einen anderen Menschen richten darf. Geladen oder ungeladen, das ist mir völlig schnuppe!»

«Sie ist nicht nur ungeladen», sagte der Einbrecher, «sie ist auch gar keine Schußwaffe, sondern eine Attrappe. In mancher Branche kann man furchtbaren Ärger bekommen, wenn man ein Schießeisen mit sich herumschleppt.»

«Sind Sie ein Einbrecher?»

«Ja, ich tue mein Bestes.»

«Ich finde es sehr unvorsichtig, daß Sie keine Handschuhe tragen. Was ist denn mit den Fingerabdrücken?»
«Ich weiß. Aber ich kann mit Handschuhen einfach nicht arbeiten – konnt es noch nie – auch Auto fahren nicht. Ich bin eben nicht besonders gut in meinem Beruf – sieh dir diese verflixte Tür an, ich weiß nicht, wie man sie aufbekommt.»
«Warum hast du dir den Beruf dann ausgesucht?»
«Die Arbeitszeit gefällt mir – morgens komme ich nie aus dem Bett, was man verdient, ist sozusagen steuerfrei, und weitere Unkosten entstehen nicht. Es spricht einiges dafür. Ich schätze, ich werde mich noch verbessern.»
«Und was ist mit dem Gefängnis?»
«Da bin ich nie gewesen. Ich bin ein solcher Dilettant, daß niemand glaubt, ich könnte es ernst meinen, und wenn ich ertappt werde, glaubt jeder, es sei bloß Spaß.»
«Wo ich wohne, ist die Einbrecherei kein Spaß. Da kommen sie mit Maschinengewehren und sind maskiert, und meistens bringen sie die ganze Familie und die Concierge um, bevor sie anfangen.»
«Das vereinfacht die Sache bestimmt.»
«Ja. Manchmal machen sie auch nur Würstchen aus ihnen.»
«Sie machen was?»
«Sie fesseln sie, oben und unten, wie Würstchen, und sperren sie geknebelt in einen Schrank, wo man sie dann am nächsten Tag eher tot als lebendig findet.»
«Wo wohnst du denn?»
«In Paris. Ich bin ein französischer Junge.»
«Für einen französischen Jungen sprichst du aber ziemlich gut englisch.»
«Ja, ich spreche auch ziemlich gut französisch für einen englischen Jungen. Soll ich die Silberkammer für dich öffnen?»
«Was? Weißt du denn, wie das geht?»
«Natürlich. Mr. Atkin hat es mir gezeigt. Man muß hier drükken, so, sehen Sie?» Die Tür öffnete sich langsam. «Ich halte immer zu den Einbrechern, wegen Garth. Und jetzt gehen Sie hinein, ich stehe Schmiere.»

Der Einbrecher sah ihn unsicher an. «Ich glaube, ich gehe lieber auf Nummer Sicher», sagte er vor sich hin, und bevor Sigi wußte, wie ihm geschah, war er geknebelt und zusammengeschnürt.
«So, siehst du. Auch englische Einbrecher machen manchmal Würstchen aus den Leuten», sagte der junge Mann und legte Sigi vorsichtig auf den Fußboden. «Tut mir leid, alter Kumpel, es dauert nicht lange, aber dich Schmiere stehen zu lassen, hieße, den Dilettantismus doch etwas zu weit treiben.»
Sigi war empört. «Also gut», sagte er sich.
Der Einbrecher betrat die Kammer und sah sich um. Sigi wartete einen Augenblick, rollte sich dann unter den Anrichtetisch und trat nach einem bestimmten Hebel, von dem er wußte. Polternd fiel die Tür ins Schloß, und der Einbrecher saß in der Falle. Dann wand und wälzte sich Sigi durch die mit grünem Boi bespannte Klapptür ins Eßzimmer, durch die Eßzimmertür, die zum Glück offenstand, in die Eingangshalle, wo er mit den Füßen so lange gegen den großen Gong trat, bis Sir Conrad oben auf dem Treppenabsatz erschien.
«Du liebe Zeit», rief er, als er Sigi erblickte, der sich da unten wand wie ein kleiner Aal. «Aber liebes Kind», sagte er, während er ihn befreite, «was hast du vor?»
«Puh! Das hat scheußlich geschmeckt. Großvater, Großvater, ich habe einen Einbrecher gefangen, in der Silberkammer.»
«Was sagst du?»
«Ja, wirklich! Ja, mit Mr. Atkins Spezialhebel – er ist da drinnen. Komm mit und sieh ihn dir an.»
«Na so was! Ein braver Junge bist du.»
«Er hat auch eine Revolverattrappe.»
«Macht nichts. Er wird sich nicht getrauen, sie zu benutzen. Lauf und hol Mr. Atkin, ja?»
«Mr. Atkin – Mr. Atkin – Sie sollen zu Großvater kommen – ich habe einen Einbrecher in die Silberkammer gesperrt! Mami, Mami, ich habe einen Einbrecher gefangen! Nanny, Nanny, ich habe einen Einbrecher gefangen. Ganz allein!»
Nanny stürzte im Morgenmantel herbei und sagte: «Pst, pst,

diese ganze Aufregung mitten in der Nacht tut kleinen Jungs überhaupt nicht gut. Du kommst jetzt sofort ins Bett, mein Kind.»

Aber Sigi war schon wieder verschwunden, nach unten in den Anrichteraum, wo Sir Conrad inmitten einer kleinen Ansammlung von Menschen auf der Tischkante saß und mit dem Einbrecher verhandelte. Gerade eben erschien auch Hughie.

«Hallo, Hughie», sagte der Einbrecher.

«Oh! Hallo, Ossy. Was machst du denn hier?»

«Ist das dein Kleiner?»

«Nein. Schön wär's.»

«Würde ihn glatt als Partner nehmen. Der Junge ist ein Fachmann.»

«Ich *war* dein Partner, bis du ein Würstchen aus mir gemacht hast», sagte Sigi wütend.

«Der Frühzug», sagte Sir Conrad und sah nach der Wanduhr, «geht um Viertel nach sechs ab. Sie sollten sich besser auf den Weg machen, zu Fuß ist es mehr als eine Stunde. Oder wäre es Ihnen lieber, wenn ich Sie mit dem Wagen bringen lasse?»

«Aber ich bitte Sie, keine Umstände», sagte der Einbrecher. «Ich verabschiede mich», fügte er in der Art eines Gastes hinzu, der als erster eine Party verläßt und nur kurz in die Runde grüßt, um keinen allgemeinen Aufbruch auszulösen. Er kletterte aus dem Fenster und war im nächsten Augenblick verschwunden.

«Großvater! Das war *mein* Einbrecher – ich habe ihn gefangen, und jetzt hast du ihn laufenlassen. Das ist unfair.»

«Na, als Haustier kannst du ihn nicht gut behalten.»

«Ich wollte zusehen, wie die Bullen kommen, ihm die Manschetten anziehen und ihn in die grüne Minna schleifen.»

«Sigismond, willst du jetzt bitte ins Bett kommen!»

«Du bist sehr tapfer gewesen», sagte Sir Conrad, «und morgen kaufen wir dir ein Fahrrad mit Gangschaltung.»

«Ich will kein Fahrrad, das kann mir gestohlen bleiben.»

«Da haben wir es, solche Faxen enden immer in Tränen. Komm jetzt, aber ein bißchen plötzlich.»

«Wirklich, Papa», sagte Grace, als ein verdrossener Sigi mit Nanny endlich abgezogen war, «vielleicht hättest du den Mann nicht auf die Nachbarschaft loslassen sollen.»
«Mein liebes Kind, er hat doch keinen Schaden angerichtet. Im Gegenteil, bevor du nach unten kamst, hat er mir ein paar sehr nette Dinge zu meinem Artikel über Turenne im *Cornhill Magazine* gesagt.»

3

Der lange, kühle Sommer ging zu Ende. Sobald der Herbst begann, mild und golden, zog der ganze Haushalt von Bunbury wieder nach Queen Anne's Gate.
Durch Sir Conrad als Vermittler kamen Charles-Edouard und Grace nun überein, daß es besser sei, sich scheiden zu lassen. Sir Conrad erklärte Grace, die Sache müsse geregelt werden.
«Du mußt dich entscheiden», sagte er, «entweder du kehrst nach Frankreich zurück und lebst dort mit deinem Mann – bei weitem die beste Lösung, meiner Meinung nach –, oder du läßt dich von dem armen Kerl scheiden. Es ist einfach unmöglich, wenn ihr für den Rest eures Lebens verheiratet und doch nicht verheiratet seid, das ist kein Zustand. Außerdem will ich ein paar finanzielle Regelungen zu deinen Gunsten treffen. Ich weiß, an Geld denkst du nie, das brauchtest du auch nicht, jedenfalls bisher nicht, aber du sollst trotzdem wissen, daß ich von den Erträgen, die mein Vermögen abwirft, nicht mehr leben kann. Ich zehre von meinem Kapital, wie alle anderen auch, und bevor nichts mehr davon da ist, möchte ich einiges davon dir und einiges Sigi vermachen, in der Hoffnung, daß ihr, wenn ich tot bin, imstande sein werdet, Bunbury zu halten. Aber darüber muß ich nun auch mit Charles-Edouard sprechen. Und gleichzeitig sollten wir alles klären, was die Scheidung angeht.»

«Oh – aber –!»
«Liebe Grace, du weißt, wie ich darüber denke, nicht wahr? Aber wenn du wirklich nicht mit ihm leben kannst, dann mußt du dich eben dazu entschließen. Entweder so oder so.»
«Papa, ich könnte nicht einfach zurückgehen, so leicht ist das nicht. Außerdem hat er mich nicht darum gebeten.»
«Er hat dich auch nicht gebeten wegzulaufen. Er denkt, du wirst kommen, wenn dir danach zumute ist. Und er will es, das weiß ich.»
«Er war es, der mir das Bleiben unmöglich gemacht hat. Wenn er wirklich will, daß ich zu ihm zurückkehre, dann muß er kommen und mich darum bitten, er muß mir zeigen, daß er es ernst meint, und er muß versprechen –»
«Was muß er versprechen?» Sir Conrad warf ihr einen mitleidlosen Blick zu. Wie könnte Charles-Edouard jemals das Versprechen geben, das sie von ihm hören wollte? Seine Tochter erschien ihm in diesem Augenblick höchst unvernünftig.
Grace brach in Tränen aus und ging hinaus.

Sir Conrad fuhr nach Paris. Charles-Edouard war sehr freundlich, und sie unterhielten sich lange über viele Themen von gemeinsamem Interesse, auch über Sigis Zukunft.
«Man kann natürlich nicht voraussagen, wie die Dinge stehen werden, wenn er mal erbt», sagte Sir Conrad, «aber es scheint doch immer schwieriger zu werden, gleichzeitig in zwei Ländern zu leben. Ich frage mich, ob er imstande sein wird, Bellandargues und Bunbury zu halten. O ja, das beste wäre gewesen, wenn Grace dieses zweite Kind bekommen hätte, dann hätte ich ihm Bunbury vermachen können. Jetzt muß ich abwarten, ob sie noch einmal heiratet oder was sonst geschieht. Aber ich hätte das alles gern unter Dach und Fach, bevor ich zu alt werde. Ich bin sehr dagegen, diese Entscheidungen einer Frau zu überlassen, und vor allem nicht Grace, die so wenig praktisch veranlagt ist.»
«Mit dieser dummen Fehlgeburt hat aller Ärger angefangen», sagte Charles-Edouard. «Sie hatte sich so sehr auf das Kind

gefreut; ich glaube, die Enttäuschung war viel schlimmer für sie und hat sie viel nervöser gemacht als die Krankheit selbst. Was für ein Pech. Zumindest leiden schwangere Frauen nicht unter dieser lästigen Besichtigungsmanie.»

«Sie ist im Augenblick wirklich in einem sehr labilen Zustand», sagte ihr Vater.

«Soll ich nach London kommen und zusehen, was ich ausrichten kann?»

«Sie können es versuchen, es ist die einzige Möglichkeit, und ich glaube, Sie werden Erfolg haben, sofern sie bereit ist, sich mit Ihnen zu treffen. In diesem Punkt bin ich mir allerdings nicht sicher, bei der Stimmung, in der sie jetzt ist. Es ist, als ob die ganze Sache zuviel für sie gewesen wäre, obwohl sie mit der Zeit wahrscheinlich wieder vernünftiger werden wird.»

«Also gut, ich versuche es. Ich werde sagen, ich sei gekommen, um den Jungen zu einem Besuch abzuholen. Da ist es ganz natürlich, wenn ich zwischen zwei Zügen auch ein Wort mit ihr wechsele.

Dann ist es keine förmliche Aussprache, bei der sie vielleicht kopfscheu werden könnte. Ich denke, ich müßte sie davon überzeugen können, daß ich große Sehnsucht nach ihr habe, denn es stimmt wirklich.»

«Ich bin sicher, sie hat auch große Sehnsucht nach Ihnen. Was für eine idiotische Situation.»

«Aber für den Fall, daß es schiefgeht, und da Sie schon einmal hier sind, sollten wir uns vielleicht doch über die Scheidung einigen. Für mich hat sie keine große Bedeutung, denn ich habe nicht die Absicht, noch einmal zu heiraten, aber wenn wir getrennt leben sollen, dann möchte ich lieber geschieden sein, ich bin die ständigen Fragen der Leute nach meiner Frau leid. Vielleicht sollten wir also einen Besuch bei meinem Anwalt machen. Ich mußte mir einen neuen nehmen, sehr ärgerlich, aber der alte, den ich mein Leben lang hatte, war ein furchtbarer Kollaborateur, und Sie können sich nicht vorstellen, was das bedeutet. Jedesmal zwei Stunden lang Rechtfertigungsreden, bevor man zum Geschäftlichen kommt. Etwas Langweiligeres gibt es nicht. Also, heute nachmittag? – Übrigens, Tante Régine kommt zum Lunch. Als ich ihr erzählte, Sie seien hier, schrie sie auf wie ein Pfau und stürzte davon, um sich einen neuen Hut zu kaufen.»

Der Hut war sehr hübsch, und Madame Rocher war gerade, wie sie selbst sagte, mal wieder hin und her gerissen zwischen den Herbstkollektionen, die in dieser Saison einfach vollkommen waren (so wie sie in ihren Augen seit nunmehr fünfundvierzig Saisons einfach vollkommen waren) und dem Bal des Innouïs. Es handelte sich hierbei um einen berühmten Wohltätigkeitsball, den sie alle zwei Jahre zugunsten der Verwandten ihres verstorbenen Mannes organisierte. Die Rocher des Innouïs waren ein riesiger Clan und so märchenhaft arm, wie Madame Rocher märchenhaft reich war. Deshalb hatte sie sich diese Art von Unterstützung einfallen lassen, die ihr selbst nur ein Minimum an Kosten verursachte. Mit den Einnahmen aus dem Ball finanzierte sie den Bau und später dann den Unterhalt des Hospice des Innouïs, das, in einer gesunden Höhenlage der Pyrenäen gelegen, den Verwandten von der Rocher-Seite eine angenehme Umgebung im Alter bot und sie außerdem vom Hôtel des Innouïs fernhielt. «Wenn ich sie schon aushalten muß», sagte sie zuweilen, «dann lieber im Hospice als zu Hause.» Hätten sie in der Nähe von Paris gelebt, wären alle wenigstens einmal in der Woche bei Madame Rocher zu Besuch erschienen, denn die Familienbande sind in Frankreich sehr stark. So aber begab sie sich jeden Sommer unter einer Last von Pralinenschachteln zu ihnen, küßte sie mehrmals heftig auf jede Wange und verschwand wieder in einer Wolke aus Staub und guten Wünschen.

Der Ball war eine äußerst elegante Veranstaltung, und es ging immer sehr lustig zu. Madame Rocher schnitt die Fotos in *Paris Match* und anderen Illustrierten aus und schickte sie in die Pyrenäen, damit man sie im Hospice an die Wand heften konnte. Oft schrieb sie auch dazu, wie sehr sie sich wünschte, daß ihre lieben Vettern und Cousinen einmal mit eigenen Augen sehen könnten, was sie da verpaßten.

«In diesem Jahr waren wir ganz verzweifelt», sagte sie zu Charles-Edouard und Sir Conrad, «weil uns kein Thema eingefallen ist. Vögel, Blumen, Masken, Perücken, Schnurrbärte, Sonnenschirme, Könige und Königinnen hatten wir schon. Aber die liebe, kluge Albertine hatte eine vollkommen neue Idee; jeder soll eine Anspielung auf seine persönliche *bête noire* geben; nicht sie selbst verkörpern, versteht ihr, sondern etwas anziehen, das auf sie hinweist. Sehr feinsinnig – außer Albertine wäre niemand darauf gekommen.»
«Was für eine hübsche Idee», sagte Charles-Edouard. «Und wer ist deine *bête noire*, Tante Régine?»
«Das bleibt meine Geheimwaffe. Heute morgen habe ich zu M. Dior gesagt: ‹Wenn mein Kleid bis morgen nicht fertig ist, Dior, dann sind Sie es.› Sehr wirkungsvoll. Und die liebe Grace – wird sie rechtzeitig wieder hier sein?»

Ganz Paris platzte vor Neugier, was das Verhältnis zwischen Charles-Edouard und Grace anging. Er hatte ausgestreut, sie sei zu einem langen Besuch bei ihrem Vater, aber niemandem, auch nicht den engsten Freunden und nicht einmal Albertine gegenüber hatte er durchblicken lassen, daß es zu einer Art von Bruch gekommen war. Es hieß immer, sie würde in ein oder zwei Wochen zurückerwartet. So war reichlich Raum für Gerüchte, und einige besagten, Grace sei davongelaufen, andere, sie leide an einer entstellenden Krankheit, aber die große Mehrheit, angeführt von den Tournons, behauptete, sie sei in ein Sanatorium für geistig Zurückgebliebene gekommen. «Etwas spät», so hieß es, «aber die moderne Wissenschaft vollbringt ja zuweilen Wunder. Und», so fügte man hinzu, «das muß sie in diesem Fall wohl auch.»
Charles-Edouard war das ewige «Sie kommt bald zurück» leid, bei dem er wie ein Dummkopf dastand, und er wußte, daß auch der Besuch von Sir Conrad schon Gerede verursacht hatte. Deshalb sagte er jetzt zu Madame Rocher: «Die liebe Grace will sich scheiden lassen.»
«Sehr englisch, und in der besten Tradition der Freimaurerei»,

sagte sie. «Da hängt sie Ihnen also nun wieder am Schurz, *mon cher Vénérable*.»

Nach diesem großartigen Witz konnte sie es kaum erwarten, nach Hause und an ihr Telephon zu kommen, um aller Welt mitzuteilen, daß Charles-Edouard wieder zu den Ehekandidaten gerechnet werden durfte. Es würde ein Riesenspaß werden. Sie würde die kleinen Mädchen all ihrer Freundinnen und Verwandten zur Musterung in einer Reihe antreten lassen, eine Beschäftigung, die ihr viel Vergnügen machen würde. Wie bei Pferden mußten ihre Stammbäume sorgfältig geprüft werden. Bestimmten Linien ging man besser von vornherein aus dem Weg. Bourlie-Blut beispielsweise hatte noch keiner Familie gutgetan, während bestimmte andere Linien sich in der Mischung stets als fatal erwiesen. Eine beträchtliche Mitgift war zwar keine absolute Vorbedingung, konnte jedoch nie schaden. Madame Rocher malte sich die Aufregung der verschiedenen Mamas aus und dachte daran, wie amüsant es würde, den Verdruß derer zu erleben, die ihre Töchter in letzter Zeit an weniger vorteilhafte Gatten verheiratet hatten. Kurz, Madame Rocher sah einige sehr angenehme Stunden vor sich.

«Adieu, *cher Vénérable*, grüßen Sie mir die Große Loge», rief sie und winkte noch mit einem rosa Handschuh aus ihrem Wagen.

«Nun, Papa?»

«Ja, Liebes. Charles-Edouard war sehr vernünftig, wie ich es nicht anders erwartet hatte. Je öfter ich ihn sehe, desto besser gefällt er mir.»

Grace fand, daß ihr Vater alt und traurig aussah, und machte sich deshalb Vorwürfe. Das alles war ihre Schuld.

«Du siehst müde aus, Papa.»

«Ja, ich bin müde. Du mußt wissen, wir sind ein bißchen ausgegangen, gestern abend.»

«Ich verstehe.» Sie fand es unmöglich, daß der eigene Vater in dieser Krise ihres Lebens in dem Mann, von dem sie sich scheiden lassen wollte, nur den Spürhund sah, der ihn durch das Nachtleben von Paris führte.

«Über mich habt ihr natürlich überhaupt nicht gesprochen.»
«O doch. Wir waren stundenlang beim Rechtsanwalt, und was die Scheidung angeht, haben wir alles geregelt, das Geld, Sigi, bis ins einzelne.»
Grace bemerkte, daß sie insgeheim eine Hoffnung gehegt haben mußte, die durch diese Worte zunichte wurde, aber was sie eigentlich erhofft hatte, dessen war sie sich nicht sicher.
«Sigi? Was ist denn mit ihm?»
«Jeder von euch wird ihn sechs Monate im Jahr haben, die so aufgeteilt werden, wie es am praktischsten scheint, bis er zehn ist. Von da an lebt er während der Unterrichtszeit bei seinem Vater und in den Ferien bei dir.»
«Er soll in Frankreich zur Schule gehen?»
«Er ist ein französischer Junge, meine Liebe. Ich habe einen Brief von Charles-Edouard für dich.»
Sie nahm ihn und spürte wieder dieses Gefühl, dieses Aufflakkern einer Hoffnung.
Zum erstenmal seit sie ihn verlassen hatte, sah sie Charles-Edouards Handschrift auf einem Briefumschlag. Der Brief war sehr förmlich, endete mit *affectueusement et respectueusement* und enthielt nur die Frage, ob der Junge nun für einige Zeit nach Paris kommen könne. Sie gab ihn Sir Conrad, der sagte: «Ja. Wenn du einverstanden bist, kommt Charles-Edouard nächste Woche selbst herüber, um ihn abzuholen.»
«Natürlich bin ich einverstanden. Aber ich möchte Charles-Edouard nicht sehen, Papa.»
«Du kannst es dir ja noch überlegen, meine Liebe.»
«Nein, nein, nein – es hätte ja doch keinen Zweck.»
Aber sie wußte, wenn Charles-Edouard sie wirklich zurückhaben wollte, würde er darauf bestehen, sie zu sehen, und wenn es dazu kam, dann hatte er gewonnen. Alles würde anders sein, sobald sie sich gesehen hatten. Das Leben hier in London ohne ihn war so grau und sinnlos geworden, daß sie manchmal schon das Gefühl hatte, sie würde sich mit fast allem abfinden, auch mit der ständigen Eifersucht und dem Argwohn, vor dem sie sich so sehr fürchtete, wenn sie nur wieder bei ihm in Paris sein

könnte. Bestimmt, so überlegte sie, würde er sich nicht die Mühe machen, Sigi selbst abzuholen, wenn er sie nicht sehen wollte, wenn er sie aber sehen wollte, dann konnte dies nur einen Grund haben.

Die Tage vergingen. Charles-Edouards Ankunft stand unmittelbar bevor, Nannys Opposition gegen einen erneuten Umzug war überwunden, und Graces Wille zum Widerstand verflüchtigte sich zusehends. Sie tat zwar noch so, als wollte sie sich widersetzen, packte nicht und traf keine praktischen Vorbereitungen für die Abreise, aber die Festung war bereit zur Kapitulation.

Er kam mit der Fähre und sollte ein oder zwei Stunden später mit dem Golden Arrow zurückkehren. Als er in Queen Anne's Gate ankam, lag Grace (nur diese Geste war ihr geblieben, um ihre Unabhängigkeit zu demonstrieren) noch im Bett. Sie war ohnehin keine Frühaufsteherin, und falls Charles-Edouard sie infolge irgendeines furchtbaren Zufalls doch nicht bitten sollte mitzukommen, sollte es nicht so aussehen, als hätte sie reisefertig dagesessen. Sie hatte sich ausgerechnet, daß sie ohne Mühe rechtzeitig fertig sein konnte; das Mädchen konnte ihr das Gepäck später bringen. Sie nahm ihr Bad und machte sich sehr sorgfältig zurecht.

Der Wagen von Sir Conrad war zum Bahnhof gefahren, um Charles-Edouard abzuholen. Sie hörte ihn kommen; sie hörte Charles-Edouards Stimme und hörte, wie die Haustür ins Schloß fiel. «Papa ist da», sagte sie zu Sigismond. «Lauf nach unten und frag ihn, ob er eine Tasse Kaffee mit uns trinken will, bevor ihr abfahrt. Beeil dich –!»

Sigi verschwand wie der Blitz. «Papa – Papa – fahren wir mit dem Schiff? Ist Sturm auf dem Meer? Kann ich die ganze Zeit an Deck bleiben?»

«Wahrscheinlich ja. Wo ist deine Mama? Ich will sie sehen.»

Aber diese Idee gefiel Sigismond durchaus nicht. Er wollte, wie es versprochen war, allein mit seinem Papa reisen, und alle Aufmerksamkeit sollte sich auf ihn, auf Sigi, konzentrieren. Wenn Papa nach oben ging, wenn er dort Mami traf, dann fing diese blöde Küsserei wieder an, mit «Lauf los, Sigi» und wer weiß was noch allem. Erwachsene waren immer so unberechenbar, womöglich würde sich Mami noch entschließen, mit nach Paris zu kommen, und dann würde es wieder heißen «Geh zu Nanny, Liebling», tagein, tagaus, wie früher.

Das Leben mit Mami und ohne Papa war sehr viel lustiger gewesen; es würde auch sehr viel lustiger sein, mit Papa, aber ohne Mami nach Paris zurückzukehren.

«Mami liegt im Bett und schläft», sagte er.

«Sie schläft – so spät – bist du sicher?»

«Ganz sicher. Sie war gestern abend tanzen – sie wollte erst sehr spät zurückkommen, und sie hat strenge Anweisung gegeben, daß man sie nicht wecken soll.»

«Und dein Großvater?»

Aber Sir Conrad war nicht da, er war zum Jagen in den Norden gefahren.

Charles-Edouard überlegte, was zu tun war.

Nanny erschien auf der Treppe, der Lakai wurde losgeschickt, ein Taxi zu holen, denn ein Wagen genügte nicht für Sigis Gepäck, und dann fuhren der Lakai und Nanny zur Victoria Station, um die schweren Gepäckstücke aufzugeben.

«Jetzt hör mal, Sigi», sagte Charles-Edouard, als sie abgefahren waren, «du läufst jetzt nach oben in Mamis Zimmer und sagst ihr, daß ich hier bin (weck sie auf, wenn sie schläft), und frag sie, ob ich einen Augenblick zu ihr nach oben kommen kann.»

«Mach ich.» Sigi stürmte nach oben, aber nicht in das Zimmer seiner Mutter. Er wartete eine Minute auf dem Treppenabsatz, hüpfte dann wieder nach unten, wobei er mit der Hand in sein Haar fuhr und eine Strähne zu einer Locke verdrehte, wie immer, wenn er log, aber das war noch niemandem aufgefallen. «Es hat keinen Zweck. Die Tür ist abgeschlossen, und sie hat einen Zettel angebracht, ‹Nicht stören›. Ich sage dir, sie will bis zum Mittag schlafen.»

«Also, dann komm», sagte Charles-Edouard und nahm Sigi an der Hand, «wir gehen zu Fuß zum Bahnhof. Ich brauche ein

bißchen frische Luft.» Er war wütend auf Grace, tief verletzt und sehr enttäuscht.
Die Haustür fiel ins Schloß, und Grace war allein, Sigi hatte ihr nicht einmal auf Wiedersehen gesagt.

«Also gut», sagte Charles-Edouard, als er es sich im Zug bequem gemacht hatte, ein großes englisches Frühstück vor sich und auf der Bank gegenüber Sigi. «Los, erzähl, was gibt es Neues? Was hast du in England gemacht?»
«Oh, Papa, es war einfach toll hier. Ich habe ganz allein einen Einbrecher gefangen – ich habe ihn listig in den Silberschrank gelockt – und ich habe fast fünf Pfund Trinkgeld gespart, und Großvater legt sie zu zweieinhalb Prozent Zinseszins an, und ich habe ein Gewehr und habe damit eine kranke Drossel geschossen, es war wirklich besser für sie, und ich habe einen Drahtesel mit einem Affenzahn.»
«Was hast du?»
«Un vélo qui marche à toute vitesse», erläuterte er freundlich.
«Du liebe Zeit! Und mit alldem soll ich jetzt konkurrieren?»
«Ja, du mußt. Aber es ist ganz einfach – ich will nur auf den *chevaux de Marly* reiten.»
«Ist das alles. Auf welchem?»
«Ist mir egal.»
«Ah! Aber kannst du den Text?»
Die Junge preßte die Lippen fest aufeinander und lachte seinen Vater aus funkelnden dunklen Augen an.
«Sigismond. Kannst du ihn?»
«Ich sage ihn erst, wenn ich auf dem Pferd sitze, vorher nicht.»
«Dann fürchte ich, daß er für immer ungesagt bleibt», meinte Charles-Edouard.
Beim Zoll in Dover herrschte ziemliche Aufregung. Die Frau vor ihnen wurde gebeten, einen Mantel vorzuzeigen, den sie auf dem Arm trug. Aus seinen Taschen zog der Zollbeamte mehrere Pfundnoten. Dann begann er, ihr Gepäck zu durchsuchen, und wie ein Zauberkünstler zog er aus allem, was er in die Hand

nahm, Pfundnoten hervor, aus Büchern, aus einem Toilettenbeutel, aus dem Deckel einer Thermosflasche, aus Tüten und Taschen und Schuhen. Überall, wo man Pfundnoten verstecken konnte, steckten tatsächlich welche. Bleich und traurig wurde die arme Dame schließlich abgeführt. Sigismond hatte wie gebannt zugesehen.
«Sie wird das Schiff verpassen», sagte Charles-Edouard mit der Selbstgefälligkeit dessen, der einen englischen Schwiegervater hat und sich nicht auf illegale Devisenschiebereien einzulassen braucht.
«Wirklich, Papa? Warum denn?»
«Sie ist eine dumme Gans, die auf dumme Weise gegen ein dummes Gesetz verstößt.»
«Kommt sie dafür ins Gefängnis?»
«Nein, nicht wegen der Pfundnoten. Gold wäre schlimmer gewesen. Sie wird das Schiff verpassen, das ist alles», sagte Charles-Edouard. «Los, hier ist die Gangway, hinauf mit dir.»

4

Kaum war Madame Marel aus den Sommerferien in die Rue de l'Université zurückgekehrt – von Venedig war sie nach Wien gefahren und dort noch längere Zeit geblieben –, da eilte Hughie auch schon nach Paris. Er blieb nur zwei Tage und kehrte in besinnlicher Stimmung an ebenjenem Tag nach London zurück, an dem Sigi mit seinem Vater von dort abreiste.
Grace fragte sich, was geschehen sein mochte, aber sie sagte nichts, und sie gehörte nicht zu den Frauen, die auf die Vertraulichkeiten anderer Leute aus sind. Da sie sich ohne ihren Jungen einsam fühlte und da auch Hughie anscheinend nicht recht wußte, was er mit sich anfangen sollte, trafen sie sich jetzt immer häufiger. Fast jede Woche nahm er sie im Wagen für ein paar Tage mit auf seinen Landsitz.

Yeotown Manor in Hertfordshire glich einem großen, verschachtelten Cottage. Zum Teil war es wirklich alt, ein kleines altes Herrenhaus. Aber die niedrigen, dunklen, unbequemen Räume, die mächtigen Balken, die Eichentüren mit den hölzernen Riegeln, die altertümliche Holztäfelung und die Kaminecken, lauter Dinge, die für sich genommen durchaus echt waren, wirkten dennoch irgendwie falsch, weil sie aus alten Landhäusern stammten, die Hughies Mutter gekauft und für ihre Zwecke ausgeschlachtet hatte. Schön war das alles nicht, aber es besaß den Charme des Behaglichen, für den Grace gerade damals sehr empfänglich war, weil er so vollkommen englisch, so ganz und gar das Gegenteil von all dem war, was sie aus Frankreich kannte. Nichts erinnerte sie hier an eines der beiden Häuser, in denen sie in Frankreich gelebt hatte, oder an Charles-Edouard. Solche Erinnerungen machten sie jetzt immer sehr traurig, und sie wollte sie so weit wie möglich von sich wegschieben.

Hughie lud immer ein paar Leute zum Wochenende ein, und dann wurde von morgens bis tief in die Nacht Bridge gespielt. Die Musiktruhe dröhnte und arbeitete sich von früh bis spät durch große Stapel von Jazzplatten, während Hughie und seine Gäste an Tischen, die mit grünem Boi bespannt waren, unter elektrischem Licht saßen, ein Glas neben sich und von überquellenden Aschenbechern umgeben, austeilten, spielten und notierten.

Zu dieser Zeit fühlte sich Grace hier wohler als anderswo. Sie hatte schon immer gern gespielt und flüchtete sich nun ins Spiel wie in eine Droge. Außerdem vermißte sie Charles-Edouard weniger heftig, wenn sie bei Hughie war, dessen männliche Ausstrahlung ihre Nerven beruhigte. Er begegnete ihr in letzter Zeit sehr viel aufmerksamer als früher, und wäre da nicht Albertine gewesen, hätte sie geglaubt, daß er ihr wieder den Hof machte. Beobachterinnen wie Mrs. O'Donovan und Carolyn Dexter meinten, es sei nur eine Frage von Monaten, bis die beiden heirateten.

Die Zeit verging, und es kam ein Morgen, an dem Grace in

Yeotown wenn schon nicht vollkommen glücklich, so doch mit dem Gefühl erwachte, die erstickende Decke aus Trübsal endlich abgeschüttelt zu haben, die so lange auf ihr gelastet hatte. An manchen Tagen war es ihr kaum gelungen, darunter hervorzukriechen und aufzustehen. Aber an diesem Morgen war die Decke anscheinend verschwunden. Draußen schien die Sonne auf eine Gruppe von Buchen, und die wenigen Blätter, die noch an ihren Zweigen hingen, schimmerten golden. Der Himmel war blau, im Zimmer war es warm, und Grace fühlte sich in ihrem Bett sehr wohl. Auf ihr Klingeln kam Hughies Haushälterin mit dem Frühstückstablett, gefolgt von einem Hausmädchen, das ihr alle Sonntagszeitungen brachte. Die Dienstboten hatten Grace sehr gern und verwöhnten sie, wo sie nur konnten, in der Hoffnung, sie werde Hughie heiraten. Das Frühstück war ein Genuß, wie immer in diesem Haus – hübsch anzusehen, sehr heiß und sorgfältig arrangiert. Nicht zum erstenmal überlegte Grace, daß jemand, der ein so bequemes Leben wie sie führte, nicht leicht vom Trübsinn überwältigt werden kann. Jeder Tag bot zu viele Freuden, und unter ihnen war das Frühstück im Bett gewiß nicht die geringste. Vielleicht, so überlegte sie, würde ihr diese englische Lebensweise, die viel besser zu ihr paßte als die französische, zuletzt mehr Glück bringen. Hier hatte sie festen Boden unter den Füßen, brachte zuwege, was man von ihr erwartete, und war nicht genötigt, immerfort irgend etwas Neues zu erlernen, zu begreifen und zu vollbringen. Sie wußte, daß es Jahre dauern würde, bevor sie auf einen Blick erkannte, ob ein Möbelstück Louis-Quinze oder Louis-Philippe, Erstes oder Drittes Empire war; bevor sie im passenden Moment mit Racine- oder Apollinaire-Zitaten aufwarten oder Sätze im Stil von Gide und Proust schreiben oder auch nur in gutem Französisch jene Art von Witzen machen konnte, naiv und dennoch scharfsinnig, die man von einer Engländerin erwartete. Leistungen dieser Art waren in Frankreich anscheinend lebensnotwendig, sie bildeten das Kleingeld im täglichen Umgang der Menschen miteinander. Aber das alles hatte sie auch furchtbar angestrengt. Die Engländer dagegen

nahmen die Menschen so, wie sie sind, sie erwarteten nicht wie selbstverständlich, daß man ihnen auch noch das letzte Quentchen Energie opferte, freuten sich schon über den geringsten Versuch, sie zu unterhalten, und fühlten sich geschmeichelt.
Es gab jetzt oft Augenblicke, in denen Grace dachte, so, wie es gekommen sei, sei es am besten, aber sie währten nie sehr lange. Heute kam der Rückschlag, sobald sie nach unten kam. Die Musiktruhe dröhnte und verschlang ihre Schellackmahlzeit. Hughie mischte schon die Karten, die Dexters, die auch zu Gast waren, hatten bereits Gläser in der Hand, und überall nistete die Langeweile. Die einzige Hoffnung bestand darin, rasch mit dem Spiel zu beginnen, aber auch dessen Zauber war nicht immer wirksam.
Hector Dexter hatte soeben eine Reise in das Industriegebiet im Norden gemacht und berichtete nun wortreich wie immer, aber mit einem ungewohnt menschlichen Unterton vom Leben in den Fabriken. In diese dunklen viktorianischen Gebäude, so erzählte er, drang niemals ein Strahl Tageslicht, Stunde um Stunde und Tag für Tag saßen die Menschen an immer gleichen Tischen und vollführten immer gleiche Handbewegungen, während im Hintergrund die immer gleichen Melodien ertönten. Als Grace die Karten verteilte, kam ihr der Gedanke, daß die Wochenenden in Yeotown eigentlich ganz ähnlich verliefen. Stunde um Stunde saßen sie unter elektrischem Licht an demselben Tisch und vollführten zu den Klängen der Hintergrundmusik immer gleiche Handbewegungen. Das Leben verfloß, alles Geistige verblaßte, und niemand bemerkte das herrliche Wetter draußen. «Ein Kreuz, zwei ohne Trumpf. Drei Pik. Vier Pik. Spiel und Rubber. Rubber mit sechzehn – gib mal den Block, alter Junge.»
«Es ist zum Lunch serviert», sagte der Butler.
Während der Mittagspause ging man in die Kantine. Das Leben in Paris war vielleicht anstrengend gewesen, und vielleicht hatte sie sich auch immer wie eine verwirrte Zeugin gefühlt, die verzweifelt versuchte, das gnadenlose Kreuzverhör eines Anwalts halbwegs zu überstehen, und doch war dieses Leben be-

friedigender gewesen als das Leben hier. Immerhin hatte sie das Gefühl gehabt, wirklich lebendig zu sein, sie hatte das bißchen Geist, über das sie verfügte, nutzen müssen, und jeder Tag, so schien ihr, hatte Sinn und Zweck gehabt. Es war nie darum gegangen, nur die Zeit totzuschlagen, bis man selbst tot war und das Grab sich über einem schloß.

Beim Lunch sprach Hector Dexter weiter über seine Reise. «Es tut mir leid, aber ich muß euch offen sagen, daß eure kleine alte Insel in meinen Augen einer alten Standuhr gleicht, deren Zeit abgelaufen ist, und wenn ihr mich fragt, warum sie abgelaufen ist, dann muß ich darauf antworten: weil das Uhrwerk abgenutzt, ausgeleiert und verbraucht ist und weil es ausgedient hat, während die Männer, die dieses Uhrwerk in Gang halten, moralisch verkommen, verdorben und korrumpiert sind, und wenn ihr mich fragt, warum dies so ist, sollte ich euch vielleicht mitteilen, wie ich über die Geschichte Großbritanniens während der letzten fünfzig Jahre denke.» Dies geschah in aller Ausführlichkeit, und Hughie lauschte ganz hingerissen. Die ganze Zeit über fragte er sich, wie jemand so viel Wissen und eine solche Fülle von Wörtern anhäufen konnte – ach, wenn er doch nur etwas Ähnliches vor den Auswahlausschüssen zuwege brächte. In der nächsten Woche hatte er wieder eine Sitzung vor sich. Grace kam sich mehr denn je wie eine Arbeiterin in einer jener Fabriken vor, wo irgendwelche Leute auftauchen und den Arbeitern Vorträge über Fragen von allgemeinem Interesse halten. «Wir freuen uns sehr, heute den wichtigen Mr. Hector Dexter bei uns zu haben, der jetzt über unsere Probleme zu uns sprechen wird, über ihre Wurzeln in der Vergangenheit und über mögliche Lösungen in der Zukunft.»

Als sie beim Kaffee saßen, war er mit den Wurzeln, die sehr langweilig gewesen waren und bei denen immer wieder das Wort «Vision» vorgekommen war, fast fertig und wandte sich nun mit neuem Schwung den Lösungen zu.

«Nun werden Sie mich fragen, ob ich angesichts dieser Lage der Dinge eine Lösung sehe, angesichts einer Lage, wohlgemerkt, die ich nicht nur in Ihrem Land beobachte und bemerke, die ich vielmehr in allen europäischen Ländern beobachtet und bemerkt habe, genauer gesagt, in allen europäischen Ländern westlich des sogenannten Eisernen Vorhangs, in die mich meine Regierung gesandt hat, damit ich mir eine Meinung bilden und meiner Regierung die schließlich von mir gebildete Meinung dann mitteilen kann. Was ihr auf eurer kleinen alten Insel dringend braucht, was in allen europäischen Ländern westlich des sogenannten Eisernen Vorhangs dringend gebraucht wird, und noch sehr viel dringender, so möchte ich vermuten, wenngleich ich hier nicht aus persönlicher Erfahrung sprechen kann, in allen europäischen Ländern östlich des sogenannten Eisernen Vorhangs sowie in den unterentwickelten Ländern des Fernen Ostens und den unterentwickelten Ländern Afrikas, ist ein tieferes Verständnis und eine weitergehende Praxis (aber Praxis ohne Wissen gibt es nicht) des *American Way of Living*. Was ich mir wünsche, ist eine Flasche Coca-Cola auf jedem Tisch in England, auf jedem Tisch in Frankreich, auf jedem –»

«Aber schmeckt das nicht scheußlich?» fragte Grace.

«Nein, Ma'am, durchaus nicht. Es schmeckt gut. Aber das trifft, wenn ich so sagen darf, auch nicht den Kern dessen, was ich hier nach besten Kräften darzustellen mich bemühe. Wenn ich von einer Flasche Coca-Cola spreche, dann meine ich eine metaphorische Flasche, diese Flasche ist für mich ein äußeres, sichtbares Zeichen von etwas Innerlichem, Geistigem, so als würde gleichsam in jeder Flasche Coca-Cola ein Geist hausen und als wäre dieser Geist unsere große amerikanische Zivilisation, die nur darauf wartet, aus der Flasche hervorzuschießen und den gesamten Globus unter seine Fittiche zu nehmen. Das wollte ich damit sagen.»

«Du meine Güte!» stammelte Hughie.

«Ich finde», sagte Grace, die jetzt ziemlich unruhig wurde, «wir könnten vor dem Tee noch eine Partie spielen.»

Grace tat alles, um ein Gespräch unter vier Augen mit Carolyn zu vermeiden, aber ohne Erfolg. Carolyn kam zu ihr ins Zimmer, als Grace sich zum Dinner umzog.

«Also», begann sie. «Was ist denn nun eigentlich passiert? Habe ich dir nicht gesagt, daß sich ein englisches Mädchen unmöglich mit einem Franzosen einlassen und dabei glücklich werden kann? Was hat dich denn nun endgültig vertrieben?»
«Nichts, Carolyn. Nichts hat mich vertrieben. Ich habe mich seit meiner Fehlgeburt nicht besonders wohl gefühlt, deshalb habe ich mir zu Hause bei Papa etwas Ruhe gegönnt.»
«Ach, Blödsinn! Ich weiß, daß du dich scheiden läßt, Madame Rocher hat es allen erzählt. Ich mache dir doch keinen Vorwurf deswegen, Grace, im Gegenteil, du hast vollkommen recht. Aber da ist natürlich das Problem mit Sigi. Du mußt unbedingt versuchen, ihn von seinem Vater zu trennen. Ich halte es für meine Pflicht, dir zu sagen, daß Charles-Edouard dieses Kind zugrunde richtet. Nach dem, was Nanny erzählt, sind sie ständig beisammen; er nimmt ihn zu all seinen Geliebten mit, läßt ihn abends unten mitessen, läßt ihn viel zu lange aufbleiben und gibt ihm Wein zu trinken. Nanny ist ganz verzweifelt. Du solltest zu einem Anwalt gehen und einen Gerichtsbeschluß erwirken, um das zu unterbinden, verstehst du?»
«Aber Sigi ist ein französischer Junge. Es ist doch nur richtig, wenn er wenigstens zur Hälfte in Frankreich aufwächst; Charles-Edouard wird nichts tun, was schlecht für ihn ist.»
«Meine liebe Grace! Ich finde, du bist geradezu verpflichtet, ihn von dort wegzuholen und selbst aufzuziehen. Laß dir das nicht gefallen, zeig ein bißchen Rückgrat.»
«Ich will ihn nicht allein aufziehen. Ein Junge braucht seinen Vater.»
«Ja, darauf wollte ich gerade zu sprechen kommen. Wir alle hoffen, daß du nun das tust, was du von vornherein hättest tun sollen: Hughie heiraten. Ihr seid füreinander wie geschaffen. Er wird dem Jungen ein Vater sein, wie er keinen besseren bekommen könnte. Mit den *frogs* ist Hughie fertig, ein für allemal, er hat es Heck gesagt, er läßt sich keinen Sand mehr in die Augen streuen. Er wird dafür sorgen, daß Sigi nach Eton kommt, und er wird einen Mann aus ihm machen.»
«Auch Charles-Edouard war für Eton – sogar mehr als ich.»

«Eigentlich für – so redet man doch nicht über Eton!»
Carolyns Familie, die Boreleys, waren leidenschaftliche Etonians.
«Schickst du Foss auch dorthin?» fragte Grace, um das Thema zu wechseln. Sie konnte es nicht ertragen, mit Carolyn über Sigi und Charles-Edouard zu sprechen, nach denen sie sich in diesem Augenblick aus ganzem Herzen sehnte. Mit gemischten Gefühlen, halb Freude, halb Bekümmerung, hatte sie durch Nanny von Charles-Edouards neuer Leidenschaft für das Kind vernommen.
«Für uns liegen die Dinge ein bißchen anders», sagte Carolyn. «Foss ist Amerikaner, und Heck meint, ein Eton-Akzent könnte ihm sehr schaden, wenn er sich später nach einem Posten umsieht.»
«Ich würde mir das an deiner Stelle nicht gefallen lassen», sagte Grace. «Zeig ein bißchen Rückgrat, Carolyn.»
«Das ist einfach absurd, Grace! Du begreifst anscheinend nicht die einmalige Stellung der Vereinigten Staaten, denen Hector und ich nun mal angehören. Man kann sie nicht mit anderen Ländern vergleichen, denn in ein paar Jahren werden sie die unumschränkten Herrscher über die Welt sein.»
«Oh. Werden wir dann von Foss regiert?»
«Ja, gewissermaßen. Es ist ein Privileg für einen jungen Mann, wenn er dort aufwachsen kann, wie Foster es tun wird. Frankreich dagegen ist am Ende und erledigt, darin besteht der Unterschied.»
«Vielleicht ist es am Ende und erledigt, aber es ist das Land, in dem es sich bei weitem am angenehmsten leben läßt.»
Aber Carolyn behielt triumphierend das letzte Wort: «Mir fällt nur auf, daß du nicht sehr lange dort geblieben bist.»
Eine Kuhglocke bimmelte zum Dinner, und sie gingen nach unten.
Am Montag morgen in aller Frühe fuhren die Dexters ab – in ihrem großen Wagen, der Schwaden von Hitzedunst und Koloraturgesang hinter sich zurückließ. Auf dem Weg nach London wollten sie noch ein paar Fabriken besichtigen.

Hughie versprach Grace, er werde sie rechtzeitig zum Dinner nach London zurückbringen. Dann lud er sie zu einem langen Spaziergang ein und machte ihr einen Heiratsantrag.

«Aber was ist denn mit Albertine?» fragte sie überrascht. «Ich will nicht noch einmal einen Mann bekommen, der Tag für Tag zum Tee in die Rue de l'Université geht. Charles-Edouard ging immer zu ihr, weißt du; es war furchtbar!»

«Da brauchst du dir keine Sorgen zu machen. Ich werde sie mein Lebtag nicht wiedersehen.»

«Warum? Ist irgend etwas passiert?»

«Ja. Als ich im Oktober in Paris war, hat sie mir einen hundsgemeinen Streich gespielt, den ich ihr nie verzeihen werde. Aber *ein* Gutes hatte die Sache: Es hat mir gezeigt, daß wir, du und ich, uns niemals mit all diesen Ausländern hätten einlassen sollen; wir hätten längst heiraten sollen. Je eher wir es jetzt tun, je eher wir diese Leute vergessen und uns zu einem ganz gewöhnlichen englischen Dasein entschließen, desto besser.»

«Das denke ich auch oft», sagte Grace. «Aber was war denn, Hughie?»

«Ich habe es dir nicht erzählt, weil es auch deinen Mann betrifft, Grace, aber jetzt, da ich höre, daß du dich scheiden läßt, kann ich es dir ja ruhig sagen. Du weißt, ich hatte Albertine seit dem Sommer nicht gesehen; eine Ewigkeit war sie weg, zuerst in Venedig, dann in Wien. Ich rief sie an, sobald sie zurück war. Sie war ungeheuer liebevoll, ich sollte gegen sechs Uhr bei ihr sein, wir wollten eine Vernissage besuchen und danach zusammen essen gehen.

Punkt sechs war ich bei ihr, wie du dir vorstellen kannst, und Pierre führte mich in den kleinen Salon, der direkt unter ihrem Ankleidezimmer liegt, und sagte, sie ziehe sich gerade um und werde gleich herunterkommen. Ich konnte sie oben hören, wie sie sich fertigmachte und hin und her ging. Ich malte mir aus, wie sie an ihrem Frisiertisch saß, wie sie prüfend in ihren Schrank blickte, einen Hut anprobierte, dann einen anderen nahm und vielleicht auch noch einmal das Kleid wechselte. Ich hatte es oft erlebt – sie braucht immer Stunden, ehe sie fertig ist, und zuletzt zieht sie sich dann noch einmal um. Ich war in einer fürchterlich romantischen Stimmung, deshalb nahm ich ein Blatt Papier und schrieb ein kleines Gedicht über sie, wie sie in ihrem Ankleidezimmer sitzt und ich im Zimmer darunter ihre Schritte höre. Schrecklicher Mist natürlich, trotzdem wollte ich es ihr unbedingt zeigen, und schließlich sagte ich mir: Warum nicht? Ich gehe einfach zu ihr hinauf.

Ich trat in ihr Ankleidezimmer, aber es war Maria, ihr italienisches Hausmädchen, die dort auf und ab ging. Ich dachte mir nicht viel dabei, glaubte, Albertine müsse in ihrem Schlafzimmer sein, und ging weiter – und da war sie auch, im Bett, zusammen mit deinem Mann. Einen solchen Schock habe ich noch nie erlebt. Verstehst du? Sie muß Maria gebeten haben, in ihrem Zimmer herumzustapfen, damit ich unten ruhig blieb. Nicht besonders nett, oder? Aber ich glaube, so sind zwei Fliegen mit einem Schlag getroffen; Albertine ist für mich erledigt, und Valhubert sollte es für dich sein.»

Grace verkniff sich ein Lachen. Diese Geschichte machte sie überhaupt nicht wütend. Würde sie sich am Ende vielleicht doch zu dem Standpunkt durchringen können, den ihr Vater und Charles-Edouard in diesen Dingen einnahmen?

«Sehr französisch», sagte sie.

«Ja, und du hättest hören sollen, wie sie sich nachher am Telephon herauszureden versuchte – ebenfalls sehr französisch. ‹Ach, Hughie, Charles-Edouard ist mein Milchbruder, wir hatten dieselbe Amme und tranken die gleiche Milch, wie könnte zwischen mir und ihm irgend etwas sein? Wir haben uns nach dem Mittagessen ein bißchen ausgeruht.› Da habe ich natürlich aufgelegt.»

«Armer Hughie!»

«Komisch daran ist nur, daß es mir, ehrlich gesagt, nichts ausmachte. Nach dem ersten Schock war es sogar eine große Erleichterung. Verstehst du, ich bin einfach zu englisch, genau wie du, Grace, um mit solchen Leuten fertig zu werden. Es paßt nicht zu uns, und wir sollten es gar nicht versuchen. Außerdem ist mir dabei noch etwas anderes klargeworden, nämlich, daß

ich dich liebe, Grace. Albertine hat mich einfach nur verrückt gemacht.»
«Den Unterschied zwischen Verrückt- und Verliebtsein hätte ich schon immer gern gekannt.»
«Verrückt bist du nach deinem Mann, aber das kann nicht dauern, das hat keinen festen Grund, und sehr bald wirst du anfangen, wieder mich zu lieben. Du magst dieses Haus, nicht wahr, und unser Leben hier, es paßt zu dir, und du bist gern mit mir zusammen. Es wird dir auch gefallen, wenn ich in die Politik gehe; du kennst das, von deinem Vater, und du wirst mir eine große Hilfe sein. Du hast mich doch auch geliebt, bevor du Valhubert begegnet bist, und ich bin sicher, du wirst mich wieder lieben. Es wird dir gefallen, wenn du ein paar richtige englische Kinder bekommst, mit blauen Augen und allem, es paßt viel besser zu dir. Außerdem haben wir nun beide die gleiche Erfahrung gemacht und verstehen einander besser, als jeder andere es könnte. Also, wann ist die Scheidung perfekt, Grace –?»
«Laß uns noch etwas warten», sagte Grace. «Wir wollen nichts überstürzen. Ich freue mich über deinen Antrag und bin gerührt, aber ich kann dir nicht antworten, noch nicht. Es hängt vieles von Sigismond ab.»
«Er wird sehr dafür sein, du wirst sehen», sagte Hughie voller Zuversicht. «Wenn er wieder da ist, werde ich mir alles mögliche einfallen lassen, was ihm Spaß macht.»

5

Es dauerte nicht sehr lange, bis Sigi erkannte, daß das Leben in Paris allein mit Charles-Edouard etwas ganz anderes war als ein Leben mit der ganzen Familie dort, mit einer Mami, die man nur zur Teezeit sah, und einem Daddy, den man fast nie sah. Es war sehr viel lustiger. Morgens, mittags und abends war er nun mit seinem Vater zusammen, und alles, was sie gemeinsam unternahmen, war herrlich. Sie besuchten die Antiquitätenhändler und die Museen; Sigi kannte sich bald mit Intarsien und Porzellan, mit Gemälden und Bronzeplastiken aus, und er bekam ein kleines Kabinett, in dem er seine eigene Elfenbeinsammlung aufstellen konnte. Sie besuchten den Jockey Club, und obwohl Sigi wie ein Hund in der Vorhalle warten mußte, machte es ihm nichts aus, weil er kleine, aber regelmäßige Trinkgelder von verschiedenen Clubmitgliedern zugesteckt bekam, die glaubten, er langweile sich, und die ihn lächeln sehen wollten.

«Werde ich auch Mitglied im Jockey Club, wenn ich groß bin?»

«Wenn ich, wie es mein Vater getan hat, daran denke, dich rechtzeitig anzumelden, bevor du dir unter den Ehemännern zu viele Feinde gemacht hast. Ehemänner verfügen nämlich manchmal über furchtbar hartnäckige Gegenstimmen. Aber es ist ziemlich langweilig dort.»

«Warum kommen wir dann so oft hierher?»

«Ich weiß nicht.»

Bei den seltenen Gelegenheiten, wenn Charles-Edouard abends zu Hause war, aß Sigi mit ihm unten, und diese Mahlzeiten waren für ihn der größte Spaß überhaupt. Er bekam ein Glas Wein wie sein Vater und sollte jedesmal den Jahrgang raten. Wenn er richtig geraten hatte, schenkte ihm Charles-Edouard hundert Francs.

«In England», sagte Sigi, «bekommen kleine Jungs kein Dinner.»

«Kein Dinner?»

«Sie bekommen ein *supper*. Und manchmal nur ‹großen Tee›.»

«Was ist ‹großer Tee›?»

«Na ja, eben Tee, weißt du, mit Kakao und Teegebäck und Eiern, wenn man Hühner hat, und Schinken, wenn man ein Schwein geschlachtet hat, und Marmelade und Bovril und Kippers, und für einen Tee nimmt man ihn ziemlich spät, so gegen sechs.»

«Das muß ja furchtbar sein!»
«O nein – großer Tee ist einfach toll. Wenn es dann allerdings Zeit für das *supper* ist, muß ich sagen, hätte man doch gern noch ein *supper*.»
Nanny saß mit Nanny Dexter zusammen, die ihren freien Abend hatte und herübergekommen war. Mitten im schönsten Geplauder hatten sie Sigi zu Bett bringen müssen, was beiden sehr lästig gewesen war. Jetzt lag er im Zimmer nebenan und war fast eingeschlafen, aber manches von dem, was sie sagten, drang noch in sein Bewußtsein. Es war mit BBC-Geräuschen vermischt, die in diesem Kinderzimmer nie aufhörten, gleichgültig, was für eine Sendung gerade lief. Junge, höflich hauchende englische Stimmen beteiligten sich an einer Art Quiz; die Menschen, denen diese Stimmen gehörten, schienen kaum der gleichen Rasse anzugehören wie die beiden Nannys, so schemenhaft blieben ihre Persönlichkeiten und so verschwommen ihre Aussagen.
«Früher, als Mami noch bei uns war, hat sich der Marquis nie um ihn gekümmert. Komisch, nicht wahr? Jetzt kann ich ihn gerade so lange nach oben lotsen, um ihm andere Schuhe anzuziehen – er wird völlig verwöhnt und ist kaum zu bändigen. Noch Tee, meine Liebe?»
«Danke, meine Liebe. Aber so ist das bei Ehepaaren, die getrennt leben, meiner Meinung nach. Ich habe das immer wieder erlebt. Jeder will den anderen darin überbieten, dem Kind ein angenehmes Leben zu machen.»
Bei diesen Worten wurde Sigi hellwach und spitzte die Ohren.
«Aber es ist das Schlimmste, was einem Kind passieren kann.»
«Ich weiß. Es ist eine Schande. Und ich habe es Mami auch gesagt – also ich mache mir nichts aus diesen jungen Leuten da im Radio, du vielleicht?»
«Überhaupt nicht. Heutzutage scheint es gar nichts anderes mehr zu geben – wo man hinsieht, alles will jung sein. Als ich jung war, hat niemand an so was gedacht.»

«Ja, genau. Also wie gesagt, wenn du mich fragst, ich denke, sie finden wieder zusammen. Wir wollen das Beste hoffen. Ich weiß, daß Mami über irgend etwas sehr wütend war, aber ich nehme an, er ist nicht schlimmer als die meisten Männer, außer natürlich, daß er Ausländer ist, außerdem finde ich, es ist die Pflicht von beiden, sich wieder zu vertragen, unserem Kleinen zuliebe. Das werde ich Mami auch sagen, wenn ich sie wiedersehe, und ich werde ihr auch offen sagen, wenn er so weitermacht und beide so um den Finger wickelt, dann wird aus ihm ein verhätscheltes, unmögliches Kind. Mit dem Marquis darüber zu sprechen ist zwecklos, der hat es immer schrecklich eilig – obwohl – zu diesen Abendessen würde ich ihm wirklich gern mal meine Meinung sagen – der kleine Kerl kommt immer halb betrunken ins Bett, wenn du mich fragst.»

Während er dieses Gespräch belauschte, faßte Sigismond zum erstenmal ganz bewußt den Entschluß, daß sein Vater und seine Mutter nie wieder zusammenkommen dürften, wenn er es irgendwie verhindern konnte.

Charles-Edouard nahm Sigi jetzt immer mit, wenn er nachmittags um fünf Albertine besuchte. Sie servierte ihnen einen gewaltigen Tee, und danach spielte Sigi mit den alten Spielsachen und Automaten aus ihrer Sammlung. Am meisten faszinierte ihn eine Spielzeugguillotine. Sie funktionierte wirklich und schnitt unter düsteren Trommelschlägen und den entsetzten Gesten der anderen Puppen auf dem Schafott den Kopf des Opfers wirklich ab. Außerdem gab es viele verschiedene Spieluhren, tanzende Bären, rauchende Affen, singende Vögel und so weiter, und während Albertine die Karten legte, wurde Sigi unter heftigen Ermahnungen seines Vaters, er möge nur ja vorsichtig sein, denn alles sei sehr, sehr kostbar, auf die Sammlung losgelassen.

«Warum sind sie kostbarer als andere Spielsachen?»

«Weil sie alt sind.»

«Sind alte Sachen immer kostbar?»

«Ja.»

«Dann muß Nanny sehr kostbar sein.»

«Immer dieser junge Mann hier zwischen dir und der blonden Dame, an die du so viel denkst.»
«Ob es Hughie ist?» Charles-Edouard war sehr verwirrt. Er wußte, daß Grace Hughie jetzt häufig traf, aber er hatte sich deswegen nie Gedanken gemacht. «Ist er eigentlich wieder dagewesen, Albertine? Wie ging es weiter?»
«Er war wütend, ich habe noch nie einen Menschen so wütend gesehen. Ich habe ihn zweimal angerufen und ihm alles erklärt, aber jedesmal hat er aufgelegt, ohne sich auch nur zu verabschieden. Diese Engländer –!»
«Wie hast du es ihm erklärt?» fragte Charles-Edouard amüsiert.
«Ich habe ihm die Wahrheit gesagt.»
«Kein Wunder, daß er da wütend aufgelegt hat.»
«Mein Lieber, du weißt genausogut wie ich, daß es niemals nur eine Wahrheit, sondern immer viele Wahrheiten gibt. Ich habe ihm gesagt, du, Charles-Edouard de Valhubert, und ich, Albertine Labé de Lespay, hätten als Kinder, als Säuglinge, die gleiche Milch getrunken.»
«Welche Milch?»
«Also, komm, Charles-Edouard, wir hatten doch die gleiche Amme!»
«Die alte Nanny Perkins hatte keinen Tropfen Milch, als ich ihr zum erstenmal begegnet bin, und sehr viel jünger war sie auch nicht, als sie bei dir war!»
«Wir hatten dieselbe Amme, und deshalb haben wir praktisch die gleiche Milch getrunken. Wir sind Milchbruder und Milchschwester – wie kann er da bei uns auf irgendwelche Gedanken kommen? Die Angelsachsen denken immer nur ans Sexuelle, das ist mir schon oft aufgefallen. Hebe dreimal ab. Wirklich sehr merkwürdig – da ist der junge Mann schon wieder und hält euch auseinander. Sie wird sich doch nicht in Hughie verliebt haben?»
«O doch, das hat sie», ließ sich Sigi aus seiner Ecke vernehmen. «Er ist die große Liebe ihres Lebens.»
«Sehr seltsam», sagte Charles-Edouard, aufrichtig überrascht,

daß jemand, der die Chance hatte, ihn zu lieben, an Hughie Gefallen finden konnte.
Albertine war nicht unzufrieden. «Komm her, Sigi, und erzähl uns, woher du das weißt.»
«Wenn Mr. Palgrave sie besuchen kommt, macht sie so ein Gesicht», sagte er und ahmte sehr getreu die Miene nach, die seine Mutter an jenem Morgen aufgesetzt hatte, als Charles-Edouard gekommen war, um ihn abzuholen. Er brachte einen gewaltigen Augenaufschlag zustande und lächelte, als würde im nächsten Augenblick etwas Himmlisches geschehen. «Sie hält große Stücke auf Mr. Palgrave, und ich auch. Er schenkt mir ein Pfund nach dem anderen.» Während er sprach, drehte er sich Locken ins Haar.
«Mach weiter mit den Karten», sagte Charles-Edouard ärgerlich.
«Dann heb ab. Aber warum hast du nicht mit ihr gesprochen, als du in England warst?» fragte sie auf italienisch, so daß Sigi nichts verstehen konnte.
«Sie war in ihrem Zimmer und wollte mich nicht sehen.»
«Seltsam, daß du nicht einfach hinaufgestürmt bist.»
«Was heißt hier seltsam? Bitte merke dir, Albertine, daß ich mir in meinem ganzen Leben noch niemals gewaltsam Zutritt zum Schlafzimmer einer Frau verschafft habe.»
«Nimm vier Karten. Wie merkwürdig – Intrigen und Mißverständnisse wie in einer Farce im Palais Royal, und immer dieser altmodische Schurke im Hintergrund, der da seine Ränke schmiedet. Hughie so boshaft? Das macht ihn plötzlich viel interessanter. Ich muß ihm zu Weihnachten eine Postkarte schreiben. Was wünschst du dir eigentlich zu Weihnachten, Sigi?»
«Ich will auf dem *cheval de Marly* reiten.»
«Dieses Kind leidet unter Zwangsvorstellungen.»
«Und was noch?»
«Sonst nichts.»
«Vorsicht, Sigismond. Überleg es dir gut. Willst du wirklich aufwachen und einen leeren Strumpf finden und einen Baum,

unter dem keine Geschenke liegen, und willst du einen ganzen Tag lang keine Päckchen auspacken?»
«Na ja, was willst du mir denn schenken?»
«Zuerst mußt du sagen, was du haben möchtest. Das ist nun mal so. Und wir müssen dann überlegen, ob wir es uns leisten können.»
Sigismond wurde sehr nachdenklich und sagte den ganzen Abend lang kaum noch etwas.

«Parlamentariertochter von französischem Marquis geschieden», sang Sigi lauthals vor sich hin, als er in das Badezimmer seines Vaters kam. Charles-Edouard rasierte sich gerade.
«Was weißt du darüber – wer hat es dir gesagt?»
«Ich hörte, wie Nanny über ihrem *Daily* mit der Zunge schnalzte, da habe ich mich hinter sie gestellt und ihr über die Schulter gesehen. Ich kann jetzt sehr gut lesen, wie du siehst, und wie ist es mit der Belohnung?»
«Gestern abend konntest du in *Der Graf von Monte Christo* kein einziges Wort lesen.»
«Ich kann nur Englisch lesen und wenn es gedruckt ist, und wenn ich wirklich will. Zunächst war die Ehe eine glückliche – wer sind eigentlich die anderen Frauen, Papa? Ach, ich weiß, Madame Marel und Madame Novembre.»
«Sei still, Sigi. So etwas sollst du nicht sagen.»
«Pas devant?»
«*Pas du tout*. Sonst bekommst du eine Strafe.»
«Was für eine Strafe?»
«Eine schlimme. Und dann darfst du niemals auf den *chevaux de Marly* reiten.»
«Okay. Und wenn ich es nicht sage, wann kann ich dann reiten?»
«Das weiß ich nicht.»
«Aber du kannst Mami jetzt nicht noch einmal heiraten, oder?»
«Doch, das kann ich. Schon morgen, wenn sie will.»
«Oh!» Seine Mundwinkel sackten nach unten.

«Was ist denn, Sigi? Willst du das denn nicht?»
«Ob ich will oder nicht, darauf kommt es ja leider nun gar nicht an. Meine Mami ist jetzt nämlich ganz in Hughie eingewikkelt.» Er griff in sein Haar und begann daran zu drehen.
«Das heißt Mr. Palgrave.»
«Ich darf ihn Hughie nennen.»
«Wie unpassend. Aber ist sie das wirklich?» fragte Charles-Edouard. «Stimmt das, Sigi? Er ist so langweilig.»
«Das hat nichts zu bedeuten. Überleg doch, wie langweilig Mr. Dexter ist, und trotzdem ist Mrs. Dexter ganz in ihn eingewikkelt. Die beiden Nannys sagen es auch.»
«Was redest du da immer von einwickeln, Sigi?»
«*Emballé*. Genau wie bei dir und Madame Novembre.»
«Hm. Hm. Mach dich fertig, wir besuchen Pascal.»
«Na schön, wenn ich nicht auf du-weißt-schon-wem reiten kann, muß eben mal wieder der dumme alte Pascal herhalten.»
Nun, da Charles-Edouards Scheidung in der Zeitung stand, wurden aus vielen Richtungen Anstrengungen unternommen, die auf eine Heirat zielten, und die meiste Mühe von allen gaben sich seine beiden Geliebten.

Albertine sagte, während sie die Karten mischte: «Mir ist da ein ganz neuer Zug in deinem Schicksal aufgefallen. Jedesmal, wenn ich zu den Karten greife, scheint er an Bestimmtheit und Unausweichlichkeit zu gewinnen. Du bist um eine Ecke gebogen, wie man es im Leben zuweilen tut, und nun liegt dir eine ganz neue Landschaft zu Füßen. Ein paar Tage lang verbreiteten die Karten eine Atmosphäre von Palais Royal und deuteten auf eine schwerwiegende Entscheidung hin – genauer gesagt, auf zwei schwerwiegende Entscheidungen, die zu außerordentlichem Glück führen, zu einer Reise und einer Beförderung. Jeder, der vom Kartenlesen auch nur die geringste Ahnung hat, würde diese Tatsachen als solche erkennen, sie wiederholen sich beständig; nun kommt es aber darauf an, sie zu deuten, und das ist natürlich viel schwieriger. Hebe ab. Da hast du's. Es

sieht sehr nach einem Dienst an deinem Land in der Fremde aus.»
«Indochina?» Charles-Edouard machte ein erstauntes Gesicht. «Ich bin inzwischen ziemlich alt, und dort unten brauchen sie jetzt nur Leute aus der regulären Armee. Ich nehme zwar an, daß es noch einiges für mich zu tun gäbe, aber ich kann nicht sagen, daß ich mich dorthin zurücksehne.»
«Oh, das meine ich auch gar nicht, nicht den Militärdienst. Und dennoch – hast du dir nie überlegt, daß es gut wäre, jetzt, da deine Ehe zu Ende ist, eine Zeitlang von hier fortzugehen? Um auf andere Gedanken zu kommen.»
«Aber Albertine, ich gehe nie aus Paris fort, das weißt du genau. Ich fahre nach Bellandargues, wenn es sein muß, aber im übrigen bekommen mich keine zehn Pferde von hier weg, nicht mal bis St-Cloud! Was denkst du dir eigentlich?»
«Ich will dir nur in aller Ruhe und ganz deutlich sagen, was ich sehe. Hebe ab. Ich lege jetzt alle Karten aus. So. Ich sehe dich im Ausland, in einem zivilisierten Land, unter weißen Menschen, und ich sehe, wie du verhandelst, Absprachen triffst, Vereinbarungen schließt, für Frankreich. – Es gibt auch ein Wort für den, der all das tut – Botschafter. Warum solltest du nicht Botschafter werden?»
«Ich? Albertine, bist du verrückt?»
«Verrückt? Nach allem, was du im auswärtigen Dienst schon geleistet hast – soviel ich weiß, gibt es in Kopenhagen immer noch einige gebrochene Herzen.»
«Oh, diese Dinner um halb sieben in Kopenhagen werde ich nie vergessen. Aber wie du dich erinnerst, bin ich zurückgetreten, weil ich es nicht ertrage, fern von Paris zu sein.
Ich war während des Krieges und nachher sieben Jahre lang weg, das reicht mir fürs Leben, vielen Dank.»
«Ich glaube dir nicht. Ich glaube, du würdest deinem Land gern noch einmal dienen und ihm diesmal nicht nur deinen großen Mut, sondern auch deinen Charme, deine Beredsamkeit und deine Sprachbegabung zur Verfügung stellen. Du bist außerordentlich begabt, Charles-Edouard.»

«Na ja, aber wer sollte mich so plötzlich zum Botschafter ernennen?» fragte er in etwas freundlicherem Ton.
«Da könnte ich weiterhelfen. Ich habe sehr gute Beziehungen zum Außenminister und, was noch wichtiger ist, zu Madame Salleté. Ich bin fast sicher, daß es sich arrangieren ließe. Und damit kommen wir zurück auf die Karten. Du weißt, daß du, um eine solche Aufgabe zu übernehmen, heiraten müßtest; ein unverheirateter Botschafter (und vor allem, wenn du dieser Botschafter wärst, mein lieber Charles-Edouard) ist in einer Position, in der er sich leicht kompromittieren könnte. Es würde nicht gehen. Salleté würde es nicht einen Moment lang in Erwägung ziehen. Nun deuten aber die Karten, seit sie, wenn man so sagen will, diese neue Wendung genommen haben, auf eine erneute Heirat. Eine Frau, die älter ist als die arme Grace, nicht nur deinem eigenen Alter näher, sondern auch geistig älter. Eine Französin natürlich, die imstande wäre, ihre Rolle zu spielen; eine Witwe, die du kirchlich heiraten kannst. Und vor allem», fügte sie mit gesenkter Stimme hinzu, «eine Frau, die dir bei der Erziehung unseres lieben kleinen Sigismond behilflich sein könnte.»
Charles-Edouard verstand, was sie meinte. «Ach ja», sagte er, «es ist nur so, daß ich gerade wegen Sigi genötigt bin, in Paris zu bleiben. Demnächst muß er wie ich auf das Lycée Condorcet gehen, und dazu wird er hier bei mir wohnen.»
«Findest du nicht, daß heutzutage eine kosmopolitische Erziehung für einen Jungen wertvoller ist?»
«Sigi wird ohnehin zweisprachig sein. Ich finde, er sollte in Frankreich zur Schule gehen. Außerdem könnte ich von Salleté keine Gefälligkeit annehmen, ich *könnte* es einfach nicht.»
Albertine war klug genug, ihn nicht weiter zu bedrängen. «Überleg es dir», sagte sie, «und jetzt heb dreimal ab.»
Charles-Edouard überlegte und gelangte bald zu der Ansicht, daß eine Ehe mit Albertine vielleicht doch keine so schlechte Idee wäre. Er kam sehr gut mit ihr aus, sie waren seit jeher befreundet; es gelang ihr immer, ihn zu amüsieren, sie sprachen die gleiche Sprache und verstanden die feinen Nuancen im

Charakter und Verhalten des anderen; sie kannten die gleichen Leute und hatten den gleichen Geschmack. Albertine besaß mehrere Bilder, nach denen es Charles-Edouard schon immer gelüstet hatte; er hätte viel darum gegeben, ihren großen Claude Lorraine an seinen eigenen Wänden zu sehen, von ihrer Louis-quatorze-Kommode aus massivem Silber ganz zu schweigen. Aber eine rasche Entscheidung war nicht nötig, die Trennung von Grace war noch nicht rechtskräftig. Doch irgendwann würde er herausfinden, wie Sigismond darüber dachte.

Juliette ging direkter vor. Sie rekelte sich auf dem Bett der Madame de Hauteserre (die Tür war jetzt verriegelt und verschlossen), hatte die Augen, die nach der Liebe immer groß wie Untertassen wurden, auf die erotische Zimmerdecke gerichtet und sagte: «Wie ich höre, hast du jetzt endlich deine Scheidung. Und nun, Charles-Edouard?»

«Ich bin müde. Vielleicht schlafe ich ein paar Minuten.»

«Nein. Schlaf jetzt nicht. Ich möchte reden. Was hast du für Pläne?»

«Keine Pläne.»

«Aber Charles-Edouard! Du mußt wieder heiraten.»

«Nein, nie mehr.»

«Aber Liebster, du wirst einsam sein.»

«Ich bin nie einsam. Leute, die sich nicht amüsieren können, fühlen sich einsam, es ist ein anderes Wort für *sich langweilen*. Ich langweile mich nie.»

«Soll ich dir sagen, was ich denke?»

«Nein. Erzähl mir eine Geschichte, die mich amüsiert.»

«Nachher. Ich denke, du und ich, wir beide sollten Monsieur le Maire einen Besuch abstatten.»

«Und was ist mit dem armen Jean?»

«Den armen Jean habe ich gründlich satt. Er ist der langweiligste Kerl in ganz Paris.»

«Ich dachte, du wolltest unbedingt Herzogin sein?»

«Ich werde dir zuliebe darauf verzichten. Ich werde mich schei-

den lassen und keine Herzogin mehr sein, Charles-Edouard, alles für dich.»
«Und wie bekommst du die Annullierung?»
«Es könnte Gründe dafür geben.»
«Es würde jahrelang dauern.»
«Deshalb meine ich ja, wir sollten bei Monsieur le Maire heiraten, so wie du und Grace.»
«Aber das war ein furchtbarer Fehler. Falls ich je wieder heirate, dann nur in der Kirche. Nein», sagte er schläfrig, «von allen Frauen der Welt würde ich dich am ehesten heiraten, aber leider geht es nicht.»
«Warum nicht?»
«Wegen Sigismond. Von nun an muß ich mein Leben ihm widmen.»
«Aber das arme Kind braucht eine Mutter. Und kleine Schwestern, Charles-Edouard, Liebster, niedliche kleine Mädchen, das würde dir doch bestimmt gefallen, oder?»
«Ja, vielleicht», sagte Charles-Edouard. Er drehte sich auf die Seite, legte seinen Kopf zwischen Juliettes Brüste und schlief ein.
Als immer deutlicher wurde, daß der Schlüssel zu Charles-Edouards Herz in den Händen des Jungen lag, gingen Albertine und Juliette dazu über, Sigismond den Hof zu machen. Juliette bediente sich der gleichen Verführungs- und Schmeichelkünste wie bei seinem Vater; Albertines Vorgehen, auch wenn sie das erotische Element nie außer acht ließ, war subtiler.
Juliette verwöhnte den Jungen, wie sie nur konnte. Sie nahm ihn in alle Zirkusse mit, in Musicals, ins Kino und sogar zur Modenschau bei Christian Dior. Aber die größte Attraktion und ein gewaltiges Geheimnis war es, daß sie ihn in ihrem kleinen schicken Kabrio mitnahm und, wenn sie draußen vor der Stadt die geraden, leeren, von Pappeln gesäumten Straßen nach Osten erreicht hatten, mit ihm den Platz tauschte und ihn ans Steuer ließ.
«Da, da, Madame Novembre, *cent à l'heure*», rief Sigi ganz außer

sich, während das Tachometer immer weiter kletterte. Sie ertrug es, ohne mit der Wimper zu zucken, aber manchmal war sie sehr verängstigt.

Nach einem dieser heimlichen Ausflüge saßen sie in der Wärme von Juliettes hübschem, kleinem Boudoir in der Rue de Varenne und tranken heiße Schokolade mit Schlagsahne. Die Mischung aus Kameraderie und Erotik in ihrem Umgang mit Sigi machte Juliette fast unwiderstehlich, und der Junge war von ihr fasziniert, zugleich aber auch ziemlich schläfrig von der kühlen Nachmittagsluft. Schließlich sagte sie: «Wir kommen doch gut miteinander aus, nicht wahr, Sigismond?»

«O ja!»

«Möchtest du, daß es immer so weitergeht, würde dir das gefallen?»

«Ja, bitte, gern.»

«Immer so weiter. Es wäre nämlich ganz einfach, weißt du. Ich könnte deine *maman* werden, und wir würden im selben Haus wohnen – würde dir das gefallen?»

«Hm», sagte er, die Nase tief über die Schokolade gesenkt.

«Dann könntest du jeden Tag mit meinem Wagen fahren, nicht nur manchmal, wie jetzt. Wir würden alles mögliche unternehmen, vor allem im Sommer.»

«Könnten wir ein Rennboot auf dem Fluß haben?»

«Ja, das wäre sehr lustig.»

«Und vielleicht ein Segelflugzeug.»

«Natürlich.»

«Außerdem möchte ich unbedingt eine gescheckte Ratte.»

«Tja –», sagte sie mit einem leichten Schauder, «warum nicht?»

«Und was noch?»

«Wir wollen mal überlegen, was es noch Schönes gibt. Vielleicht – kleine Brüderchen und Schwesterchen?»

Sigi hob die Nase aus der Schokolade und warf ihr einen sehr scharfen, hellwachen Blick zu. Er leerte seine Tasse, stellte sie auf den Tisch zurück und sagte: «Ich glaube, es ist Zeit, nach Hause zu gehen.»

Juliette erkannte sofort, daß sie einen Fehler gemacht hatte, aber sie wußte nicht, wie schwer dieser Fehler war. Sie konnte auch nicht wissen, wie sehr ihre Worte noch am selben Abend von den beiden Nannys bekräftigt werden würden.

«Diese Madame Novembre», so konnte Sigi in seinem Bett vernehmen, «ist eine echte Landplage. Sie macht sich das Kind gefügig, und was sie da alles unternehmen – völlig unpassend – Modenschauen und gräßliche Filme, und er behauptet (ich glaube ihm zwar nicht, aber man kann nie wissen), sie würde ihn ihren Wagen steuern lassen. Aber wie auch immer, sie setzt ihm Flausen in den Kopf und verwöhnt ihn – und *wie* sie ihn verwöhnt!

Und wenn du meine Meinung hören willst, eigentlich ist sie hinter dem Marquis her, sie versucht es eben auf diese Weise, und wahrscheinlich wäre es das Beste, wenn sie ihn bekommt. Dann säße der kleine Herr Gernegroß nämlich sehr schnell wieder in seinem Kinderzimmer, das ist doch klar, dann wäre Schluß mit diesen Faxen, und die junge Person würde sich mit ihren eigenen Kindern beschäftigen. – Der Junge wird zwischen diesen Leuten zugrunde gerichtet, das ist völlig klar. Ich komme schon jetzt nicht mehr mit ihm zurecht.»

«Ja, ja», sagte Nanny Dexter, «das wundert mich alles überhaupt nicht.»

«Papa», sagte Sigi am nächsten Morgen.

«Hallo! So früh auf?»

«Ja, ich muß etwas mit dir besprechen, es ist sehr wichtig.»

«Nun?»

«Du weißt doch, wie du in Madame Novembre eingewickelt bist?»

«Das behauptest *du* immer!»

«Hast du daran gedacht, sie zu heiraten?»

«Warum, Sigismond?»

«Weil sie überhaupt nicht der Typ ist, den ich mir als *maman* wünschen würde – überhaupt nicht.»

«Nichts», sagte Charles-Edouard, «liegt mir ferner.»

Aber das entsprach nicht ganz der Wahrheit. Der Gedanke, Juliette zu heiraten, hatte ihn in letzter Zeit durchaus beschäftigt, vor allem deshalb, weil es, wie er einem seiner Freunde erzählte, furchtbar lästig war, immer nachmittags ins Bett zu gehen. Wenn aber Sigi so darüber dachte, war diese Frage ein für allemal entschieden.

6

Albertine appellierte an den schon stark entwickelten Sinn des Jungen für das gesellschaftliche Leben.

«Ich habe drei Einladungen für dich, Liebling, zwei Kinderpartys und ein Lunch im Ritz.»

«Weißt du, Madame Marel, die Kinderpartys habe ich ziemlich satt. Immer dieser blöde alte Zauberer, er geht mir auf die Nerven mit seinen Tauben und Kaninchen. Kann ich nicht mal zu einem Ball gehen?»

«Du willst schon auf einen Ball? Aber das ist aus mehreren Gründen unmöglich. Erstens, was würdest du anziehen? Zweitens, du bist zu klein, um mit Erwachsenen zu tanzen. Und drittens, da es nicht üblich ist, daß Jungen in deinem Alter auf Bälle gehen, würdest du feststellen, daß es dir dort nicht besonders gefällt. Mit den Bällen mußt du warten, bis du älter bist.»

Sigi verzog den Mund und machte ein verdrießliches Gesicht. Er war es nicht mehr gewöhnt, daß man ihm etwas abschlug.

«Was sollen wir tun?» sagte Albertine zu Charles-Edouard, als Sigi nach Hause gegangen war. «Der arme Junge machte so ein trauriges Gesicht. Ich muß mir etwas überlegen.»

Sie überlegte, und bald hatte sie einen genialen Einfall. Sie wollte für Sigi einen Ball veranstalten, einen Kostümball: «Berühmte Eltern mit ihren berühmten Kindern», der die Sensation der Saison werden würde. Anfangs wollte sie nur Eltern mit eigenen Kindern zulassen, und zwar berühmte Kinder nur, wenn sie auch berühmte Eltern hatten, und, was die weitaus größere Hürde war, berühmte Eltern nur, wenn sie berühmte Kinder hatten. Aber diese Regel löste bei Albertines unverheirateten Freundinnen am Telephon ein solches Geschrei aus, daß sie schließlich nachgeben und auch Onkel und Tanten zulassen mußte. Doch weitere Zugeständnisse machte sie nicht; niemand würde zugelassen, der nicht ein eigenes Kind, einen eigenen Neffen oder eine eigene Nichte vorweisen konnte.

Noch nie waren Kinder so begehrt gewesen. Innerhalb der Familien begann eine sorgfältige Verteilung. «Wenn ich Stanislas nehme und du Oriane bekommst, kann Jean immer noch mit dem kleinen Christophe gehen.» Ganze Flugzeugflotten wurden gechartert, um in Frankreich lebende Junggesellinnen und Junggesellen aus Chile, Bolivien und Argentinien mit Neffen und Nichten auszustatten, und im Eilverfahren wurden so viele Kinder adoptiert wie nie zuvor im Département de Seine. Die Tournons und andere Familien, die ebenfalls mehrere Kinder hatten, um der Steuer zu entgehen, ließen sie vom Land in die Stadt holen, wo die kleinen Fremdlinge erstaunt feststellten, daß sie plötzlich zum ein und alles ihrer Eltern geworden waren.

Wie nicht anders zu erwarten, nahmen bei den Tournons die Vorbereitungen für den Ball einen geradezu dramatischen Verlauf; eines Nachts, kurz vor dem großen Ereignis, wachte Madame Tournon schreiend aus einem Alptraum auf, in dem das Kinderzimmer vor ihren Augen in Brand geraten und ihre ganze, jetzt unendlich kostbare Nachkommenschaft in den Flammen zugrunde gegangen war. Monsieur de Tournon hatte Mühe, sie zu beruhigen, und versprach, sobald die Geschäfte am Morgen geöffnet hätten, loszugehen und eine Feuerleiter der neuesten Bauart zu kaufen. Der Traum, der anscheinend sehr eindrucksvoll gewesen war, kehrte dennoch mehrere Tage lang immer wieder. Madame de Tournon war tief erschüttert und wurde ihre unguten Gefühle nicht mehr los, bis der Ball endlich begonnen hatte. Die große Frage lautete natürlich, als was sie gehen sollten. Welches berühmte Paar, blonder Ehemann, brünette Frau, mit drei Jungen und einem Mädchen war für die Familie Tournon berühmt genug? Sie zerbrachen sich die Köpfe und lehnten alle anderen Einladungen ab, um daheim in aller Ruhe nachdenken zu können. Zuletzt erklärte Eugène de Tournon, im Gewühl der Stadt werde ihnen nie und nimmer ein wirklich origineller Einfall kommen, für einen solchen schöpferischen Akt seien der Frieden und die völlige Ruhe des Landes unabdingbar. Also fuhren sie aufs Land. Außer aus dem Fenster irgendeines schnell dahinrollenden Gefährts hatten sie es seit mehreren Jahren nicht mehr gesehen, und als sie schließlich nach Paris zurückkehrten, meinten sie, die Leute sollten ruhig öfter aufs Land fahren, es sei wirklich recht hübsch. Erleichtert vernahmen ihre Freunde, die Reise sei ein Erfolg gewesen, die große Inspiration sei gekommen, während die Familie eine Waldschneise entlangspazierte – Heinrich II., Katharina von Medici, die drei kleinen Könige und *la reine Margot*. Die meisten Familien mit vier Kindern hatten die gleiche Idee gehabt. Überhaupt gab es bei der Auswahl der Figuren wenig Originalität; Eltern mit einem Sohn waren Napoleon III., Eugénie und der kaiserliche Prinz; Mütter mit einer Tochter wurden Madame de Sévigné und Madame de Grignan; Onkel mit einem Neffen (von ihnen gab es anscheinend Dutzende) wurden Jerôme oder Lucien, die Brüder Napoleon Bonapartes, mit dessen Sohn, dem «jungen Adler», *l'Aiglon*; Familien mit einem Jungen und einem Mädchen wurden Louis XVI., Marie Antoinette und ihre Kinder und so weiter. Charles-Edouard entschied sich für Talleyrand und Delacroix, vor allem weil Sigismond in der schwarzen Samtjacke mit der großen Künstlerfliege so bezaubernd aussah. Albertine kam in einem wunderbar aufwendigen Kleid aus Feigenblättern als Urmutter Eva.

Allein Madame Rocher des Innouïs durfte gegen das strenge Gesetz über die Blutsverwandtschaft verstoßen, aber sie war ohnehin über alle Konventionen erhaben, und niemand in Paris, selbst Albertine nicht, wäre je auf den Gedanken gekommen, ein Fest ohne sie zu veranstalten. Sie ließ zwei Waisenkinder aus dem Hospice des Innouïs kommen. «Schließlich», so sagte sie, «bin ich für alle im Hospice die Tante Régine.» Zwei häßliche kleine Knaben trafen ein, der eine sehr dick, der andere sehr dünn. Sie überlegte und versah sie dann mit Jagdhüten des Typs *deer-stalker*, weißen Gamaschen und Bärten und ließ sie als Edward VII. und den russischen Zar auftreten, während sie selbst als Königin von Dänemark, die «Schwiegermutter Europas», erschien. Bei der Begrüßung murmelte Albertine zwar: «Ich habe Tanten gesagt, nicht Schwiegermütter», aber sie ließ sie natürlich passieren.

So nachsichtig war sie bei Madame Novembre allerdings nicht. Juliette fand nichts, was ihr Erscheinen rechtfertigt hätte, außer einer Nichte, der Tochter ihrer einzigen Schwester, die einen Tschechen geheiratet hatte und nun in Südafrika lebte. Aber diese Spielverderberin weigerte sich auch nach mehreren ausführlichen Telegrammen von Juliette, ihr Kind herauszurücken. Es muß hinzugefügt werden, daß Albertine bei ihren Planungen die Wahrscheinlichkeit einer solchen Ablehnung sehr wohl in Erwägung gezogen hatte.

Juliette geriet nun in helle Aufregung und erklärte ihrem Mann, es gehe nicht anders, sie müßten ein Kind adoptieren. Doch da krümmte sich der Wurm. Jean Novembre war vielleicht kein besonders heller Kopf, aber er war von tiefer Hochachtung für den eigenen Stammbaum durchdrungen. Niemals, so sagte er, würde er den großen Namen Novembre de la Ferté, geschweige denn den Teil seiner Einkünfte, zu dem er durch die Adoptionsgesetze verpflichtet sein würde, irgendeinem Gassenkind zukommen lassen, nur damit Juliette auf einen Ball gehen konnte. Sie sei nicht ganz bei Trost, wenn sie so etwas von ihm erwarte; außerdem sei sie es gewesen, die nie Kinder hatte haben wollen, während er sie sich gewünscht hatte.

«Aber alle machen es so», sagte Juliette.

«Die *rastaquouères* und die Israeliten vielleicht, wen kümmert das schon? Ein paar Montezumas und Montelevis mehr kann Paris ohne weiteres verkraften, dagegen hat niemand etwas. Aber mit den Novembre de la Fertés ist das etwas anderes. Du bist selbst schuld, Juliette. Immer hast du dich über Isabella de Tournon lustig gemacht, weil sie all diese Kinder bekam – aber ich sage dir, sie ist eine kluge Frau, und nun siehst du ja selbst, wer am besten dasteht.»

Zuletzt mußte sich Juliette die Tochter ihrer Concierge ausleihen, ein unerfreuliches Exemplar von einem Mädchen, das sie als ihre südafrikanische Nichte einzuschmuggeln hoffte. Doch Albertine ließ sich durch dieses Manöver keinen Augenblick täuschen, und Madame Vigée Lebrun und ihre Tochter betraten das Haus nur, um es kurz darauf unter Schimpf und Schande wieder zu verlassen. «Nimm dieses häßliche Kind auf der Stelle wieder mit, Juliette. Ich weiß genau, wer sie ist – ich sehe sie jedesmal in der Nase bohren, wenn ich deinen Hof betrete. Ab mit euch beiden und keine Widerrede. Regel ist Regel; Ausnahmen werden nicht gemacht.»

Zum Glück erlebten drei wirkliche und auch wirklich berühmte Musiker mit großem Schauspielertalent, die ebenfalls gerade eintrafen, die ganze Szene mit. Noch Wochen später spielten sie sie in hohem Falsett bei jeder sich ergebenden Gelegenheit in Paris nach. Dabei fiel der Auftritt von Mal zu Mal länger und dramatischer aus, und schließlich wurde das Ganze sogar vertont und in dem Ballett *«Novembre approche»* unsterblich gemacht.

Bald gerieten zwei junge Mütter in den Mittelpunkt des Interesses. Sie hatten sich sehr viel früher vom Wochenbett erhoben, als es ihre Ärzte unter gewöhnlichen Umständen gestattet hätten. (Aber französische Ärzte wissen sehr genau um die Bedeutung gesellschaftlicher Ereignisse, und wäre diesen beiden Patientinnen der Ball versagt geblieben, so hätten sie sich gewiß zu Tode geärgert.) Die eine kam als Duchesse de Berry mit dem Enfant du Miracle, die andere als Madame de Montespan mit dem Duc du Maine. Den beiden Ehemännern, dem Geist des Duc de Berry, aus dessen Abendanzug ein Dolch hervorlugte, und Louis XIV., war das Geschrei ihrer jungen Erben äußerst peinlich, und sie flohen gemeinsam an die Bar. Der Lärm war wirklich furchtbar, und Albertine meinte ärger-

lich, wäre sie gefragt worden, so hätte sie in diesem Fall die Ersetzung der Kinder durch Puppen nicht nur gestattet, sondern sogar befürwortet. Schließlich wurden die beiden Säuglinge zwischen die Mäntel der Gäste auf ihr Bett gelegt, wo sie sich in den Schlaf weinen sollten und wenig später von den Hebammen ihrer Mütter aufgelesen wurden. Nachher allerdings war sich niemand mehr sicher, ob nicht die Adelshäuser Bregendir und Belestat ein für allemal hoffnungslos durcheinandergeraten waren. Da ihre Initialen und die Krönchen unglücklicherweise die gleichen waren und ihre Kinderwäsche auch aus demselben Geschäft stammte, war es unmöglich, die Kinder mit Sicherheit zu identifizieren. Schließlich wurden die Mütter herbeigeholt. Aber die wiederentdeckten Freuden der Geselligkeit hatten ihre mütterlichen Instinkte so sehr umnebelt, daß beide einräumen mußten, auch sie wüßten nicht, welches Kind nun wem gehöre. Unter viel schuldbewußtem Gekicher warfen sie um das hübschere der beiden Kinder eine Münze und ließen es dabei.
Die berühmten Eltern und ihre berühmten Kinder stellten sich nun zur Entrée auf. Jede Gruppe, angekündigt von einem Trommelwirbel, betrat den Ballsaal über eine kleine Bühne. Hier posierte man einen Augenblick für die Fotografen und mischte sich dann unter die Menge im Saal. Sehr bald setzten die berühmten Eltern ihre berühmten Nachkommen am Buffet ab und gingen ihrer Wege, um mit anderen berühmten Eltern zu tanzen, zu flirten, zu spielen oder zu plaudern. Die Kinder stopften sich fröhlich mit Sahne, Kuchen und Champagner voll, der im Verein mit der vorgerückten Stunde eine allgemeine Schläfrigkeit auslöste. Bald lagen auf jedem verfügbaren Sofa, jedem Sessel, jeder Bank schlafende Babys, auch auf dem Fußboden, in den Zimmerecken, unter dem Buffet und hinter den Vorhängen. Die Erwachsenen hatten einen munteren Abend und tanzten sorglos zwischen den kleinen Leibern dahin.
Da erschienen mit unerbittlichen Mienen zwei ganz und gar nicht in diese Umgebung passende Gestalten, Nanny Dexter

und Nanny Valhubert, und machten sich unter heftigem Zungenschnalzen auf die Suche nach ihren Schützlingen. Sie spähten umher, drehten zuweilen einen schlafenden Körper herum und sahen aus wie zwei jammervolle Mütter nach dem Kindermord zu Bethlehem.

Sigi wurde schließlich in den Armen der *reine Margot* gefunden; Foss hatte sich in eine Ecke verkrochen, ihm war furchtbar schlecht geworden. Carolyn wußte natürlich, daß sie ihn nie und nimmer hätte mitnehmen dürfen, und machte sich große Vorwürfe; aber dieser Ball hatte auf Paris die gleiche Wirkung gehabt wie ein Stierkampf auf eine spanische Kleinstadt – egal, wie sehr man die ganze Veranstaltung mißbilligte, sie erzeugte eine Atmosphäre, der man sich einfach nicht entziehen konnte. Als die beiden englischen Nannys mit den kleinen Körpern auf den Armen in die Nacht entschwanden, glühten ihre Gesichter in rechtschaffener Empörung.

Charles-Edouard verbrachte den größten Teil des Abends mit Madame de Tournon, die ihm schon immer gefallen hatte, der er bisher aber nie den Hof gemacht hatte, weil sie Juliettes beste Freundin war. Er verabscheute Dramen und Szenen in seinem Privatleben und tat alles, um sie zu vermeiden.

Madame Rocher wollte Hector Dexter ködern. Sie plante für den Juni eine Gala in der Oper, um dem Hospice des Innouïs einige neue Rollstühle und andere Liebesgaben spenden zu können.

Die Dexters waren genau die richtigen Leute für eine solche Gala – sie würden gewiß eine große Loge nehmen und vielleicht noch eine Reihe Sperrsitze. Madame Rocher hatte gehört, ein sicherer Weg in das Herz jeden Amerikaners führe über seine Mutter, und so fragte sie:

«Ihre Mutter war eine Whale, nicht wahr, Mr. Dexter?»

«O ja, ganz recht, Madame des Innouïs, genauso ist es.»

«Mein verstorbener Mann, der Amerika gut kannte, war dort einmal bei den Whales zu Gast; er hat mir oft erzählt, ihr Haus sei eine genaue Nachbildung, nur zehnmal größer, von – lassen Sie mich überlegen – Courances? oder war es das Château d'O?

jedenfalls von einem dieser völlig von Wasser umgebenen Häuser.»

«Da handelt es sich um einen anderen Zweig der Whale-Familie, Madame Innouïs. Es gibt in den Staaten Hunderte von Whales, denn unsere Familie ist eine sehr große und ausgedehnte, und ich habe eine Vielzahl von Tanten und Onkeln, von Vettern, Cousinen und anderen noch entfernteren Verwandten auf dem gesamten Gebiet der USA, und alle sind gebürtige Whales.»

«Wie wunderbar.» Madame Rochers Aufmerksamkeit begann abzuschweifen. Die Musiker spielten gerade die Szene nach, wie sich Juliette einzuschleichen versucht hatte – Janvier mit Daudet an der Hand, Cocquelin als erboste Albertine –, es war noch nicht die ausgefeilte Nummer, die später daraus wurde, aber doch schon sehr komisch, dazu das fröhliche Kreischen des Publikums. Madame Rocher hätte sich gern zu ihnen gesellt. Aber erst kam die Arbeit, dann das Vergnügen. Also wandte sie sich noch einmal Mr. Dexter zu und fragte ihn: «Haben Sie eigentlich Kinder?»

«Ich freue mich, diese Frage mit Ja beantworten zu können, Mrs. Innouïs. Ich habe einen Sohn und eine Tochter von meiner ersten Frau, der ersten Mrs. Dexter, einen Sohn von meiner zweiten Frau und einen Sohn, der hier heute abend als George Washington verkleidet ist, von meiner dritten Frau, die ebenfalls hier ist, als George Washingtons Mutter verkleidet, während ich selbst, wie Sie sehen, als George Washingtons Vater verkleidet bin. Mein ältester Sohn, Heck Junior, ist vielleicht nicht besonders brillant, aber er ist ein sehr ausgeglichener Mensch. Meine Tochter Aymler ist verheiratet, und ich freue mich sagen zu können: glücklich verheiratet mit einem jungen Techniker in einem sehr namhaften und wichtigen Elektrokonzern. Mein Sohn von meiner zweiten Frau ist zur Zeit in Yale, und es gefällt ihm dort sehr gut. In den Staaten, Madame Innouïs, glauben wir nämlich daran, daß alle jungen Leute glücklich sein sollen, und wir tun alles Menschenmögliche, um ihr Glück zu fördern.

Hier in Europa scheint indessen eine ganz andere Ansicht vorzuherrschen. Hier werden, wie es scheint, sehr viele Einladungen und Partys von alten Leuten für alte Leute gegeben. Ich habe die Vierzig inzwischen überschritten, Madame Innouïs, aber wie oft war ich in französischen Häusern von allen Anwesenden der jüngste! Und noch nie, auf keiner Party, habe ich wirklich junge Leute gesehen, College-Studenten und College-Studentinnen oder Teenager. Wie amüsieren sich denn bei Ihnen in Frankreich die Teenager, Madame Innouïs?»
«Sie sind jung, das genügt doch wohl», lautete die ungnädige Antwort. «Da brauchen sie sich doch nicht noch zu amüsieren.»
«Aber in den Staaten, Madame Innouïs, halten wir es für unsere Pflicht, dafür Sorge zu tragen, daß sie gerade, solange sie jung sind, die schönste Zeit ihres Lebens erleben. Und wie bestreiten die jungen Leute hierzulande die schönste Zeit ihres Lebens, Madame Innouïs?»
«Ich glaube, ausschließlich mit Portwein», sagte Madame Rocher geheimnisvoll. Sie war zu dem Schluß gelangt, daß sie um jeden Preis von Mr. Dexter loskommen mußte, selbst wenn es sie eine große Loge und zwei Reihen Sperrsitze kosten sollte. Mit gebieterischer Geste winkte sie Eugène de Tournon herbei, der sofort kam, ihr seinen Arm lieh und sie zum Souper führte.
«Viele Leute», seufzte sie, «machen sich überhaupt nicht klar, was ich alles auf mich nehme, um die armen Menschen im Hospice zu unterstützen. Champagner bitte, aber sofort. Er hat Madame Innouïs zu mir gesagt!»
«Aber jeder weiß, daß du eine Heilige bist, Tante Régine, eine vollkommene Heilige.»
«Ja, wirklich, Tante Régine», sagte Charles-Edouard, an dessen Tisch sie sich setzten, «eines Tages wirst du hoch oben unter der Decke schweben, das habe ich schon immer gedacht.»
«Und wo ist unser wunderbarer kleiner Sigi», fragte sie, als ein beschwipster Grand Dauphin vorübertappte, gefolgt von einer Mademoiselle de Blois, die in jenem französischen Kindern

eigenen hohen Jammerton nach einem weiteren Glas Champagner verlangte.
Die Kinder von Bethlehem erwachten zu neuem Leben.
«Nanny, der alte Drachen, war da und hat ihn mitgenommen. Zu dumm. Als ob ihm eine Nacht schaden würde.»
«Die armen Kleinen.» Madame Rocher musterte sie durch ihr Lorgnon. «Ich bin froh, daß ich nicht in dieser Zeit aufwachsen muß. Was für eine Welt! Atombomben, aber keine Bordelle. Wie kommen die Eltern damit bloß zurecht – man kann doch nicht gut die eigenen Freundinnen darum bitten, oder? Ich schätze, am Ende werden sie alle Päderasten.»
«Ist auch das beste, wenn man Spaß daran hat», sagte Charles-Edouard. «Stellt euch vor – keine eifersüchtigen Ehemänner, nicht wahr, Eugène? Keine dieser furchtbaren Sorgen, die uns das Leben so schwermachen. Keine Schwangerschaften, keine Abtreibungen, keine Scheidung – ich beneide sie.»
«Und Erpressung?»
«Aber wieso denn? Sie brauchen bloß ein Tagebuch zu veröffentlichen, in dem sie klar und deutlich sagen, was sie sind. Man kann niemanden erpressen, indem man ihm droht, der Welt etwas zu offenbaren, das er ihr längst offenbart hat. Aber stellt euch vor, *ich* würde ein Tagebuch schreiben und darin klar und deutlich sagen, wie sehr ich die Frauen geliebt habe – erstens würde es keiner kaufen, zweitens hätte es eine furchtbare Wirkung bei den Ehemännern, und ich stände schlechter da als je zuvor. Das ist doch wirklich sehr unfair.»
Charles-Edouard erhob sich, um Mr. und Mrs. Dexter die Hand zu schütteln, und da sie es offenbar sowieso wollten, fügte er hinzu: «Setzen Sie sich doch zu uns. Wir unterhalten uns gerade über Bordelle, Päderasten und Erpressung.»
«Das überrascht mich nicht», sagte Carolyn.
Die Dexters, die nun seit zwei Jahren in Paris wohnten, waren in der französischen Gesellschaft inzwischen einigermaßen akzeptiert und wurden überall eingeladen. Doch Carolyn mochte die Franzosen noch immer nicht und fand sie nicht im geringsten amüsant.

«Ich freue mich sehr, Ihnen sagen zu können», erklärte Mr. Dexter und ließ sich in einem Sessel nieder, «daß unsere Vorfahren, als sie das alte kleine Europa verließen und sich den Staub von den Schuhen schüttelten, um die großen Vereinigten Staaten von Amerika zu gründen, auch diese drei Dinge hier in Ihrem Erdteil zurückließen.»

«Vielleicht können Sie uns dann mal erklären», sagte Madame Rocher, «wie es die jungen Männer in einem Land ohne Bordelle lernen?»

«Ich freue mich sehr, Ihnen sagen zu können, Madame Innouïs, daß der junge Amerikaner vor starkem, aber sauberem Lustverlangen geradezu übersprudelt. Er ist nicht vorzeitig ausgelaugt und wird nicht vorzeitig alt und verschroben, er braucht keine Erziehung des Gefühls, das entwickelt sich bei ihm alles ganz von allein, als mächtige Naturgewalt, so wie es sein soll. Jung verabredet er sich mit Mädchen, jung heiratet er, jung zieht er seine erste Familie groß, und wenn er dann zum zweitenmal heiratet, ist er immer noch jung. Ich werde Ihnen nun einen kurzen Überblick über unsere amerikanischen Ansichten zu Sexualität und Ehe geben.

Wir in den Staaten sind ganz entschieden gegen körperliche Beziehungen zwischen den Geschlechtern außerhalb der Ehe und des von ihr gesetzten Rahmens. In den Staaten ist es allerdings üblich, daß der Mann vier- oder wenigstens dreimal heiratet. Zum erstenmal heiratet er direkt nach dem College, um sein sexuelles Verlangen zu kanalisieren, beim zweitenmal heiratet er unter einem eher materiellen Gesichtspunkt – beispielsweise die Schwester oder die Tochter seines Arbeitgebers –, und sehr viel später, wenn er zur vollen Reife gelangt ist, findet er die Gefährtin fürs Leben und heiratet sie. Zuletzt kann es sein, obwohl dies nicht immer geschieht, daß er sich, nachdem er mit seiner Lebensgefährtin diese letzte Familie großgezogen hat und seine Lebensgefährtin ihm nicht mehr ihr ganzes Interesse entgegenbringt, sondern ihre sexuellen Strebungen mehr und mehr in anderen Kanälen wie dem Kartenspiel und der Literatur sublimiert, den eher väterlich als sexuell geprägten Wunsch

nach einem jüngeren Menschen in seinem Haus erfüllt, indem er die Freundin eines seiner Kinder oder, wie in einigen mir persönlich bekannt gewordenen Fällen geschehen, die Freundin seiner Enkelkinder heiratet.
In den Staaten verehren wir die Jugend über alles, Madame Innouïs, wir finden, daß die Menschen auf Erden wandeln, um jung zu sein; keine menschliche Eigenschaft scheint uns erstrebenswerter als die Jugend.»
«In diesem Fall rate ich Ihnen, sich unbedingt einer Bogomoletz-Behandlung zu unterziehen. Bei mir hat sie Wunder bewirkt! Mein Haar, das früher rötlich war, ist wieder ganz schwarz – an den Wurzeln!»
«Ich vertraue hier voll und ganz auf meine persönliche Diät. Vielleicht ist sie auch für Sie von Interesse. Ein sehr, sehr guter Freund von mir hat sie erfunden; ihre Grundbestandteile sind Weizenkeimöl, mit Milchpulver und Melasse angereicherte Milch und mit Joghurt angereichertes Fleisch. Nachdem ich sie mehrere Monate sehr sorgfältig befolgt habe, ist es dieser Diät in meinem Falle gelungen, das Gewebe bestimmter sehr wichtiger Organe in einer unglaublichen Weise zu kräftigen –»
«Die üblichen Gespräche von Leuten über Vierzig, wie ich höre», sagte Albertine, die sich zu ihnen setzte. «Aber vor einem muß ich euch warnen, laßt euch nicht das Gesicht bürsten. Dem kleinen Lambesé hat man gesagt, er solle sich das Gesicht bürsten lassen, um den Kreislauf oder was weiß ich anzuregen. Er geht noch immer nicht aus dem Haus, er ist gezeichnet, als hätte ihn ein wildes Tier angefallen.»
«Das Gesicht ist ja schließlich auch kein Wildlederschuh», sagte Madame de Tournon. «Ist er deshalb nicht hier? Er hat mir gesagt, er wollte als eine berühmte Tante kommen.»
«Ja, und er wäre nicht der einzige gewesen.»
«Ich finde, es hat ihn wirklich schwer getroffen, und er tut mir leid», sagte Madame Rocher. «Falls ich bei der Gala des Innouïs mehr einnehmen sollte als erwartet, werde ich Lambesé einen Bogo spendieren; wenn jemand ihn verdient hat, dann er.»

«Ich dachte, das Lifting sei so erfolgreich gewesen, warum hat er sich da noch bürsten lassen?»

«Es genügte ihm nicht», sagte Madame Marel.

«Wenn Sie diesen besonderen Glanz wollen, hieß es, dann müssen Sie bürsten – bürsten. Er wollte aus einem ganz bestimmten Grund – und plötzlich sah der Arme aus wie Paul in *Les Malheurs de Sophie*.»

Es war nach sechs, als der Ball zu Ende ging. Die berühmten Eltern sammelten ihre berühmten Kinder ein und schleppten sie schlaff und zerzaust in schlotternden Kostümen davon. Als letzter ging Heinrich II. mit den drei kleinen Königen des Hauses Valois und der kleinen *reine Margot*, aber ohne Katharina de Medici.

«Wo ist meine Frau?» fragte er jeden, dem er begegnete.

«Und wo», fragte Albertine, eher bekümmert als überrascht, «ist Charles-Edouard?»

7

Am nächsten Tag nach dem Mittagessen machten sich Charles-Edouard und Sigi auf den Weg zum Jockey Club. Nach den Exzessen der vorangegangenen Nacht hatten beide das Bedürfnis nach etwas frischer Luft. Sie überquerten die Place de la Concorde, wie dies nur Franzosen können, das heißt, sie schlenderten unter munterem Geplauder, ohne nach rechts und links zu schauen, durch den Verkehr und nahmen wie selbstverständlich an, daß die vorbeirasenden Autos sie verfehlen würden, wenn auch nur um Zentimeter. (Mancher Zentimeter bringt weiter als ein ganzer Kilometer, könnte die Devise des französischen Fußgängers lauten.) Zuweilen flatterten ihre Mäntel im Fahrtwind der vorübersausenden Autos, aber sie wurden tatsächlich verfehlt und gelangten sicher auf die andere Seite.

«Und was hat dir die *reine Margot* erzählt?»
«Sie ist doch nicht wirklich die *reine Margot*, sie heißt Jeanne-Marie de Tournon.»
«Aber was hat sie dir erzählt?»
«Gar nichts – ganz einfach.»
Wenn es um die Frage ging «Was gibt es Neues?», konnte Sigi genauso einsilbig sein wie seine Mutter.
«Ha!» rief Charles-Edouard. «Ihr habt also stundenlang auf diesem Sofa gelegen, habt euch stundenlang in die Augen gesehen und keinen Ton gesagt. Sehr merkwürdig!»
«Sie lebt das ganze Jahr über auf dem Land. Sie ist langweilig. Ich war auch langweilig, als du mich kennengelernt hast, und da hatte ich auch immer auf dem Land gelebt.»
«Bist du denn jetzt nicht mehr langweilig?»
«Nein. Ich kann lesen und schreiben und schwierige Rechenaufgaben lösen, und es ist interessant, mit mir zusammenzusein. Ich weiß alles über den Kaiser, und ich kann den Text auswendig, den – oh, Papa, Papa, sieh mal da –»
Einige Arbeiter machten sich an Coustous Pferden zu schaffen. Das rechte wurde gerade gesäubert, und neben dem anderen, dem der Pferdeknecht gerade einen Arm auf den Rücken gelegt hatte, lehnte noch eine lange Leiter an der steinernen Mähne.
«Papa! Darf ich?»
Charles-Edouard sah sich um. Es war niemand in der Nähe, und der nächste Polizist stand am Pont de la Concorde.
«Kannst du den Text?»
«Ja. Du wirst es hören, wenn ich oben bin.»
«Bei deiner Ehre, Sigi?»
«Honneur», rief er und zog sich den Mantel aus, *«à la Grande Armée!»*
Er huschte die Leiter hinauf, kletterte mit der Geschicklichkeit eines Affen auf den Rücken des Pferdes und begann zu singen: *«A la voix du Vainqueur d'Austerlitz l'empire d'Allemagne tombe. La confédération du Rhin commence. Les royaumes de Wurtembourg et de Bavière sont créés. Venise se réunit à la couronne de fer, et l'Italie toute*

entière se range sous les lois de son libérateur. Honneur à la Grande Armée.»
Die Autos auf den Champs-Elysées und der Place de la Concorde hielten am Straßenrand, und die Leute stiegen aus, um den bezaubernden Anblick zu genießen.
«Da wird bestimmt ein Film gedreht», sagten sie zueinander. *«C'est trop joli.»*
Und wirklich, mit seiner blauen Hose, dem gelben Pullover und dem glänzenden schwarzen Haarschopf auf dem weißen Pferd vor einem mit Wolken betupften Himmel bot der Junge ein herrliches Bild. Charles-Edouard lachte laut auf. Als dann jedoch mehrere mit Pfeifen gerüstete Polizisten auf dem Schauplatz erschienen, beschloß er, Sigismond die Gelegenheit zu geben, die Situation allein zu bewältigen. Er winkte ein Taxi herbei und fuhr nach Hause. Es dauerte eine gute halbe Stunde, ehe Sigi hereingestürmt kam und viel zu erzählen hatte.
Offenbar waren Photographen aufgetaucht; ein Mann mit einem Megaphon hatte ihm zugerufen, er solle bleiben, wo er war. Die Menge, von Sigi dirigiert, hatte sein Lieblingslied angestimmt: *Les voyez-vous, les hussars, les dragons, la garde.* In einem roten Wagen mit Sirenengeheul waren die Feuerwehrleute gekommen, hatten noch mehr Leitern an das Pferd gelegt, hatten ihn heruntergeholt und im Triumphzug, ohne die roten Ampeln auf dem Boulevard zu beachten, nach Hause gebracht.
«Siehst du, Papa, der Text ist also doch nicht ungesagt geblieben.»
«Wenn seine Mami hier gewesen wäre», drang es am Abend in Sigis Schlafzimmer, «wäre das alles nicht passiert. Diese Madame Marel hätte niemals ihren verruchten Ball gegeben (die armen Kleinen, ich muß immer wieder daran denken, wie sie in großen Haufen überall herumlagen), und der Marquis hätte ihn niemals zu einem Spaziergang mitgenommen – als Mami noch hier war, haben wir den Marquis alle sieben Pfingsten einmal gesehen. Und ihn auf diesem Pferd reiten zu lassen – also wirklich! Wir können von Glück sagen, daß er nicht heruntergefallen ist und sich den Hals gebrochen hat.»

Am nächsten Morgen trank Charles-Edouard den schwarzen Kaffee und aß die Schinkenscheiben, aus denen sein sogenanntes englisches Frühstück bestand, während Sigi neben ihm auf dem Fußboden eifrig Fotos von sich aus einem halben Dutzend Zeitungen ausschnitt, die Ange-Victor hereingebracht hatte.
«Rate mal, was ich gleich tun werde», sagte Charles-Edouard. «Ich rufe Mami an und erzähle ihr alles, und dann frage ich sie, ob sie dich mal wieder ein bißchen bei sich haben möchte.»
«O gut», sagte Sigi. «Kann ich morgen fahren?» Er sehnte sich danach, vor seiner Mutter mit den Faxen, wie Nanny es nannte, der letzten beide Tage zu prahlen, und war gespannt, was sie unternehmen würde, um ihn zu amüsieren.
«Ja, außer wenn du meinst, daß sie vielleicht Lust hat, zu einem kleinen Besuch herüberzukommen? Was hältst du davon, Sigismond? Wir könnten doch versuchen, sie zu überreden, oder?»
Hätte Charles-Edouard den Blick gesehen, den Sigi ihm zuwarf, so hätte er ihn vielleicht richtig gedeutet, aber er hatte schon zum Telephon gegriffen (er hielt sich selten außerhalb der Reichweite dieses Instruments auf) und wählte die Nummer der Auslandsvermittlung.
«Ich möchte ein Ferngespräch nach London», sagte er und nannte den Namen von Grace und ihre Nummer. Dann ging er hinaus, um sein Bad zu nehmen. «Bleib beim Telephon, Sigismond, und ruf mich sofort, wenn es klingelt.»
Sigi hockte auf dem Bett seines Vaters und überlegte.
Sobald das Wasser im Badezimmer nebenan zu rauschen begann, nahm er den Hörer ab und machte das Ferngespräch mit London rückgängig. Als dann Charles-Edouard das Wasser abstellte, hörte er Sigis Stimme: «Bist du es, Mami? Wir kommen morgen zurück. Ja, Nanny und ich, mit dem Arrow. Ja. Außer wenn du Lust hast, zu einem kleinen Besuch herüberzukommen, sagt Papa. Oh! Mami!» – mit tragischem, vorwurfsvollem Unterton. «Willst du denn nicht wenigstens mit ihm sprechen? Da kommt er, direkt aus dem Bad – oh! Sie hat aufgelegt», sagte er und hielt Charles-Edouard den Hörer hin, aus

dem tatsächlich nur der Wählton drang. Wütend warf Charles-Edouard den Hörer auf die Gabel und kehrte in sein Bad zurück: «Geh zu Nanny und sag ihr, sie soll packen, ja?»
Zögernd machte sich Sigi auf den Weg und drehte dabei an seinem Haar, bis es ganz verknäult war.
In London saß Grace weinend über ihrem Kaffee. «Ein Ferngespräch aus Paris» – das bedeutete, in ein oder zwei Minuten würde sie die Stimme von Charles-Edouard hören. Aber als es wieder klingelte und sie mit klopfendem Herzen abnahm, da hieß es nur: «Entschuldigen Sie die Störung. Paris hat das Gespräch gerade abgesagt.»

8

Grace hatte jetzt zwei Verehrer, Hughie Palgrave und einen neuen Freund, Ed Spain. Ed Spain war einer der führenden Intellektuellen von London, in seinen Kreisen bekannt als der «Captain» oder «Old Salt», zwei Spitznamen, die er in Eton im Zusammenhang mit irgendeinem längst vergessenen Streich bekommen haben mußte. Er hatte etwas von einem Seemann an sich, das später, in vorgerücktem Alter, noch durch einen gepflegten Vollbart unterstrichen wurde; er besaß die Statur eines Matrosen, klein und untersetzt, und seine scharfen blauen Augen sahen aus, als hätten sie sich jahrelang auf einen in der Ferne verschwindenden Horizont geheftet. In Wirklichkeit war er ein charmanter, zur Faulheit neigender Mensch, der seit seiner Schulzeit nur einen Gedanken gehabt hatte: mit möglichst wenig Kraftaufwand möglichst viel Geld zu verdienen, damit er das Leben führen konnte, das seinem Wesen gemäß war, das Leben eines reichen Liebhabers der Künste. Als er Oxford verließ, hatte ihm jemand gesagt, ein sicherer Weg zu schnellem Reichtum sei das Theater. Mit seinem kleinen Kapital hatte er daraufhin ein altes Vorstadttheater mit dem passen-

den Namen Royal George gekauft, hatte sich dann zurückgelehnt und auf den Erfolg gewartet, der ihn reich machen sollte. Dieser Erfolg blieb aus. Der Captain war intellektuell zu aufrichtig, sein Publikum mit Stücken zu ködern, die den Leuten vielleicht gefallen, nicht aber seiner Vorstellung von Vollkommenheit entsprochen hätten. Er gewann Ansehen, es hieß sogar, er habe ein Stück Theatergeschichte geschrieben, aber das Vermögen, das er so heiß begehrte, machte er damit nicht.
Bald jedoch sammelte sich um ihn eine Schar von treu ergebenen Gefolgsleuten, lauter intelligente junge Frauen, die alle mehr oder weniger enge Beziehungen zur Bühne unterhielten und alle mehr oder weniger heftig in den Captain verliebt waren, und mit ihrer Energie und ihrer Hingabe hielten diese Gefolgsleute das Royal George über Wasser. Er nannte sie «Meine Mannschaft» und ließ die Leitung des Theaters im Laufe der Jahre immer mehr in ihre Hände übergehen, ein praktisches Arrangement bei seiner Faulheit. Die Mannschaft gab sich gnadenlos intellektuell, viel stärker als der Captain, der an allen möglichen Dingen Gefallen fand, sofern sie auf ihre Art erstklassig waren. Der Mannschaft hingegen gefielen nur Stücke von traurigen jungen Ausländern mit Titeln wie *In die Mitte der Mutter* oder *Ischariot Interperson*, die auf Familien, denen an einem fröhlichen Abend gelegen ist, nicht eben verlockend wirken. Leider bilden nun gerade diese Familien die Hauptstütze des Theaters. Doch die Mannschaft nahm auf ein derart verachtenswertes Publikum keine Rücksicht. Ihre Mitglieder maßen ein Stück daran, ob es des Captains würdig war, und wenn sie ein solches Werk gefunden hatten, dann ruhten sie nicht, ehe es übersetzt, bearbeitet und im Royal George inszeniert war.
Sie kümmerten sich auch um die finanzielle Seite des Unternehmens, wobei sie sich mit ziemlichem Erfolg eines Systems der intellektuellen Erpressung bedienten. In bestimmten Londoner Kreisen ebenso wie in gewissen Zirkeln von Oxford oder Cambridge hätte damals niemand von sich zu behaupten gewagt, auf der Höhe der Zeit zu sein, sofern er nicht sein Jahresabonnement bezahlt und damit das Anrecht auf zwei Sperrsitze pro

Monat im Royal George erworben hatte. Diese Abonnements, die man in der Buchhandlung von Heywood Hill erwerben konnte, sicherten dem Theater zwar regelmäßige Einnahmen, aber ein volles Haus hätten sie nicht unbedingt gebracht, wenn nicht der Captain selbst in dieser Beziehung einiges unternommen hätte. Niemand hatte etwas dagegen, ein paar Pfund im Jahr hinzublättern und sich dafür das Gefühl zu kaufen, er liege im Trend; indessen waren die Qualen, die man bei den Aufführungen der meisten Stücke ausstehen mußte, kaum erträglich. Wenn aber das Theater an zu vielen Abenden leer blieb, verbreitete sich unter der Mannschaft eine äußerst mürrische Stimmung, und es war die Aufgabe des Captains, dafür zu sorgen, daß es nicht soweit kam. Deshalb gab er überall zu verstehen, wer seiner Gnade nicht verlustig gehen wolle, müsse sich gelegentlich im Royal George blicken lassen.
Da er einer der unterhaltsamsten Menschen in London war und da seine Anwesenheit die beste Gewähr für den Erfolg jeder Party bot (solange er gut zu essen und jene großen französischen Weine zu trinken bekam, die ihm seiner Meinung nach zustanden, anderenfalls konnte er sehr griesgrämig werden), zollten ihm seine Freunde und Bekannten von Zeit zu Zeit diesen hohen Tribut. Kein besonderes Verdienst war es jedoch, eine Premiere zu besuchen, denn bei diesen Gelegenheiten war das Haus stets voll. Premieren im Royal George waren immer sehr interessant, und der Captain selbst kümmerte sich um die Verteilung der Plätze. Nicht geringer als die Qualen des M. de Tournon, wenn er Herzöge an seiner Tafel zu plazieren hatte, waren die Qualen, die der Captain in London ausstand, wenn es es darum ging, vor diesen Premieren die Plätze an die großen jungen Männer aus Literatur und Kunst zu verteilen. Seine eigene Loge, die *Royal Box*, faßte nur vier Besucher. Nie würden er und seine Mannschaft die Premiere von *Factory 46* vergessen, zu der sich Jiri Mucha, Nanos Valaoritis, Umbro Apollonio, Chun Chan Yeh und Odysseus Sikelberg gnädigerweise angesagt hatten. Sikelberg rettete die Situation, indem er Mumps bekam – aber erst in letzter Minute.

Grace und ihr Vater besuchten zusammen mit Mrs. O'Donovan, die, wie sie es nannte, *abonnée* war, die Premiere von *Sir Theseus*. Natürlich saßen sie nicht in der Royal Box, die diesmal von lauter Farbigen belegt war, aber sie hatten gute Plätze in der zweiten Reihe. Der Captain, den Sir Conrad oft bei White's traf, setzte sich eine Zeitlang zu ihnen, eine besondere Ehre. *Sir Theseus* war eigentlich *Phädra*, in der durch Erkenntnisse der modernen Psychologie inspirierten Neufassung eines jungen Inders. Phädra wurde von dem ältesten Mitglied der Mannschaft gespielt, einer ziemlich unerträglichen Person, die der Captain nur deshalb noch beschäftigte, weil sie so gut kochte. Sie war zurechtgemacht, meinte Sir Conrad, wie eine amerikanische Animierdame, mit gekräuseltem blauem Haar, im Morgenrock. Als sie auf Hippolytos losstürzte, der vor dem Bühnenprospekt kauerte und dessen Schauder angesichts ihrer Annäherung nichts mit Schauspielerei zu tun hatte, sagte Sir Conrad mit lauter Politikerstimme: «Jetzt wird er angezählt.» Der Captain liebte das Lachen, und er lachte auch diesmal, obwohl er Witze, in denen zum Ausdruck kam, daß die Kunst vielleicht doch nicht heilig war, eigentlich nicht leiden konnte. Auch den Menschenschlag, den Sir Conrad verkörperte, liebte er, und konnte ihn doch andererseits auch wieder nicht leiden. Hätte der Captain gewußt, welche Richtung er in seinem Leben einschlagen sollte, so wäre ihm dieses Leben sehr viel leichter geworden. An diesem Abend jedoch, verlockt durch die Schönheit und Eleganz von Grace, lud er ihren Vater ein, mit ihr und Mrs. O'Donovan nach der Aufführung zum Abendessen in sein Haus zu kommen.

Der Captain bewohnte ein weitläufiges Gebäude, das zu Beginn des 19. Jahrhunderts als Hotel oder Pension am Fluß, nicht weit vom Royal George, errichtet worden war. Er teilte es mit jenen Mannschaftsmitgliedern, die fähig und willens waren, Hausarbeit zu erledigen. Sie lebten in Dachkammern und Kellern, mit denen sich kein Dienstmädchen jemals zufriedengegeben hätte, denen der pfiffige Captain jedoch eine gewisse Romantik verliehen hatte. *«Les toits de Paris»*, murmelte er, indem er den Kopf reckte und aus einer undichten Dachluke auf *les toits de Hammersmith* spähte, während die feuchten, tropfenden Keller angeblich die Fundamente eines berühmten Klosters waren: des «englischen Port Royal». Sich selbst hatte er große, sonnige Räume im ersten Stock vorbehalten, die im Stil des späten (manche behaupteten: eines verspäteten) Jacob möbliert waren. Hier wurde das vorzügliche Abendessen, das Phädra unter Beihilfe von Önone aus Herd und Kochkiste zog, einer vielköpfigen Gesellschaft serviert, die zum großen Teil aus Kritikern und anderen Intellektuellen bestand, zum Beispiel den Herausgebern von *Depth* und *Neoterism*. Der indische Verfasser von *Sir Theseus* lag auf dem Fußboden, las ein Buch und sprach mit niemandem.

«Was für ein vorzüglicher Champagner», sagte Sir Conrad.

«Es freut mich, daß er Ihnen schmeckt.» Der Captain schenkte zwei Sorten Wein aus, manche bekamen einen Krug von 1928, andere einen Ayala. Mit Knauserigkeit hatte das nichts zu tun; er konnte es nur nicht mit ansehen, wenn die köstlichen Tropfen in einer Kehle verschwanden, die auch jedes andere Rauschmittel geschluckt hätte. Und an diesem Abend waren viele Kehlen dieser Art zugegen.

Bald darauf tauchten auch jene Angehörigen der Mannschaft auf, die sich im Theater um die eher praktischen Angelegenheiten kümmerten. Sie waren einander alle sehr ähnlich und hätten auch eine große Familie von lauter Schwestern sein können; ihre Gesichter waren zum Teil hinter Vorhängen aus staubigem, blondem Haar verborgen, und alle waren ähnlich gekleidet, in Dufflecoats und kurzen Hosen. Ihre nackten blauen, ziemlich großen Füße waren nur locker durch unnatürlich dünne Fesseln mit den Beinen verbunden. Sie wirkten äußerst mißmutig, als stünden sie kurz vor einer Meuterei. Aber dieser Eindruck täuschte, denn der Captain hatte sie fest in der Hand; ein kleiner Wink von ihm genügte, und sie sprangen, leerten Aschenbecher und holten neue Flaschen aus dem Eis. An Bord des Royal George ging es vielleicht nicht immer lustig zu, aber es herrschte eiserne Disziplin. Doch so wie der

Inder trugen auch die Mannschaftsangehörigen wenig zur allgemeinen Heiterkeit bei. Sie saßen wortlos in Gruppen herum, kämmten die staubigen Vorhänge vor ihre Gesichter und machten sich intelligente Gedanken über *Das Buch des Es*, *Die Sheldon-Synthese*, *Die Literatur in Extremsituationen* und andere verkannte Meisterwerke.

Der Captain war sehr beeindruckt von Grace, von ihrem französischen Namen und ihren Pariser Kleidern, die zwar schon ein Jahr alt, dafür dem englischen Auge aber um so angenehmer waren. Er kannte den General de Valhubert, der bei Friedland gefallen war, denn dieser General war ein guter Freund und sogar einer der wenigen namhaften Freunde des Generals Choderlos de Laclos gewesen.

Er nahm Grace mit in seine Bibliothek und zeigte ihr, wie er behauptete, seinen größten Schatz, das Exemplar der *Liaisons dangereuses* aus dem Besitz jenes General de Valhubert. Es war in rotes Maroquin gebunden, verziert mit dem Wappen der Valhuberts, Hirsch und Rosenstrauch, und der General hatte während eines seiner Feldzüge eine Art Tagebuch, eine ganze Folge von Notizen auf die Ränder der Seiten geschrieben.

Es war ein Sammlerstück von höchstem Interesse. Beim Anblick des vertrauten Wappens, das sie während ihres kurzen, glücklichen Lebens in Frankreich jeden Tag auf Porzellan, Silber, Teppichen, Büchern und Bettwäsche gesehen hatte, spürte Grace einen schmerzlichen Stich.

«Wie merkwürdig. Es muß aus Bellandargues gestohlen worden sein», sagte sie mit einem traurigen Blick auf das Buch.

«Wahrscheinlicher ist, daß es jemand weggeworfen hat. Keine französische Familie, die etwas auf sich hielt, hätte im 19. Jahrhundert *Les Liaisons dangereuses* bei sich geduldet.»

«Ach ja, natürlich. Das ist es. Außerdem hat mein Mann immer gesagt, sie hätten sich dieses Marschalls geschämt, obwohl sie sich andererseits auch darüber freuten, einen Marschall von Frankreich in der Familie zu haben. Alles sehr kompliziert.»

«Franzosen *sind* kompliziert. Hat Ihnen das Stück gefallen?» fragte er.

«Ja, obwohl mir die richtige *Phädra* besser gefällt.» Grace fiel ein, daß es Charles-Edouards Lieblingsstück war.
«Die richtige *Phädra* ist eine großartige Dichtung, aber wie uns mein Freund Baggarat heute abend gezeigt hat, ist seine Psychologie durchaus nicht einleuchtend. Racines *Phädra* krankt an zwei psychologischen Schwächen – zum einen wird Hippolytos' Liebe zu Arikia für uns nie glaubhaft, zum anderen begreifen wir nicht, warum er derart entsetzt vor der faszinierenden Frau, die ihn liebt, zurückweicht.»
«Aber sie war doch steinalt.»
«Woher wollen Sie das wissen? Ich vermute, sie stand dem Alter nach etwa in der Mitte zwischen Theseus und Hippolytos und war noch sehr attraktiv. Wenn aber Hippolytos homosexuell war, ist alles erklärt – er betet Hara-See an, den tanzenden Knaben, und die Vorstellung, eine Frau zu lieben, ist ihm ein Greuel. Ich glaube, mein Freund Baggarat hat da sehr gute Arbeit geleistet, von großem Wert für die Zukunft des Theaters.»
Grace war beeindruckt. Der Captain gefiel ihr sehr, ihr gefiel sein fröhlicher, sorgloser Piratenblick, sie fand sein Haus höchst originell und zauberhaft, und ihr gefiel sogar die Mannschaft. Aber die Mannschaft ihrerseits verachtete Grace und machte daraus keinen Hehl. Sie wären nicht die intelligenten Mädchen gewesen, die sie waren, hätten sie das Leben nicht durch eine marxfarbene Brille betrachtet. So verkörperte Grace für sie die verhaßte Großbourgeoisie, und ihre Anwesenheit in diesem Haus bereitete ihnen Unbehagen, machte sie geradezu abergläubisch, so als wäre mit ihr das Unglück an Bord des Royal George gekommen.
Schweigend und schmollend saßen sie da, kämmten sich ihr Haar ins Gesicht und äugten zwischen den Strähnen nach dem Captain. Voller Kummer konnten sie beobachten, daß er sich so heftig um Grace bemühte, als wäre sie Panayotis Canellopoulos persönlich. Warum? Was fand er an dieser Person ohne Rückgrat, die wie ein verwöhntes Kind einfach zum Vater zurückgelaufen war, als sie mit ihrem Mann nicht mehr zurecht-

kam? Als die verschiedenen Mitglieder der Mannschaft mit ihren Männern nicht mehr zurechtgekommen waren, da waren sie stolz ihre eigenen Wege gegangen, hatten sich Zimmer in der Nähe des Deux Magots gemietet, waren nach Litauen getrampt oder als blinde Passagiere in die Karibik gefahren. Grace hingegen gehörte zu jener Art von Frauen ohne Selbstachtung, die sie geradezu verabscheuten. Sie kämmten sich und äugten, aber auch wenn sie an Meuterei dachten, reagierten sie auf den kleinsten Wink des Captain. Es schien undenkbar, daß auf diesem Schiff eine wirkliche Rebellion ausbrechen könnte, solange der Captain am Ruder war.

Der Captain verliebte sich bald in Grace, wenn man etwas als Liebe bezeichnen kann, in dem das körperliche Element überhaupt nicht vorkommt. Körperlich fühlte er sich nicht von ihr angezogen, sie war zu rein, zu lauter, zu zurückhaltend für ihn; unmöglich, sich eine zärtlich zerzauste Grace vorzustellen. Ihre steifen, mit Buckram gesäumten Pariser Kleider und ihre gefütterten Petticoats machten irgendwelche intimen Übergriffe von vornherein unmöglich. Er konnte sich nicht einmal vorstellen, wie es wäre, wenn sie auf seinem Schoß säße. Aber in jeder anderen Hinsicht liebte er sie; er liebte ihre Eleganz, ihren melancholischen, romantischen Blick und den aufmerksamen Ernst, mit dem sie allem lauschte, was er sagte. Vor allem liebte er seine eigene Vorstellung davon, wie das Leben mit ihr wäre, wenn sie heirateten. Er stellte sich ein kleines Landhaus aus dem 18. Jahrhundert unweit von London vor, in dem großer Luxus herrschte. Ausgiebige, köstliche, regelmäßige Mahlzeiten würden dort serviert werden, ohne daß es ihm irgendwelche Mühe bereitete, ohne daß er Geist versprühen mußte, um Phädra bei Laune zu halten; er würde eine erlesene, hochherrschaftliche Bibliothek, einen erstklassigen Weinkeller und intellektuelle Freunde haben, die ihn besuchten und bei ihm weilten, er würde das Royal George zumachen und ein Meisterwerk schreiben. Später, wenn Sir Conrad tot war, könnten sie auf dem schönen Bunbury wohnen. Das sexuelle Element würde bei alledem keine große Rolle spielen. Der französische

Ehemann hatte sie in dieser Beziehung hoffentlich für alle Zeiten zufriedengestellt, die Menschen konnten schließlich auch ohne es sehr glücklich miteinander leben. Er hätte viele Beispiele nennen können. Sie würden ihr sexuelles Verlangen bloß sublimieren müssen, es war wirklich ganz einfach.

Auch Grace hatte sich die Ehe mit dem Captain ausgemalt, wie Frauen es immer tun, wenn sie bemerken, daß die Gedanken eines Mannes in diese Richtung gehen. Ihr Bild unterschied sich nicht sehr von seinem. Wie bei ihm kam das Sexuelle darin nicht vor. Ein langes, ruhiges, kultiviertes Leben lang würden sie wie Bruder und Schwester sein. Wie Wordsworth und seine Schwester, aber in einem größeren, wärmeren, näher bei London gelegenen Haus und ohne Coleridge; wie Charles und Mary Lamb, aber ohne Geisteskrankheit; wie Mr. und Mrs. Carlyle, aber ohne Leberleiden. Auch Besuche in Paris gehörten zu diesem Bild, denn ein Leben, in dem sie Frankreich nie wiedersehen würde, konnte sie sich nicht vorstellen – es würde eine Art Rache an Charles-Edouard sein, dafür, daß er sie so unglücklich gemacht hatte. Sie traf sich jetzt häufig mit dem Captain, dessen Absichten immer deutlicher wurden.

Sir Conrad war von keinem seiner beiden möglichen Schwiegersöhne begeistert. Hughie war gewiß ein netter Kerl, aber so langweilig in seinem politischen Ehrgeiz. Sir Conrad fand, Politik müsse von intelligenten Leuten mit leichter Hand betrieben werden und nicht von Dummköpfen mit verkniffener Miene. Der Captain wiederum, in dessen Gesellschaft er sich immer sehr wohl fühlte, war ihm für eine Ehe viel zu sehr Bohemien.

«Meinst du nicht», sagte er zu Mrs. O'Donovan, «daß sie Charles-Edouard doch noch einmal heiraten könnte? Beide lieben sie den Jungen über alles, da sollte es doch möglich sein, daß sie ein Opfer für ihn bringen. Denn eigentlich braucht es so wenig – ein bißchen Diskretion bei Charles-Edouard und ein bißchen Toleranz bei Grace. Wohlgemerkt, es liegt ganz bei Grace. Ich weiß zufällig, daß Charles-Edouard sie gleich morgen wieder zu sich nehmen würde, er begehrt sie noch immer.»

«Es liegt ganz bei Grace», sagte Mrs. O'Donovan ziemlich streng, «ob sie bereit ist, sich eine christlichere Ansicht von den Pflichten einer Frau zu eigen zu machen. Bis jetzt konnte ich ihr Verhalten entschuldigen, wegen des Schocks, den sie erlitten haben muß, aber darüber ist sie jetzt hinweg. Sie plant offenbar, noch einmal zu heiraten, und überlegt sich jetzt, ob es Hughie oder der Captain sein soll. Die Zeremonie, falls man sie überhaupt so nennen kann, auf dem Standesamt hat ihr natürlich nichts bedeutet, und die Ehe als Sakrament übersteigt ihre Erfahrung.»
«Ja, du bist eben eine Papistin, Meg, und mußt es vielleicht so sehen. Ich glaube, das alles hat mit einem albernen Stolz zu tun. Jedenfalls ist es ausgesprochen ärgerlich. Diese dumme Carolyn mit ihrer Besichtigungsmanie. Ich konnte sie nie leiden, schon als sie ein Kind war nicht. Sie gehört zu den Frauen, die immer ein Fettnäpfchen finden. Und diesmal ist sie so sehr hineingetreten, daß man heulen könnte. Gerade in dem Augenblick, als alles so wunderbar lief. Grace war glücklich mit Charles-Edouard und glücklich, daß sie in Paris leben konnte. Bei Engländerinnen kommt das selten vor. Aber ihr hat es gefallen.»
«Warum selten?» fragte sie mit einem Seufzer. «Mir hätte es auch gefallen.»
«Aber den meisten Engländern wäre ein Leben in Frankreich unerträglich. Ich glaube, es hat viel mit dem französischen Silber zu tun. Engländer machen sich nicht klar, daß es eine andere Legierung ist. Sie glauben, daß es so dunkel aussieht, sei ein Zeichen dafür, daß es nicht ordentlich geputzt wird, und deshalb können sie die Franzosen nicht ausstehen. Du weißt ja – die Engländer und ihr Silber, sie treiben einen Kult damit. Ich habe das oft bemerkt. Im Ersten Krieg brachte das Silber auf Schloß Bombon unsere Generäle jedesmal in Rage; nach einer Mahlzeit mit dem alten Foch gab es kein anderes Gesprächsthema.»
«Ich liebe dieses schwere, dunkle Silber», sagte Mrs. O'Donovan.

Aber sie liebte alles Französische, blind und über jedes vernünftige Maß hinaus, und das Leben in England erschien ihr, die nie etwas anderes gekannt hatte, wie ein immerwährendes Exil, so nachhaltig war die Lockung von jenseits des Kanals.

9

Mitten in einer Bridgepartie auf Yeotown wurde Grace ans Telephon gerufen. Als sie zurückkam, sagte sie zu Hughie: «Sehr rätselhaft – Sigi und Nanny sind in London angekommen. Ich glaube, ich muß zurückfahren.»
«Nein, laß doch. Ich schicke ihnen den Wagen. Zum Abendessen sind sie hier.»
Das Dinner hatte schon begonnen, als der Junge ins Zimmer gestürmt kam und sich seiner Mutter in die Arme warf: «Mami, weißt du was – ich bin auf einem *cheval de Marly* geritten.»
«Nein!»
«Doch – sieh mal!» Er zog einige zerknitterte Zeitungsausschnitte aus der einen Hosentasche und vergaß dabei irgendwie, aus der anderen einen Brief von Charles-Edouard zu ziehen. Charles-Edouard hatte ihr darin nüchtern und klar geschrieben, es sei seiner Ansicht nach ihrer beider Pflicht dem Kind gegenüber, so bald wie möglich wieder zu heiraten. Er hatte geschrieben ohne viel Hoffnung, Grace umzustimmen, aber sie sollte wissen und schwarz auf weiß lesen, wie er über die Sache dachte und daß die Verantwortung für die wachsende Entfremdung zwischen ihnen bei ihr liege.
«Aber Liebling – wie bist du denn da hinaufgekommen? Nun sag zuerst mal guten Tag zu Mr. und Mrs. Fawcett und zu Hughie und bedanke dich ganz lieb bei Hughie, daß er euch seinen Wagen geschickt hat. Nein – in England gibt man den Leuten keinen Handkuß.»

«Mir kannst du ruhig einen geben», sagte Mrs. Fawcett. «Mir gefällt es, Sigismond.»
«Verwirre ihn nicht, Virginia, er muß den Unterschied lernen.»
«Also, Mami, ich bin eine Leiter hochgeklettert, die die Arbeiter stehengelassen hatten. Papa hat es mir erlaubt, und dann ist er nach Hause gegangen und hat mich dort sitzenlassen, und ich bin eine Ewigkeit geritten, es war herrlich so hoch im Himmel, und drum herum standen ganz viele Leute, und ich habe etwas aufgesagt. Zuerst den Text, der war für Papa, dann kam *Waterloo, morne plaine*, dann haben wir alle *Les voyez-vous* gesungen, zuletzt kam die Feuerwehr, und wir haben die *Marseillaise* gesungen, alle Strophen, und dann haben sie mich heruntergeholt und nach Hause gebracht.»
«So etwas habe ich ja noch nie gehört», sagte Grace und warf Hughie einen Blick zu, der besagte: Was jetzt? Da können wir unmöglich mithalten! «Frag Hughie, ob du ausnahmsweise einmal hier mit uns zu Abend essen darfst.»
«In Paris wäre es nicht ausnahmsweise, da esse ich immer mit Papa zu Abend, und ich bekomme ein Glas Bordeaux und dazu noch hundert Francs, wenn ich den Jahrgang errate.»
«Hier kannst du auch ein Glas Bordeaux bekommen», sagte Hughie, «wir nennen ihn bloß *claret*, und eine halbe Krone zusätzlich, wenn du den Jahrgang errätst.»
Er schenkte ein.
«Ein ganz anständiger Wein», sagte Sigi, «aber kein *grand cru*. Ich kann es nur bei einem *grand cru* raten.»
Nachdem diese Bemerkung, wie er bemerkte, nicht besonders gut angekommen war, machte sich Sigi über das Essen her.
Nach einiger Zeit fragte ihn Hughie: «Was tust du eigentlich den ganzen Tag über in Paris, Sigi?»
«In Paris», sagte Sigi, «habe ich zwei große Freundinnen. Die eine ist Madame Novembre de la Ferté, die sich viel für mich einfallen läßt, ich darf ihren Wagen fahren und so weiter, und die andere ist Madame Marel, die mir Unterricht gibt. Beide machen mir sehr teure Geschenke.»

«Aber unterrichtet dich denn M. l'Abbé nicht mehr?»
«Eine Zeitlang hat er es noch gemacht, aber jetzt ist er nicht mehr da. Jetzt habe ich Unterricht bei Madame Marel. Es gefällt mir auch viel besser. Ich kenne jede Menge Gedichte auswendig, und wir gehen immer in den *jardin des plantes*.» Mit einer Hand drehte Sigi ein paar Haarsträhnen zu Locken. «Und ihr glaubt nicht, was wir bei den Schildkröten gesehen haben. Aber sie können nichts dafür, sie machen es auch nur alle drei Jahre – Pech für sie, wirklich. Ihr hättet sie keuchen hören sollen.»
«Na, das ist ja nicht sehr viel», sagte Hughie. «Du bist auf einem Steinpferd geritten und hast einen Wagen gefahren – was du jeden Tag tun wirst, wenn du erst erwachsen bist –, und dann hast du Gedichte gelernt und Schildkröten keuchen gehört.»
«Sie haben nicht bloß gekeucht», sagte Sigi. «Außerdem die teuren Geschenke – und ein Ball.»
Er sprach in sehr verdrießlichem Ton. Nach der Reise war er müde. Er schlief fast ein und hatte das Gefühl, er habe nicht sein Bestes gegeben und nicht ausreichend deutlich gemacht, daß in Paris alle Leute von morgens bis abends nur daran dachten, wie sie ihn am besten amüsieren könnten. Doch was Hughie nun sagte, beruhigte ihn wieder.
«Wie wäre es, wenn du auf einem richtigen Pferd reiten lernst, dann könntest du nächsten Winter mit auf die Jagd?»
«Okay. Kann ich morgen anfangen?»
«Nein. Morgen ist Sonntag. Du kannst am Montag anfangen.»
Grace ließ Sigi im Eßzimmer zurück und ging hinauf zu Nanny.
«Höchste Zeit, daß wir zurückgekommen sind, wenn du mich fragst. Dinge haben sich da abgespielt...! Der Marquis verwöhnt ihn – er verwöhnt ihn wirklich. Lassen Sie ihn doch machen, sagt er. Auch diese Madam November und diese Madam Marel – beide stopfen ihn mit den unpassendsten Ideen voll. Hat er dir von dem Ball erzählt?»
«Er hat etwas erwähnt. Aber er schläft schon fast.»
«Du wirst es noch zu hören bekommen, kein Zweifel. So einen

Auftritt habe ich noch nie erlebt, die armen Kleinen in einem Aufzug, der für Kinder einfach lächerlich ist (obwohl ich sagen muß, Sigi sah wirklich süß aus), waren bis sechs Uhr morgens auf, jedenfalls einige. Nanny Dexter und ich – das Personal wollte uns nicht einlassen, aber da waren sie bei uns an der falschen Adresse –, wir sind hin und haben unsere beiden schon ziemlich früh abgeholt. Sigi schlief fest, aber dem armen kleinen Foss war furchtbar schlecht. Du hättest sehen sollen, was er da alles wieder von sich gab. Sein Bäuchlein ist noch immer nicht in Ordnung. Die Hektik beim Packen ist man ja schon gewöhnt, aber daß uns an der Victoria Station niemand abholt… !»
«Aber, Nanny, niemand wußte, daß ihr kommen würdet.»
«Also so etwas! Der Marquis sagte, er habe angerufen und alles sei besprochen – na ja, Franzosen!»
Sigismond war wirklich sehr schläfrig, aber nicht so schläfrig, daß er nicht noch den Brief seines Vaters an seine Mutter auf dem leeren Kaminrost im Kinderzimmer mit einem eigens zu diesem Zweck von unten heraufgebrachten Streichholz verbrannt hätte, während ihm Nanny ein Bad einlaufen ließ.

Daß Hughie ihm jetzt genauso den Hof zu machen begann, wie es Albertine und Juliette in Paris getan hatten, und mit einem ganz ähnlichen Ziel vor Augen, war dem Jungen sonnenklar. Wie seine Mutter hatte er seine Zweifel gehabt, ob das hohe Niveau von Unterhaltsamkeit, an das er sich in letzter Zeit gewöhnt hatte, in England gewahrt werden könnte. Aber zu seiner großen Überraschung wurde es sogar noch übertroffen. Wie sich zeigte, besaß Sigi eine natürliche Begabung für alle möglichen Sportarten und betätigte sich in ihnen mit großem Vergnügen. Hughie, der ein ausgezeichneter Sportler war, opferte viele Stunden des Tages, um ihn zu trainieren; er spielte Tennis, Squash und Cricket mit ihm und brachte ihm Reiten bei. Deshalb war Sigi gern in Yeotown und schätzte Hughie sehr, dessen Aktien bei Grace infolgedessen natürlich stiegen. Die Besuche in Yeotown wurden immer häufiger und länger, und schon bald war Sigi bereit, Hughie als eine Art Aushilfspapa zu betrachten. Er wußte, daß seine Mutter allein nicht imstande gewesen wäre, einen solchen Zauber auf die Beine zu stellen.

Hughie sagte zu Grace: «Dieses Kind muß nach Eton – ich bin sicher, sie würden dort einen guten Cricketspieler aus ihm machen. Wäre eine Verschwendung von großartigem Material, wenn man ihn auf eine französische Schule gehen ließe, wo nur unterrichtet wird.»

«Aber er ist nie angemeldet worden», sagte Grace.

«Das kann ich regeln. Ich rede mit Woodford. Der Junge ist ein Talent, verstehst du.»

«Oje, ich möchte wissen, ob Charles-Edouard das erlauben würde. Ich erinnere mich, daß er früher selbst einmal daran gedacht hat.»

«Meiner Meinung nach bekommt dieser Junge seinen Vater zu allem herum. Wenn Sigi will, dann geht er hin, es hängt allein von ihm ab.»

Hughie gehörte zu den Leuten, in deren Erinnerung Eton von einem überirdischen Glanz umstrahlt wird. Er erzählte Sigi sehr viel davon, der sich schon als Mannschaftsführer in dieser und als Bester in jener Sportart sah und großes Gefallen an der Idee fand. Zuletzt schlug Hughie vor, sie könnten zu dritt für einen Tag nach Eton fahren. Sie würden seinen Neffen, Miles Boreley, zum Essen einladen, und Sigismond könnte sich ein bißchen umsehen.

«Wir fahren nächsten Donnerstag, ich rufe jetzt den Tutor von Miles an und mache es mit ihm aus. Wenn der Junge Eton mit eigenen Augen gesehen hat, ist die Sache klar, dann gibt es kein Halten mehr – dann ist er so gut wie dort.»

Miles Boreley war ein trauriger kleiner Junge. Er wartete am «Brennenden Dornbusch», den Zylinder über die großen roten Ohren gestülpt, den Mund leicht geöffnet, die roten Hände zu beiden Seiten herabhängend. Obwohl er so unscheinbar wirkte, war er seinem gutaussehenden Onkel Hughie auf eine beunruhigende Weise ähnlich. Sie stiegen aus dem Wagen und gingen zusammen mit ihm nach Windsor hinüber. Er sagte, er habe dort in einem Restaurant einen Tisch zum Lunch bestellt.

Es war einer jener Sommertage, an denen die Kälte des Themsetales Stein und Bein gefrieren läßt, aber die Jungen, die anscheinend ziellos, wie Flüchtlinge in einer fremden Stadt, in den Straßen herumstreiften, bemerkten es offenbar nicht. Sigis muntere kleine Augen, denen nichts entging, schossen von einem zum anderen. Ihre altertümliche schwarze Kleidung und der Eindruck von Ungemach, der in der Luft lag, verwunderten ihn. Hughie, der schon längst in jenen überirdischen Glanz eingetaucht war, warf ihm hin und wieder einen Blick zu und fragte sich, ob der Zauber schon seine Wirkung tat. Hätte er Sigi besser gekannt, so wäre ihm aufgefallen, daß es nicht so war. Sigis Mundwinkel sackten auf vielsagende Weise immer tiefer.

Im Restaurant zeigte man ihnen ihren Tisch. Sie setzten sich, aber Miles blieb stehen, betrachtete die Sitzfläche seines Stuhles mit mißmutigem Blick und bat dann um ein Kissen. Die Kellnerin verstand sofort und holte ihm eines.

«Ärger gehabt, alter Junge?» fragte Hughie.

«Nur Prügel in der Bibliothek.»

«Pech. Weshalb?»

«Das Arbeitsblatt gefälscht, wie üblich.»

«Das solltest du aber nicht machen.»

«Wem sagst du das!»

«Prügel?» fragte Sigi.

Ihm gerann das Blut in den Adern.

«Na, klar. Bekommt ihr denn nie Prügel?»

«Selbstverständlich nicht. Ich bin ein französischer Junge – ich würde mir das nicht gefallen lassen.»

«Feigling!»

«Freust du dich denn, wenn du Prügel bekommst?»

«Nicht besonders. Aber ich werde mich freuen, wenn ich erst mal soweit bin und anderen Prügel verabreiche.»

Hughie sagte: «Als ich die Bibliothek übernahm, habe ich zugeschlagen wie Kapitän Bligh auf der Bounty. Ich mußte einen gewaltigen Rückstand aufholen – wir hatten einen Tutor, der

uns furchtbar zusetzte, ein brutaler Bursche namens Kroesig. Aber ich habe mich gerächt. Wie ist das Essen in diesem Halbjahr, Miles?»
«Schwer zu sagen, man sieht es kaum, so wenig ist es. Wir kaufen jetzt alles am Kiosk. Unser Tutor ist verheiratet», fügte er zur Erklärung für Grace und Sigi hinzu, «und Mrs. Woodford hat drei Kinder und einen Pelzmantel, natürlich alles von unserem Kostgeld bezahlt, und sie spart noch auf mehr.»
«Mehr Kinder oder mehr Pelzmäntel?»
«Mehr von beidem. Sie ist der schlimmste Geizkragen, den es je gab.»
«Ja, verheiratete Tutoren können wirklich Teufel sein», sagte Hughie. «Meiner war Junggeselle, und ich muß sagen, er hat uns nie hungern lassen, aber das Zimmermädchen hat immer unser Geld gestohlen.»
«Gestohlen?» rief Grace. «Pfui!»
«Jedenfalls haben wir das immer behauptet. Es ist wie bei Miles und den Pelzmänteln, weißt du. Diese Gerüchte in Eton darf man nicht zu ernst nehmen, einer wissenschaftlichen Nachprüfung würden sie nicht standhalten.»
Sigi schien erleichtert. «Und was ist mit den Prügeln? Sind die auch ein Gerücht?»
«Du kannst dir meinen Hintern ja mal ansehen», sagte Miles. «Ich zeige ihn dir nachher. Du wirst sehen, der hält jeder wissenschaftlichen Nachprüfung stand.»
Eben kam eine Familie herein. Eine Frau, die dafür, daß sie halbwüchsige Kinder hatte, ungeheuer alt aussah, gefolgt von zwei kleinen Mädchen und einem dicklichen Knaben mit einem viereckigen rosa Heftpflaster auf dem Nacken.
Sie hasteten durch das Restaurant und gingen nach oben.
Miles starrte ihnen mit offenem Mund nach und wurde ganz rot.
«Badger-Skeffington», sagte er.
«Nein!» sagte Hughie und sah sich um. Aber sie waren schon verschwunden.
«Badger-Skeffington!» sagte Grace und lachte nervös. Ihr fiel

ein, daß, so seltsam es schien, irgendein Mann mit dieser alten Dame noch vor wenigen Jahren ins Bett gegangen sein mußte, denn das jüngste der kleinen Mädchen war nicht älter als zwölf.

«Worüber lachst du?» fragte Hughie.

«Der Name klingt so komisch.»

«Vielleicht kommt er dir komisch vor, aber ich sage dir, du wirst ihn noch öfter hören. Dieser Junge ist eine echte Sportskanone; seit Jahren hatten sie nicht mehr so einen Jungen hier. Erzähl es ihnen, Miles.»

«Bester Fänger beim Cricket, bester Boxer, Kapitän der Fußballmannschaft. Die essen da oben bestimmt schwarz», fügte er neidisch hinzu. «Die Mutter von Badger-Skeffington ist nämlich eine berühmte Schwarzhändlerin.»

«Bist du sicher? Sie sieht gar nicht danach aus.»

«Hast du die schweren Körbe und das alles gesehen, die sie dabei hatten? Tonnenweise Beefsteak, ganze Töpfe mit Sahne, pfundweise Butter. Deshalb gehen sie nach oben, damit niemand sieht, was sie da auspacken. Sie bestechen die Polizei mit riesigen Summen, das ist bekannt.»

«Miles! Ich dachte, sie hätten einen Hof.»

«Sehr wahrscheinlich, Ennismore Gardens. Deshalb gewinnt Badger-Skeffington auch immer – Daddy sagt, er ist vollgefressen wie ein französisches Rennpferd. Das sind Neureiche, weißt du.»

«Jetzt hör aber auf, Miles, das stimmt doch gar nicht. Ich treffe Bobby Badger oft in meinem Club, er ist furchtbar arm; sie mußten sich, glaube ich, furchtbar anstrengen, um den Jungen überhaupt hierherschicken zu können.»

«Ich weiß, Onkel Hughie, aber die Sache ist die: Sie sind neureich und trotzdem furchtbar arm. Von der Sorte gibt es viele hier. Deren Väter und Mütter geben buchstäblich alles, um sie hierherschicken zu können.»

«Oje, wie arm in England jetzt alle sind», seufzte Grace. «Ist doch wirklich schlimm, wenn jetzt auch schon die Neureichen arm sind.»

«Ja, und da wir gerade beim Thema sind – ich würde wirklich gern mal wissen, warum sie in Frankreich alle so stinkreich sind», sagte Hughie verschnupft. Er war selbst reich, aber sein Kapital schien in einem beängstigenden Tempo zu verschwinden. «Mir kommt das alles sehr fragwürdig vor.»

«Es ist leicht zu erklären. Die Franzosen haben sich immer um ihren Grundbesitz gekümmert. Sie haben in ihren Wäldern Förster, nicht nur Wildhüter, und ihre Weinberge sind Goldgruben. In England dagegen verursacht das Land Kosten, jedenfalls war es so, als ich ein Kind war. Ich weiß noch, daß mein Vater und meine Onkel immer so redeten, als sei Landbesitz ein ungeheurer Luxus. Auf die Idee, Geld damit zu verdienen, ist niemand gekommen.»

«Hm», machte Hughie. Wäre er so intelligent wie Albertine und so redegewandt wie Heck gewesen, dachte er mißmutig, dann hätte er Grace jetzt die unbezweifelbare Tatsache bewiesen, daß die Franzosen reich sind, weil sie böse sind, und die Engländer arm, weil sie gut sind. Aber da er weder intelligent noch redegewandt war, mußte er ihr das letzte Wort überlassen. Es war sehr ärgerlich.

Jetzt kamen ein paar Freunde von Grace herein, begleitet von zwei bezaubernden kleinen Jungen. Sie sagten «Hallo», musterten Sigi interessiert und gingen dann weiter in einen anderen Raum. «Bis später vielleicht.»

«Die beiden machen einen netten Eindruck», sagte Grace zu Miles. «Kennst du sie?»

«Wen, Stocker?»

«Ja.»

«Er wohnt in meinem Haus.»

«Ist er nett?» fragte sie noch einmal.

«Ein Junge eben.»

«Ich verstehe. Und der andere?»

«Der andere ist ein *tug*. Wir können nur hoffen, daß Badger-Skeffington ihn nicht sieht. Badger-Skeffington ist die Geißel der *tugs*.»

«Was ist ein *tug*?» fragte Sigi.

«Jemand, der ein bißchen schlauer ist als die anderen», sagte Grace, um Hughie ein bißchen auf den Arm zu nehmen. Er ging ihr plötzlich sehr auf die Nerven. Sie waren in letzter Zeit zu oft in Yeotown gewesen, dachte sie und beschloß, für ein paar Tage nach London zu fahren, obwohl Sigi bestimmt heftig protestieren würde, wenn er sich vom Reiten und vom Sport losreißen mußte.

Nach dem Lunch begleiteten sie Miles zu dessen Haus und folgten ihm durch ein Kaninchengehege von Gängen und schmalen, dunklen Treppen. Es herrschte Totenstille.

«Wie leer es hier aussieht!» sagte Grace. «Wo sind denn die anderen?»

«Beim Boy's Dinner.»

«Ziemlich spät.»

«Ja, aber es macht nichts. Ob spät oder früh, es gibt buchstäblich nichts zu essen.»

Schließlich erreichten sie Miles' Zimmer. Es war sehr kahl und karg. Die Wände beige, die Fenstervorhänge orange, und in einer Ecke hing ein schwarzer Vorhang von der Decke bis zum Fußboden. Über dem leeren Kamin hing, farbig verziert und gerahmt, ein Abschiedsgedicht über die Schließung der Rennbahn in Derby.

«Kein Rennen mehr in Derby,
So klingt's wie Grabgeläut...»

Es war furchtbar kalt, kälter als im Winter. Grace hatte sich auf den einzigen Stuhl gesetzt und zog ihren Pelzmantel enger an sich, während die anderen um sie herumstanden, als wäre sie ein Ofen.

«Ist das dein Zimmer?» fragte Sigi und prägte sich jede Einzelheit ein.

«Ja, was denn sonst?»

«Gibt es ein Bett?» Wenn man ihm gesagt hätte, Miles schlafe in einem Haufen Lumpen auf dem Fußboden wie die Hausmeister in Polen, hätte es ihn nicht überrascht.

«Ja, natürlich, hier!» sagte Miles verächtlich. Er hob den schwarzen Vorhang und enthüllte ein eisernes Gerät, das an der Wand befestigt war. «Abends klappt man es herunter, und das Zimmermädchen macht es zurecht. Und jetzt, Onkel Hughie, müßt ihr mich entschuldigen, ich muß los, zum Nachsitzen. Wollt ihr warten, bis ich wiederkomme, oder was?»
«Mir ist furchtbar kalt», sagte Grace flehend zu Hughie. «Wollen wir nicht heimfahren?»
«Das wäre für Miles aber sehr schade, da wir schon einmal hier sind. Es dauert nur eine Dreiviertelstunde bei ihm.»
«Schenk ihm zwei Pfund, es wird ihm nichts ausmachen», flüsterte sie.
«Na, so was, Onkel Hughie, vielen Dank auch. Also ihr fahrt doch, ja?» sagte Miles mit unverhohlener Erleichterung. «Auf Wiedersehen. Entschuldigt mich. Ich komme sonst zu spät.» Und schon polterte er den Gang entlang.
«Wirklich, Grace – zwei Pfund! Sonst gebe ich ihm zehn Shilling.»
«Ich übernehme einen Anteil», sagte sie, «schreib es ins Bridge-Buch. Ich bin fast gestorben vor Kälte.»

Nach dem Besuch in Eton war es mit Hughies Aussichten, Grace zu heiraten, für immer vorbei. Sigi hatte das Warnsignal erkannt und schritt sofort zur Tat.
«Mami!»
«Hallo – so früh heute morgen?»
«Ja, ich muß dir etwas Wichtiges sagen. Wegen Hughie.»
«Ja?»
«Hast du überlegt, ob du ihn heiraten sollst?»
«Warum, Liebling?»
«Die Nannys haben das immer gesagt.»
«Fändest du es schön?»
«Das ist es ja gerade. Ich fände es nicht schön.»
«Oh – Sigi –!»
«Zwecklos, sich etwas vorzumachen. Ich fände es nicht schön.»

«Also gut, Liebling. Ich verspreche dir, daß ich nie jemanden heiraten werde, den du nicht magst. Und jetzt geh bitte zu Nanny und sag ihr, sie soll packen. Nach dem Lunch fahren wir nach London.»
Sigi umarmte seine Mutter und trottete davon. Er war keineswegs unzufrieden, als er nachmittags in Richtung London unterwegs war. Das Reiten und der Sport hatten viel Spaß gemacht, aber wenn sie in das Gefängnis führten, dessen Umrisse er nun mit eigenen Augen gesehen hatte, dann waren sie die Sache nicht wert.

10

Aber auch der Captain hatte sich während dieser Zeit weiter um Grace bemüht, und natürlich hatte auch er bemerkt, daß, wenn es einen Weg zu ihrem merkwürdig verschlossenen Herzen gab, dieser Weg über Sigismond führte.
«Bringen Sie ihn am Donnerstag nachmittag mit in die Vorstellung von *Sir Theseus*», sagte er zu Grace.
«Lieber Captain – ist denn *Phädra* für kleine Jungen überhaupt geeignet?»
«Verehrte Marquise, was ist denn mit der Matinée Classique im Théâtre Français – sitzen nicht auch da lauter kleine Jungen, die sich *Phädra* ansehen?»
«Also gut», sagte sie. Es war ihr ein Trost, daß sie es mit jemandem zu tun hatte, der die Matinée Classique und andere Eigenarten des französischen Lebens kannte. Hughie war trotz seiner Bildungsanstrengungen während der Zeit mit Albertine über die Bar im Ritz eigentlich nie sehr weit hinausgekommen, und nun hatte sich seine Liebe für alles Französische in einen unsinnigen Haß verkehrt. Jedesmal, wenn Grace etwas über Frankreich sagte, ließ er irgendeine gehässige Bemerkung fallen, und das ärgerte Grace. Wie viele großzügige und scheinbar gut-

mütige Menschen hatte Hughie auch eine bösartige Seite und wußte genau, wo er seine Nadelstiche anbringen mußte, damit sie weh taten. Auch was den Captain anging, war Hughie immer sehr boshaft, während dieser über Hughie eher freundlich redete.
«Warum kann er sie nicht leiden?» fragte Sigi, als Hippolytos in homosexuellem Entsetzen vor der herannahenden Phädra zurückwich.
«Weil sie seine Stiefmutter ist.»
«Oh. Wenn Papa Madame Marel heiraten würde, dann wäre sie meine Stiefmutter – könnte ich sie dann auch nicht leiden?»
«Pst – Liebling, nicht so laut, du störst die Schauspieler.»
Daß er die anderen Zuschauer störte, hätte sie nicht behaupten können. Der schöne, warme Tag, einer der ganz wenigen in diesem Sommer, hatte nicht dazu beigetragen, die Matinée Classique mit Adepten des modernen psychologischen Dramas zu füllen, und das Theater war leer. Irgendwo saßen noch drei oder vier Mitglieder der Mannschaft und warfen zwischen hängenden Haarsträhnen mißgünstige Blicke auf Grace; der Captain, der immer behauptete, er sehe sich seine Stücke am liebsten von den hinteren Plätzen der Galerie an, nahm mit schlechtem Gewissen ein Sonnenbad auf dem Dach seines Hauses.
«Mami?» Sigi rutschte hin und her, er langweilte sich.
«Ja?»
«Wo ist denn die Mami von Hippolytos?»
«Ich weiß nicht. Ich glaube, sie ist tot, wir müssen den Captain fragen.»
«Mami? Wie heißt Sir Theseus denn weiter?»
«Das mußt du auch den Captain fragen.»
«Und was ist jetzt mit Hippolytos passiert?»
«Liebling, du mußt aufpassen. Hast du denn nicht gehört, daß Theramenes gerade gesagt hat, er sei vom Fahrrad gestürzt und von einem Lastwagen überfahren worden?»
«Mensch! Jetzt ist Phädra sauer, man sieht es.»

«Du sollst nicht immer *Mensch* sagen. Ich habe es dir schon so oft gesagt.»
«Mami, warum hat Sir Theseus denn diesen Hara-See adoptiert?»
«Ich denke mir, jetzt, wo alle tot sind, fühlt er sich ziemlich einsam.»
«Ob er Hara-See etwas von seinem Geld vermachen muß?»
«Ich weiß nicht. Da kommt der Captain, ihn mußt du fragen.»
Der Captain nahm sie mit hinter die Bühne und zeigte ihnen die Maschinerie, das Schaltbrett und so weiter, was Sigi sehr viel mehr interessierte als das Stück. Von nun an ging er im Royal George ein und aus, zum Mißfallen der jüngeren Mitglieder der Mannschaft, die hinter ihren Vorhängen sehr wohl mitbekommen hatten, wie der Hase lief. Phädra hingegen schloß Sigi in ihr Herz und verwöhnte ihn.
Unterdessen kam der Captain mit seinem Werben um Grace nicht recht voran. Hinderlich war ihm der Umstand, daß Grace ihn nicht sexuell anzog. In ihrer Gegenwart ergriffen ihn eine Scheu und ein Unbehagen, die er anscheinend nicht überwinden konnte. Vielleicht würde es möglich sein, eine Ehe zu führen, in der die Sexualität nicht vorkam, aber ihm wurde immer klarer, daß es sehr schwierig werden würde, einer schönen Frau einen Heiratsantrag zu machen, die er noch nie angefaßt hatte. Ein bißchen Schmusen und Umarmen vermochte so manche Verlegenheit zu überbrücken. Sein ganzer himmlischer Plan schien ihm nun dadurch gefährdet, daß er Grace nicht berühren konnte. Aber die Schuld daran gab er ihr. Warum war sie so steif und zurückhaltend? Warum taute sie nicht auf und machte ihm die Sache einfacher? Manche schlaflose Nacht hatte er an all das gedacht, was ihm die Ehe mit ihr bescheren würde. Die Lorbeeren der Madame Victoire, die Greifen und die Schlösser von Madame Pompadour, die Delphine und die Lilien; Château Yquem, Chambolle-Musigny, Mouton Rothschild. Das alles konnte er spüren, er konnte es sehen, er konnte es schmekken. Manchmal war ihm, als müßte er in Tränen ausbrechen

wie ein kleines Kind, wenn das alles und noch viel mehr seiner Hand entgleiten würde, nur weil er nicht imstande war, Grace eine Hand um die Hüfte zu legen.
Dem Captain ging zu dieser Zeit überhaupt alles schief. Die Zahl der Abonnements im Royal George schrumpfte in beunruhigendem Tempo, verschiedene Gläubiger drängten auf Befriedigung ihrer Ansprüche, *Sir Theseus* konnte offenbar nicht mehr lange gespielt werden, und obendrein war die schlechte Laune der Mannschaft inzwischen chronisch geworden. Nur die alte Phädra war noch freundlich zum Captain, aber mit ihren Krampfadern war es schlimmer denn je, und der Arzt hatte ihr gesagt, sie dürfe nicht mehr in der Küche stehen, solange sie diese große, anstrengende Rolle spielte. So war der Captain mit seinem leiblichen Wohl den anderen ausgeliefert, und sie gaben ihren Gefühlen in der Sprache der Hausarbeit beredten Ausdruck. Verbrannt und verbrutzelt war die Parole des Tages. Sein häusliches Leben war an einem Tiefpunkt angelangt.
Es mußte unbedingt ein neues Stück gefunden werden, das an die Stelle von *Sir Theseus* treten konnte. Die Mannschaftsmitglieder strichen sich das Haar aus den Gesichtern und lasen große Mengen von Manuskripten, oft in den Originalsprachen, in Katalanisch, Finnisch oder Bantu, und schrieben Gutachten für den Captain. Er hatte ihnen gesagt, und tief in ihrem Inneren ahnten sie es selbst, daß sie diesmal etwas auf die Beine stellen mußten, womit sich wirklich ein paar Karten verkaufen ließen. «Versucht ausnahmsweise mal ein Stück zu finden, das eine Handlung hat», sagte er. «Ich glaube, es würde helfen. Ausnahmsweise mal etwas, das die Kritiker verstehen können.»
Ein Lichtblick im Leben des Captains war in dieser Zeit, wie gut er mit Sigismond auskam. Vom Theaterfieber gepackt, trieb sich der Junge ständig im Royal George herum und verkündete seiner Mutter, die das natürlich weitererzählte, er würde nur M. l'Abbé noch mehr bewundern als den Captain.
Der Captain seinerseits war entzückt. Andere Kinder in diesem Alter kannte er nicht, und so erschien ihm Sigi wie ein Wunder

von Anmut und Intelligenz. Immerzu bettelte Sigi um eine Rolle in einem Stück, und der Captain meinte, wenn sich etwas Passendes finden ließe, sei das in jeder Hinsicht eine gute Idee. Der Junge war durch seinen Ritt auf dem *cheval de Marly* in der Öffentlichkeit zu einer gewissen Bekanntheit gelangt, er war sehr hübsch und möglicherweise auch sehr talentiert. Außerdem würde der Captain auf diese Weise ständig mit Grace zu tun haben. Bei der Premiere, wenn er mit ihr in seiner Loge säße und sie beide ziemlich aufgeregt wären, würde es ihm vielleicht plötzlich möglich sein, ihre Hand zu ergreifen, ihr Knie zu drücken oder ihr gar, wenn niemand hinsah, einen Kuß auf die Schulter zu setzen.

Nun hatte eine der jungen Frauen aus der Mannschaft den Captain seit langem immer wieder bedrängt, ein Stück zu inszenieren, das sie aus irgendeinem bratislawischen Dialekt übersetzt hatte und dessen Hauptfigur ein kleiner Junge von zehn Jahren war. Der Captain hatte ihre Übersetzung gelesen, die, so schien ihm, viel von der poetischen Kraft und dem politischen Feinsinn des Originals vermissen ließ. In der englischen Fassung wirkte das Stück ziemlich langweilig. Aber auf dem Kontinent wurde es gerade heftig diskutiert. Es wurde in Paris aufgeführt und fand dort eine geteilte Aufnahme, außerdem war es angeblich mehrere Monate lang heimlich in Lemberg gespielt worden. Im Gedanken an Sigi beschloß der Captain, sich das Stück noch einmal anzusehen.

Es hieß *Der Junker*. Ein alter Kommunist, der seine Tage damit verbracht hatte, dem Marschland, das sein Haus umgab, einen kargen Lebensunterhalt abzuringen, lag auf seinem Bett und wurde immer älter. Er lag allein dort, denn er war von solcher Unbeherrschtheit, daß niemand sich ihm zu nähern wagte. Sein Hund, eine berüchtigte Bestie, lag zähnefletschend neben dem leeren Herd. Sein einziger Sohn hatte eine ausländische Faschistin geheiratet, und deshalb hatte er ihn verstoßen. Der Sohn war in das Land der ausländischen Faschistin gegangen und dort gestorben. Der alte Mann verwahrte das Gold, das er gespart hatte, in einem Topf unter seinem Bett, und irgendwann fiel ihm ein, daß er diesen Topf, ehe er starb und bevor die Partei ihn bekam, dem Sohn seines Sohnes vermachen wollte und daß er dieses Kind sehen wollte, bevor er für immer die Augen schloß. Der Junker kam, ein mannhafter kleiner Kerl, der sich von den unbezähmbaren Wutanfällen seines Großvaters und von dessen Hund, der Bestie, nicht einschüchtern ließ. Er nahm die Bestie überallhin mit, und immer lag seine Hand auf ihrem Kopf. Er brachte die Liebe in dieses Haus, und nach kurzer Zeit holte er auch seine Mutter, die Faschistin, und sie machte dem alten Mann das Bett, das noch nie gemacht worden war. Mit der Zeit überbrückte dieses Kind, dieses unschuldige, liebevolle kleine Wesen, sogar die tiefe politische Kluft zwischen seiner Mutter und seinem Großvater. Beide traten einer gemäßigten Partei bei, und so nahm alles ein gutes Ende.

Der Captain sah jetzt doch gewisse Möglichkeiten in diesem Stück, wenn es nach einer bestimmten Idee, die ihm vorschwebte, umgeschrieben und bearbeitet würde und wenn Sigi die Titelrolle übernahm. Die große Schwierigkeit bestand darin, die Mannschaft hierfür zu gewinnen; wenn ihm das gelang, durfte er endlich einen Kassenerfolg erwarten.

Nach der Samstag-Matinee berief er eine Versammlung auf der Bühne ein. Die Mannschaft saß da, in Rollkragenpullovern, Shorts, mit nackten, blauen Füßen, die Köpfe vorgebeugt, die Gesichter mit Haar verhängt. Er wußte es nicht, aber sie waren in einer gefährlichen Stimmung. Sie hatten den Captain in letzter Zeit kaum zu Gesicht bekommen, weder bei ihm zu Hause noch im Theater; er hatte mit Grace viele Partys in reichen, bourgeoisen Häusern besucht. Einige Gerüchte behaupteten sogar, er sei beim Rennen in Ascot in der Box von Sir Conrad gesehen worden. Das alles hatte ihm bei seiner Mannschaft wenig genützt.

Zunächst erklärte der Captain, ein finanzieller Erfolg sei für das Royal George unbedingt notwendig. Wenn er ausbliebe, würden sie das ernsthafte Publikum auch nicht mehr mit Stücken erfreuen können, die zu inszenieren sie allein den Mut fänden.

Die Lichter würden ausgehen, das Theater würde schließen, und zurück bliebe eine klaffende Lücke im geistigen Leben Londons. Die Mannschaft wußte, daß es so war. Alle saßen ganz still da und lauschten. Nun lobte der Captain Fiona wegen ihrer Übersetzung von *Der Junker* in den höchsten Tönen. Er habe sie noch einmal gelesen, sie sei sehr gut, und er glaube, mit ihr sei etwas anzufangen. Dann holte er zu einem längeren Vortrag über die Psychologie des Publikums im Laufe der Jahrhunderte aus.

«Die beiden größten Dramatiker der Neuzeit», so sagte er, «sind Shakespeare und Racine.»

Die Gestalten um ihn herum gaben kein Lebenszeichen von sich; gesichtslos und stumm, reglos über die nackten, blauen Füße gebeugt, warteten sie auf die Fortsetzung der Ansprache. Der Captain wußte, wenn er Sartre und Lorca genannt hätte, wäre eine Reaktion gekommen, ein Beben vielleicht, bei dem sich die seidigen blonden Vorhänge geteilt hätten, oder ein Nikken der verschleierten Köpfe. Aber da war kein Beben und kein Nicken. Er wurde langsam nervös und fragte sich, ob es ihm vielleicht nicht gelingen würde, sich durchzusetzen. Aber bisher war ihm das noch immer gelungen, und er glaubte, auch diesmal würde alles gutgehen.

«Shakespeare und Racine», so fuhr er fort, «haben die Psychologie des Theaterbesuchers verstanden, und sie haben gewußt, daß es zwei Dinge gibt, die für das Publikum unwiderstehlich sind. Das erste (und wenn wir uns an die Lehren dieser großen Männer halten, wie wir es meiner Ansicht nach tun sollten, dann ergeben sich daraus für Ulra auch interessante Perspektiven bei der Gestaltung des Bühnenbildes) ist der Reiz der Vergangenheit. In dem zweiten Punkt offenbart sich, wie ich leider gestehen muß, eine Schwäche der menschlichen Natur, eine Schwäche, die heute nicht weniger stark ist als im 17. Jahrhundert. Um es klar und deutlich zu sagen, das Publikum will Herren und Herrscher sehen. Shakespeare wußte genau, woran er war, das läßt sich nicht bestreiten. In seinen Stücken werdet ihr kaum einfache Menschen finden, und wenn doch einmal der

eine oder andere auftritt, dann macht sich Shakespeare nicht mal die Mühe, Namen für sie zu finden. Erster Totengräber, zweiter Soldat und so weiter. Man darf wohl annehmen, daß er ein paar sehr tiefschürfende Studien über die Bürger von Stratford hätte schreiben können, Anschauungsmaterial dafür muß er in Hülle und Fülle gehabt haben. Aber nein. Seine *dramatis personae* sind Könige und Lords, Königinnen und Ladys. Bei Webster das gleiche. Und wer will behaupten, daß sie unrecht haben? ‹Noch bin ich die Herzogin von Malfi› rührt uns zu Tränen. ‹Noch bin ich Mrs. Robinson› wäre nicht das gleiche.»
Die Mannschaft kicherte nicht, und der Captain hatte das ungute Gefühl, daß er diesen Witz vielleicht schon einmal zum besten gegeben hatte. Er hoffte, nicht noch weiter nachzulassen, und fuhr rasch fort.
«Und was Racines Helden und Heldinnen angeht, so sind die meisten von ihnen Herrscher. Ich behaupte nun: Was gut für das Globe Theatre und gut für das Théâtre Royal war, das ist auch gut für das Royal George. Wie wäre es also, liebe Fiona, wenn du den *Junker* umschreibst, wenn du das Stück auf einem englischen Landsitz gegen Ende des letzten Jahrhunderts spielen läßt und aus dem gewalttätigen alten Kommunisten einen gewalttätigen alten Grafen machst? Schreibe die Rolle des kleinen Jungen für unseren süßen kleinen Sigismond – er dürfte sich als eine ungeheure Attraktion erweisen. Wenn du das alles tust, Fiona, und nur du kannst das, und wenn Ulra ein wirklich unterhaltsames Bühnenbild dafür gestaltet – ein viktorianisches Schloß, Ulra, gotisch, Spitzenkragen und Samtjacke für den Jungen –, dann prophezeie ich euch einen sicheren Erfolg. Ich denke, wir könnten für sechs Monate mit einem ausverkauften Haus rechnen. Nachher werden wir uns dann wieder dem zuwenden können, was wir in diesem Theater eigentlich wollen. Ihr braucht keine Angst zu haben, ich hätte das aus dem Auge verloren. So, und nun möchte ich euch nicht länger aufhalten», er sah auf seine Uhr. «Ich muß nach London, aber zum Dinner bin ich zurück.» Nach der Abendvorstellung aßen

sie immer gemeinsam im Haus des Captain. «Wir können dann noch einmal darüber sprechen –»
Keine Bewegung, wie in Trance saßen die Gestalten hinter ihren Vorhängen. Es gefiel ihm nicht, aber es beunruhigte ihn auch nicht ernsthaft; er hatte auf diesem Schiff schon so manchen Sturm bestanden, mit dieser Mannschaft, mit diesen Herzen aus Eichenholz.

Als der Captain ziemlich spät zum Dinner heimkehrte, war das Haus dunkel und so leer wie die *Marie Céleste*. Manches deutete darauf hin, daß sich noch vor kurzem Menschen hier aufgehalten hatten, sie hatten eine Mahlzeit eingenommen, aber nachher nicht aufgeräumt, und jetzt war niemand mehr da.
Der Captain glaubte, seine Mannschaft habe sich zu einem Landgang entschlossen. An manchen Abenden zogen sie los und ließen dann irgendeinen Leckerbissen zurück, der im Herd für ihn brutzelte. Aber die Küche lag im Dunkeln, der Herd war kalt und leer. Er spähte in das meist von Ulra besetzte Schlafzimmer, ob sich dort eine schmollende Gestalt auf dem Bett rekelte. In diesem Fall mußte er sie dazu bringen, sich um sein leibliches Wohl zu kümmern. Aber da war keine schmollende Gestalt, auch die Nylonhaarbürsten und der kaputte Kamm waren vom Frisiertisch verschwunden, zerknitterte Unterwäsche quoll nicht mehr aus halbgeöffneten Schubladen, Dufflecoats und zerschlissene Ballkleider wölbten nicht mehr den Vorhang in der Ecke, es lagen auch keine alten Schuhe auf dem Dielenboden herum und keine alten Hüte auf der Ablage über der Garderobe. Ulra war offensichtlich gegangen und hatte all ihre Habseligkeiten mitgenommen. Unten im Port Royal und oben unter den Toits de Paris war es in allen Zimmern dasselbe. Dem Captain sank das Herz. Das war Fahnenflucht. Mit einer Meuterei wäre er zurechtgekommen, er hätte der Mannschaft die gefürchtete neunschwänzige Katze, seinen Sarkasmus, nur zu zeigen brauchen, und schon hätten alle gespurt, aber Fahnenflucht war viel problematischer. Er war sich ziemlich sicher, daß sie geschlossen zum Neoterismus übergelaufen waren.

Der Captain verbrachte eine schlaflose Nacht, in der er zu dem Schluß kam, daß er nur noch eines tun konnte. Er mußte Grace aufsuchen und sie überreden, ihn zu heiraten. Vielleicht war es gar nicht schlecht, aus einer plötzlichen Eingebung zu ihr zu gehen, obwohl er diesen Schritt lieber mit einem triumphalen Bühnenerfolg von Sigismond eingeleitet hätte. Er mußte versuchen, Grace ohne langes Nachdenken zum Standesamt zu schleppen. Jetzt war nicht die Zeit zum Nachdenken, sondern die Zeit zum Handeln. Ohne Frühstück, mit einem Gefühl von Seekrankheit im Magen, machte sich der Captain auf den Weg nach Queen Anne's Gate.

Nun traf es sich, daß Grace an diesem Tag so traurig und verzweifelt aufgewacht war wie noch nie, seit sie Paris verlassen hatte. Ihre Scheidung war jetzt definitiv, und sie hatte ihren Teppich vollendet. Sie hatte mit sich gewettet, daß ein Zeichen von Charles-Edouard kommen würde, bevor diese beiden Dinge eintraten; aber es war keines gekommen.

Das Wetter, das sich immer auf ihre Stimmung auswirkte, blieb so scheußlich wie schon fast den ganzen Sommer über. Tag für Tag stellte sich die Frage, ob man Winterkleider anziehen sollte. Und mit einem Strohhut, durch den dann der kalte Wind pfiff, krönte man sich nur deshalb, weil eben Juni war.

Gerade wollte sie einen dieser Hüte aufsetzen und zu einem langweiligen Lunch gehen, als ihr Mädchen hereinkam und sagte, der Captain sei unten. Das munterte sie auf.

«Gib ihm ein Glas Wodka – ich komme gleich.»

Der Captain hatte schon begonnen, sich Wodka einzuflößen, in großen Schlucken, wie ein Russe. In ihm wuchs die Zuversicht, daß alles gut werden würde.

Die Tür ging auf, aber nicht Grace erschien, sondern Sigismond.

«Guten Morgen, Old Salt», sagte er – ein bißchen zu großspurig für ein Kind in seinem Alter, dachte der Captain. Er mußte ihn loswerden, er mußte mit Grace allein sprechen, solange die wohltätige Wirkung des Wodkas auf seinen doppelt leeren Magen (kein Dinner, kein Frühstück) anhielt.

«Wann kann ich nun eigentlich mit den Proben beginnen?»
Das war zuviel für die Nerven des Captain. Er nahm Sigi bei der Schulter, drehte ihn zur Tür und gab ihm einen kräftigen Schubs. «Ich will mit deiner Mami reden, nicht mit dir. Lauf los, zu Nanny, sei brav.»
Sigi warf ihm einen unheilvollen Blick zu. Der Captain bemerkte, daß er einen Fehler gemacht hatte, und fing an, in seiner Hosentasche zu kramen. Er fand einen Shilling und ein Fünfpfundstück, das eine schien ihm zuwenig, das andere viel zuviel. Er zog den Shilling hervor, und Sigi steckte ihn wortlos ein, um dann wütend nach oben zu gehen. Nie zuvor hatte ihn jemand mit einer so kleinen Münze beleidigt.
Grace trat ein. Sie sah sehr hübsch aus und freute sich, den Captain zu sehen – sehr zugänglich, dachte er und sprang auf.
«Ich bin aus einem plötzlichen Entschluß gekommen und möchte Sie bitten, mich zu heiraten, Grace.»
«Du lieber Himmel, Captain!»
«Vielleicht meinen Sie, ich müßte einen solchen Schritt vorbereiten, Ihnen die Sache schonend beibringen, wie eine schlechte Nachricht. Aber das finde ich nicht. Wir sind beide erwachsen, und ich finde, wenn ich Sie heiraten will, dann sage ich es am besten direkt.»
«Ja, wahrscheinlich haben Sie recht.»
«Und bitte, überlegen Sie nicht lange. Ich mag Leute nicht, die sich immer alles überlegen, scheußliche, berechnende Gedanken. Sagen Sie ja, und ich gehe los und besorge uns eine Heiratserlaubnis.»
Grace war ernsthaft versucht, genau das zu tun. Sie war wütend auf Charles-Edouard, wütend über die Art, wie er ihr zu verstehen gab: «Komm zurück, wenn du willst, aber denke nicht, ich würde mich um dich bemühen oder es dir irgendwie leichter machen», und wütend, weil er ihr dies indirekt mitteilte, durch Sir Conrad. Warum rief er nie an, warum schrieb er nie, tat nie einen direkten Schritt auf sie zu? Es war unerträglich. Sie spürte, daß es ihn treffen würde, wenn sie den Captain, diesen

brillanten, von Witz sprühenden Freund der Pariser Intellektuellen, heiratete – viel mehr, als wenn sie einen Mann wie Hughie heiratete. Hughie konnte nur ein Notbehelf sein, der Captain jedoch war vielleicht eine neue große Liebe.

«Ich will es mir nicht überlegen», antwortete sie, «aber ich muß darüber mit Sigismond sprechen.»

Der Captain war sehr bestürzt. «Mit Sigi?»

«Oh, Captain, wenn es Sigi nicht recht ist, könnte ich es nicht tun, wissen Sie. Ich habe ihm versprochen, daß ich nicht heiraten werde, ohne ihn vorher zu fragen.»

«Unsinn. Kleine Jungen in diesem Alter ändern ihre Ansichten alle paar Minuten – an einem Tag reden sie so, am nächsten so, aber es hat nichts zu bedeuten. Es hängt bloß davon ab – na ja, also zum Beispiel davon, ob man ihnen zuletzt einen Shilling oder fünf Pfund Trinkgeld geschenkt hat. Sigi hat mich sehr gern, das müssen auch Sie bemerkt haben. Ich werde mich nicht als ein zweiter Mister Murdstone entpuppen, das verspreche ich Ihnen – ich bin gutmütig und habe Kinder gern. Ich sagen Ihnen das, also muß es wahr sein. Was Menschen von sich selbst sagen, ist immer wahr. Wenn sie sagen: ‹Verlieben Sie sich nicht in mich, ich werde Sie sehr unglücklich machen›, dann muß man ihnen glauben, genauso, wie Sie mir glauben müssen, wenn ich Ihnen sage, daß Sie und Sigi ein glückliches Leben führen werden, wenn Sie mich erst geheiratet haben. Ein ruhiges, gelassenes, aber glückliches Leben.»

«Ach, Captain, ich glaube Ihnen ja. Ich weiß es eigentlich schon seit langem.»

Während Grace dies sagte, sah sie so aus, als könnte man sie wirklich umarmen, und der Captain wollte sie auch schon an seine Brust drücken, als sie einen Blick auf die Uhr warf und plötzlich hochfuhr.

Sie habe sich schon eine halbe Stunde zum Lunch verspätet, sagte sie und floh – aber von der Treppe rief sie noch: «Kommen Sie heute abend zum Tee.»

«Sag mal, Sigi. Du magst doch den Captain, oder?»
«Soll ich dir wirklich sagen, wie ich den Captain finde?»
«Ja, genau das möchte ich von dir wissen.»
«Ich finde, er ist ein verdammter Mistkerl, das ist er.»
«Sigismond – ins Bett mit dir, sofort! Nanny, Nanny –» Wütend stürmte Grace nach oben. «Bitte bring Sigismond ins Bett, ohne Abendessen und ohne Dick Barton. Ich dulde das nicht, Sigi, so etwas sagt man nicht über Erwachsene, hast du verstanden? O nein, das ist zuviel», und dann brach sie in Tränen aus. Sie hatte es sich überlegt und den Captain heiraten wollen, aber nun blieb ihr auch dieser Trost versagt.
Sigi war ziemlich verwirrt und sehr mißmutig. Er bekam seine Strafe, aber er hatte als erster einen Treffer gelandet.
An diesem Abend reiste der Captain nach Frankreich ab, allein. Das Royal George war untergegangen, ohne Mann und ohne Maus. Nachdem der neue Besitzer es renoviert, frisch gestrichen und dem Geist der Zeit entsprechend umgetauft hatte, erlebte das *Broadway* im nächsten Herbst eine triumphale Eröffnung mit einer Bühnenbearbeitung von *Der Kleine Lord*.

11

Madame Rocher des Innouïs setzte sich nun, wie es alte Damen zuweilen tun, etwas in den Kopf und beschloß, nicht zu ruhen, ehe sie ihre Idee in die Tat umgesetzt hätte.
Sie wollte Grace und Charles-Edouard wieder zusammenbringen, sie wollte, daß die beiden diesmal richtig heirateten, daß Grace konvertierte, daß die beiden mehr Kinder bekamen und daß sie gegenüber dem einen, das sie schon hatten, ihre Pflicht taten. Die Situation war untragbar geworden. Charles-Edouard beabsichtigte offenbar nicht, eines der hübschen, passenden und von seiner Tante nach sorgfältiger Vorauswahl präsentierten Mädchen zu heiraten, und war inzwischen mit

der Hälfte aller Ehemänner von Paris in ernste Schwierigkeiten geraten. Nach Informationen, die Madame Rocher über die französische Botschaft in London erhielt, spielte Grace mit dem Gedanken, irgendeinen völlig unpassenden Seemann zu heiraten, und das Kind wurde auf beiden Seiten des Kanals maßlos verwöhnt. Es war schon schlimm genug, daß über einen Valhubert Artikel mit Photos im *Samedi Soir* erschienen, aber nun wollte ihn seine Mutter anscheinend auch noch in einem Londoner Theater auftreten lassen, während ihn Sir Conrad, dem Madame Rocher bei aller Sympathie nicht über den Weg traute, ohne Zweifel in die abscheulichen Riten der Freimaurerei einführte. Charles-Edouards Erbe war auf dem besten Wege, Reklameheld, Schauspieler und Nihilist zu werden; was hätte die arme Françoise davon gehalten?

Madame Rocher schritt zur Tat. Sie reiste nach London, wo sie beim französischen Botschafter wohnte, bestellte Grace zu sich und kam sofort auf das zu sprechen, was sie zu sagen hatte.

«Grace, mein Kind, es ist deine Pflicht, wieder nach Paris zu kommen und Charles-Edouard zu heiraten. Stell dir diesen unglücklichen Mann vor, einsam, unglücklich, dazu verurteilt, den Frauen all seiner Freunde nachzustellen, und genötigt, zu den unpassendsten Zeiten ins Bett zu gehen, dabei stets in Gefahr, daß man seine Beweggründe mißversteht. Er könnte, ehe man sich versieht, in die Fallstricke einer völlig unpassenden Ehe geraten. Und überleg doch mal, wie euer kleiner Junge zwischen euch aufwächst, ohne beharrliche Erziehung. Nichts ist schlimmer für ein Kind, als wenn jeder von euch es abwechselnd sechs Monate im Jahr verwöhnt. Du bist eine vernünftige Frau, Grace, du mußt wissen, worin deine Pflicht besteht.

Ich weiß, daß die Engländer sehr pflichtbewußt sind, Pflichtbewußtsein ist ihre starke Seite. Wir alle bewundern euch, weil ihr keinen Schwarzmarkt habt, aber was nützt es, keinen Schwarzmarkt zu haben, wenn man die Pflichten gegenüber der eigenen Familie versäumt, Grace? Hast du dir das schon mal überlegt?»

Grace, die das einsame Leben gründlich satt hatte und sich Tag

und Nacht nach Charles-Edouard sehnte, konnte vor den erfahrenen Augen von Madame Rocher nicht verbergen, wie glücklich diese Worte sie machten und daß Pflicht und Neigung in ihrem Fall ein und dasselbe waren.
«Aber Charles-Edouard hat mich nie gebeten zurückzukommen», sagte sie. «Immer höre ich von meinem Vater, daß er mich will, aber nie habe ich ein direktes Zeichen von ihm erhalten. Das macht die Sache schwierig.»
Madame Rocher seufzte erleichtert. Sie wußte, sie hatte gewonnen.
«So seltsam ist das vielleicht gar nicht», sagte sie. «Charles-Edouard ist noch nie von einer Frau verlassen worden. Er selbst versteht sich sehr gut auf die Technik des Verlassens, man könnte fast sagen, er hat sie zur schönen Kunst erhoben, aber Verlassenwerden ist für ihn eine neue Erfahrung. Es irritiert ihn, er weiß nicht, wie er damit umgehen soll. Könntest du nicht den ersten Schritt tun?»
«Oh, Tante Régine! Ja, vielleicht. Aber was ist mit Juliette und Albertine?»
«Die schon wieder! Du bist nicht auf dem laufenden, meine Liebste. Juliette ist völlig passé. Aber betrachten wir die Sache einmal vernünftig. Charles-Edouard hat doch mit dir geschlafen, nehme ich an?»
Grace wurde rot, aber sie nickte.
«Na also, dann ist es ja gut. Warum betrachtest du die anderen nicht als sein Hobby? So wie die Jagd oder das Pferderennen, ein Zeitvertreib, der ihn dir zuweilen für einen Nachmittag nimmt, der ihn amüsiert und dir nicht schadet?
Außerdem wollte ich dir noch etwas sagen. Man kann es natürlich nie mit Gewißheit sagen, und die Menschen sind in dieser Hinsicht sehr verschieden, aber sehr oft kommen Männer in Charles-Edouards Alter bei ihren Frauen zur Ruhe. Wenn du zu ihm zurückkehrst, würde es mich nicht wundern, in fünf oder zehn Jahren einen völlig veränderten Charles-Edouard zu sehen.
Tee bei Albertine, nun ja, das denke ich schon. Sie ist eine von

denen, die die Leute nicht ganz aus ihrem Leben verbannen können, das muß ich leider sagen, und zu Charles-Edouards Leben gehörte sie schon lange ehe er dich kennenlernte. Aber den Juliettes dieser Welt ist nur eine kurze Zeit beschieden, das ist bald vorbei, und manchmal tritt keine andere an ihre Stelle. Ich glaube, Charles-Edouard ist sogar ein besonders hoffnungsvoller Fall, weil er sein eigenes Zuhause so sehr liebt. Denk an die vielen Stunden und die Kraft, die er aufbringt, wenn er Möbel umstellt und Bilder umhängt, wenn er seine Sammlungen ergänzt und sich über die kleinsten Einzelheiten der Beleuchtung den Kopf zerbricht. Denk daran, wie ungern er sein Zuhause verläßt, und sei es nur für einen kurzen Besuch in Bellandargues oder Venedig. Er beklagt sich bitter, wenn er das Haus für einen Monat verlassen muß, weil die Dienstboten Ferien haben, und jedesmal ist er wieder zurück, ehe die Schonbezüge herunter sind.

Das alles kannst du dir zunutze machen, wenn es dir gelingt, ihm das Gefühl zu geben, daß du zu seinem Zuhause gehörst, daß du die Göttin dieses Hauses bist. Ich hatte einen Vetter, einen schlimmen Don Juan, den sich seine Frau buchstäblich durch Stricken zurückerobert hat. Mit ihrem ewigen Wollknäuel und dem Klicken der Stricknadeln saß sie alles aus – wie haben wir uns über sie lustig gemacht! Aber es war nicht dumm. Zuletzt wurde es, glaube ich, für ihn zu einem Symbol seines häuslichen Lebens, und er schloß sich ihr wieder so an, daß man, als sie alt waren, glauben konnte, ihn hätte nie eine andere interessiert. Könntest du nicht versuchen, das ganze Problem ein bißchen anders zu sehen, Grace? Mehr wie eine Französin und weniger wie ein Filmstar?»

Grace kam es so vor, als könnte sie, und sie sehnte sich danach, den Versuch zu machen, denn dieser andere Blickwinkel war offensichtlich entscheidend, wenn sie zu Charles-Edouard zurückkehren wollte.

«Ja, Tante Régine», sagte sie. «Ich will es versuchen, ich verspreche es dir. Aber Charles-Edouard muß mich abholen.»

«Ach, wenn es nur das ist! Ich spreche mit ihm, und dir ver-

spreche ich, daß er nächste Woche kommt. Damit wäre das also geregelt – gut. Und wann bekomme ich nun meinen lieben *Vénérable* zu sehen?»
«Der *Vénérable* verzehrt sich schon nach dir. Er hat in der Botschaft angerufen, um herauszufinden, was für Pläne du hast – heute abend wollen sie dich offenbar ins Ballett entführen, deshalb hofft er, daß du morgen bei uns zu Abend ißt. Im Augenblick kauft er gerade ein und versucht etwas zu finden, das er dir anbieten kann.»
«Und dabei trägt er dann bestimmt wieder seinen Schurz. Aber sag ihm doch bitte, er soll bloß keine Umstände machen. Ich liebe das englische Fleisch, die Lenden, den Rücken – siehst du, wie gut ich mich erinnere, dabei bin seit 1914 nicht mehr hiergewesen. Ich liebe sie, so wie sie sind. Die ausgezeichneten Braten, die Steaks, die Nierenpastete, es gibt nichts Köstlicheres. Also morgen um acht?» Sie küßte Grace zärtlich auf beide Wangen.
Während Grace nach Hause ging, spürte sie, wie ihr warm ums Herz wurde. Alles würde gut werden, sie wußte es.
Zum Dinner für Madame Rocher war ein Unterhausabgeordneter namens Clarkely, Mitglied des Englisch-Französischen Parlamentsausschusses, eingeladen, sodann Sir Henry und Lady Clarissa Teazle, der Besitzer einer der großen Sonntagszeitungen und seine Frau, zwei bekannte Frankophile, und natürlich Mrs. O'Donovan. Madame Rocher kam in großer Pariser Gala. Ihr Brüste steckten in blaßblauen, auf gelbe Seide gehefteten Glasschalen (allerdings paßten sie nur knapp hinein – es sah aus, als könnten sie jeden Augenblick herausgleiten, und wie hätte man sie dann zurückgeschoben?); ihr blaßblauer Rock, wie aus Hunderten Schichten von Tüll gemeißelt, war ziemlich kurz, und als sie sich setzte, konnte man sehen, daß sie gelbe Seidenhosen trug, die am Knie ebenfalls mit Glasschalen besetzt waren. Mrs. O'Donovan und Lady Clarissa kamen gar nicht mehr los von diesem Busen und diesen Knien und tauschten manchen vielsagenden Blick.
«Welche Freude», rief Madame Rocher überschwenglich, «die

liebe Meg wiederzusehen. Warum kommen Sie eigentlich nie mehr nach Paris? Ich kenne mehr als einen, der sich dort in Liebe nach Ihnen verzehrt. Niemand», wandte sie sich jetzt an die Gesellschaft, «und gewiß keine Ausländerin hat in Paris je wieder solchen Erfolg gehabt wie Madame Audonnevent.»
Die englischen Gäste waren ausgewählt worden, weil sie ausgezeichnet französisch sprachen, aber sie hatten kaum Gelegenheit, ihre Fähigkeiten ins Spiel zu bringen, denn Madame Rocher war entschlossen, ihr Englisch zu erproben, und gönnte sich dabei den ganzen Abend nicht eine Atempause.
Sie sprach über die Freude, das Entzücken, die Ekstase, in die sie die beiden Tage in London gestürzt hatten.
«Heute morgen», erklärte sie, «bin ich um acht aufgestanden, und stellt euch vor – um neun zur Öffnung war ich fertig!»
«Zu welcher Öffnung?»
«Zur Öffnung der Geschäfte. Oh, diese Läden. Ich habe schon alle meine Hüte für die Grande Semaine gekauft.»
«Nein! Wo denn?» fragte Mrs. O'Donovan in der Hoffnung, den Namen einer begabten französischen Modistin zu erfahren, deren Adresse die Damen der französischen Botschaft mit Absicht geheimhielten.
«Aber meine Liebe! Da fragen Sie noch? Bei D. H. Heavens natürlich – unten, im Keller. So etwas Schönes habe ich noch nie gesehen – das Stroh! die Verarbeitung! der Chic! Für alle meine Freundinnen – sie werden ganz hingerissen sein – habe ich zu Weihnachten euer berühmtes englisches Parfum gekauft, Yardley – köstlich, und so schön präsentiert, in diesen schicken Flaschen. Und dann bei Woolworth alle kleinen Geschenke für den Cotillon beim Ball des Innouïs – das Vergnügen, wenn man bei Woolworth herumläuft. Die Namen der Läden allein sind schon ein Gedicht – The Scotch House –, ich habe hundert Meter Tartan gekauft, aus denen ich Überzüge für alle meine Möbel machen lassen kann, außerdem Schottenmützen und eine herrliche Felltasche, aber dann erst bei *Army and Fleet*! Diese Eleganz! Allein wegen der Eleganz werde ich von nun an einmal im Monat herüberkommen.

Bei Uupère habe ich einen neuen Rolls-Royce bestellt, mit Rohrgeflecht – todschick! Manchmal, wenn ich ein bißchen müde von all den Einkäufen bin, setze ich mich ins Cadena-Café und bestelle einen *café crème* und sehe mir eure englischen Schönheiten an. Eine Erholung für das Auge. Mir fällt auf, wie vernünftig sie sind, sie verschmähen die *demi-toilette*, und völlig zu Recht, es gibt nichts Schlimmeres. Sie gehen ohne Make-up und fast ungekämmt aus, um ihre Einkäufe zu erledigen. Dann gehen sie wieder nach Hause und machen sich ordentlich zurecht. Also, ich finde das wunderbar. Alles oder nichts, ganz meine Meinung.
Deshalb hatte ich keine Zeit zum Lunch, wie ihr euch denken könnt, aber wen stört das, wenn man ein *bun* und eine Tasse Tee bekommen kann? Und den Nachmittag über war ich zur Anprobe!»
«Zur Anprobe?» Mrs. O'Donovan und Lady Clarissa waren verblüfft.
«Bei Junior Miss, meine Liebe. Alle meine Strandkleider. Fragen Sie mich nicht, was Dior sagen wird, wenn er von Junior Miss hört. Ich will lieber nicht daran denken. Nein danke, keinen Wein – in England trinke ich nur Whisky.»
Mr. Clarkely, der sich mehr für französische Politik als für englische Eleganz interessierte, stellte nun ein paar Fragen zur Politik der «Dritten Kraft» und fügte hinzu, durch seinen Ausschuß sei er mit vielen französischen Ministern befreundet, aber Madame Rocher rief nur:
«Reden Sie mir nicht von diesen gräßlichen Leuten – Tag und Nacht haben sie nichts anderes im Kopf als ihre Bäuche und ihre Geliebten.»
«Wirklich?» fragte Mr. Clarkely. «Sind Sie sicher?» Er hatte einen völlig anderen Eindruck gehabt.
«Wofür verschwenden sie denn Ihrer Meinung nach diese enormen Diäten, über deren weitere Erhöhung sie immerfort abstimmen?» (Madame Rocher hätte sich bitter beklagt, wenn sie sich von dem Jahresgehalt eines französischen Ministers hätte einkleiden müssen.) «Die Bäuche, mein lieber Herr, und die

Geliebten. Was geschieht denn Ihrer Meinung nach mit den riesigen Summen, die der gräßliche Dexter ihnen für Panzer und Flugzeuge gibt? Mein Neffe ist Truppenkommandeur, und er sagt mir, sie haben keine Panzer und keine Flugzeuge, sie haben dort kaum eine Flinte. Und warum? Weil diese Gelder für die Bäuche und die Geliebten Ihrer Freunde ausgegeben werden, mein lieber Herr.»

Mr. Clarkely war sehr überrascht. «Aber doch nicht alles», meinte er und erwähnte einen bestimmten Minister, der für seine strenge Lebensführung und seinen dyspeptischen Arbeitseifer bekannt war.

«Doch, alles! Nennen Sie diese Namen nicht, sonst bekomme ich einen Anfall! Alles, ich sage es Ihnen, alles! Sie nehmen sich die besten Häuser, sie besitzen ganze Flotten von Automobilen, den Tag verbringen sie mit Essen und Trinken, und nachts wird der Nachschub an neuen Geliebten über den *escalier de service* abgewickelt. Es war schon immer so, aber ich kann Ihnen sagen, daß die Skandale um Wilson und Panama oder um den Tod von Felix Fauré nichts sind, verglichen mit dem, was sich heute abspielt. Geben Sie uns unseren König zurück, mein lieber Herr, dann reden wir wieder über Politik», sagte sie, als würde ihr König im Londoner Tower gefangengehalten. «Bitte, *Vénérable*, noch einen Whisky.»

Mrs. O'Donovan flüsterte Mr. Clarkely zu: «Es ist sinnlos, sich mit solchen Französinnen über Politik zu unterhalten – fragen Sie lieber mich. Ich weiß viel mehr darüber.»

Aber Mr. Clarkely war einmal in der Woche zum Tee in St. Leonard's Terrace und hatte dort schon vernommen, was Mrs. O'Donovan über Frankreich wußte. Er hatte auf Informationen aus erster Hand gehofft.

«Ist sie wirklich so royalistisch?» fragte er Grace. Madame Rocher berichtete Sir Conrad gerade von ihren Plänen für den Sommer und flehte ihn an, mit ihr nach Deauville, Venedig und Monte Carlo zu kommen.

«Wie der ganze Faubourg», sagte Grace. «Sie hat ein Photo des Königs auf ihrem Flügel stehen, aber ich glaube, sie würde keinen Finger krumm machen, um ihn zurückzuholen. Mein Mann sagt, die Franzosen hassen alle Formen von Autorität gleichermaßen.»

Nach dem Dinner nahm Madame Rocher Sir Conrad beiseite: «Erzählen Sie, *mon cher Vénérable*, wie geht es der Großen Loge? Wissen Sie, ich habe nämlich», sagte sie und hauchte ihm ein duftendes Geflüster (Yardley's war es nicht) ins Ohr, «auf eines ihrer Mitglieder einen Anschlag vor.»

«Das höre ich mit großem Vergnügen», erwiderte er und schwelgte genüßlich in der sinnlichen Ausstrahlung, die trotz ihrer siebzig Jahre von ihr ausging. «Kommen Sie doch einen Augenblick hier hinein, dort können wir erörtern, was da zu tun ist.»

12

Madame Rochers Reise wäre, wie sich bald herausstellte, gar nicht nötig gewesen. In der Nacht nach Sir Conrads Dinner wurde Sigismond sehr übel und er bekam Fieber; am Morgen kam der Doktor und sagte, der Blinddarm müsse sofort entfernt werden. Ein Krankenwagen brachte Sigi in ein Kinderkrankenhaus, wo er für die Operation vorbereitet wurde.

«Werde ich sterben? Und auf den Père Lachaise kommen? Und den Kaiser sehen, wie in *Le Rêve*?» fragte er sehr interessiert. «Also, Nanny verzeihe ich alles. Darf ich mal das Messer sehen? Da habe ich nachher ja auch eine Narbe, wie Canari! Oh, gut! Wann macht ihr es?»

«Erst morgen früh», sagte die Krankenschwester, «und reg dich nicht so auf.»

«Geben Sie ihm etwas, damit er in der Nacht zur Ruhe kommt», sagte der Arzt, und nachher wurde Sigi sehr schläfrig. Grace blieb bis zum Abend bei ihm, dann kam Nanny und war bereit, die Nacht im Krankenhaus zu verbringen. Da es keinen

Sinn hatte, wenn sie beide dort wachten, und da Nanny unbedingt bleiben wollte, fuhr Grace nach Queen Anne's Gate zurück. Als sie dort ankam, stieg Charles-Edouard gerade aus dem Taxi.

Es schien ihr ganz natürlich, ihn zu sehen, sie spürte keine Verlegenheit und keine Beklemmung und er offensichtlich auch nicht.

«Ravi de vous voir ma chère Grace», sagte er und küßte ihr auf seine rasche Art die Hand.

Sie öffnete die Tür mit ihrem Schlüssel, und sie traten ein.

«Wie geht es ihm? Wann ist die Operation? Ich war nicht zu Hause, als dein Vater anrief, sonst wäre ich früher hier gewesen.»

«Das macht nichts», sagte sie. «Er hat fast den ganzen Tag geschlafen, und die Operation ist erst morgen. Es besteht keine Gefahr und kein Grund zur Sorge.» Plötzlich mußte sie sich setzen, ihr war schwindlig.

«Du siehst müde aus.»

«Ja. Ich habe letzte Nacht kaum geschlafen, und dann war ich die ganze Zeit im Krankenhaus und habe nichts gegessen. Nach dem Dinner geht es mir bestimmt besser.»

Der Butler kam in die Vorhalle. Er warf einen unschlüssigen Blick auf Charles-Edouards Koffer, ließ ihn dann dort, wo er stand, und sagte: «Sir Conrad wird erst sehr spät nach Hause kommen.»

«Dann könnten wir doch sofort zu Abend essen, bitte.»

Beim Dinner war Charles-Edouard wunderbar; er erzählte ihr alle Klatschgeschichten aus Paris.

«Ich freue mich so, dich zu sehen», sagte er von Zeit zu Zeit, und gegen Ende der Mahlzeit fügte er hinzu: «Du ahnst nicht, wie sehr ich dich vermißt habe.»

«Oh, Charles-Edouard, ich bin ganz krank, so sehr habe ich dich vermißt.»

«Ich habe mir überlegt, Bellandargues in diesem Sommer zu öffnen. Sigi kann sich dort von seiner Operation erholen. Willst du nicht auch kommen?»

«Für ein Wochenende?»

«Für immer. Komm, wir gehen nach oben.»

Sie gingen nach oben. Als sie vor dem Salon standen, öffnete Grace die Tür, aber Charles-Edouard ergriff ihre Hand und deutete mit der anderen nach weiter oben.

«Charles-Edouard, das geht nicht. Wir sind nicht verheiratet.»

«Wir waren noch nie verheiratet», sagte er.

Sie traten in ihr Schlafzimmer.

«Aber ich finde, wir sollten jetzt heiraten», sagte er später, «und zwar diesmal richtig. Dem Kind zuliebe.»

Glücklich und schlaftrunken wiederholte Grace: «Dem Kind zuliebe.» Dann wurde sie wieder etwas wacher und fragte: «Aber warum hast du mir nie ein Zeichen gegeben, Charles-Edouard? Ein ganzes Jahr und kein einziges Zeichen?»

«Kein Zeichen? Als du dich geweigert hast, mich zu sehen, obwohl ich von Paris herübergekommen war – als du Sigi gesagt hast, nichts könnte dich dazu bringen, mit mir am Telephon zu sprechen – als du den langen Brief, den ich ihm für dich mitgab, nicht beantwortet hast. Kein Zeichen? Was hätte ich denn noch alles tun sollen?»

Und so kam alles heraus. Nacheinander enthüllten sich Sigis große Untaten und seine kleinen Störmanöver vor den entsetzten Blicken seiner Eltern.

«Wir haben anscheinend einen Borgia in die Welt gesetzt», sagte Charles-Edouard schließlich.

«Unsinn!» erwiderte Grace. «Er ist ein lieber, freundlicher Junge. Das alles ist nur unsere Schuld, wir haben ihn zuviel allein gelassen, als wir glücklich waren, und haben uns zu sehr an ihn geklammert, als wir einsam waren. Wir waren sehr selbstsüchtig und haben von Anfang an sehr viel falsch gemacht mit dem kleinen Kerl. Jetzt erkenne ich es. Er hat das alles bloß getan, weil er uns liebt und bei uns sein möchte. Wenn wir zusammen waren, haben wir ihn ausgeschlossen und eifersüchtig gemacht, da kam ihm die Idee, es sei das beste, uns auseinanderzuhalten.»

«Immer diese Eifersucht, schrecklich. Erst du, dann das Kind. Was soll ich da bloß tun?»
«Du mußt versuchen, netter zu sein, Charles-Edouard.»
«Jedenfalls umsichtiger.»
«Aber immerhin hat er verhindert, daß wir einen anderen geheiratet haben.»
«Haben wir das denn ernsthaft erwogen?»
«Ich schon, zweimal.»
«Wie außergewöhnlich. Gib zu, daß du dich niemals so amüsiert hättest wie mit mir.»
«Amüsement ist nicht das einzige Ziel einer Ehe», sagte Grace geziert.
«Bist du sicher?»
Sie beschlossen, Sigi nicht merken zu lassen, daß sie alles wußten, in Zukunft aber ein sorgfältiges Auge auf alle etwaigen Machenschaften zu haben.
Als Sir Conrad spät am Abend heimkehrte, sah er, daß Charles-Edouards Koffer noch immer in der Vorhalle stand und daß der Salon leer und dunkel war. Er nickte vor sich hin und ging zufrieden zu Bett.

Am nächsten Morgen wurde Sigi, der immer noch interessiert um sich blickte, auf ein Rollbett gelegt. «Wie der Servierwagen im Ritz», sagte er und wurde aus dem Zimmer geschoben. Als letztes sah er über sich die riesigen Augen des Chirurgen, die in seine Augen starrten.
Gleich im nächsten Moment oder ein halbes Leben später schlug er die Augen wieder auf. Er lag wieder in seinem Bett. Er sah die Krankenschwester und lächelte sie an. Dann erblickte er seinen Vater und seine Mutter. Sie hielten sich bei den Händen. Seine Mutter beugte sich vor. «Wie fühlst du dich, Liebling?» Mit einem Schlag wurde ihm grausam bewußt, was dies alles zu bedeuten hatte. Schaudernd schloß er die Augen.
«Er ist noch nicht ganz bei sich», sagte die Krankenschwester, «er hat Sie noch nicht erkannt.»
«O doch», sagte Sigi, «und mir wird ganz schlecht.»

Sobald Sigi wieder bei Kräften war, bestiegen sie den Golden Arrow nach Paris, mit allem, was dazugehört: mit Nanny, dem üblichen Berg von Gepäck und Graces Teppich, der zu einer großen Rolle verschnürt war.
«Er paßt in dein Schlafzimmer in Bellandargues», meinte Charles-Edouard.
«Ich habe ihn für dein Schlafzimmer in Paris gemacht.»
Aber Charles-Edouard hob die Hand, schüttelte den Kopf und sagte sehr freundlich, aber bestimmt: «Nein.»
Madame Rocher, die schon nach Paris zurückgekehrt war und sich über diese Wendung der Dinge sehr freute, rief Charles-Edouard einen Tag vor der Abreise an. «Ich habe Hochwürden Lanvin gewonnen», sagte sie, «er wird euch Donnerstag morgen um elf trauen, und dann muß sich Grace von ihm bekehren lassen. Er ist bei weitem der beste und schnellste, bei der Prinzessin von Louville war die Sache im Nu erledigt.»
Aber Albertine, bei der Charles-Edouard anrief, um sicherzustellen, daß ganz Paris von der neuen Situation erfuhr, wollte unbedingt, daß sie zu ihrem Priester gingen. «Hochwürden Lanvin ist sicher ganz in Ordnung, aber ich finde, ihr braucht einen Mann von anderem Kaliber. Hochwürden Strogonoff ist so freundlich und verständnisvoll, und außerdem ist er auf ausländische Konvertiten spezialisiert –»
«Ja, sicher, Albertine, aber meine Tante hat den Termin schon ausgemacht, und ich denke, wir sollten ihn einhalten. Wir können ja immer noch wechseln, wenn er Grace nicht gefällt.» Es ist genauso, wie wenn die Leute sich über ihre Zahnärzte unterhalten, dachte Grace.
«Was?» rief Charles-Edouard in den Telephonhörer. «Nein! Wirklich?»
Er war plötzlich ganz Ohr. Grace hörte das Geschnatter von Albertines Stimme aus dem Telephon, konnte aber nicht verstehen, was sie sagte.
Charles-Edouard schien jedenfalls völlig hingerissen davon.
«Sehr interessant! Weiter. Ja. Was für eine Sensation! Und mehr weißt du nicht? Leg nicht auf – warte, ich muß es Grace

erzählen. Die Dexters», sagte er zu Grace, «sind nach Rußland geflohen. Sie waren kommunistische Spione, und jetzt sind sie untergetaucht. Morgen steht es in der Zeitung. Salleté hat Albertine die ganze Geschichte gerade erzählt. Also gut, liebste Albertine, auf Wiedersehen, wir zählen auf dich, Donnerstag um elf. Saint Louis des Invalides. Nein, niemand außer Tante Régine und meinem Schwiegervater. Auf Wiedersehen.»

«Und –?» fragte Grace gespannt.

«Anscheinend hatten die Amerikaner deinen Freund Heck schon eine ganze Weile in Verdacht. Zuletzt hatten sie genug Beweismaterial, um ihn zu verhaften – er muß Wind davon bekommen haben und ist vorgestern nach Prag geflohen. Die letzte Information lautet, er sei in Moskau aufgetaucht.»

«Und Carolyn?»

«Zusammen mit Carolyn und dem kleinen Foss.»

«Ein tröstlicher Gedanke», sagte Grace, «daß der kleine Foss die Welt nun doch nicht beherrschen wird.»

«Ein tröstlicher Gedanke», sagte Charles-Edouard, «daß wir uns nun nie mehr Hectors Ansichten über irgendwas anhören müssen.»

«Die arme Carolyn, ob es ihr in Rußland gefallen wird? Jedenfalls können ihr die Russen kaum mehr auf die Nerven gehen als die Franzosen. Ich hatte also doch recht, sie war schon auf der Schule eine Kommunistin. Kein Wunder, daß sie sich so geärgert hat, als ich sie daran erinnerte.»

«Und sein richtiger Name scheint Dextrowitsch zu sein.»

«Er hat mir erzählt, seine Mutter sei eine Whale gewesen.»

«Das stimmt auch. Sein Vater, Dextrowitsch, wurde kurz vor seiner Geburt Amerikaner. Angeblich haben sie Beweise dafür, daß Hector sein Leben lang Bolschewist war, sein Vater hat ihn dazu erzogen. Wirklich eine höchst interessante Geschichte. Der Vater mußte mit ansehen, wie seine beiden Brüder von der zaristischen Polizei erschossen wurden, er floh nach Amerika, heiratete die reiche Whale und bekam Hector.»

«Das darf doch nicht wahr sein», rief Grace. «Wo ist Papa – wir müssen es ihm unbedingt erzählen.»

Natürlich wurde die Reise nach Paris für Grace, Charles-Edouard und Nanny durch die Dexter-Geschichte, die jetzt in allen Zeitungen stand, noch interessanter. Hector Dexter war für die Russen anscheinend soviel wert wie zehn Atombomben. Er hatte jahrelang in höchst verantwortungsvollen Positionen gesessen, war im Weißen Haus immer *persona grata* gewesen und kannte sich dort so gut aus wie keiner, außer dem Präsidenten selbst. Nie war ihm der Zugang zu irgendwelchen Informationen versperrt gewesen, und stets hatte er zu den brillantesten Männern der Gegenwart gezählt. In den Zeitungsartikeln wurde immer wieder hervorgehoben, wie ungeheuer beliebt er (der gute alte Heck) bei seinen zahllosen Freunden in London, Paris und New York gewesen sei. Viele von ihnen wollten auch gar nicht glauben, daß er aus freien Stücken nach Rußland gegangen sei, sie waren vielmehr überzeugt, die ganze Familie sei entführt worden, und zum Beweis führten sie an, daß Carolyn ihren Pelzmantel zurückgelassen hatte. «Wahrscheinlich haben diese Leute nie etwas von russischem Zobel gehört», meinte Charles-Edouard, als Grace ihm das vorlas.
Asp Jorgman und Charly Jungfleisch wurden in Paris interviewt. «Egal, was Heck getan hat», erklärten sie, «für uns bleibt er ein sehr, sehr guter Freund.»
Aber der französische Botschafter in London, der im gleichen Zug fuhr und mit dem sich Charles-Edouard eine Zeitlang unterhielt, erzählte, seinem amerikanischen Amtskollegen sei es eine ganze Menge Atombomben wert, daß ihm die Gesellschaft des guten alten Heck nun für alle Zeiten erspart bleibe. «Er soll gleich nach seiner Ankunft eine Besprechung mit Berija gehabt haben. Der arme Berija tut mir wirklich leid.»
«Vielleicht macht es ihm nicht soviel aus wie uns; man sagt doch immer, die Russen hätten kein Zeitgefühl», meinte Charles-Edouard.
«Es ist schon seltsam», sagte Nanny, «ein so lieber Daddy. Und Mrs. Dexter erst. Was Nanny Dexter wohl dazu sagt?»
«Du mußt sofort bei ihr anrufen, wenn wir angekommen sind, und herausfinden, ob sie noch dort ist.»

Schmollend, mit tief herabgezogenen Mundwinkeln, saß Sigi neben seiner Mutter. Seine klugen schwarzen Augen fuhren hin und her, wie die eines Tieres, das man in die Enge getrieben hat. Als der Zug fast in Dover war, erblickten diese klugen schwarzen Augen plötzlich etwas, das sie fesselte. Der Einbrecher aus Bunbury ging durch den Wagen, offenbar wollte er zur Bar. Charles-Edouard war in seiner Ecke eingeschlafen, und auch Grace war schläfrig.
«Wohin gehst du, Sigi?» fragte sie, als er von seinem Platz herunterglitt.
«Bloß meine arme Narbe ein bißchen dehnen.»
«Aber nicht so lange, Liebling, wir sind bald in Dover. Auf dem Schiff kannst du dich dann hinlegen», sagte sie.
Er stahl sich davon und fand seinen Einbrecher in der Bar vor einem Glas Whisky.
«Lieber Himmel», stöhnte der Einbrecher. «Du! Wohin des Wegs?»
«Nach Paris. Ich bin ein französischer Junge, wie ich dir gesagt habe. Und ich fahre jetzt mit meinem Vater und meiner Mutter nach Hause, aber meinen Blinddarm lasse ich in London.»
«Oje. Sie hätten ihn dir in einer Flasche mitgeben sollen.»
«Fährst du auch nach Paris?»
«Ich hoffe es. Wenn mir unterwegs nichts dazwischenkommt.»
Sigi trat ganz nah zu ihm und flüsterte: «Soll ich irgend etwas für dich durch den Zoll bringen? Mein Papa reist andauernd hin und her, alle kennen ihn, er wird nie kontrolliert.»
Der Einbrecher sah ihn an und sagte: «Auf wessen Seite stehst du eigentlich?»
Sigi fing an, sich Locken ins Haar zu drehen. «Auf deiner, wie beim letzten Mal – bevor du ein Würstchen aus mir gemacht hast. Aber obwohl du sehr hinterhältig warst, bin ich dir etwas schuldig, weil ich dich in den Schrank gesperrt habe.»
«Hm», machte der Einbrecher zweifelnd. Sie fuhren gerade durch den Stadtbahnhof von Dover, das Meer und die Klip-

pen kamen in Sicht, die Möwen kreischten, und die Reisenden wurden unruhig.
«Schaumkronen», sagte Sigi. «Die arme Nanny.»
Schließlich sagte der Einbrecher: «Also gut. Wenn du mir helfen willst.» Er übergab ihm eine kleine lederne Aktentasche.
«Mensch!» sagte Sigi. «Die ist aber schwer!»
«Weil sie voll Gold ist.»
«Darf ich mal sehen?»
«Nein. Wir sind gleich da. Also, sei so gut, und bring sie für mich aufs Schiff, Kabine 11, kannst du dir das merken? Ich schenke dir auch was zum Andenken.»
«Oh, hier ist er. Du sollst nicht immer weglaufen, Liebling, wir haben uns schon Sorgen gemacht.» Mit einem Ruck kam der Zug zum Stehen.
«Was ist das für eine Tasche?» fragte Nanny, während sie auf die Zollbaracke zugingen.
«Papa hat gesagt, ich soll auf sie achtgeben –»
«Dann sind es also achtzehn Stücke – ich hatte nur siebzehn gezählt. Wo ist denn der Gepäckträger schon wieder?»
Charles-Edouard meinte, Grace und Nanny sollten schon an Bord gehen. «Ich kümmere mich um das Gepäck.» Er gab Grace die Tickets. «Kabine 7.»
«Achtzehn Gepäckstücke, Sir.»
«Danke, Nanny. Lauf los, Sigi.»
«Nein», sagte Sigi. «Da ist es immer so lustig.»
Charles-Edouard lachte und sagte zu Grace: «Beim letzten Mal haben wir gesehen, wie dort irgendeine hirnverbrannte Frau wegen Schmuggels abgeführt wurde. Er hofft wahrscheinlich, wieder etwas Interessantes zu erleben.»
«Ja, genau. Sogar sehr.»
Ein großer Berg Gepäck, das meiste davon gehörte natürlich Sigi, wurde vor dem Schalter in der Zollbaracke aufgetürmt. Charles-Edouard stand daneben, mit dem Rücken zum Schalter, und unterhielt sich mit einem Freund aus der Begleitung des Botschafters. Beide lachten noch immer lauthals über die Dexters.

Sigi schob seine kleine Aktentasche auf die anderen Sachen und sagte in vertraulichem Ton zu dem Zöllner: «An Ihrer Stelle würde ich mal einen Blick da hineinwerfen.»
«Ist das alles von Ihnen, Sir?» Der Beamte beugte sich vor und sprach ziemlich laut zu Charles-Edouard, der mit einem halben Blick hinter sich antwortete:
«Ja, alles von mir» und sich dann wieder seinem Freund zuwandte. Der Beamte, der Charles-Edouard vom Sehen kannte, begann, die Koffer und Taschen mit Kreide zu markieren, schob sie dann weiter.
Sigi wurde sehr aufgeregt und sagte: «Die hier dürfen Sie nicht markieren, ohne sie zu öffnen.»
Der Beamte lachte. «Was hast du denn vor? Schmuggeln?»
«Ich nicht, mein Papa. Bitte, bitte – machen Sie doch mal auf.»
Gutmütig ließ der Beamte die Schlösser der Tasche aufschnappen, die auf den ersten Blick Kaffee in Packungen zu einem halben Pfund zu enthalten schien. Immer noch lachend, nahm er eine heraus. Plötzlich veränderte sich seine Miene. Er riß die Packung auf und stieß einen lauten Pfiff aus. Charles-Edouard sagte gerade zu seinem Freund: «Also, bis gleich.» Der Freund verließ die Zollbaracke, und Charles-Edouard wandte sich dem Zöllner zu, der nun fragte: «Verzeihen Sie, Sir, gehört die Tasche Ihnen?»
«Das nehme ich doch an. Wenn sie bei den anderen Sachen ist», sagte er, erstaunt über das ernste Gesicht, das der Mann plötzlich machte.
«Dann muß ich Sie leider bitten mitzukommen.»
«Mitkommen? Warum?»
«Hier entlang, bitte.»
«Aber warum?»
«Ihre Tasche ist voller Goldmünzen», sagte der Beamte und zeigte sie ihm.
«Nom de nom», sagte Charles-Edouard völlig verblüfft. «Aber Moment mal, die Tasche gehört mir ja überhaupt nicht. Ich habe sie noch nie gesehen.»

«Eben haben Sie gesagt, sie sei von Ihnen, Sir.»
«Sigi – gehört dir diese Tasche?»
«Aber nein, Papa, du hast sie mir doch eben zum Tragen gegeben, weißt du nicht mehr?» Sigi drehte heftig an seinem Haar.
Zwei Engländerinnen steckten die Köpfe zusammen: «Eine Schande, läßt den Jungen für sich schmuggeln.»
Charles-Edouard warf Sigi einen fragenden Blick zu: «Sigismond, was hat das zu bedeuten? Jetzt geh bitte ganz schnell an Bord und suche Monsieur l'Ambassadeur, in Kabine 1, und bitte ihn hierherzukommen.»
Sigi lief davon, und Charles-Edouard folgte dem Zöllner in ein Hinterzimmer.
Auf dem Schiff machte Sigi aber keine Anstrengungen, Kabine 1 oder den Botschafter zu finden. Er wollte noch etwas Zeit verstreichen lassen, aber nicht seinem Einbrecher über den Weg laufen, deshalb ging er zur Krankenstation, wo er, wie erwartet, Nanny fand. Mit aufgeknöpftem Kleid lag sie da und nahm die Aufmerksamkeit der Stewardess ganz in Anspruch, die mit einer Flasche Tabletten gegen Seekrankheit neben ihr stand.
«So schlimm ist es dort gar nicht», sagte die Stewardess gerade.
«Auf dieser Seite ist es viel unruhiger. Am besten gehen Sie in Ihre Kabine und schlafen einfach.»
«Und was ist mit meinem Kleinen?»
«Mir geht es gut», sagte Sigi. «Ich warte noch, bis das Schiff abfährt, dann suche ich Mami. Ich habe ein paar sehr interessante Neuigkeiten für sie, aber erst, wenn wir losgefahren sind.»
«Es wird nicht mehr lange dauern», sagte die Stewardess und sah auf ihre Armbanduhr.
Unterdessen war der Diener des Botschafters in dessen Kabine gelangt und sagte: «M. le Marquis de Valhubert hat Unannehmlichkeiten beim Zoll, es sieht nicht so aus, als wollten sie ihn fahren lassen.»
Der Botschafter zögerte nicht. Er sprach kurz mit dem Kapitän des Schiffes und ging dann noch einmal an Land, begleitet von

einem Offizier, der ihn direkt in das Büro führte, in dem Charles-Edouard mit mehreren Zöllnern sprach.
«Was hat das zu bedeuten?» fragte der Botschafter auf englisch.
Charles-Edouard sagte wütend: «Mein Sohn, der anscheinend zur Schicht der Kriminellen gehört, hat mir eine Tasche voller Goldmünzen untergeschoben. Fragen Sie mich nicht, woher er sie hat. Ich bin wirklich in einer höchst unangenehmen Lage.»
Der Botschafter sagte zu dem obersten Beamten: «Es ist völlig undenkbar, daß M. de Valhubert Gold geschmuggelt haben soll. Diese Möglichkeit können Sie von vornherein ausschließen. Es muß sich um einen Irrtum handeln.»
«Ja, Sir, davon sind wir überzeugt. Aber wir müssen herausfinden, woher dieses Gold stammt. Wo ist der Junge?»
«Er ist von hier weggegangen, um Sie zu suchen», sagte Charles-Edouard zu dem Botschafter.
«Er ist nicht bei mir gewesen. Mein Diener hat mir von Ihrer Verspätung berichtet, deshalb bin ich gekommen.»
«Sehr freundlich von Ihnen, *mon cher*, ich bin Ihnen überaus dankbar.»
«Das war doch das mindeste!»
Der Kopf eines anderen Beamten erschien in der Tür.
«Mr. Porter, einen Augenblick bitte.»
Mr. Porter ging hinaus und kam kurze Zeit später wieder zurück.
«Ich glaube, die Sache ist geklärt», sagte er. «Soeben ist ein Mann an Bord verhaftet worden. Wenn Sie mir Ihren Namen und Ihre Adresse geben wollen – das Schiff erreichen Sie noch rechtzeitig.»
Charles-Edouard gab ihm seine Karte und eilte mit dem Botschafter an Bord.
Sigis Zeitplan war nicht ganz aufgegangen. Er war früher in der Kabine seiner Mutter, als er eigentlich gewollt hatte. Von draußen hörte Charles-Edouard eine wohlbekannte Stimme flöten: «Er war immer in Madame Novembre gewickelt – es über-

rascht mich überhaupt nicht. Sie sind füreinander wie geschaffen, und jetzt sind sie zusammen auf und davon – o ja, Mami, ich habe sie gesehen, wenn ich es dir doch sage, in ihrem Cadillac.»

Charles-Edouard stieß die Tür auf und rief in einem Ton, den weder Sigi noch Grace je von ihm gehört hatten und der Sigi vor Schreck erstarren ließ: «Sigismond!» Dann folgte eine gewaltige Ohrfeige. Alle drei standen sie da und sahen sich einen Moment lang an. Schließlich gewann Charles-Edouard seine Beherrschung zurück und sagte: «Was dir fehlt, mein Kind, sind ein paar kleine Brüder und Schwestern, und wir wollen doch einmal sehen, wie wir sie dir besorgen können. Und jetzt lauf bitte los und such Nanny.»

Romane und Erzählungen

Barbara Taylor Bradford
Bewahrt den Traum *Roman*
(rororo 12794 und als gebundene Ausgabe im Wunderlich Verlag)
Eine bewegende Familiensaga: die Erfolgsautorin erzählt mit Charme und Einfühlungsvermögen vor allem die Geschichte zweier Frauen, die sich ihren Platz in einer männlichen Welt erkämpfen.
Und greifen nach den Sternen
Roman
(rororo 13064)
Wer Liebe sät *Roman*
(rororo 12865 und als gebundene Ausgabe im Wunderlich Verlag)

Barbara Chase-Riboud
Die Frau aus Virginia *Roman*
(rororo 5574)
Die mitreißende Liebesgeschichte des amerikanischen Präsidenten Thomas Jefferson und der schönen Mulattin Sally Hemings.

Marga Berck
Sommer in Lesmona
(rororo 1818)
Diese Briefe der Jahrhundertwende, geschrieben von einem jungen Mädchen aus reichem Hanseatenhaus, fügen sich zusammen zu einem meisterhaften Roman zum unerschöpflichen Thema erste Liebe.

Diane Pearson
Der Sommer der Barschinskys
Roman
(rororo 12540)
Die Erfolgsautorin von «Csárdás» hat mit diesem Roman wieder eines jener seltenen Bücher geschrieben, die eigentlich keine letzte Seite haben dürften.

rororo Unterhaltung

Dorothy Dunnett
Die Farben des Reichtums
Der Aufstieg des Hauses Niccolò. Roman
656 Seiten. Gebunden im Wunderlich Verlag und als rororo 12855
«Spionagethriller, Liebesgeschichte, spannendes Lehrbuch (wie lebten die Menschen vor 500 Jahren?) - einer der schönsten historischen Romane seit langem.» *Brigitte*
Der Frühling des Widders
Die Machtentfaltung des Hauseses Niccolò. Roman
640 Seiten. Gebunden im Wunderlich Verlag
Das Spiel der Skorpione
Niccolò und der Kampf um Zypern. Roman
784 Seiten. Gebunden im Wunderlich Verlag

Marti Leimbach
Wen die Götter lieben *Roman*
272 Seiten. Gebunden im Wunderlich Verlag und als rororo 13000
Das Buch zum Film «Entscheidung aus Liebe». Die Geschichte von Hilary und Viktor.

Frauen

Barbara Gordon
Ich tanze so schnell ich kann
Roman
(rororo 5083)
In diesem autobiographischen Roman beschreibt die preisgekrönte Fernsehproduzentin Barbara Gordon rückhaltlos offen ihren Weg in eine totale Valium-Abhängigkeit, die verzweifelten Versuche, sich von dieser Sucht zu befreien, verschiedene erfolglose Therapien und schließlich den endgültigen Zusammenbruch, aus dem sich erst die Hoffnung für einen Neubeginn abzeichnet. Eine Beichte, die erschüttert und betroffen macht.

Mary Gaitskill
Im Spiegel der anderen
Roman
(rororo 12577)
Die beiden jungen Frauen Justine und Dorothy sind sich bei ihrer ersten Begegnung zunächst völlig fremd. Und trotzdem entsteht zwischen ihnen eine Nähe, weil sie spüren, daß sie ähnliche tiefe Verletzungen und Entbehrungen erleiden mußten...
Schlechter Umgang *Stories*
(rororo 12541)

Mary Mackey
Aus Leidenschaft *Ein Ballett-Roman*
(rororo 13057)

Emily Listfield
Eine Liebe in New York
Roman
(rororo 12817)
Amanda und Sam wagen den großen Schritt: Sie ziehen zusammen und entschließen sich nach einigem Hin und Her zu heiraten.

rororo Romane und Erzählungen

Lorrie Moore
Leben ist Glücksache *Stories*
(rororo 12842)
Schonungslos und mit feiner Ironie deckt Lorrie Moore in den neun Erzählungen dieses Bandes auf, wie sich Menschen durch ihre Schwächen, Ängste und Verletzbarkeiten in ausweglose Situationen versricken.

Françoise Sagan
Die seidene Fessel *Roman*
(rororo 13155)
Vincent, ein Dandy und mäßig begabter Musiker, der sich von seiner wohlhabenden Frau Laurence aushalten läßt, wird durch eine Filmmelodie plötzlich reich und berühmt.

Candia McWilliam
Die dritte Seite der Liebe
Roman
(rororo 12935)
Der Herzchirurg Lucas Salik ist ein vom Leben verwöhnter, selbstsicherer und eleganter Mann. Stets bewahrt er einen kühlen Kopf. Doch eines Tages spielt ihm das eigene Herz einen Streich - er verliert es an den jungen attraktiven Hal Darbo...

Rowohlt im Kino

John Updike
Die Hexen von Eastwick
(rororo 12366)
Updikes amüsanten Roman über Schwarze Magie, eine amerikanische Kleinstadt und drei geschiedene Frauen hat George Miller mit Cher, Susan Sarandron, Michelle Pfeiffer und Jack Nicholson verfilmt.

Hubert Selby
Letzte Ausfahrt Brooklyn
(rororo 1469)
Produzent: Bernd Eichinger
Regie: Uli Edel
Musik: Mark Knopfler

Alberto Moravia
Ich und Er
(rororo 1666)
Ein Mann in den Fallstricken seines übermächtigen Sexuallebens – erfolgreich verfilmt von Doris Doerrie.

Paul Bowles
Himmel über der Wüste
(rororo 5789)
«Ein erstklassiger Abenteuerroman von einem wirklich erstklassigen Schriftsteller.»
Tennessee Williams
Ein grandioser Film von Bernardo Bertolucci mit John Malkovich und Debra Winger

John Irving
Garp und wie er die Welt sah
(rororo 5042)
Irvings Bestseller in der Verfilmung von George Roy Hill.

Alice Walker
Die Farbe Lila
(rororo neue frau 5427)
Ein Steven Spielberg-Film mit der überragenden Whoopi Goldberg.

rororo Unterhaltung

Henry Miller
Stille Tage in Clichy
(rororo 5161)
Claude Chabrol hat diesen Klassiker in ein Filmkunstwerk verwandelt.

Oliver Sacks
Awakenings – Zeit des Erwachens
(rororo 8878)
Ein fesselndes Buch – ein mitreißender Film mit Robert de Niro.

Ruth Rendell
Dämon hinter Spitzenstores
(rororo thriller 2677)
Rendells atemberaubender Thriller wurde jetzt unter dem Titel «Der Mann nebenan» mit Anthony Perkins in der Hauptrolle verfilmt.

Marti Leimbach
Wen die Götter lieben
(rororo 13000)
Das Buch zum Film «Entscheidung aus Liebe» mit Julia Roberts und Campbell Scott in den Hauptrollen.

3290/1